Grandville

그랑빌 우화

이 도서의 국립중앙도서관 출판시도서목록(CIP)은 e-CIP홈페이지
(http://www.nl.go.kr/cip.php)에서 이용하실 수 있습니다.
(CIP제어번호 : CIP2005000016)

동물들의 공생활과 사생활

그랑빌 우화

햇살과나무꾼 옮김

실천문학사

| 추천사 |

인간사회의 현실에 대한 영혼의 메시지

초현실주의의 선구자 그랑빌의 우화 세계

프랑스의 판화가이며 삽화가인 그랑빌은 우리나라 독자들에게는 잘 알려져 있지 않은 작가이다. 그러나 그는 19세기 상징주의 시인 보들레르나 말라르메가 극찬한 것처럼 당시대에 가장 탁월한 상상력을 발휘한 전위적인 예술가였으며, 훗날 20세기 초현실주의의 선구자로 격상될 만큼 프랑스 독자층에 널리 읽히고 있는 작가이다.

국내에 처음 소개되는 그의 『동물들의 공생활과 사생활』은 그랑빌 자신이 손수 삽화를 그린 것으로, 이른바 우화소설의 형식을 빌리고 있다.

우화소설의 전통은 일찍이 이솝 우화로부터 르네상스 시대를 거쳐 라퐁텐에 이르기까지 면면히 흘러왔으며, 근대에 이르러서는 루이스 캐럴의 『이상한 나라의 앨리스』나 조지 오웰의 『동물농장』 등이 대표적인 작품으로 꼽힌다. 어린이 동화에 나오는 흔한 동물 이야기와 달리 이들 우화소설은 성인용으로서, 직접적으로 표현하기 힘든 정치판도며 사회현실을 은유나 상징성으로 빗대기 위한 '감추기' 방식을 취하고 있는데, 동물들의 생태나 습성을 관찰하면서 인간의 삶의 모습과 유사성을 찾아내는 점에 흥미로운 상상력의 발산과 깊이가 숨어 있다.

그랑빌의 소설도 예외가 아니다. 그는 동물의 세계에 좀더 다각적으로 접근해가면서 이들의 개별적인 습성에 따른 사생활을 인간적 측면에서 상상해내고, 이들의 공동체생활을 공생활이라는 면에서 인간사회와 비유하면서 풍자와 익살, 슬픔과 비극, 이상과 현실세계의 괴리를 펼쳐 보이고 있다. 한편에서는 그랑빌이 당대의 자연과 인간을 보는 유물론적이며 기계론적 세계관을 보여주고 있다는 지적도 있지만, 그것은 당시의 지성적 풍토에 연유한 것이었다. 후일 파브르가 쓴 『곤충기』는 곤충들에게도 인간처럼 자유로운 지성이 있다는 것을 입증하려고 애썼다는 점에서 좋은 대조를 이룬다.

그랑빌의 소설 구성과 출발의 요지는 다음과 같다.

인간에게 온갖 박해와 수모를 받고 노예 취급을 당하는 전 세계 동물들이 감옥 문을 박차고 나와 국제동물회의를 파리에서 소집한다. 동물들은 저마다의 개별적 특성에 비추어 인간을 성토하고 급기야 전쟁 불사를 외치며 동물공화국을 세울 것을 주장한다. 그러나 전쟁도 결국은 자유와 평화를 보장하지 못한다는 논의 끝에 나온 대안은 합법적이고 지적인 투쟁으로, 자신들의 삶의 진실을 인간의 눈이 아닌 동물 자신의 체험담으로 기록하고 편집하여 책으로 내놓자는 것이다.

소설 속에 나오는 이야기는 참으로 다양하다. 프랑스혁명의 소용돌이 속에서 귀족과 평민의 삶을 체험한 산토끼 이야기로부터 시작하여, 보다 나은 정부를 찾아나서는 길에 개미와 꿀벌과 늑대 사회의 공동체 삶을 겪은 파리 참새의 여행기(그는 같은 공동체사회이긴 하지만 개미와 꿀벌 사회는 계급차별이 있고, 늑대의 평등사회는 끊임없는 약탈로 채워지는 빈곤사회였다고 말한다), 얼음에 둘러싸인 섬에서 형이상학적 명상으로 지내다가 외로운 독신 생활을 견디지 못하고 짝을 찾아 나서지만 결국 헛되이 세월을 보내고 마는 철학자 펭귄, 남녀 관계 혹은 부부 사이의 미묘한 심리 상태를 보여주는 그레이하운드와 불도그의 이야기, 그리고 과거 사회를 그리워하는 늙은 띠까마귀의 애절한 추억담에 이르기까지 각각의 동물들이 지닌 습성에 따라 사악하고 간교한 삶의 이야기이며 온순하고 다정다감한 이야기들이 펼쳐지고 있다. 여러 동물들의 여행담에 끼여 들어간 에피소드에는 프랑스식 유머와 교훈이 곁들어 있어 책읽기의 즐거움을 더해준다. 특히 사랑을 못 이루고 미쳐버린 산비둘기의 애처로운 이야기는 절묘한 시적 분위기를 자아내며 오랜 여운을 남긴다.

이처럼 그랑빌의 우화소설에는 단순한 정치현실의 풍자나 세태묘사가 아니라 인간 내면의 고뇌와 사랑의 감정에 대한 깊은 발언이 담겨 있으며, 궁극적으로 삶은 무엇인가라는 질문을 던지고 있다. 그러나 이 같은 예술사상을 떠나 그랑빌의 이름을 빛낸 것은 그의 환상적 예술미학이다. 그의 소설 내용보다 더욱 관심을 끌고 후대에 영향을 끼친 것은 그가 그린 환상적인 삽화이다. 그의 동물상상화는 1백50년 전의 화단 풍토에서는 경이로운 상상력의 촉발이었다. 실물 그대로의 재현에 급급했던 리얼리즘의 사조에서 그는 또 다른 자연세계의 발견과 잠재된 의식의 확대인 꿈의 미학을 삽화로 처음 선보인 것이다. 보들레르나 말라르메가 상찬한 것도 이 때문이며, 훗날 초현실주의자 에두아르가 그를 초현실주의의 선구자라고 추켜세운 것도 그랑빌의 환상미학이 갖는 초현실성 때문이다. 여기에는 그랑빌의 신비주의적 요소도 가미되어 있다.

물론 유럽 미술의 환상화는 그로부터 비롯하지 않고 거슬러 올라가서 르네상스 시대의 플랑드르 화가였던 히에로니무스 보슈의 그림에서부터 찾을 수 있다. 보슈의 환상화는 성서를 배경으로 인간의 원죄와 사악성을 괴기한 형태로 다루고 있다. 그리하여 도덕적 주제를 다루면서도 끔찍함과 추악함이 얽힌 환상의 세계를 보여주고 있다는 점에서 그는 초현실주의의 개조라고 불린다. 그러나 그랑빌의 환상적 동물화는 그와 같은 괴기스러움이나 추악함이 아니라 동물들의 외형적 특성을 변형하고 강조함으로써 인간의 모습을 지닌 친근한 표정과 동작들을 표현하고 있다는 점에서 돋보인다. 동물들을 의인화하여 인간을 닮은 동작과 표정을 만들어내고 있는 동화그림이나 동화영화 등의 출발은 그랑빌의 그림에서 연유한다 해도 과언이 아니다. 그랑빌이 대중들의 인기를 끈 이후 이를 모방한 동물화가 수없이 쏟아져나와 하나의 장르로 발전하게 된 것이다.

그랑빌의 작품은 이런 점에서 시대적인 고전성을 지닌다. 때늦은 감이 있지만 동물들의 삶을 통해 진지한 삶의 의미를 묻고 있는 이 책이 오랜 기억으로 남았으면 한다.

__원동석(미술평론가)

| 차례 |

제1부

● ● ● 제2부

G R A N D V I L L E

제1부

SMOKING
Stric.ly
Prohibited.
EDITOR'S
OFFICE.
Blue
Lake
Midnight
Corpses

프롤로그

국제 동물 회의

이른바 우리 하등동물들은 수치와 모욕과 끊임없는 박해에 대항해, 마침내 우리를 억누르고 있는 인간들이 씌운 멍에를 벗어던지기로 결정했다. 압제자들은 그들이 창조된 이래로 자유와 평등을 단지 이름뿐인 껍데기로 만들었다.

심의회는 동물 열강의 승인을 받아 구성되었다. 우리는 동물 열강들이 우리가 진보를 위해 마련한 조치들을 시행할 수 있도록 지도하고 지원해주기를 기대하고, 또 반드시 그렇게 되리라 확신한다.

의회는 이미 소집되었다. 화창한 봄날 아침, 파리 식물원의 푸른 풀밭에서 첫 회의가 열렸다. 그곳은 모든 나라의 동물들이 빠짐없이 참석할 수 있도록 배려한 장소이다. 공평하게 말해서, 우리는 인간들이 자신들만의 고유한 것이라고 주장해왔던 질서와 예의를 가지고 모든 행사를 치렀다.

한 오랑우탄이 자유에 대한 불타는 정열로 자물쇠의 원리를 알아내어, 온 세상이 잠든 밤에 감옥의 철문을 열었다. 죄수들은 엄숙하게 걸어나와 자리에 앉았다. 가축들은 오른쪽에, 연체동물들은 가운데에, 독립적인 떠돌이들은 왼쪽에 널찍이 둘러앉았다.

어둠을 뚫고 솟아오른 해가 위대한 역사적 관심으로 그득한 현장을 당당하게 비추었다. 이 세상에 존재하는 인간의 어떤 의회도 이 자리에 있는 육식동물들만큼 자신의 본능을 제어할 수는 없을 것이다. 거위가 부른 노래에 깊은 비감이 어리자, 하이에나마저 음악을 좋아하게 될 정도였다.

의회는 무척 감동적인 장면과 함께 시작되었다. 의원들은 모두 서로 껴안고 입을 맞추었고, 더러는 너무 열렬한 나머지 피를 흘리기도 했다. 기쁨에 넘친 여우에게 오리가, 흥분한 늑대에게 양이, 기뻐서 제정신을 잃은 호랑이에게 말이 목 졸린 사실은 동물들의 세계를 위하여 반드시 기록되어야 한다. 이러한 사건들은 동물들이 너무나 기쁜 나머지 예전부터 있어왔던 그들 사이의 고유한 습관을 통해 벅찬 화해의 기쁨을 표현하다가 발생한 것임이 분명하다. 한 바르바리 오리가 자유를 위해 몸바친 친구의 시체 앞에서 엄숙한 비가를 부르고 있었다. 바르바리 오리는 그 사건을 마음에 두지 말고 회의를 계속하자는 연설을 유창하게 하고 제자리로 돌아갔다. 이때 태국 대사 코끼리는 사형제도를 없애자고 제안하려 했다. 코끼리는 독실한 불교 신자였기에 모든 형태의 생명을 보존하자고 소리를 높였다. 그러나 공교롭게도 코끼리는 자신의 주장과는 어울리지 않게 거대한 발로 들쥐 집을 밟는 바람에 들쥐 일가를 몰살시킨 일이 있었다. 젊은 두꺼비가 그 우울한 사건을 상기시켜 코끼리를 자책감에 빠뜨렸다.

독자들에게 전하는 소박한 호의로서, 회의록은 앵무새가 한 말을 기초로 작성된다는 사실을 미리 말해두어야겠다. 앵무새는 말을 많이 하지만 들은 것만 말하기 때문에 언제나 믿을 만하다. 우리는 앵무새의 이름을 비밀에 부쳐달라고 간청했다. 앵무새는 고대 베니스의 원로들처럼 국사에 대해 입을 다물기로 맹세했었다. 이번 경우에만 앵무새는 습관적인 침묵을 깨뜨린 것이다.

회의록 개요

이 간행물은 원숭이와 앵무새와 수탉이 공동 편집한 것이다.

정원 길은 런던, 베를린, 비엔나, 뉴욕, 상트페테르부르크에서 온 동물원의 유력한 동물 대표들로 꽉 들어찼다. 회의는 파리에서 이제껏 열렸던 어떤 회의보다 더 성공적일 것 같다. 박물학에 관해 헌신적인 글을 썼던 어느 위대한 프랑스 작가의 죽음은 정원을 우울하게 만들었다. 교양 있는 동물들은 상장을 둘렀으나, 불손한 동물들은 뻔뻔스럽게도 그러한 슬픔의 상징물을 경멸하면서 귀를 늘어뜨리고 꼬리를 질질 끌고 다녔다. 여기저기서 이름난 의원들이 의회를 구성하고 규칙을 정하고 의장을 선출하는 문제를 놓고 열띤 토론을 벌이고 있었다. 늑대는 나무 밑에 앉아 원숭이를 유심히 바라보고 있었다. 원숭이는 옷도 신경 써서 차려입고 안경까지 그럴싸하게 걸치고 있어서 인간의 먼 친척임을 알 수 있었다.

카멜레온은 원숭이의 옷차림이 원숭이의 친척인 인간에 대한 찬사라고 생각했다.

늑대가 넌지시 말했다.

"흉내내는 건 모방하는 게 아니야!"

뱀은 풀밭에서 쉭쉭거리며 야유를 보냈다.

박식한 까마귀도 나뭇가지에 앉아 까악까악 울어댔다.

"인간의 발자국을 따라가는 건 아주 위험한 노릇이지."

그러고는 유명한 시구를 인용했다.

다나인들과 선물을 뿌리는 사람들을 나는 두려워하노라.

사라진 문구에 조예가 깊은 독일 부엉이는 까마귀가 적절히 인용한 말에 큰 소리로 찬사를 보냈다.

말똥가리가 두 학자를 열심히 바라보자, 지빠귀가 빈정거렸다.

"흥! 학식 있는 두발짐승으로 통하려면, 그저 남들이 이해 못 하는 말을 하면 되지."

카멜레온은 붉으락푸르락했다. 이때 다람쥐과의 마못이 잠에서 깨어나 삶이란 곧 꿈이라고 중얼거렸다.

제비가 말했다.

"꿈이라고? 아니, 삶이란 여행이야."

하루살이는 숨을 헐떡이더니, "너무 짧아, 너무 짧다구"라는 말을 남기고는 금세 숨을 거두었다.

뿔뿔이 흩어져 있던 동물들은 의장 선출 문제를 의논하려고 정원 한가운데로 모여들었다. 다들 자리에 앉아 기다리고 있는데, 당나귀가 자기 귓속에서 벼룩이 재채기하는 소리를 듣고는 조용히 하라고 소리쳤다. 당나귀의 지지자들이 당나귀의 연설 기회를 마련해놓은 데다, 당나귀 자신의 위엄과 영향력 그리고 자신감 덕분에 당나귀는 발언권을 가질 수 있었다. 다들 저 고귀한 의원이 자신의 옛 정책인 퇴보 정책을 지속적으로 고려해야 한다고 제안할 것이라며 수군거렸다. 당나귀는 아주 조그만 박수 소리까지 들으려고 귀를 쫑긋 세우고는, 꼬리를 탐스럽게 붉히더니 연설을 시작했다.

"네발짐승 여러분, 그리고 모든 지방과 모든 신분의 짐승 형제들이여, 이 고귀한 의회의 의장을 뽑는 일은 무엇보다 중요한 문제입니다. 여러분들의 짐을 덜어주기 위하여 발람(히브리의 예언자, 메소포타미아의 점술사)의 당나귀 직계 자손인 본인을 앞으로 숱한 난관과 위험에 부딪혀야 할 의장 후보로 추천합니다. 고집에 가까운 확고함, 고난을 참아내는 인내심, 모든 반대를 차버릴 수 있는 결단력 등, 제가 의장을 맡을 만한 유전적 자질을 갖추었다는 사실을 새삼 이 자리에서 상기시킬 필요도 없을 줄 압니다."

그때 늑대가 당나귀의 연설을 가로막았다. 늑대는 인간의 노예인 당나귀가 주제넘게 나선다고 항의했다. 당나귀가 마음의 상처를 받

고 자신의 유서 깊은 버릇대로 뒷발을 차올리려 하자, 곰이 당나귀에게 조용히 하라고 했다.

곰이 말했다.

"형제들이여, 내가 파리의 숨막히는 공기에 더해진 당파심의 열기 때문에 내 고향 북극으로 돌아가지 않도록 제발 자중해주시오. 북극에서는 몹시 고통스럽긴 해도 그냥 웃어넘길 수 있소. 워낙 내 천성이 그렇듯이 말이오. 이렇게 좋은 모임에서 말다툼을 한다는 건 사나운 성질로 사랑의 샘을 말려버리는 인간들이나 할 짓입니다."

바다표범은 그 무시무시한 목소리를 듣고 벌벌 떨었다.

사자가 으르렁대며 질서를 바로잡았다. 그러는 동안 여우는 아무도 보지 않는 틈을 타서 살짝 연단에 올라갔다. 그러고는 짧지만 교묘한 말로 노새를 칭찬하는 바람에—노새는 방울같이 생긴 쓸모 있는 것을 가지고 있었다—노새가 의장으로 선출되었다.

노새가 의장석에 앉자, 노새의 방울이 딸랑딸랑 울렸다. 그때 경비견이 침묵을 깨뜨렸다. 경비견은 자기가 주인십 분 앞에 있다고 착각하고 퉁명스럽게 "거기 누구야?" 하고 물었던 것이다.

늑대는 어쩔 줄 몰라하는 불쌍한 경비견을 경멸스런 눈으로 흘낏 쳐다보았다.

앵무새와 고양이는 거위가 마련해준 깃펜을 가지고 서기 자격으로 탁자에 앉았다.

사자는 당당하고 엄숙하게 연단에 올라가 갈기에 내린 이슬을 털고는, 천둥 같은 목소리로 인간들의 폭정을 비난했다.

"모두에게 열려 있는 탈출 방법이 한 가지 있습니다! 나와 함께 타락한 인간들의 침략에 맞서 우리 자신을 지킬 수 있는 아프리카로, 끝없는 사막과 원시림이 있는 그 정답고 호젓한 곳으로 갑시다!

인간은 숨을 벽이 없으면, 여기, 내 주위에 보이는 고귀한 동물들과 맞설 수 없습니다. 도시는 인간의 피난처지요. 아니할 말로, 인간들 중에는 사사처럼 용맹한 자들이 거의 없습니다."

호랑이들이 이 말에 야유를 보냈다.

"누가 우리의 고향인 황야에서 우리를 똑바로 쳐다볼 수 있겠습니까?"

사자는 동물들이 아프리카에서 당당하고 독립적으로 살아가는 모습을 열정적으로 토해내고는 연설을 마쳤다.

코끼리는 중앙아프리카로 이주하자고 주장하면서 이렇게 말했다.

"중앙아프리카에서는 이빨과 송곳니가 제일 좋은 통행증이며, 여행자는 누구나 코에 물을 가득 담고 다녀야 합니다."

하마는 코끼리의 의견에 반대했다. 물은 웅덩이나 강에 놔두는 편이 더 낫다고 생각했기 때문이다.

개는 어떤 것도 도시 생활만 못하다고 주장했다가, 호랑이와 늑대와 하이에나에게 눌려 입을 다물었다.

호랑이는 무시무시하게 으르렁대면서 연단으로 뛰어올라 이렇게 절규했다.

"전쟁! 피! 인간을 깡그리 죽이지 않고서는 동물 왕국의 안전을 보장할 수 없습니다. 위대한 장군은 좋은 기회를 놓치지 않는 법입니다. 토끼들은 타라고나 포도주통 밑을 파들어가지 않았습니까? 알렉산더 대왕을 정복한 것은 술이 아닙니까? 인간의 운명은 오리무중이며, 인간의 지배도 끝장입니다! 야만적인 폭군들은 우리를 고향에서 내쫓고, 나무를 베어 숲을 벌거숭이로 만들고, 정글을 불사르고, 대초원을 밭으로 만들었습니다. 그들은 순결한 세계를 파헤쳐 지저분한 도시를 세우고, 철도를 놓고, 자신들의 묽은 피를 데우고, 우리의 살을 음식으로 구웠습니다. 인간들은 도처에서 우리 조상들을 괴롭히고 죽이고 악마 같은 짓을 저지르고는, 동물들의 가죽을 발밑에 깔아뭉개고, 이빨과 발톱은 부적으로 걸치고, 우리를 독살하고 가두는가 하면 바싹 말려서 박제로 만들어 박물관 미라 옆에 세워놓고 우리의 용맹성을 조롱받게 했습니다. 인간들을 타도합시다! 폭군들을 몰아냅시다!"

여기서 호랑이는 잠시 연설을 멈추었다. 양이 눈물을 글썽이고 있었다. 호랑이는 자기 웅변에 대한 이 다정한 반응에 침이 고여 슬그머니 발톱을 내밀었다.

"울어도 됩니다. 인간은 자신들의 죄 많은 몸뚱이에 옷을 입히려고 당신 어머니의 털을 깎았고, 당신 어머니를 죽여서 통째로 먹어치웠습니다. 하지만 우리가 누구 때문에 이 괴로운 기억을 되새겨야 합니까? 인간은 우리의 타고난 권리를 빼앗는 것으로도 부족하단 말입니까? 인간이 나타나기 전까지만 해도 세상은 우리의 것이었습니다. 인간은 단지 비참함과 혼란과 죽음만을 몰고 왔을 뿐입니다!"

호랑이는 모든 육식동물에게 자유를 위해 싸우자고 호소하며 연설을 끝냈다.

늙고 지친 불쌍한 경주마 한 마리가 몇 마디 하게 해달라고 간청했다.

"고귀한 동물 여러분, 저는 솔직히 정치나 지금 토론하고 있는 문제보다는 경주하는 삶에 더 익숙합니다. 저도 한창때는 호사스럽게 살았지만, 말년에 인간 감독관의 무시와 야만성 때문에 고생깨나 했죠. 저는 귀한 가문의 자손으로 경마계에서 제일 귀족적인 핏줄을 타고났습니다. 하지만, 아아! 저는 첫번째 주인을 실망시키고 쫓겨나는 바람에 세상을 떠도는 신세가 되었지요. 한때는 영국 우정성의 우편물을 짊어지고 배달을 해서 당당하게 건초를 먹고 살기도 했습니다. 하지만 저주받을 놈의 철도가 내 운명을 망쳐버렸지요. 저는 증기 교통을 폐지하자고 제안하고 싶습니다. 그리고 제가 푸른 풀밭에서 손쉬운 일을 하며 일생을 마칠 수 있도록 영향력 있는 의원님들께서 저를 초원으로 보내주시기를 애타게 간청합니다. 귀한 가문의 몰락한 자손만큼 여러분의 동정과 후원이 필요한 동물이 또 있겠습니까?"

의장은 늙은 경주마의 호소에 감동하여, 10분간 휴식을 알리고는 자리를 떴다.

다시 자리로 돌아오라는 방울 소리가 울리자, 대표들은 자신들의 열성을 보여주기 위해 재빨리 자리로 돌아왔다.

나이팅게일이 연단에 내려앉아 아름다운 가락으로 푸른 천국과 맑은 밤을 기원했다. 나이팅게일은 노래의 순수성에도 불구하고 뚜렷한 개혁 안건들을 제안한 것이 아니라서 조용히 하라는 경고를 받았다. 당나귀는 나이팅게일의 낮은 음조에 대해 나귀처럼 풍부한 성량이 결여되어 있다고 토를 달았다.

메카에서 온 품위 있는 낙타는 인간들에게 고등동물의 등을 타고 다니는 대신 자신의 발로 걸어다니도록 가르쳐야 한다고 제안했다. 이 제안은 의장을 비롯해서 말과 같은 동물들의 갈채를 받았다. 의장은 이 뛰어난 외국 동물의 주장이 간과되어왔음을 깨닫고 그에게 터키 재정의 미래에 관해서 물어보았다.

낙타가 조리 있게 대답했다.

"신은 한 분이시며, 마호메트는 신의 예언자이십니다!"

돼지 부인은 인간이 마호메트의 교리를 버리고 돼지를 섬겨 돼지에게 끊임없이 먹을 것과 마실 것을 바치고 자연이 자유로이 번성하도록 위생법을 폐지하지 않는 한 문제는 해결되지 않을 것이라는 지론을 폈다.

농장을 파헤치고 다니다가 고소당한 늙은 멧돼지가 돼지의 생각이 훌륭하다고 칭찬하면서, 한편으로는 위생법이 없으면 정치 분위기가 혼탁해질지도 모른다고 우려했다. 돼지 부인은 그 말이 의도적으로 돼지 우리와 정치를 혼동시키고자 하는 것이라며 항의했다.

줄곧 기록을 하고 있던 여우가 연단에 올라와 연설을 시작했다.

"저는 존경스런 의원님들의 훌륭한 연설에 관하여 한두 말씀 드리고자 올라온 것을 대단히 영광스럽게 생각합니다. 여러 가지 제안을 검토하기에 앞서, 저는 제 외교관 생활을 통틀어 이보다 더 완벽한 조화를 본 적이 없다는 사실을 말씀드리고 싶습니다. 꼬리를 흔드는 이 현명한 의회만큼 감정적 일치를 심오하게 보여준 곳은 없었습니다. 꼬리야말로 인간이 가장 부러워하는 속성이지요. (늙은 사냥개가

'옳소' 하고 짖었다.) 이건 지나가는 말이고, 이제 본론으로 돌아가서, 아프리카에 동물 공화국을 세우고 지키자는 사자의 제안보다 더 숭고한 제안은 없을 것입니다. 하지만 아프리카는 산업에 종사하는 동물들에게는 멀고 힘든 곳이라는 점을 잊어서는 안 됩니다. 그들은 잔인한 전쟁과 말라리아로 죽어갈지도 모릅니다. 도시 생활의 즐거움에 대한 개의 말도 일리가 없지는 않습니다. 하지만 개는 인간의 노예입니다. 야만적인 이름이 새겨진 개의 목걸이를 똑똑히 보십시오!"

여우는 그 말을 끝내고는 자기 귀를 긁적였다. 울새는 여우의 귀도 인간을 흉내내기 위해 일부러 자른 것이 틀림없음을 눈치챘다.

"예를 들어, 저는 호랑이의 유창한 언변에 휩쓸려 호랑이의 열성에 공감하고 함성을 지를 뻔했습니다. 전쟁은 탈출하고자 하는 자들에게 큰 도움이 됩니다. 하지만 전쟁이 끝나면 살아 남은 자들이 돌보아야 할 고아들과 과부들이 남게 됩니다. 따라서 전쟁은 마냥 좋은 것만은 아니며, 더욱이 늘 정의가 승리하는 것도 아닙니다. 돼지의 논리에는 좋은 점도 있고 나쁜 점도 있습니다. 하지만 멧돼지가 말한 대로 그 말은 진보보다는 돼지에게 더 큰 영향을 끼칠 우려가 있습니다. 저는 여러분 모두에게 전쟁과 평화와 자유가 동시에 공존할 수 없다는 점을 말씀드리겠습니다. 우리 모두는 악이 어딘가에 존재하고 있으므로 무엇인가를 해야 한다는 데 동의했습니다. (큰 갈채) 영광스럽게도 저는 지금 시도해보지 않은 새로운 방책을 제안하겠습니다. (엄청난 흥분) 우리가 가야 할 논리적이고 합법적이고 신성한 길은 지식을 위해 투쟁하는 것입니다. 인간들의 경험에서 한 수 배우는 게 어떻겠습니까? 그러니까 정기간행물을 이용하여 우리의 욕구와 열망 그리고 관습과 습관, 우리의 사적인 생활과 공적인

BREVIERE

생활을 알려나가는 것입니다. 박물학자들은 우리의 피를 분석하고 신체기관을 분석하여 우리의 고귀한 본능의 비밀을 알아내면 자신들의 할 일은 다 했다고 착각합니다. 오직 우리 자신만이 우리의 슬픔, 고통을 참고 삼킨 사연, 우리의 기쁨을 이야기할 수 있습니다. 물론 그 기쁨이란 것이 인간의 손에 그토록 무겁게 짓눌려온 생물들에게는 대단히 드문 일이지만요."

연사는 감정을 억누르려 잠시 말을 멈추었다가 다시 말을 이었다.

"그렇습니다, 우리가 당한 학대를 글로 써서 책으로 펴내야 합니다. 여성분들께 한 말씀 드리겠습니다. 여러분들께서 가장 정성껏 가꾸는 곳은 가정입니다. 우리는 여러분들께서 한가한 시간에 적어두신 가정의 생활정보를 기대합니다. 여러분들은 정치를 멀리 하십시오. 여성 정치가는 피해야 할 존재입니다. 이제 감히 이 고귀한 의회에 다음과 같은 조항을 제출하니, 너그러이 봐주셨으면 합니다.

제1항 동물들의 사생활과 공생활을 담은 그림책을 만들어낼 무제한적인 기금의 모금을 투표로 결정할 것을 제안한다. 기금은 터키 증권과 페루 채권에 투자한다.

혁신파 의원들이 돈주머니를 맡겠다고 나섰다.

노새는 자기가 감독으로 일하고 있는 오지의 탄광회사에 그 자금을 투자하자고 제안했다.

대구가 이 제안에 반대했다. 대구는 여태까지 두더지굴은 수지가 안 맞는 것으로 드러났기 때문에 기금은 바다 밑바닥에 두는 것이 더 안전하다고 주장했다. 암탉은 병아리들을 데리고 앞으로 나와 지불해야 할 사소한 어음들이 많으니 자금을 일시적으로 빌려주면 황금알을 낳도록 최선을 다하겠다고 말했다.

이 제안은 위원회를 선발하여 맡기기로 하고, 더 이상은 논의되지 않았다.

제2항 동물 잡지는 진실에 대한 공동의 적인 무지와 편견에 대항해야 한다. 비난의 소지를 없애기 위하여 전체적인 내용의 편집은 능력 있는 동물에게 맡긴다.

제3항 인간은 힘든 인쇄 노동에 고용되어야 한다.

제4항 여우는 지적이고 인정 많은 출판업자를 찾아야 한다.

여기서 여우는 씁쓸하게 고개를 젓더니, 출판은 자기가 해보겠다고 하고는 이렇게 말했다.

"저는 제일 힘겨운 일을 맡았습니다. 출판의 이윤은 오랜 시간에 걸친 교정과 어음 할인과 광고에 다 들어가니까요."

회의는 여우의 성실성과 능력을 지지하여 신임 투표를 통과시킴으로써 모두 끝났다. 의회가 해산하기 전에 큰 박수갈채 속에 원숭이, 앵무새, 수탉이 즉각 『동물들의 공생활과 사생활』의 편집장 역할을 맡아 임무에 착수할 것이며, 첫번째 작업은 '펭귄의 삶과 철학적 견해'라는 발표가 있었다.

나는 어리석은 기억들을 떨쳐버릴 수 있다면 무슨 짓이든 했을 것이다. 그러면 새롭게 생을 시작하고 첫 단추가 어디서 잘못 끼워졌는지도 알 수 있었으리라. 나는 아무리 좋은 것이라도 달콤한 허위보다는 쓰디쓴 진실이 낫다고 생각했다.

펭귄의 삶과 철학적 견해

1

내가 남쪽 끝의 타는 듯한 햇볕 아래에서 태어나지만 않았다면, 나는 더 행복한 새가 되었을지도 모른다. 나는 뜨거운 햇볕 덕분에 껍질에서 깨어났기 때문에 해를 아주 대단하게 생각했다. 나를 운명에 맡긴 용감한 엄마 펭귄만큼이나. 하지만 앞서 말한 대로 나는 행운의 별은커녕 열대의 태양 아래에서 깨어남으로써 불행한 새가 되었다. 나는 껍질이 몹시 두꺼워서 세상에 나오려고 무진 애를 써야 했다. 나는 드디어 빛 속으로 나오는 길을 찾는 순간 처음으로 자유를 가르쳐준 사건에 경이로운 감정으로 나의 감옥을 바라보며 한동안 멍하니 서 있었다. 누구나 어린 시절의 기억은 어렴풋한 법이고, 태어날 때 따르는 갑작스런 변화를 말로 설명하기란 어렵다. 일부 인간들은 희망찬 앞날에 기분 좋게 미소 지으며 태어나는 반면, 대다수는 슬픈 존재라는 징조인 서러운 울음소리로 태어난다고 들은 적이 있다.

어쨌든 나는 생각할 수 있게 되자, 움직일 공간도 없이 껍질에 웅크리고 있었던 것이 얼마나 불편했던가를 기억해냈다. 그 변화는 참으로 놀라웠다. 내가 한동안 차지하고 있다가 부수어버린 세계인 알껍질을 놓고 보니, 내가 끝없는 우주의 하잘것없는 주민에 불과하다는 사실을 알 수 있었다. 앞날을 생각하면 당황스럽고 그다지 기분이 좋지 않았다. 나는 조그만 알에서 끝이 보이지 않는 세계로 나온 것이다. 나는 겸손한 것과는 거리가 멀어서, 세상에 나오자마자 눈에 보이는 것은 모두 내 것이고 땅은 오직 나를 받들어주기 위해 있는 것이라고 생각했다.

가엾은 펭귄의 어린아이 같은 자만심을 용서해달라. 물론 세월이 흐르면서야 나도 겸손을 배울 수 있었다. 나는 눈으로 사물을 판단할 수 있게 되자, 내가 커다란 바위 위에서 홀로 바다를 내려다보고 있음을 알게 되었다. 바위와 돌멩이와 바다, 주위에는 끝없는 수평선이 거대하게 펼쳐져 있었고, 나는 그 모든 것 가운데 조그만 원자에 지나지 않았다!

나는 헛되이 물었다.

"우주는 왜 이렇게 큰 걸까?"

그리고 그 대답은 내 빈 껍질에서 메아리가 되어 나왔다.

"왜?"

그 질문은 예부터 있었고, 나도 나중에 깨달았듯이 딱 부러지게 대답할 문제가 아니었다. 아마도 이 거대한 만보다는 서로가 남의 행복만을 바라고 아껴주는 작은 세계가 훨씬 내 마음에 들었으리라. 이 만에서는 모든 것이 절망적이었고, 암담한 혼란만이 지배하고 있었다. 이곳은 원체 넓어서 서로를 미워하는 생물뿐 아니라 이해관계가 대립하여 끝없이 투쟁을 일삼는 나라들도 너끈히 발붙일 수 있고 범죄와 욕망도 도처에 득실거릴 수 있었다. 펭귄 여러분, 그리고 나의 친구들이여, 우리를 위해 만들어진 세계가 더 낫지 않겠는가? 햇살이 쏟아지는 언덕이 있는 세상, 바다에 접한 조그만 들판에 잎이 무성하고 꽃이 만발한 과일나무 그늘이 드리워진 세상. 그 세상에는 새 스무 마리가 사이 좋게 둥지를 틀 것이다. 그 새들은 여러분이 읽고 있는 이 글을 쓴 가엾은 펭귄과는 달리 화려한 깃털로 치장하고서 노래 부르고 있지 않을까?

다 헛된 상상이다. 펭귄이나 다른 생물들에게 그런 낙원은 없다. 세상에는 들판과 꽃과 무성한 잎과 열매 맺은 나무도 있고, 화려한 깃털이 달린 새와 노래 부르는 새들도 있다. 그러나, 아아, 슬프도다! 드넓은 세상은 그 매력들을 나누어 가진다. 꽃은 여기에, 과일은 저기에, 모든 것이 뿔뿔이 흩어진 채 인간의 쾌락과 유흥에만 쓰일 뿐이다. 그렇다, 인간만이 자연을 노예로 삼아 이 모든 것을 그러모은다. 저택에 꾀꼬리 소리가 넘치게 하고 꽃으로 잔디를 화려하게 꾸미는가 하면 온갖 과일나무로 과수원을 아름답게 만들기도 하는 것이다.

독자들이여, 다시 한 번 양해해주기 바란다. 혼자 살다 보니 우울해져서, 주제도 모르고 그만 사나운 팔자와 막막한 운명을 잊을 권리가 없음을 까맣게 잊고 있었다.

2

나는 어릴 때 아무것도 모르고 혼자 있었기 때문에 얻지 못할 것을 마음에 두고 있었다. 그래도 내가 고독하고 비참한 어린 시절에 깊이 빠져 있지 않고 내 소개를 생략한 것은 훌륭하지 않은가? 고독이라는 주제는 많은 열매를 맺을 수 있는 것이기에 나는 그대로 간직하고 있어야 했다. 고독은 위로해줌으로써 토로케 하고 평화와 안식을 줌으로써 진정한 행복으로 이끌어준다.

나는 하루 만에 더위와 추위를 배웠다. 해가 사라지자 내가 앉은 바위는 빙산같이 싸늘해졌다. 나는 어떻게 할 수가 없어서 몸을 곰질거렸는데 어깨 근처에 쓸 만한 것이 느껴졌다. 나는 자연이 준 작은 팔, 또는 날개를 앞으로 쭉 뻗었다. (자연은 오랫동안 다정한 어머니로서 자식들 모두를 똑같이 사랑한다는 평판을 받아왔다.) 나는 한참 버둥거리다가 마침내 앉아 있던 바위 꼭대기에서 굴러떨어지고 말았다. 그렇게 굴러떨어져 무심한 흙 속에 부리를 처박고 화가 난 것이 내 인생의 첫 경험이었다. 이 경험으로 나는 더욱 고통스러워서 깊은 생각에 잠겼다.

"누구나 생의 첫발을 조심스럽게 내디뎌야 하고 움직이기 전에 잘 생각해야 한다는 것은 분명해."

나는 그렇게 말하고 나서 펭귄으로서의 삶에 대해 찬찬히 생각해 보았다. 철학한다고 잘난 척하려는 생각은 조금도 없었다. 다만 삶에 익숙하지 않지만 어쩔 수 없이 살아야 하는 때는 삶의 규칙들을 알아내야 하는 것이다.

"선이란 무엇인가?"

"악이란 무엇인가?"

"삶이란 무엇인가?"

"펭귄이란 무엇인가?"

나는 이런 물음들을 풀어내기 전에 눈꺼풀이 감겨 스르르 잠들고 말았다.

3

나는 배가 고파서 퍼뜩 잠이 깼다! 나는 나도 모르게 결심했던 것들을 다 잊어버리고 "배고픔이란 무엇인가?" 하고 물을 틈도 없이 내 앞에서 입을 쩍 벌리고 있는 조개를 삼켜 허기를 채웠다. 나는 이렇게 고전적인 방식으로 먹을 때에는 먼저 그 위험성에 대한 논문을 읽었어야 했다. 경험이 없는 탓에 벌을 받았던 것이다. 나는 너무 급하게 먹다가 질식할 뻔했다. 나는 먹고 마시고 걷고 눈으로 거리를 가늠하고 왼쪽 오른쪽으로 움직이는 법을 어떻게 배워야 할지 몰랐으며, 눈에 보이는 것이 모두 내 것은 아니라는 사실도 몰랐다. 오르내리기라든지 헤엄치기, 고기 잡는 법, 서서 자기, 가진 것이 거의 없거나 하나도 없어도 만족하는 법 따위를 깨치지도 못했다. 이 모두를 배울 때마다 수없이 곤경에 처하고 거짓말 같은 재난과 전대미문의 시련을 겪었다는 말을 하면 충분히 이해할 수 있을 것이다.

4

이 세상에서 우리가 할 일은 무엇인가? 펭귄은 궁극적으로 어떻게 될 것인가? 우리는 죽으면 어디로 가는가? 왜 깃털 없는 새와 비늘 없는 물고기와 발 없는 동물이 생겨났는가?

세상을 살다 보니 종종 알로 되돌아가고 싶기도 했다. 어느 날 나는 깊은 사색을 거듭하다가 잠들었는데, 잠결에 어떤 소리가 들렸다. 파도 소리도 아니었고, 내가 아는 어떤 소리도 아니었다.

"일어나!"

내 존재의 활동적인 부분이 말했다. 그 부분은 한시도 잠들지 않고 사전에 위험을 막아주는 수호천사처럼 결코 방심하지도 않는다.

"일어나. 호기심이 생길 만한 걸 볼 수 있을 거야."

나의 가장 훌륭한 부분이 졸려서 말했다.

"아니. 궁금하지도 않고 보고 싶지도 않아. 난 이미 너무 많은 걸 봤어."

활동적인 부분이 계속 우기자, 나는 말을 이었다.

"별것도 아닌데 잠을 깨우는 건 나빠. 게다가 넌 날 속이고 있어. 소리도 없어졌잖아. 그건 꿈이야. 제발 잠 좀 자자! 날 좀 내버려 둬!"

나는 정말로 자고 싶었다. 그래서 고집스럽게 눈을 꼭 감고서 잠을 청할 때 으레 그러듯이 날개를 접고 몸을 꼬옥 움츠렸다. 하지만, 아아! 소용없었다. 이미 잠이 달아나버린 것이다. 무슨 일일까? 나는 내가 제일 중요한 생물이며 하나뿐인 새라고 생각했는데, 눈앞에 펼쳐진 광경을 보니 나는 하찮은 존재에 지나지 않았다. 적어도 열둘은 되는 매력적인 새들이 눈앞에 있었다. 어떤 새들은 날개를 펴고 날아다니고 있었고, 어떤 새들은 물결 속으로 뛰어들었다가 다시 아침 햇살 속에서 눈처럼 하얀 깃털을 뽐내려고 위로 솟구쳐올랐다. 나는 그 새들이 더 행복하고 완벽한 세상에서 사는 새들일 거라고 생각했다. 해나 달에서 내려온 것일까? 무슨 변덕이 일어 내 바위로 내려온 것일까? 새들은 본래 자연의 힘을 마음대로 이용할 수 있었다. 그래서 격렬한 파도를 비웃기라도 하듯이 파도 위를 미끄러지듯이 날다가 잠깐 땅에서 쉬고는, 땅이 받쳐주는 것을 경멸한다는 듯 다시금 눈부시게 아름다운 날개로 대기를 가르는 것이다. 나는 그렇듯 우아하고 완벽한 몸놀림에 넋이 빠져 질투조차 하지 못했다. 마침내 나는 젊음의 열기와 가슴을 가득 메운 아름다운 감정에 벅차서 소리를 지르며 새들 한가운데로 뛰어 들어갔다.

"천상의 새들이여, 공중의 요정들이시여!"

나는 여기까지 말하고 숨이 가빠서 더는 말을 잇지 못했다.

새 하나가 소리쳤다.

"펭귄이네!"

다른 새들이 입을 모아 소리쳤다.

"펭귄이네!"

그리고 그 새들이 나를 보고 웃음을 터뜨리자, 나는 내가 나타난 것을 기뻐한다고 생각했다.

그래서 나는 대담하게 다음과 같이 나를 소개했다.

"신사 숙녀 여러분, 맞아요, 나는 펭귄이에요. 여러분들은 내가 알을 깨고 나와서 본 것 가운데 가장 아름답습니다. 여러분들을 알게 되어 자랑스러워요. 저도 여러분들의 놀이에 끼고 싶습니다."

맨 먼저 나에게 소리쳤던 아가씨 새가 말했다. 그 새는 여왕처럼 보였는데, 나중에 알고 보니 쾌활한 갈매기에 지나지 않았다.

"펭귄, 넌 지금 네가 무슨 소릴 하고 있는지조차 모르는구나. 하지만 경험으로 알게 되는 게 있지. 이렇게 우아한 펭귄의 부탁을 거절하다니, 말도 안 돼."

그러고 나서 그 갈매기가 날개로 나를 가볍게 치는 바람에 나는 갈매기 무리한테로 비틀비틀 걸어갔다. 다른 갈매기가 똑같이 따라 했고, 다들 나를 툭툭 쳐서 이쪽에서 저쪽으로 보냈다. 이것이 놀이였던 것이다!

나는 겨우 말을 할 수 있게 되자 소리를 질렀다.

"그만 해! 나 죽겠어."

갈매기들이 말했다.

"흥! 이제 겨우 시작인걸. 하하! 계속하자. 흥이 식지 않게 어서 하자구!"

놀이는 다시 시작되었다. 놀이가 얼마나 격렬한지 나는 곧 기진맥진해서 무릎을 꿇고 땅바닥에 쓰러졌다. 맨 처음에 나를 펭귄이라 부르며 앞장서서 못살게 굴었던 갈매기는 내가 완전히 지친 것을 알고 자책했다.

"용서해, 가엾은 펭귄아. 우린 이렇게 노는 게 즐거운데, 너는 싫은가 보구나. 하지만 그게 우리 천성이야. 그러니 아프더라도 우릴 욕하지 마."

갈매기는 앞으로 나와서 상냥한 얼굴로 나를 내려다보았다. 그 얼굴이 어찌나 상냥한지, 방금 전에 못된 짓을 했는데도 잠시나마 나무랄 데 없이 착하고 아름다워 보였다. 그러나 동정심은 흔히 이기적인 마음에서 나오는 것이며 가혹한 짓을 후회하는 것일 따름이다. 내가 애정의 시작이라고 오해했던 그 감정은 사실 유감에 불과한 것이었다. 그래서 갈매기는 내가 위로받았다고 생각하자마자 친구들과 함께 멀리 날아가버렸다.

이렇게 갑자기 새들이 떠나버

리자, 나는 너무나 놀라서 말리려는 몸짓이나 말도 못 하고 다시 혼자가 되었다. 그 순간부터의 고독은 참기 힘들었다.

5

사실 나는 멋모르고 사랑에 빠져 그렇게 아름다운 신부를 얻기 위해 아무것도 못했던 자신에게 몹시 화가 났다. 나는 왜 듣기 좋은 말을 하지 못했던가? 나는 이런 것들을 곰곰이 생각하면서 웅덩이로 갔다. 웅덩이에는 잔잔하고 맑은 물 위에 푸른 하늘이 가득 담겨 있었다. 나는 달아오른 부리를 살짝 담가서 식히려고 몸을 수그리다가 물에 비친 내 모습을 보았다. 추한 모습이 머릿속에 박히는 순간, 나는 숨이 멎을 뻔했다. 나는 웅덩이를 떠났고, 곧 허영심 때문에 내가 어떤 새인지 잊어버렸다. 잠 못 이루는 밤과 비참한 나날들은 내 운명이었다. 나는 사랑스런 대기의 요정이 상냥한 목소리로 고통스런 내 마음을 달래주러 내려오리란 생각에 바람의 속삭임을 귀기울여 들었다. 오, 부질없는 생각이여! 갈매기는 다시 오지 않았고 나의 식욕마저 그녀와 함께 떠나버렸다. 유일하게 위안을 주는 것은 바다였다. 커다란 바위에 부딪치는 애달픈 파도 소리는 슬프디슬픈 세월을 보내고 있는 나를 위로해주었다. 헤아릴 수 없이 깊은 바다에는 내 마음을 짓누르는 슬픔을 상징하는 무엇인가가 있었다.

독자들은 통속적이고 속된 부분을 읽다가 빙그레 웃고 싶을지도 모르겠다. 그렇더라도 나는 독자들에게 신은 인간과 짐승들 가운데 가장 무례하고 마음에 들지 않는 족속에게도 숭고한 특성을 주신다는 점을 상기시키고 싶다. 그래서 헤라클레스같이 몸집이 거대한 천재는 좀처럼 없다. 그러니 상사병에 걸린 펭귄의 마음을 아주 건강해 보이는 겉모습만으로는 판단할 수 없는 것이다.

6

"이렇게 기다리고 있을 수는 없어. 더는 못 참겠어."

나는 이렇게 말하고 애달픈 파도 속에 슬픔을 달래고자 바다에 뛰어들었다.

7

불행히도 나는 헤엄치는 법을 알아버렸다. 그래서 내 이야기는 여기서 끝나지 않는다.

8

누구나 물에 빠져 죽기 전에 두세 번은 위로 떠오르듯이, 나는 말을 하고 싶은 마음에 물 위로 떠올랐다. 나는 무슨 권리로 자살하려 하느냐고 물었다. 만약 세상이 한 펭귄에게만 이렇게 냉혹하지 않았다면, 나는 죽을 수 있었을까? 나는 한참 이것저것 중얼거렸다. 그러는 동안 몇십 킬로미터나 앞으로 떠내려갔다. 이따금 바다 밑바닥까지 내려가 그대로 있겠다고 단단히 마음먹고 바다 속으로 가라앉

기도 했다. 하지만 나는 어떤 이유 때문에 늘 물 위로 떠올랐다. 솔직히 말하면 물 속에 한 번씩 처박혀 있다가 맛보는 공기가 더없이 신선했던 것이다. 일곱번째 자살 시도가 실패했을 때, 나는 한 생물이 나와 나란히 물 위에 떠올라 있는 것을 보았다. 나는 첫눈에 그의 소박하고 꾸밈 없는 모습이 마음에 들었다.

그가 인사하면서 물었다.

"펭귄 씨, 바다 밑에서 뭘 찾고 있었어? 어디 가는 길이야?"

나는 대답했다.

"나도 잘 몰라."

"그러면 우리 같이 갈까?"

나는 기꺼이 그러자고 했고, 가는 길에 불행한 내 이야기를 들려주었다. 내가 이야기를 마치자, 그는 미래의 계획을 세웠느냐고 물었다.

나는 대답했다.

"아니, 안 세웠어. 그렇지만 사랑하는 갈매기를 찾아 여행할까 생각중이야."

"어쩌다 갈매기를 사랑하게 됐지? 너는 몸집도 크고 실속 있는 새로 보이는데. 품위 있게 집에 틀어박혀 있는 너 같은 펭귄을 사랑하는 게 어때? 갈매기와 결혼을 한다 해도, 틀림없이 갈매기 때문에 슬퍼하게 될걸. 갈매기는 바람에 깃털을 나부끼며 줄곧 날아다니지. 그러니 금방 너를 버리고 자기 같은 갈매기한테 가버릴 거야."

새의 말은 너무나 신랄해서, 나는 화를 내며 대꾸했다.

"취향이나 사랑에 대해서는 다른 이가 이러쿵저러쿵할 수 없어. 내 사랑은 햇빛처럼 하늘에서 내려왔어."

길동무가 말했다.

"하늘에서 내려왔다고? 사랑에 빠진 자들이 흔히 하는 말이지! 강렬한 빛, 사랑의 빛살. 그 빛살은 어딘가에 칠흑같이 까만 그림자도 남겨놓겠지, 안 그래?"

나는 말했다.

"아! 낙심하는 모양이군. 내 이야기를 들으니 옛추억이 생각나나 보지."

그는 아무 말도 하지 않고 썰물 때라서 말라 있는 바위 위로 침울하게 올라갔다. 나도 뒤를 따랐다. 나는 그에게서 심오한 분위기가 풍기는 것을 느끼고 무엇을 생각하느냐고 물었다.

그가 대답했다.

"아무 생각도 안 해."

"하지만 침묵으로 사람을 사로잡는 너는 대체 누구야?"

"나는 물새야. 이름은 바보이고."

내가 소리쳤다.

"바보! 이봐!"

물새가 대답했다.

"그래, 다른 사람의 문제만 신경 쓰고 내 문제엔 소홀한 버릇 때문에 그런 이름이 붙었어. 난 그 정도로 남 생각밖에 안 하지. 자, 그러니 뭘 도와줄까? 친구, 잘 들어봐."

숭고한 새가 찬찬히 말했다.

"여기서 그다지 멀지 않은 곳에 '펭귄섬'이 있어. 너 같은 펭귄들만 사는 섬이야. 다들 똑같이 못생겼어. 그곳으로 가는 거야. 혹시 아니? 누가 널 잘생겼다고 생각할지."

내가 물었다.

"내가 그렇게 못생겼어?"

"그래, 넌 땅벌레가 나비랑 다른 것만큼이나 갈매기랑 다르게 생겼어."

9

우리는 항해하는 동안 심한 폭풍우를 만났지만 커다란 파도에 실려 침착하게 폭풍을 타고 갔다. 반면에 세상의 부를 실은 거대한 배들은 폭풍우에 난파되어 눈에서 사라져갔다. 사나운 폭풍우 속에 사람들의 비명 소리를 듣는 것은 안타까운 일이었다. 깊은 바다의 위험에 도전한 남자와 여자 가운데 어떤 사람은 더 행복한 곳을 찾아나선 것일 테고 또 어떤 사람들은 자신들이 결코 누리지 못할 부를 찾아나선 것이리라.

마침내 우리는 많은 위험을 헤치고 '행복의 섬' 해안에 다다랐다.

현명한 친구가 말했다.

"여기서 잠깐 쉬었다 가자. 자, 그리고 신화나 다름없는 세속적인 행복을 추구하는 원시적인 방식을 눈여겨봐."

깃털을 털어서 몸을 말린 다음, 지리학을 공부했던 내 친구는 부리를 치켜들고 부리 끝을 따라 해를 보면서 우리의 위치를 가늠했다. 그 결과는 새들은 말할 것도 없고 인간에게나 항해자들에게도 신기하고 교훈이 될 만한 것이었다. 우리의 계산에 따르면, 우리는 앞으로 나아가려고 순풍을 이용해왔는데 신기하게도 출발했던 지점에서 뒤쪽으로 1백60킬로미터나 떨어진 곳에 와 있었다. 우리가 자신의 힘을 숭고하다고 믿는 문명의 개척자, 인간이었다면 전대 미문의 발전을 이루었다고 흡족해했을 것이다. 인간과 노새는 자기도 모르는 사이에 앞으로 가는 만큼 흔히 뒤로 물러나기도 한다.

내 친구는 이 섬이 알려져 있지 않은 섬이며 실제로 어떤 지도에도 나와 있지 않다고 말했다. 그러니 우리가 관찰한 것은 틀림없이 쓸모 있는 것이다.

"섬으로 들어가보자. 네가 싫지 않다면 말이야."

"정말 가보고 싶어."

그리고 나는 뜨거운 젊음의 열정으로 행복의 땅에 입맞추려고 하였다.

현명한 친구가 말했다.

"자, 진정해. 이 섬은 페루도 아니고 펭귄의 천국도 아니야. 이름만 듣고는 오해하게 되지. 이 섬을 '행복의 섬'이라고 부르는 것은, 여기 사는 동물들이 행복해서가 아니라 행복하게 되기를 열렬히 바라기 때문이야. 이 섬의 동물들은 환상을 좇으며 일생을 보내다가 그 환상에 다가섰다 싶은 순간 무덤에 먹혀버리지. 이 섬의 동물들은 이해 못 해. 악이 반드시 존재하고 행복은 악과 불평을 제거함으로써 얻어질 수 있으며 오랜 세월의 수고와 슬픔 속에서 짧은 행복의 순간들을 얻는 것이 최선이라는 점을 말이야. 인간은 행복을 얻기 위해 온갖 새로운 방법을 다 써보더니, 끝내 가장 낡은 방법으로 되돌아갔다고 하더군. 그들은 그 방법 속에 세상의 모든 고뇌에 대한 새로운 만병통치약이 있다고 생각한대.

이 색다른 섬의 동물들에게는 자신이 곧 신이야. 여기서는 각자 자신만의 기쁨을 추구하는데, 이 방법은 제일 옛날식이야. 사랑, 연민, 자기 희생, 헌신, 미덕, 의무 따위는 이미 오래전에 잊혀진 말이지. 이 동물들은 무슨 일이 있어도 자신의 향락이나 안락을 망치는 일은 피해. 하지만 부유한 자만이 자기 원칙에 충실할 수 있다는 걸 보게 될 거야. 그들이 어떻게 살아가는지 똑똑히 살펴보자구. 저기 큰 저택이 보이지? 아름답지 않아? 저 안에서 쾌락의 신봉자들이 유흥을 즐기고 있어. 들여다보자구. 뭔가 배울 수 있을지도 몰라. 저기 복도에 라틴어가 씌어 있군. '여기 있는 4백 명 모두 행복하다.' 그 다음에는 그들의 신성한 고전에 나온 구절이 있어. '부모는 아이들에게 아무 영향도 끼치지 마라. 그러면 만사가 잘될 것이다.'"

우리는 첫번째 방에서 위 구절의 멋진 실례를 보았다. 화려하게 차려입은 매력적인 엄마들이 많았는데, 아무도 알을 품으려 하지 않았다. 몇몇은 위험해 보이는 남자 친구와 시시덕거리면서 시간을 좀 더 쏠쏠히 보내려고 정원으로 천천히 들어갔다. 어쨌거나 불쌍한 어린것들이 알에서 깨어났다.

엄마들이 말했다.

"너희는 달갑지 않은 쓰레기들이야! 우리는 너희를 낳으려고 갖은 고생을 다했으니까, 돌보는 건 다른 누군가가 해야 돼. 우리는 딴 일로 바빠. 우리가 마음만 먹고 돌아와 봐, 그럼 그예 너희를 망쳐놓고 말 테니까."

보호자가 있긴 있었다. 족제비는 알에 깊은 관심을 보였고, 작은 독사는 새끼들이 알에서 막 깨어나려고 하자 다정하게 지켜보고 있었다. 그리고 늑대들은 어린 새끼들이 위험에 빠지지 않도록 지키면서 흐뭇하게 바라보고 있었다.

단연코 가장 돋보이는 광경은 교실에서 볼 수 있었다. 우리는 교만해 보이는 멧돼지들이 엎드리거나 드러누워 뒹굴며 공부를 하고 있는 모습을 보았다. 소는 쟁기를 버렸고, 낙타는 이웃에게 자기 혹을 지우려고 애쓰고 있었다.

잠을 안 자고 있는 이들은, 하품을 하거나 하품하려고 하거나 이미 하품을 했다. 하나같이 지루해서 죽을 지경인 모양이었다. 교실 가운데쯤에 원숭이 하나가 무릎을 껴안고 머리를 젖힌 채 명상에 잠긴 듯이 앉아 있었다.

나는 원숭이에게 말을 걸었다.

"선생님, 여기 동물들은 낙이 없어 보이는데 그래도 행복합니까?"

원숭이는 이렇게 대답했다.

"행복하지 않을 거요. 행복하기를 바라기는 하지만, 몇몇은 몹시 불행하지요. 나도 이 빌어먹을 의자에 앉아 있는 게 대단히 불편하지만, 통치자니까 어쩔 수 없이 깨어 있어야 하는 거요."

우리는 가는 길에 대장간을 지나갔다. 대장장이는 발에 굳은살이 안 박힌 말에게 융단으로 된 덧신 한 켤레를 만들어주고 있었다.

갑자기 나는 길동무에게 말했다.

"'행복의 섬'에 대해 알 건 다 알았어. 여행을 계속하자."

J. J. Grandville
BRUGNOT

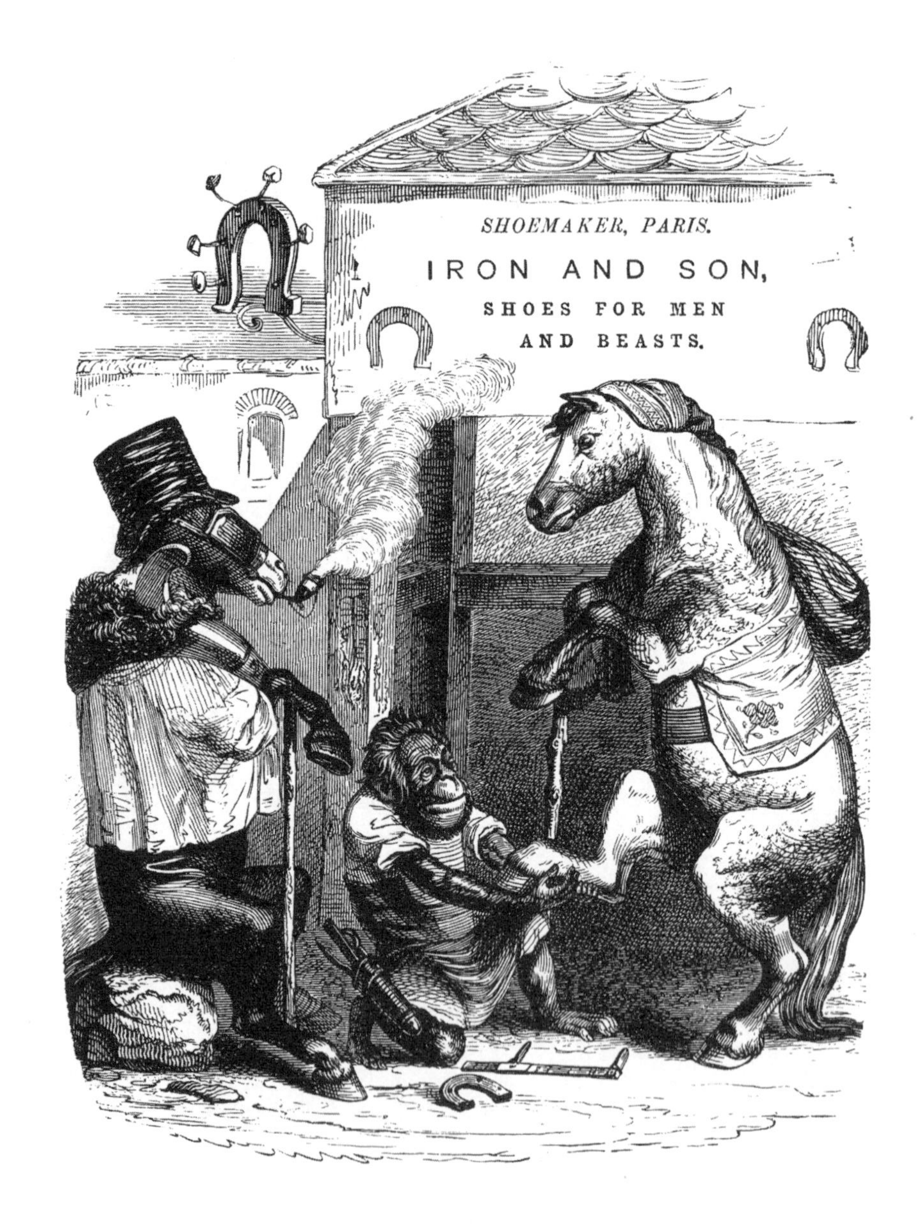
SHOEMAKER, PARIS.
IRON AND SON,
SHOES FOR MEN
AND BEASTS.

10

이틀 후, 우리는 '펭귄섬'에 도착했다.

나는 나와 같은 펭귄 2백여 마리가 전투대열처럼 해변을 따라 늘어서 있는 모습을 보고 말했다.

"저건 뭐지? 저 군대는 우리에게 경의를 표하는 거야, 아니면 우리가 뭍에 못 오르게 하려는 거야?"

친구가 말했다.

"두려워할 것 없어. 저 펭귄들은 우리 친구야. 해변에 떼거지로 줄지어 서 있는 게 이 나라의 관습이지."

우리는 후하게 대접받고, 격식에 맞추어 이 섬의 왕인 늙은 스페미스쿠스를 만나러 갔다. 마음씨 좋은 왕은 친숙해 보이는 백성들에게 둘러싸여 왕좌로 쓰는 바위에 앉아 있었다.

왕은 우리가 다가오는 것을 보고 큰 소리로 말했다.

"이방인들이여, 그대들을 알게 되어 기쁘도다."

주위 군중들이 우리 길을 막자, 왕이 소리쳤다.

"백성들이여, 이방인들이 지나가도록 한쪽으로 비켜주시오."

여자 펭귄들은 왕의 오른쪽에, 남자 펭귄들은 왕의 왼쪽에 섰다.

"자, 우리 왕국의 자유를 마음껏 누리시오."

나는 대담하게 말했다.

"폐하, 폐하의 명성은 온 세상에 자자합니다. 저희들은 오직 폐하를 뵙고자 위험을 무릅쓰고 왔습니다."

내 친구가 속삭였다.

"잘했어! 나이도 어린데 듣기 좋은 거짓말을 잘도 하는구나. 하지만 조심해, 안 그러면 꾀바른 외교관으로 몰려서 목숨을 잃을 수도 있어.”

왕은 내 말을 듣고 기분이 아주 좋아서 끝이 앞으로 처진 고깔 모자를 벗어던지고 비위에서 내려와 나를 꼭 껴안으며 말했다.

“젊은이는 누구보다도 공손하고 정직한 새로다. 내 곁에 남아서 늙은 나를 도와달라.”

나는 대답했다.

“존경하는 폐하, 과연 폐하의 명성에 걸맞게 펭귄의 본성을 잘 알고 계시는군요. 저의 부족한 점을 젊고 미숙한 탓으로 이해해주시리라 믿으며, 폐하의 너그러운 제안을 기꺼이 받아들이겠습니다.”

“잠깐, 결혼은 했느냐?”

“아닙니다, 폐하. 아직 총각입니다.”

“총각이라고!”

왕은 암컷 펭귄 쪽으로 몸을 돌렸다. 암컷들은 즉시 나를 쳐다보았고, 나는 난생 처음 숙녀들의 다정한 눈초리에 몸둘 바를 몰랐다.

다들 한목소리로 외쳤다.

“총각! 총각이라니! 어휴, 끔찍해라!”

왕이 말했다.

“조용히! 우리는 더 몹쓸 병도 고쳤다. 자, 나한테 딸이 있어.”

나는 항의했다.

“하지만 폐하, 제 마음은 딴 데 가 있습니다.”

“허허, 겸손한지고. 그대는 내 딸과 결혼해야 하느니라. 음, 생각만 해도 흡족하구나. 결혼은 특권의 문제지, 사랑의 문제가 아니야.”

나는 이 뜻밖의 제안에 놀라서 꿀 먹은 벙어리가 되었다.

왕이 말했다.

“아무 말 안 하면 동의한다는 뜻이지.”

나는 결정할 시간을 갖기도 전에 공주와 눈길이 마주쳤다. 그것은 한순간의 일이었다. 사랑의 신은 공주의 가슴에 완벽하게 불을 붙였다. 내가 싫다고 말하기 전에 모든 일이 준비된 것이다. 나는 가만히 나만의 생각에 잠겼다. 그 순간적인 시선이 내 운명을 결정해버렸다. 그 순간적인 시선이야말로 남은 인생까지 통틀어서 내 행복을 없애는 데 가장 큰 역할을 한 것이다. 내가 갓난아기 때부터 마음의 평화를 없애는 최고의 방법을 만들어왔다 해도 이보다 더 큰 영향을 주지는 못했으리라.

왕이 말했다.

"자, 네 미래의 아내를 보아라. 기쁘지 않느냐? 너무 행복해서 말로 표현할 수가 없겠지? 사랑스럽지 않느냐?"

가엾은 늙은 왕은 자기 딸을 다정하게 바라보고는 눈물을 글썽이며 말했다.

"그대는 내가 무엇을 주고 있는지 모를 거야. 내 딸은 착한 아이지, 암 착하고말고! 그리고 사랑스러운 아내가 될 걸세. 우리 왕국의 누구도 내 딸만큼 작은 눈과 노란 부리와 통통한 몸매를 가지지는 못했지. 딸아이는 정말 아름다워!"

결혼식이 준비되었고, 우리는 화려하게 식을 치렀다. 모든 비용은 장인이 댔다. 펭귄 나라에서는 왕뿐아니라 백성들도 자기 딸을 결혼시키고 지참금을 줄 만큼 재산이 있었다. 이렇게 해서 어리석기 짝이 없는 결혼을 통해 나는 왕의 사위가 되었다. 내 아내는 그렇게 예쁘지도 착하지도 않았기 때문에 나의 진정한 괴로움은 결혼식이 끝나자마자 시작되었다.

11

여기서 글을 맺어야겠지만, 이왕 여기까지 왔으니 씁쓸한 결말을 이야기해도 좋을 성싶다.

어느 날 밤 나는 첫사랑이 나타나 자기를 따라오라고 손짓하는 꿈을 꾸었다. 꿈이 어찌나 생생하던지, 나는 깨고 나서도 이 세상 어딘가에 그 장소가 실재한다면 한눈에 알아볼 것 같았다. 바로 그 순간, 나는 꿈에 나타난 천국과 여신을 찾아 떠나기로 했다. 마침내 나는 표면상으로는 외교적 임무를 띠고 펭귄섬을 떠났다. 그리고서 꼬박 2년 동안 두루 돌아다녔지만, 첫사랑을 찾을 수 없었다. 그러나 내가 막 단념하려는 순간 모랫둑에서 그토록 찾아다니던 갈매기를 발견했다. 그녀는 초라하고 심술궂어 보이는 비천한 가마우지 떼와 어울려 뭍으로 밀려온 고래의 시체 위에 몸을 구부리고 있었다. 이런 새가 내가 꿈꾸던 갈매기였단 말인가! 대기의 요정! 이상적인 미의 화신, 아름다운 요정, 내가 꿈꾸던 대기의 요정이 매혹적인 모습으로 나의 인생을 괴롭혀온 것이다! 나는 비로소 눈을 떴다. 하지만 하찮은 쇠붙이의 반짝임을 순금의 광채라고 착각한 것이 얼마나 바보짓이었나를 깨닫기에는 너무 늦었다. 나는 어리석은 기억들을 떨쳐버릴 수 있다면 무슨 짓이든 했을 것이다. 그러면 새롭게 생을 시작하고 첫 단추가 어디서 잘못 끼워졌는지도 알 수 있었으리라. 하지만 나는 아무리 좋은 것이라도 달콤한 허위보다는 쓰디쓴 진실이 낫다고 생각했다.

나는 '펭귄섬'으로 떠나면서 다시는 그 바닷가를 떠나지 않고 좋은 남편, 좋은 아빠, 좋은 왕자가 되겠다고 마음먹었다.

12

나는 섬에 도착하자마자 먼저 백성들을 만나보았는데 다들 잘 지내고 있었다. 다음에는 장인을 뵈러 갔더니, 장인은 다행히 백성들보다 더 잘 지내고 있었다. 그러고 나서 사랑스러운 아내와 아이를 찾아다니기 시작했다. 한데 이럴 수가! 우리 식구는 넷으로 늘어나 있었다. 가엾은 아내는 내가 자기를 버렸다고 생각하고 다른 남편을 맞아들였던 것이다.

나는 곧바로 나의 오랜 친구인 길동무를 찾아갔다. 내 친구 물새는 왕이 그 능력을 보고 수상으로 삼으려고 했지만, 굳이 수상까지 맡아서 골치 썩고 싶지 않다며 바위 꼭대기에서 은둔하고 있었다. 그는 이 나라에서 제일 높은 바위에 터를 잡았다. 친구는 멀찍이 떨어져서 나라의 혼란과 제 운명에 맡겨놓은 아래 세상을 철학적인 눈으로 지그시 내려다보고 있었다. 나는 위로와 도움의 말이 필요했다. 은둔자는 나의 비애를 차근차근 듣고 나서 절망적인 말을 던졌다.

“흥! 나는 세상살이라면 신물이 나. 시간은 순간순간 상처를 주지만, 다행히도 마지막 순간에는 우릴 죽이지. 자네의 고통일랑 잊어버리게. 인간과 동물의 평화를 망치는 해로운 것들은 마음속에서 싹 지워버리는 거야. 도대체 왜 자네가 행복해야 하지? (그는 이단의 새였다.) 행복을 얻을 만하게 한 짓이 뭐가 있어? 여행 중에 어떻게 지냈나? 죄악으로 들끓는 세상을 충분히 보지 않았나? 하하! 자네가 받은 벌이 도저히 견딜 수 없을 정도로 큰 건가? 어리석어빠진 눈먼 펭귄 같으니라구! 자넨 우리의 적인 운명의 손에 놀아난 거야. 그 늙은 악당이 만들어지다 만 날개로 헛되이 하늘을 향해 발버둥치는 자네의 모습을 보고 얼마나 즐거워했을까. 하하! 참으로 훌륭한 웃

PENGUIN
ISLAND.

음거리지!"

내가 말했다.

"퍽도 즐겁겠군, 친구. 자네의 경솔한 말이 얼마나 깊은 상처를 주고 있는지 아나?"

내 친구가 대꾸했다.

"잘 듣게, 철부지 양반아. 자넨 얻을 수 없는 것을 찾느라 인생의 황금기를 다 흘려보냈어. 행복에 가장 가까이 가는 길은 눈에 잘 띄지 않고 초라한 곳에서 찾을 수 있다는 사실을 명심하게. 그 길은 친절하신 신께서 우리의 길잡이가 되어주실 때 앞서가신 의무라는 길일세."

내가 말했다.

"날 헷갈리게 하는군. 자네 말은 영국 날씨처럼 변덕스러워. 한순간은 사악한 새였다가 다음 순간에는 도덕적인 철학자가 되니 말이야."

친구가 말했다.

"아니네, 친구. 이런 것들은 그저 한때의 기분에 지나지 않아. 나는 새만이 아니라 인간도 기분이 있다고 들었네. 가장 경건한 사람들조차 늘 따라다니는 사악한 생각을 감추려고 칙칙한 외투를 입는다더군. 그들은 자기네가 전쟁할 때 쓰는 대포알을 닮았어. 그것은 해를 끼치지 않아. 갑자기 어떤 열정이 솟아 도화선에 불을 댕기고 발사하여 그네들을 파멸시키기 전까지는 괜찮다구. 행복을 찾으려면 햇빛보다는 구름을 좋아해야 하고 화창한 날씨보다는 비를 좋아해야 할 것 같네. 자넨 아무것도 안 가지고서도 부자라는 사실을 알아야 해. 이미 저지른 일이나 한번 내뱉은 말은 다 잘한 일이라 생각하고, 아무것도 안 믿으면서도 모든 것을 알아야 하지. 살아가는 동안 꿈을 꾸고 그 꿈속에서 사는 거야. 결국 자네가 정말로 행복하다고 느끼고 잘 참고 있으면, 시간은 틀림없이 헛된 미망에서 깨어나게 해줄 걸세."

철학자는 여기까지 말하고 한숨 돌렸다.

독자들이여, 만약 여러분들이 행복하지 않다면 가엾은 펭귄의 일생을 본보기로 삼으라고 충고해주고 싶다. 이 펭귄은 가짜 여신의 신전에서 우상을 숭배하느라 자신의 희망을 스스로 꺾고 말았다.

이 이야기는 저명한 프랑스 학사원 회원인

오랑우탄이 쓴 논문에 나오는 글이다.

덫에 걸린 여우

나는 소리쳤다.

"안 돼, 절대 안 돼! 나는 겁 많고 비열하고 게걸스러운 짐승의 이야기를 쓰진 않을 거야. 그 짐승은 교활하고 위선적이고 사기꾼 같은 놈이야. 그래서 이름도 여우잖아. 오죽하면 그런 놈을 보고 여우라고 했겠어."

그러자 내가 못 본 척하고 있던 친구가 대꾸했다.

"나리 말씀은 틀려요."

아직 본격적인 이야기는 나오지 않았지만, 나는 박물학자가 웬 동물 이야기를 꺼내서 적적하지 않게 시간을 보내고 있었다. 그 박물학자는 사소한 시중을 들어주었는데, 마침 그때는 내 서재의 책을 정리해주고 있었다. 독자들은 문자 그대로 '숲 속의 인간, 또는 야생 인간'이란 뜻을 가진 오랑우탄이 서재를 보유하고 있다는 말에 틀림없이 놀랄 것이다. 내가 주로 철학적인 유인원들이 쓴 책들을 가지고 있고, 거의가 유인원이 인간의 혈통을 이어받았다는 내용을 정교하게 서술한 논문이라는 사실을 안다면 더욱더 놀랄 것이다. 아무튼 그건 그렇다 치자.

나에게 말을 건 우리 집 일꾼은 '거침없는 인물'이라고 할 수도 있을 것이다. 나도 인물 유형을 웬만큼은 알고 있지만, 그렇게 거침없는 인물은 처음 본다. 따라서 미안하지만 나는 이 인물을 '브렐로크(싸구려 장신구라는 뜻)'라고 부르겠다.

브렐로크가 거듭 말했다.

"나리 말씀은 틀렸다니까요."

나는 화가 나서 물었다.

"뭐라구? 앞뒤도 맞지 않는 말을 좋아하더니, 이제는 그 고약하고 타락한 동물까지 변호하고 싶어진 거냐?"

브렐로크는 우스꽝스럽기 그지없이 거만한 태도로 탁자에 기대며 대답했다.

"저는 좋은 평판뿐 아니라 나쁜 평판도 이따금 와전될 수 있다고 봐요. 지금 말한 여우들, 아니 적어도 제가 아는 어떤 여우는 그런 오해의 희생양이라고 생각하는데요."

내가 말했다.

"그렇다면 네가 직접 겪은 이야기란 말이냐?"

"그렇고말고요, 나리. 제가 귀한 시간을 뺏는 게 아니라면, 나리께서 잘못 생각하고 계시다는 것을 확인시켜드리지요."

"듣기야 하겠지만, 어떻게 결말이 나지?"

"별거 아니에요."

"좋아. 이 팔걸이 의자에 앉아. 혹시 내가 잠들더라도 얘깃소리에 깰 테니까 계속 이야기해."

브렐로크는 내 담뱃갑에서 코담배를 한 번 들이마시고 흔쾌히 이야기를 시작했다.

"나리, 나리께서 저를 어여삐 여겨 일꾼으로 써주셨지만 그렇다고 제가 노예처럼 굴지도 않았지요. 그랬다면 나리나 저나 불쾌했을 테니까요. 저도 나리처럼 한가한 시간이 있고, 그럴 땐 생각을 많이 하지요. 물론 나리께선 아무 생각 없이 보내시지만요. 음, 저는 갖가지 방법으로 시간을 보낸답니다. 혹시 낚싯줄로 고기 잡아보신 적 있으세요?"

나는 대답했다.

"있지. 으음, 그러니까 낚시하기 편한 옷을 입고 해가 뜰 때부터 질 때까지 종종 강가에 앉아 있곤 했지. 동양의 무기와 비슷하게 생겼지만 위험하지는 않은 훌륭한 은낚싯대도 있었어. 아, 슬프도다! 숱한 시간을 즐겁게 보내고 어쭙잖은 시도 적잖이 지었건만, 정작 물고기는 한 마리도 잡아보지 못했구나."

"나리, 나리께선 낚시할 때 그저 상상을 통해서나 기쁨이나 느끼실 뿐이지 진짜 낚시꾼의 기쁨은 하나도 모르십니다. 지금 나리께서 말씀하신 매력을 이해할 만한 이는 거의 없어요. 나리께선 막연한 희망과 꿈에 가득 차 있어서, 부드럽게 흐르는 맑은 물을 따라가다가 투명한 수면 위에서 벌어지는 곤충 세계의 사건들을 눈여겨보며 영감을 얻으시지요. 시심을 가진 낚시꾼은 은빛 물고기를 잡더라도 후회와 죄책감만 느낄 뿐입니다."

나는 그렇다는 몸짓을 했다.

브렐로크가 말을 이었다.

"하지만 아무도 낚시를 그렇게 생각하지는 않아요."

내가 맞장구쳤다.

"맞는 말이야."

브렐로크는 아무도 자기 말에 맞장구를 쳐준 이가 없었던지 우쭐해졌다.

브렐로크가 자만에 찬 목소리로 말했다.

"나리, 저는 아주 심오한 주제들에 대해 깊이 생각해왔어요. 세상이 제 말을 공평히 들어주기만 한다면, 저는 널리 이름을 날리게 될 겁니다. 그렇다고 남의 명성을 빌려 유명해지려는 건 아니에요."

"그 말이 나왔으니 말인데 너랑 안다는 그 여우 이야기 좀 들어보

자. 너는 내가 기껏 참아주는 것도 모르고 멋대로 굴고 있어.”

“아이구, 나리, 저를 잘못 보신 겁니다. 전 그저 섬세하고 간접적인 방식으로 여우 이야기를 꺼내려고 했을 뿐이에요. 저는 그저 나리를 생각하는 마음뿐입니다. 딱 하나만 여쭤볼게요. 나비 잡이를 어떻게 생각하세요?”

나는 소리쳤다.

“예끼, 이놈! 내가 여우 이야기 하나 듣자고 온갖 동물의 운명을 다 들먹이는 너와 함께 여기 있어야 하는 거냐? 너는 내가 여우를 얼마나 미워하는지 잊어버렸구나. 여우는 위선의 탈을 쓰고 닭과 양과 비둘기와 수많은 희생물들을 교활하게 꾀어내는 놈이란 말이야.”

브렐로크가 대꾸했다.

"너무 심한 욕이십니다! 사랑에 빠진 여우는 바보 같고 이기적이지 않으며 상냥하기 그지없다구요. 저는 이 사실을 알려서 여우의 적들에게 복수하고 싶어요. 한데 잠시만 나비 사냥 이야기를 해보겠습니다."

나는 안달하는 몸짓을 했지만, 브렐로크가 애원하는 표정을 짓자 누그러지고 말았다. 게다가 나는 경솔하게도 그 에두르는 이야기에 흥미 있어하는 것까지 들키고 말았다.

브렐로크는 만족해서 다시 한 번 코담배를 들이마시고는 팔걸이 의자에 비스듬히 기대어 말했다.

"나리, 나리께서 인생의 참다운 즐거움에 기뻐하시는 걸 보니 아주 흐뭇하네요. 나리께서는 우리가 이른 아침마다 마주치는 인간보다 더 끌리고 더 부러운 인간을 말씀하실 수 있습니까? 그이는 껑충한 풀숲 사이를 뒤지고 돌아다니며 숨차하면서도 즐거워하죠. 그이는 기다란 핀들이 꽂힌 코르크 조각을 단춧구멍에 달고 다녔어요. 이 핀으로 사랑스런 희생양들을 고통 없이 찔러놓는답니다. 그는 산들바람을 타고 날아온 작은 곤충들이 아무 소리 안 하니까 고통도 못 느낀다고 자위하지요. 뭐, 어쩌면 나비도 즐거운 마음으로 미라처럼 말려져 수집품으로 진열되고 싶어할지도 모르죠. 한데 지금 이야기가 빗나가고 있네요."

"이제야 옳은 소릴 하는구나."

"여우 이야기로 다시 돌아가지요. 일반적인 이야기를 듣는 게 지겨우시면 제가 들판에서 겪은 이야기를 해드리죠. 사냥에 홀딱 빠져 있던 어느 날이었어요. 사냥은 우리가 방금 이야기한 낚시하고는 딴판이지요."

나는 일어나서 나가려고 했다.

그러자 브렐로크는 나를 조용히 자리에 앉혔다.

"조금만 참으세요. 저는 나리께서 그 차이점을 아셨으면 해서 비교가 되라고 낚시 얘기를 꺼냈을 뿐이에요. 낚시는 미끼를 쓰니까 아주 느긋하게 앉아서 기다려야 되지만, 반대로 사냥은 마구 움직여야 하지요."

나는 웃으면서 대꾸했다.

"그러니까 지금 나를 꽉 붙들어 핀으로 꽂은 거군."

"에이, 무슨 그런 잔인한 말씀을. 하지만 이젠 신경 써서 제대로 말씀드릴게요. 나리께선 제가 정신 없이 쫓아다닌 화려한 나비만큼이나 변덕스러우시군요. 그 나비는 옛 주의 하나인 프랑슈콩테 산맥에 사는 멋진 아폴론이었어요. 저는 나비를 쫓아 숲속의 작은 빈터에 들어갔다가 어찌나 숨차던지, 나비가 도망치겠구나 하면서도 걸음을 멈추었지요. 그런데 나비는 글쎄 건방진 건지 아니면 까불거리는 건지, 긴 풀 위에 앉는 거예요. 나비의 무게로 풀이 구부러지는 모습이 마치 저에게 도전장을 내미는 것 같더군요. 저는 나비를 놀래주려고 기를 썼지요. 나비한테서 눈을 떼지 않고, 점잖지 못한 불편한 자세로 다리에 힘을 잔뜩 주고 살금살금 다가갔어요. 제 가슴은 말하지 않아도 금방 상상이 가는 감정으로 부풀어올랐지요. 그 순간 재수 없는 수탉이 기운차게 울어대는 바람에 탐스러운 제 목표물은 날아가버리고 말았지 뭐예요. 저는 맥이 탁 풀려 돌 위에 주저앉았어요. 그리고 남은 숨을 몰아 수탉의 대가리에다 욕을 퍼부었지요. 저는 오만 가지 방법으로 죽여버리겠다고 을러대다가 급기야 오싹하게도 독약을 쓴다는 말까지 내뱉었죠. 그리고는 '맛 좀 봐라' 하고 고소해하며 수탉을 혼내주려는데, 누군가가 제 팔 위에 발을 얹는 거예요. 쳐다보니 부드러운 눈동자가 제 눈을 빤히 들여다보고 있더군요. 나리, 그건 매력적으로 생긴 젊은 여우의 눈이었어요. 아, 얼마나 충실하고 고상한 분위기를 풍기는 여우던지! 남의 마음을 끌고도 남을 만하더라니까요. 나리께선 여우라는 동물에게 비판적이시지만, 어쨌든 저는 그때 눈앞의 여우를 좋아하기로 마음먹었어요. 이 품위 있는 동물은 수탉한테 퍼부은 내 협박을 들었던 거예요.

'그런 격한 감정일랑 버려요.'

여우가 어찌나 슬픈 목소리로 말하던지 저는 코끝이 찡했답니다.

'그녀는 슬퍼서 죽을 거예요.'

저는 무슨 말인지 몰라서 물었죠.

'누구를 말하는 거죠?'

'암탉 말이에요!'

여우는 간단하지만 다정하게 대답했어요.

저는 여전히 무슨 말인지 알아듣지 못했지만, 대충 사랑 이야기겠구나 짐작했죠. 저는 로맨스를 무척 좋아하는데, 나리께선 어떠세요?"

"상황에 따라 다르지."

"사랑 얘기 따윈 싫다고 솔직하게 말씀하세요. 하지만 나리께서도 이 이야기에는 푹 빠지게 되실 걸요."

"네 기분이 상할까 봐 싫다는 말을 곧바로 하지 않은 거야. 그러니 용감하게 나 하고 싶은 대로 네 이야기를 듣는 편이 좋겠다. 지루하다고 죽지는 않으니까."

"그렇다고들 하죠. 그래도 저는 지루해서 죽을 뻔한 사람의 이야기를 아는 걸요. 하지만 다시 여우 이야기로 돌아가지요.

제가 여우에게 말했어요.

'이봐요, 저는 댁한테 무척 관심이 가는군요. 몹시 불행해 보이세요. 혹시 내가 도울 일이 없을까요?'

그러자 여우가 대답했어요.

'고마워요. 하지만 내 슬픔을 덜어줄 순 없을 거예요. 아무도 그녀로 하여금 나를 사랑하게 할 순 없으니까요.'

저는 조용히 물었죠.

'암탉 말인가요?'

여우가 한숨을 쉬며 대답하더군요.

'네, 암탉요.'

사랑에 빠진 가련한 이에게는 뭐니뭐니 해도 누군가 하소연을 들어주는 것이 제일 큰 위안이지요. 자기 고통을 털어놓는 동안에는 행복하니까요. 저는 이 점을 알고 있었기 때문에 여우한테 사연을 말해보라고 했어요.

이 흥미로운 네발짐승이 털어놓더군요.

'휴우, 당신이 내 삶의 몇몇 사건들을 이야기해달라고 하니, 몇 년 전으로 거슬러 올라가야겠네요. 불행은 내가 태어나면서 시작되었거든요. 나는 이 시대의 가장 훌륭한 여우 밑에서 태어났어요. 그렇지만 다행히도 나는 부모님의 교활한 본성을 거의 물려받지 않았다고 할 수 있어요. 나는 부모님의 습관을 혐오했기 때문에 가족의 흥미와는 반대되는 취향을 갖게 되었죠. 나는 덩치 큰 개와 친해졌는데, 그 개는 힘 없는 이들과 친구가 되라고 가르쳐줬어요. 나는 그 개의 충고를 귀담아듣고 그가 얼마나 세심하게 어진 가르침을 실천하는지 몇 시간이고 지켜보았답니다. 사실, 그는 고맙게도 내 생명의 은인이었죠. 나는 포도밭에서 시골 집사한테 잡힌 적이 있었거든요. 포도를 따서 목을 축이고 포도나무 밑에서 땡볕을 피하고 있다가 그만 변을 당한 거예요. 나는 수치스럽게 붙들려서 '치안 판사'인 포도밭 주인 앞에 끌려갔죠. 그런데 포도밭 주인의 험상궂은 모습을 보니까 더 겁이 나더군요. 한데 이 힘세고 훌륭한 동물은 알고 보니 무척 친절하지 뭐예요. 그는 나를 용서해주고 식탁에 앉히더군요. 나는 그 식탁에 앉아 눈에 보이는 음식만 먹은 게 아니라 미덕과 도덕에 대한 가르침도 배불리 받아 먹었답니다. 섬세한 마음과 교양은 물론 경험까지도, 지적인 언어로 표현할 수 있는 즐거움도 모두 그에게서 배운 거예요. 숙명적인 그 시기까지 내 존재는 헤아릴 수 없는 슬픔과 과오로 얼룩져 있었답니다. 그때 나는 로미오처럼 종족간의 불화로 나와는 영원히 떨어져 있었던 것 같은 어떤 이에게 마음을 주고 말았죠. 하지만 나는 로미오보다도 운이 나빠서 사랑도 못 받았어요.'

제가 물었어요.

'댁 같은 여우가 사랑하는데도 그렇게 무덤덤한 미녀는 대체 누구요? 그 미녀가 댁보다 더 좋아하는 건 누구고?'

여우는 겸손하게 대답했어요.

'그 미녀는 암탉이고, 내 라이벌은 수탉이에요.'

나리, 저는 어리둥절했어요. 그러다가 마침내 입을 뗐죠.

'이봐요, 혹시라도 내가 댁하고 친해져서 이런 말 한다고 생각하지 말아요. 먼저 나는 그런 허영 주머니들을 항상 비웃고 업신여겼소. 또 자만심에 차서 점잔 빼며 뻣뻣하게 걷다가 가장 의기양양해질 때 고꾸라지고 마는 게 수탉밖에 더 있소? 수탉은 겉치레와 허영심으로 마구 날뛰는 바람에 가장 천하고 바보 같은 새로 찍히고 말았어요.'

내 젊은 친구는 한숨을 쉬며 말하더군요.

'당신처럼 생각하지 않는 암탉이 많아요. 슬픈 일이죠! 암탉한테 사랑받으려면 당당한 자신감과 그림같이 멋진 체격이 어우러져야 하나 봐요. 나는 끝없이 헌신적인 사랑을 바치면 언젠가는 그녀의 사랑을 얻지 않을까 기대했죠. 흔히 여우가 암탉에게 구애할 때는 물질적인 방법으로 애정을 표현하지만, 나는 그 애정을 정신적으로 해석했답니다. 하지만 행복한 사랑은 동정을 모르는 법이에요! 암탉은 양심의 가책도 없이 내가 고통받는 것을 지켜보기만 했답니다. 내 라이벌은 괴로워하는 나의 모습을 보고 즐겼지요. 오만과 우매함으로 보자면 수탉을 따를 자가 없으니까요. 친구들은 나를 비웃거나 아예 제쳐놓아버렸어요. 게다가 내 고귀한 후원자는 명예롭게 은퇴한 뒤 일생을 마쳤고요. 아마 지금처럼 홀로 남아 이 숙명적인 열정을 추억할 수도 없었다면 몹시 비참하겠죠. 그 열정은 아직도 뭐라 말할 수 없는 매력을 풍기고 있거든요. 나는 암탉에게 사로잡힌 순간부터 삶을 마감하는 순간까지 내 동료들로부터 암탉을 보호할 것이며, 앞으로도 암탉이 얽어맨 사슬을 지고 살아가야겠죠. 암탉이 내가 동정받을 만하다고 알아주기만 하면, 나는 행복하게 죽을 수 있을 텐데! 당신은 도량이 넓은 분 같아요. 그러니 내가 암탉과 처음 만나게 된 사정에 무심하진 않을 것 같군요. 나는 지난여름 피의 축제에 마지못해 참가했다가, 처음으로 그녀를 보았어요. 나는 아버지의 신망 덕분에 축제에 참가할 수 있었죠. 친구들은 나를 싫어했고, 나는 차마 내 사랑 암탉처럼 날개 달린 동물을 잡아먹는 데 끼어들 수 없었어요. 많은 내 동족들은 농가의 주인과 개가 없는 틈을 타서 안뜰을 습격하기로 했답니다. 그 집은 여기서 멀지 않으니, 아마 당신도 볼 수 있을 거예요. 머리가 쭈뼛해지겠지만(용서하세요, 당신의 가발을 못 봤네요), 뜰에 사는 동물들을 마구잡이로 죽이기 위해서

치밀하게 준비했죠. 나는 마음씨는 곱지만 동족들의 계획을 기꺼이 도와주기로 했답니다. 여우보다는 인간에게 더 어울리는 자존심 때문이었나 봐요. 나는 비록 몽상가이지만 위험한 순간에 믿을 만한 여우라는 걸 증명할 각오가 되어 있었거든요. 생각만 해도 몸서리가 쳐지지만, 그때는 그 음모가 전혀 싫지 않았어요. 마침내 우리는 어둠을 틈타 방어망이 허술한 마당으로 의기양양하게 들어갔죠. 우리의 희생양들은 자고 있었어요. 암탉들은 보금자리에 일찍 들어가거든요. 한 마리만 자지 않고 지키고 있었는데, 바로 그 암탉이었어요. 그녀의 멋진 모습을 처음 본 순간, 그래요, 품위 없이 말하자면 나는 완전히 녹아버렸어요. 그래서 이 여우는 사랑에 빠지게 된 거랍니다. 나는 밤의 공기 속에서 사랑의 말을 속삭였어요. 그녀는 존경을 한두 번 받은 게 아닌 듯 내 말을 들었지요. 나는 일단 물러서서 그녀를 구할 방법을 짜냈어요. 내 사랑이 이타적인 생각에서 비롯되었다는 점을 명심하세요. 이런 경우는 아주 드무니까 특별히 언급할 만하잖아요. 나는 피에 굶주린 여우들에게 다가가서, 품위 있게 알부터 차근차근 먹는 게 어떠냐고 했죠. 여우들은 대부분 내 제안을 받아들이더군요. 그렇게 해서 나는 생각할 시간을 벌었지만, 보초를 설 때까지도 아무 대책을 세우지 못했어요. 그때 거짓말로 소리치면 내 사랑을 구할 수 있겠다는 생각이 퍼뜩 떠오르더라구요.

나는 재까닥 소리쳤어요.

'빨리 도망쳐!'

강도들 대부분은 벌써 전리품을 챙겨들었고 몇몇은 아무것도 못 건졌지만, 어쨌든 다들 나만 그 뜰의 주인인 양 덩그러니 남겨놓고 내뺐어요. 수탉이 번쩍 깨서 자기의 하렘이 습격당했다는 사실을 알고 꼬꼬댁 울어대는 바람에 나는 도망칠 수밖에 없었죠. 그날부터

GRANDVILLE

나는 몇 날 며칠이고 그 농가를 지켜보았지만 내 사랑 암탉에게서 다정한 눈길 한 번 받지 못했답니다. 암탉은 불성실한 주인인 수탉한테 걸핏하면 두들겨맞으면서도 갈수록 수탉을 사랑하는 것 같았어요. 그렇지만 나는 내 라이벌이 어떤 작자인지 폭로하여 그녀에게는 가장 사랑스러운 환상을 깨뜨리면서까지 그녀의 사랑을 얻으려 하진 않았어요.

옛 스승의 모습이 자주 눈앞에 떠올라요. 스승은 나를 가르쳐서 수준을 높여주었지만, 한편으론 나를 무지하고 멍청한 우리 종족보다도 불행하게 만들었지 않나 싶더군요. 더 이상 무슨 말을 할 수 있겠어요? 조건 없는 사랑이란 참 드물죠. 그래서 나도 비참한 생애를 돌아보다가 내 이야기가 너무 짧다는 사실에 놀란답니다. 자, 해가 지고 있으니 이젠 떠나야겠어요. 혹시 여우가 사악하다는 말을 들으면, 꼭 저를 생각해주세요. 다정하고 섬세해서 고통받는 여우를 만났다는 기억을 잊지 마세요.'"

내가 물었다.

"그게 다야?"

브렐로크가 대답했다.

"네, 나리께서 제 이야기에 흥미를 느끼시고 그 동물들이 다들 어떻게 되었는지 물어보시지만 않는다면요."

내가 대꾸했다.

"나는 흥미 때문에 뭘 하지는 않아. 모든 게 제자리를 찾는 걸 좋아하지. 그러니까 그 동물들과 생각지도 않은 곳에서 마주치느니, 지금 그들이 무엇을 하고 있는지 아는 게 더 낫겠어."

브렐로크가 말을 이었다.

"그 여우는 우연히 우리 모두의 적과 마주쳤어요. 어느 날 여우는 암탉을 끌고 가려다가 농부의 총에 맞고 말았죠. 농부는 기념으로 여우의 꼬리를 매달아놓았구요."

"수탉은 어떻게 됐어?"

"음, 수탉은 여전히 꼬끼오 하고 울어대고 있지요. 겁쟁이에다 어리석고 자기만 아는 악당 같으니라구! 설마 나리께서 제가 수탉을 미워하는 것만큼이나 여우를 미워하시는 건 아니겠죠?"

"착각하지 마. 그 여우는 네가 만나본 놈 중에서 제일 교활한 녀석이야. 농부도 너처럼 여우한테 속아넘어갔더라면, 여우는 암탉의 피로 목을 적셨을 거야. 그 여우란 놈, 가히 불가리아에서 온갖 잔인한 짓을 저지른 터키 기마용병대만큼이나 자애롭다는 사실도 증명되었을 테고."

브렐로크가 말했다.

"저도 그렇게 생각하지만, 그게 딱하다는 거죠."

우리에게 중요한 것은 현재야. 우리는 오늘을 위해서 살아. 인간은 내일을 위해서 살지만. 기쁨이 가득한 내일. 웃기지! 그래서 인간은 평생 희망을 부여잡고 살아가지만, 기쁨은 실현되는 법이 없고 희망은 인간과 함께 무덤까지 가는 거야.

산토끼 이야기

1

지난주 어느 날, 나는 오래된 나뭇가지에 앉아 내 동족들에게 바칠 시의 마지막 구절을 곰곰이 생각하고 있었다. 그때 새끼 토끼 한 마리가 들판을 가로질러 전속력으로 달려오는 모습이 눈에 띄었다. 그 토끼는 내 친구이자 이 이야기에 나오는 주인공의 증손자 토끼였다.

새끼 토끼는 숨을 헐떡이며 소리쳤다.

"까치 아저씨, 할아버지께서 저기 숲 한구석에 누워 계세요. 아저씨를 불러오라세요."

나는 날개로 새끼 토끼의 뺨을 토닥이면서 말했다.

"착한 아이야. 할아버지 심부름도 좋지만, 그렇다고 너무 빨리 뛰진 마라. 안 그러면 제명대로 못 살거야."

새끼 토끼는 슬프게 대답했다.

"아! 사랑하면 피곤한 줄도 모르죠. 할아버지한텐 아저씨의 조언이 필요하니 어서 가요. 할아버지는 문지기의 개한테 물려서 앓고 계시거든요."

재난이 일어난 현장으로 즉시 날아가보니, 내 오랜 친구는 오른발을 다쳐 몹시 아파하고 있었다. 친구는 다친 발을 버드나무 껍질로 묶어서 매달고 있었다. 친절한 사슴이 아픔을 덜어주는 약초를 갖다 주어, 그 잎으로는 머리를 싸매고 있었다.

오른발에서 나온 피는 인간의 횡포를 생생하게 증명하면서 아직도 흘러내리고 있었다. 안타깝게도 환자는 굳은 표정이었지만 원래의 수수함을 조금도 잃지 않았다.

내 친구 산토끼가 말했다.

"이보게, 까치. 이 세상에서 아무리 날고 뛰어본들, 우리의 운명은 불행할 따름일세."

나는 대답했다.

"아아! 우리는 날마다 우리의 비참한 꼴을 새삼 확인하는군."

산토끼는 말을 이었다.

"누구나 늘 위험을 감수해야 한다는 걸 알아. 산토끼는 제 굴 안에서 평화롭게 죽을 팔자가 아니라는 것도. 토끼 사냥은 꼭 형편이 안 좋을 때 시작된단 말씀이야. 난 이제 한쪽 눈이 멀지도 몰라. 게다가 절름발이가 될 게 틀림없으니, 사냥개도 나를 쉽게 따라잡을 게야. 설상가상으로, 2주일만 있으면 사냥이 시작된다는 소리를 들었어. 그러니 내 일을 정리하고, 짧지만 파란만장했던 내 한평생에 얽힌 이야기를 남겨야겠어. 자손들에게 보탬이 되도록……. 세상과 어울릴 땐 어쩔 수 없이 예의를 차려야 하고 또 신중하게 침묵해야 하고 진실한 감정을 감추어야 하지. 죽음을 바라보는 이 마당에 마지막으로 적과 맞닥뜨렸을 때, 번지르르한 거짓말과 위선으로 적의 자비를 기대할 순 없는 노릇이지. 그러니까 나는 진실하게 모든 것을 털어놓고 얘기할 것이라네. 게다가 귀중한 경험들을 자손에게 물려준다는 것은 내가 죽은 뒤에도 오랜 세월 동안 나의 영향력이 살아 남아 세상에서 진정한 힘을 발휘할 것이란 점에서 참 뿌듯하거든."

나는 산토끼의 말에 동감한다는 사실을 납득시키기까지 꽤나 애를 먹었다. 그는 갇혀 있는 동안 귀가 어두워졌기 때문이다. 더욱 언짢게도 그는 자기가 귀머거리가 되어가고 있다는 사실을 고집스럽게 부인했다. 나는 그에게서 청력을 앗아버린 그 모진 생을 얼마나 저주했던가!

나는 큰 소리로 말했다.

"자기 작품 속에서 다시 살고자 하는 것은 고귀한 포부야. 자네 이야기를 세상에 발표하고 나면, 자네는 차분히 죽음을 맞이할 수 있겠지. 영원한 명성은 삶을 대신할 수도 있으니까. 어떠한 경우에도 책은 햇빛을 봐야 하네. 그래서 손해될 건 없으니까."

산토끼는 몹시 괴롭다고 했다. 오른발의 상처 때문에 펜을 잡을 수 없었기 때문이다. 산토끼는 손자 손녀에게 받아쓰게 하려고도 해보았지만, 그들은 너무 어려서 이제 겨우 먹고 자는 것밖에 할 줄 몰랐다. 산토끼는 제일 큰 손자에게 그 이야기를 암기시켜서 자손들에게 전하게 할까 하는 생각도 했다.

산토끼는 토를 달았다.

"하지만 입으로 전하는 건 믿을 수 없어. 난 부처님이나 성인 시몬 같은 신화적 인물이 되고 싶지는 않으니까, 자네가 좀 받아써주게. 그러면 내 이야기는 자네의 천재성을 빛나게 해줄 걸세."

산토끼는 어쩌면 자기 삶에서 마지막 행위일지도 모르는 제일 중요한 이 일이 엄숙하게 시작되기를 바라면서 잠시 숨을 돌렸다. 그는 자신이 학식 있는 산토끼라서 인용구로 글을 시작해야 한다고 생각했다.

가까이 오너라, 내 아이들아, 마침내
내 비밀이 너희들 눈앞에 드러날 시간이 도래했도다.

이 박식한 산토끼는 자신이 쓴 이 두 시구를 멋지게 외웠다.

제일 큰 손자는 늘 하던 놀이를 그만두고 예의바르게 할아버지 무릎에 앉았다. 둘째 손자는 이야기를 무척 좋아하는지라 귀를 쫑긋 세웠다. 그러나 막내 손녀는 이야기도 들으면서 먹고 있던 양배추 잎도 놓지 않으려고 앞발을 세우고 앉았다.

늙은 산토끼는 내가 기다리고 있는 것을 보고는 이야기를 시작했다.

“아가들아, 내 비밀은 곧 내가 살아온 이야기란다. 나의 경험이 너희들에게 교훈이 되기를 바란다. 지혜는 제발로 찾아오는 게 아니거든. 지혜를 만나려면 멀고 험한 길을 여행해야 한단다. 할아버지는 이제 열 살이다. 정말 오래 살았지. 산토끼들이 알고 있기로는, 우리 가엾은 산토끼가 이렇게 긴 세월을 산 적이 없었거든. 나는 1830년 5월 프랑스에서 프랑스 부모 밑에서 태어났단다. 아름다운 랑부예 숲에서 제일 멋진 나무인 저 참나무 뒤에 내 엄마가 자신의 제일 부드러운 털을 깔아놓은 이끼가 있었지. 그 이끼 위에서 내가 태어난 거야. 나는 사는 것이 바로 행복이었던 아기 시절의 그 아름다운 밤들이 지금도 생각난단다. 달빛은 그지없이 맑았고, 잔디는 참으로 보드라웠으며, 야생 백리향과 토끼풀은 너무도 향기로웠지. 인생은 구름이 끼게 마련이지만 그래도 햇빛은 빛나지. 그땐 나도 너희들처럼 유쾌하고 변덕스럽고 게을렀어. 너희들만한 나이에, 너희들만큼 철없고, 다리도 멀쩡한 시절이 있었던 거야. 나는 우리네 한살이를 전혀 몰랐단다. 언제 닥쳐올지 모르는 잔인한 운명을 모르고 마냥 행복해하기만 했지! 나는 얼마 못 가서 우리네 하루하루가 그저 늘 이어지는 날이라는 점에서만 같을 뿐이란 사실을 깨달았어. 삶의 기쁨을 송두리째 앗아갈 커다란 슬픔이 찾아왔거든.

어느 날, 나는 이 들판과 숲을 지나 깡충깡충 뛰어다니다가 돌아와 엄마 곁에서 쌔근쌔근 잠이 들었단다. (어린애라면 다 그렇잖니.) 한데 동틀 무렵에 천둥 같은 소리가 두 차례 울리더니 끔찍한 아우성 소리가 들리는 바람에 그만 잠이 깼지. 엄마는 두 발짝쯤 떨어진 곳에 누워 죽어가고 있었어. 살해당한거야! ‘도망쳐!’ 엄마는 그렇게 소리치고는 돌아가셨지. 나를 위해 마지막 숨을 몰아 외치신 거야! 그때 나는 인간의 잔인한 손에 들린 총이 무엇인지 깨달았단다.

아, 얘들아! 인간이 없다면 이 세상은 산토끼의 천국이란다. 세상에는 부족한 게 없잖니. 개울물은 깨끗하고 풀들은 맛있고 이끼 낀 모퉁이는 참으로 아름답지. 자비로운 신께서 당신의 현명한 목적을 위하여 인간에게 우리를 괴롭히도록 허락하시지만 않았다면, 이 세상에서 산토끼만큼 행복한 존재가 어디 있었을까? 아아! 그러나 동전에는 양면이 있게 마련이지. 악은 항상 선과 함께 존재하고, 인간은 짐승과 함께 존재하나니. 까치야, 너는 믿을 수 있겠니? 내가 제일 확실한 소식통한테서 들은 이야기인데, 인간은 원래 신을 닮은 동물이었다는거야."

나는 대답했다.

"다들 그렇게 말하지. 그러니까 인간은 자신의 현재에 감사해야 해."

막내 손녀가 말했다.

"할아버지, 저쪽 들판에 어린 산토끼들이 누나하고 같이 가는데 그곳을 못 지나가게 하는 커다란 새가 있었어요. 그 새가 인간인가요?"

오빠 산토끼가 말했다.

"잠자코 있어. 새가 어떻게 인간이 될 수 있어? 할아버지한테 네 말이 들리게 하려면 소리를 질러야 한다구. 그럼 이웃들이 깜짝 놀랄 거야."

늙은 산토끼는 손주들이 듣고 있지 않다는 사실을 깨닫고는, "조용히 해!" 하고 소리를 질렀다.

"내가 어디까지 얘기했지?"

"할아버지 엄마가 돌아가셨고, 할아버진 도망쳤어요."

"그렇지. 가엾은 엄마, 엄마 말이 맞았어. 엄마가 돌아가신 건 내

J.J.GRANDVILLE.

고통의 시작일 뿐이었지. 그날 왕실의 사냥이 있었는데, 무시무시한 대 학살이 벌어졌지. 땅 곳곳에는 죽은 동물들이 널브러져 있었어. 풀 위에도 나무 밑에도 온통 피가 흥건했지. 총알에 부러진 가지가 사방에 흩어져 있고, 꽃들은 발길에 무참히 짓밟혔어. 그 끔찍한 날, 동물들이 5백 마리나 희생됐어. 인간들이 왜 그런 걸 스포츠라고 부르면서 놀이로 즐기는지 누가 이해할 수 있겠니?

곧 우리 엄마의 죽음에 대한 통쾌한 복수가 있었지. 왕실의 마지막 사냥이 있던 날이었어. 나는 총을 든 남자가 한 번 더 랑부예 숲을 지나간다는 소리를 들었지. 하지만 그는 사냥꾼은 아니었어. 나는 생전에 엄마가 말한 대로 태어난 지 겨우 18일 된 산토끼치고는 용감하게 달렸지. 정말로 용감하게! 얘들아, 너희들도 어쩌다 위험에 빠지게 되면 아무것도 두려워하지 말고 달아나거라. 더 힘센 자 앞에서 물러서는 것은 결코 부끄러운 짓이 아니야. 인간이 우리더러 겁이 많고 비겁하다고 하는 것만큼 화나는 일도 없어. 인간들은 오히려 우리의 감각을 존경하고 본받아야 해. 팔의 용도를 모르기 때문에 빠른 다리를 이용하게 되는 감각을 말이야. 그런데도 흔히 잘난 체하는 인간들이나 짐승들은 우리의 약점을 이유로 우리를 무시하지.

난 지치다 못해 의식이 가물가물해질 때까지 달렸단다. 내가 정신이 들었을 때 얼마나 두려웠을지 한번 생각해보렴! 나는 그때 내가 푸른 벌판이 아니라 좁아터진 감옥, 꽉 닫힌 바구니 안에 갇혀 있다는 사실을 알았어. 운이 없었지. 하지만 막판에 몰렸을 때 죽음보다 더 나쁜 것은 없다고들 하듯이, 나에겐 살아 있다는 사실이 중요했어. 그런데 인간은 포로를 좀처럼 놓아주질 않지. 나는 나한테 어떤 일이 닥칠지 전혀 알 수 없었기 때문에 무서운 예감에 사로잡혔어.

감옥이 다른 때보다 심하게 흔들리는 바람에 감옥 문이 반쯤 열렸을 때, 나는 인간이 감옥을 끼고 걸어가는 것이 아니라 뭔가 빠르게 움직이는 물체가 우리를 싣고 간다는 사실을 알 수 있었어. 여태껏 아무것도 본 적이 없는 너희로서는 나를 잡은 사람이 말을 타고 있었다는 사실을 믿기 어려울 거야. 위에 있는 것은 인간이었고, 밑에 있는 것은 말이었지. 왜 말같이 힘이 세고 귀한 동물이 개처럼 인간의 노예가 되어 이리저리 끌려다니고, 채찍을 맞고, 옆구리를 채이고, 혹사당해야 하는지 모르겠어. 우리도 불교 신자들처럼 윤회를 믿는다면 결국엔 공정해지겠지. 그리고 언젠가 우리도 인간처럼 동물을 괴롭히는 때가 올 테고. 하지만 얘들아, 그 교리는 대단히 의심스럽단다. 나는 개인적으로 윤회를 믿지 않아.

나를 잡은 인간은 대단한 존재였지. 왕의 마부였거든."

2

산토끼는 아주 짧은 순간 이야기를 멈추고는 얼굴에 그림자를 드리우는 듯하더니, 다시 이야기를 시작했다.

"난 반항하지 않았어. 그건 내 운명이었고, 난 조용히 받아들였지. 어차피 인간들 사이에선 누구나 다른 누군가의 종이 되게 마련이야. 다른 점이라면 그저 어떤 봉사를 하느냐지. 나는 한동안 문명의 울타리 안에 있으면서 그 치욕스런 의무를 받아들일 수밖에 없었어. 왕의 하인이 나의 주인이었지.

다행히도 그의 어린 딸이 내가 고양이인 줄 알고 친구가 되어주더군. 덕분에 나는 목숨을 부지할 수 있었지. 내 여주인은 내가 어리고 예쁘며, 나하고 같이 지내는 것이 즐겁다고 하면서 함께 지낼 수 있도록 해달라고 간청했지. 그녀는 내 귀를 잡아당기는 것을 제일 좋아했는데, 나는 그런 허물 없는 행동에 화내지 않았어. 나의 인내심은 그녀의 환심을 샀고, 나 역시 그녀의 친절에 고마움을 느꼈단다.

얘들아, 여자들은 남자들보다 훨씬 나아. 여자들은 토끼 사냥을 하지 않아. 여자들의 사냥감은 남자들이니까!

도망칠 가망성이 조금이라도 있었다면, 나는 묵묵히 참고 견딜 수 있었을 거야. 하지만 난 루브르 궁전 정문에 서 있는 보초병들의 무자비한 총검이 무서웠어.

튀일리 궁전의 그늘이 드리워진 파리의 좁은 방 안에서 나는 눈물 젖은 빵을 먹곤 했지. 아! 노예의 빵은 너무나도 견디기 힘들고 고통스러운 것이었어. 내 마음은 자유로운 푸른 들판과 향기로운 풀로 가득했거든. 번지르르한 벽 안에 갇혀 있어야 한다면, 이 세상에 궁전보다 더 황량한 곳도 없단다. 푸른 하늘과 자유로운 대지, 신의 창조물이라는 기쁨에 비하면 반짝이는 금도 금방 빛을 잃고 마니까.

창 밖을 내다보며 시간을 보내려고도 해보았지만, 갇혀 있는 것이 더욱더 짜증날 뿐이었지. 나는 단조로운 생활에 염증을 느끼기 시작했어. 한 시간의 자유와 한줌의 백리향을 위해서라면 못 할 일이 없었지. 나는 이따금씩 내 감옥 창문 밖으로 몸을 던져 필사적으로 뛰어내리고 싶은 유혹에 시달렸단다. 자유를 위하여 죽는 한이 있더라도 말이야. 얘들아, 행복은 궁전 담 안에선 살지 않는단다.

내 주인은 왕의 마부라서 여가 시간에 할 일이 별로 없었어. 내 주인의 가장 중요한 임무는 번지르르한 옷을 입고 젠체하는 거였지. 주인의 고상한 관점에서 보면 내가 받은 교육은 아주 엉망이었어. 그래서 그는 나를 변화시킬 생각이었어. 그러니까 나를 자기랑 비슷하게 만들 작정이었지. 나는 어쩔 수 없이 잔인하리만큼 교묘하게 시달리며 점점 치욕스러워지기만 하는 숱한 훈련을 받아야 했지. 나는 곧 단순한 개처럼 주인이 손짓만 해도 죽은 토끼 행세를 했다가 산 토끼 행세를 했다가 할 수 있었어. 나의 폭군은 가혹한 훈련 탓에 나의 재주가 조금씩 발전하자, 신이 나서는 스스로 '성취'라고 이름 붙인 재주들까지 훈련시켰어. 그가 나에게 악마 같은 음악적 기예를 가르친 거야. 나는 시끄러운 소리가 끔찍하게 싫었지만 이내 북을 잘 두드리게 되었지. 왕족이 궁전에 머물 때마다 나는 이 새로운 재주를 보여주어야 했단다.

1830년 7월 27일 화요일이었어. (결코 날짜를 잊어버리는 일도 없을 거야.) 해가 눈부시게 빛나고 있었지. 내가 막 앙굴렘 공작 앞에서 북을 치고 난 뒤였어. 나는 당나귀 가죽으로 된 북을 치는 게 거슬려서 늘 짜증을 부리곤 했지. 한데 갑자기 총소리가 들리는 거야. 총소리는 왕의 궁궐 쪽에서 튀일리 궁으로 가까워지는 듯했어.

세상에! 나는 재수 나쁜 산토끼들이 배짱 좋게도 파리 거리에 나타난 줄 알았단다. 파리 거리엔 개와 총과 사냥꾼들이 엄청나게 많거든. 나는 랑부예 숲에서 있었던 끔찍한 사냥이 떠올라 공포로 얼어붙고 말았어. 도대체 산토끼들이 인간에게 무슨 짓을 했기에 인간들이 산토끼들에게 저런 복수를 한단 말인가? 나는 본능적으로 내 여주인에게 보호를 간청하려고 돌아보았지. 그랬더니 여주인은 나보다 더 겁에 질려 있는 게 아니겠어? 내 여주인에게 그렇게 걱정해줘서 고맙다고 말하려던 순간, 나는 그녀가 나보다는 자기 자신을 훨씬 더 걱정하고 있다는 사실을 알았지.

내 피를 온통 얼어붙게 만든 그 총소리는 인간이 인간에게 쏘는 총소리였어. 나는 꿈이 아닌가 해서 눈을 비비고 살에서 피가 날 때까지 발을 물어뜯었지. 나는 오르 공처럼 말할 수밖에 없었단다.

…… 사람들이 말하는 바를 고려하여
직접 내 두 눈으로 확인하리라.

인간은 사냥을 즐기려는 욕구가 어찌나 강한지, 다른 사냥감이 없을 때는 서로 총질을 하게 된단다."

나, 까치가 말했다.

"사악한 인간성을 생각하면 정말 끔찍해. 나는 저녁 때마다 지나가는 사냥꾼들의 총알을 피하려고 몸을 숨겨야 했어. 사냥꾼들이 까치를 쏘지 않는 것은 단지 총알을 아끼기 위해서지. 나를 죽이고 싶어하는 몹쓸 놈이 있더라도 내가 먹음직하다고 생각하지는 않을 테니까."

산토끼가 말했다.

"더욱 이해할 수 없는 일은 인간이 이런 학살을 과시하면서 희생자들이 가득 든 커다란 '자루'를 자랑거리로 여긴다는 점이야. 비록 세세한 일들이 기록되지 않은 채 지나가버렸지만, 굳이 7월혁명을 구구절절 늘어놓아 너희들을 지루하게 하진 않으마. 산토끼는 자유를 사랑하지만 역사가로 인정받진 못할 테니까."

관심을 끄는 이야기가 나왔을 때만 귀가 솔깃해져서 듣던 둘째 손자 산토끼가 물었다.

"7월혁명이 뭐예요?"

형 토끼가 말했다.

"조용히 좀 할 수 없어? 할아버지께서 방금 다들 겁에 질린 때라고 말씀하셨잖아."

"그 싸움이 사흘 내내 계속되었다는 것만 말해두마. 나는 북소리, 대포 소리, 총알이 휙휙 날아가는 소리, 격렬한 싸움 소리가 뒤섞인 소음 때문에 귀가 아팠단다. 그 소리는 바위로 가득한 바닷가에서 성난 파도가 부서지는 소리처럼 파리 시내를 가득 채웠지.

사람들이 거리에서 바리케이드를 치며 싸우는 동안, 왕실 사람들은 생클로드에 있었단다. 우린 튀일리에서 두려운 밤을 보냈어. 무섭다 보니, 밤은 더욱 더디게 지나갔지. 동이 트자 총은 다시 불을 뿜었고, 나는 시청을 빼앗겼다가 다시 탈환했다는 소식을 들었어. 내가 왕실 사람처럼 도망칠 수 있었다면 이 모든 일에 대해 애통해했을 테지만, 슬퍼할 형편도 못 되었지. 29일 아침에 창문 밑에서 끔찍하게 소란스런 소리가 나더니, '꽝' 하는 대포 소리와 둔탁한 대포알 소리가 났단다.

내 주인은 '끝났어. 루브르가 함락되고 말았어'라고 울부짖고는, 어린 딸을 꼭 껴안고 사라졌어. 그때가 11시였어. 그들이 가버리자, 나는 의지할 데 없는 혼자라는 사실을 알았지. 하지만 그때 문득 여긴 아무도 없으니까 적도 없다는 생각이 들더군. 그렇게 생각하니까 용기가 생기는 거야. 밖에 있는 인간들은 서로 죽이다가 저희가 써버리고 싶은 만큼 빨리 총알을 써버릴지도 모를 일이었지. 그만큼 인간에겐 나쁘지만 산토끼에게는 유리한 셈이었던 거야. 군인들이 방으로 들어오는 걸 보고, 나는 침대 밑에 숨었지. 군인들은 낯선 말투로 '폐하 만세' 하고 외치더군.

내가 말했지.

'딴 데 가서 소리쳐. 척 보니까, 너희는 산토끼가 아니군그래. 국왕이 너희들을 데리고 놀지도 않았고.'

'붉은 제복들'은 이내 가버렸고, 학자로 보이는 불쌍한 사내가 내

J.J. GRANDVILLE

방으로 몸을 피했지. 그 사내는 전쟁을 전혀 좋아하지 않는 것 같더군. 그래서 벽장 안에 숨어 있다가, 곧 피범벅이 된 무법자들한테 들키고 말았어. 그 무법자들은 튀일리 궁전의 엉뚱한 구석에서 자유를 찾으려는 양 '자유! 자유 만세!' 하고 외치면서 여기저기 뒤지고 다녔지. 그러고는 창 밖으로 깃발을 내걸고서, 이렇게 시작하는 놀라운 노래를 부르더구나.

온 나라의 어린이들이여 오라,
영광의 날이 왔노라!

무법자들 몇몇은 화약 가루가 묻어서 새까맸는데, 무슨 대가라도 받은 것처럼 열심히 싸웠던 게 틀림없었어. 이 지저분한 인간들이 얼마나 '자유!' 하고 외쳐대는지, 나는 이들이 바구니나 좁은 방에 갇혀 있다가 다시 자유를 얻은 것을 기뻐하는 게 틀림없다고 생각했지. 나도 그들의 열광에 휩쓸려 '자유!' 하고 외치면서 앞으로 세 걸음 내디뎠어. 그때 갑자기 '내가 왜?' 하는 생각이 스치면서 정신이 번쩍 들었단다.

까치 양반, 그 사흘 동안 1천2백 명이 죽어서 땅에 묻혔다는 사실을 믿을 수 있겠나?"

내가 말했다.

"흥! 죽은 이들은 묻혔지만, 그들의 사상은 아니야!"

산토끼가 대답했다.

"그럴까? 다음날, 스물네 시간 동안 모습을 보이지 않던 내 주인이 돌아왔어. 그는 변했더군. 옷을 갈아입고 있었거든. 그렇게 함으로써 그는 고통을 덜고자 했겠지. 이전의 그는 왕의 신하답게 그럴

싸하게 옷을 지어 입었거든. 인간은 저 멀리 첨탑에 있는 풍향계가 바람에 돌 듯이 쉽게 변절하지. 그건 비열한 술책이야. 우리 같으면 우리의 정당한 부분을 손상시키지 않고서는 그런 짓을 못하지.

나는 주인의 마누라한테서 이젠 왕이 없다는 이야기를 들었어. 샤를 5세는 떠나서 다시는 돌아오지 않았고, 설상가상으로 주인 집은 몰락하게 되었지. 왕의 몰락은 주인집 입장에서만 보면 국가적인 재난이 아니라 단지 자기 자신들의 운명을 망쳐놓은 사건일 따름인 거야. 그게 인간들이란다.

난 내가 해방될 수 있는 기회라는 생각에 내심 그 재난을 기뻐했어. 아아! 애들아, 일은 산토끼가 꾸미되 성패는 인간한테 달렸단다. 혁명의 피와 고통에서 태어난 자유는 믿지 말아라. 내 운명은 투쟁이 가져온 변화 때문에 한층 더 고달파졌어. 내 주인은 뾰족하게 배운 일이 없어서, 일정한 직업 없이 되는 대로 살아가는 신세가 되었단다. 그러다 보니 그의 손에 빵 한 조각조차 남아 있지 않은 날이 곧잘 있곤 했지. 내 주인은 눈이 수북이 쌓였을 때의 우리 산토끼들처럼 궁핍해졌단다. 나는 주인의 가엾은 자식이 이따금 인간들이 좀처럼 구하기 힘든 음식을 먹고 싶어하며 우는 모습을 보았단다.

애들아, 너희들은 인간이 아니라서 자연이 주는 소박한 풀을 먹고도 살아갈 수 있다는 사실에 감사하려무나. 나는 나 자신도 굶주림으로 고통스러웠지만, 어린 여주인 때문에 무척 마음이 쓰라렸단다. 부자들이 가난한 이들의 식욕을 알기만 한다면, 잡아먹힐까 봐 두려워할지도 모르지. 나는 내 주인이 잔인한 눈길로 나를 바라보는 것을 여러 번 보았어. 굶주린 인간은 동정심이 눈곱만치도 없단다. 그는 제 자식이라도 잡아먹을 눈치였으니까. 그러니 너희는 내 운명이 얼마나 큰 위험에 처했는지 알고도 남겠지. 너희들은 제발 스튜가 되는 위험에 빠지지 않기를!"

둘째 산토끼가 큰 소리로 물었다.

"스튜가 뭐예요?"

"스튜는 토끼를 썰어서 냄비에 끓인 요리란다. 옛날에 어떤 위인이 토끼는 어떤 동물보다도 맛있고 피가 달다고 했지. 하지만 그는 우리가 눈을 뜨고 자는 모습을 보고는, 아마도 토끼가 위험을 알고 있는 것 같다고 덧붙였단다."

이 대답에 다들 풀이 자라는 소리가 들릴 정도로 조용해졌다.

할아버지 산토끼는 스튜가 될 뻔한 사건을 회상하다가 흥분하여 소리쳤다.

"나는 산토끼가 요리를 위해 창조되었다는 사실과, 인간이 여러모로 자신들보다 뛰어난 동물들을 잡아먹는 일밖에 할 수 없다는 사실을 도저히 믿을 수 없어. 나는 비참하게 껍질과 뼈만 남게 될 신세였단다. 그런데 내 여주인이 때마침 내가 아직은 재주를 부릴 수 있을 테니 잡아먹지 말라고 애원한 덕분에 나는 겨우 목숨을 건질 수 있었지.

내 주인은 이마를 탁 치고는, 프랑스인들이 기쁘거나 슬플 때 그러듯이 배우 같은 표정을 지으면서 이렇게 말했어.

'아! 좋은 생각이 있다.'

그 생각은 내 주인에게는 기적 같은 일이었지. 그날부터 나는 널리 알려지게 되었고, 그 집안의 구세주가 되었단다."

3

"나는 곧 내 운명을 깨달았단다. 내 운명의 무대는 튀일리 궁전이 아니었어! 내 주인은 널빤지 네 개로 조그만 무대를 만들어, 샹젤리제에서 장사를 시작했단다. 푸른 하늘 아래 랑부예 숲에 살았던 나는, 샹젤리제에서 내 자존심과 타고난 겸손함과 건강을 버려가며 사람들 앞에서 재주를 부렸지. 나는 첫 공연 직전에 내 주인이 했던 말을 절대로 잊지 않을 거다.

주인이 그랬지.

'신을 찬미하라! 너는 보통이 넘는 교육 덕에 보통이 넘는 주인의 손에 들어왔다. 나는 너에게 공짜로 밥을 먹여주고 훈련도 시켜주었다. 이제 네가 은혜를 아는 고귀한 마음을 세상에 증명할 때가 되었다. 내가 너를 잡았을 때, 너는 촌스럽고 무식했다. 너에게 가르친 점잖고 품위 있는 태도는 너더러 재미있으라고 한 것이었다. 이제 우리는 그 재주로 아주 즐겁고 수지 맞는 사업을 시작할 것이다. 인간은 공평 무사하면 언젠가 그 열매를 거둔다는 말이 있다. 오늘부터 우리는 한배를 탔다는 사실을 잊지 마라. 너는 가장 세련되고 자존심 강하고 기분 맞추기 까다로운 사람들 앞에 서게 될 것이다. 너는 모든 사람들을 반드시 즐겁게 해주어야 한다. 샤를 왕 이야기는 입에 올리지 않도록 조심하거라. 범죄와 불법 행위가 근절되었으니, 모든 게 다 잘될 것이다. 너는 그저 재주나 부리거라, 돈을 받는 수고는 내가 덜어줄 테니까. 우리는 백만장자는 못 될 것이다. 하지만 가난뱅이들은 우리보다 훨씬 적은 돈으로 살아가겠지.'

나는 이렇게 혼잣말을 했지.

'제기랄! 대단히 고상한 연설이로군! 내 주인은 정말 뻔뻔스런 폭

군이야. 남들이 이 말을 들으면, 내가 자청해서 자유를 포기하고 내 삶에서 소중한 것들로부터 나를 떼어놓아달라고 매달린 줄 알겠네.'

그렇지만 내 첫 무대는 대단히 훌륭했단다. 나는 파리에서 큰 인기를 끌었지. 나는 3년 동안 공과대학과 루이 필리프 왕과 라파예트 장군과 라피트와 열아홉 명의 대신들과 나폴레옹 황제를 위하여 점호 북을 두드렸어. 계속 쓰도록 하게, 까치 양반. 나는 대포 쏘는 법도 배웠어.

나는 오랫동안 재수 좋게 사람들 이름을 착각하지 않았고, 나를 믿는 사람들의 믿음을 한 번도 저버리지 않았지. 주인은 내가 성실하다고 칭찬하더군.

ANDREW. BEST. LELOIR.

나는 대중 앞에 나서는 동안 정치에 약간 관심을 가졌어. 나는 동양 문제에 대해 관심이 많았지. 마침내 그 문제는 만국의 산토끼들이 만족할 만큼 교묘한 외교술을 통해 해결되었어. 동양에서는 산토끼가 정치적으로 대단히 중요했거든. 이쯤에서 오스만 제국이 머지않아 세력이 커질까 두려워할 필요가 없다는 점과, 왠지 비도덕적으로 보이는 몽고인의 삐딱한 눈을 치료할 약이 발견되었다는 이야기는 믿을 만한 근거가 없다는 나의 확신을 기록해두는 것이 좋겠어.

계속하자구. 길고 고단한 하루가 끝나갈 무렵, 나는 막 열다섯번째 공연을 마치고 무수한 동전과 아울러 환호를 받았어. 촛불 두 개가 거의 다 탔는데도 주인은 총을 더 쏘라고 고집을 피웠지. 나는 지치기도 했을 뿐더러 바보가 된 것 같았어. '웰링턴에게 받들어총'이라는 말에 총을 쏘지 말았어야 했는데, 나는 그만 멍청하게 총을 쏘고 말았지. 군중들은 나를 반역자라고 욕하면서 내 주인과 쇼에 쓰던 물건들을 몽땅 길 복판에 내동댕이쳤단다. 나는 돈과 양초와 부서진 무대 더미 속에 파묻혀 있었지. '영광은 소용돌이치는 연기에 지나지 않는다'는 성 아우구스티누스의 말이나 '영광은 재앙의 입김만으로 꺼져버리는 촛불과 같다'는 미라보의 말은 참으로 지당한 말이었어. 다행히도 두려움이 일자, 오히려 용기가 솟아나더구나. 나는 그 난리통에서 도망쳐 안전을 꾀했어. 내가 명성을 얻었던 무대에서 1백50미터쯤 갔을 무렵에도 성난 군중들의 아우성 소리는 여전히 들려왔지. 나는 한달음에 길을 건너려던 것이 그만 어떤 사람의 다리 사이에 끼이고 말았단다. 그 사람도 나처럼 그 소동에서 도망치고 있는 것 같았어. 나는 쏜살같이 뛰고 있었던데다 너무 겁을 먹어서 그 사람 다리에 끼인 채 도랑으로 굴러떨어지고 말았지. 그때 이젠 끝장이다 싶었지. 인간은 자존심이 대단히 강해서 하찮은 산토끼 때문에 창피당하는 것을 심히 불쾌해하거든. 난 정말 죽는 줄 알았어!"

4

"나는 내 눈을 믿을 수 없었단다. 나는 그 사내를 무척 두려워했는데, 그 사내도 자기 다리 사이에 악마라도 끼인 양 겁에 질려 있었거든. 나는 중얼거렸지.

'좋아, 내 행운의 별이 아직은 나를 버리지 않았어. 이 늙은 양반은 용기에 있어서는 나와 같은 수준이군. 우리는 둘 다 천성이 소심하니까, 앞으로 내내 의기 투합할 수 있을거야.'

나는 그가 안심하도록 아주 나긋나긋한 목소리로 속삭였어.

'선생님, 저는 사람들한테 말을 잘 못 걸지만 감히 선생님께 말을 겁니다. 우리가 친척은 아니지만 적어도 감정으로는 형제 같기 때문이죠. 두려워하고 계시군요. 부정하지 마세요! 제 눈에는 선생님의 그런 감정 때문에 선생님이 더 훌륭해 보인답니다.'

그때 마차 한 대가 지나갔어. 마차 불빛으로 보니까 나하고 함께 굴러떨어진 낯선 사람은 바로 튀일리 궁의 벽장 속에 숨었던 사람이자 나의 쇼를 제일 열심히 지켜보던 관객이더군. 그 사내의 몸은 인간이었어. 하지만 나는 그의 정직한 성품과 온화한 표정으로 보아, 틀림없이 그의 조상이 우리 산토끼라고 확신했지. 그 사내는 다시 평정을 되찾고 나서, 내가 자기가 가장 좋아하는 배우인 걸 알아보고는 너무너무 기뻐했지.

그 사내가 말했어.

'괜히 겁먹었네.'

이 말은 심연의 깊숙한 곳을 울리는 것 같았어. 나는 처음으로 진정한 애정을 느꼈기 때문에 이 새로운 친구가 날 데려가는 것을 허락했단다. 나는 곧 내 친구가 아주 초라하고 가난한 하급 공무원 서기라는 사실을 알았어. 친구는 나이가 들어서 허리가 굽었다기보다는, 모든 사람들에게 쉴 새 없이 절하고, 상관 앞에서는 머리를 조아리고 있어야 했고, 자기 일뿐 아니라 윗사람 일까지 도맡아 하는 바람에 허리가 굽었지. 내 친구는 자기를 쏙 빼닮은 아들 다음으로 '정원'이라는 것을 아꼈어. 그것은 창가에 놓인 조그만 흙상자였는데, 꽃들이 햇살을 받으며 피어 있었지. 꽃들은 그가 찬미하는 작은 향로였어. 아침 기도와 함께 꽃향기가 하늘로 올라갔으니까.

세상살이에서 나의 새 주인보다 더 성공한 어느 이웃이 말했어. 그는 배우였지.

'이봐요, 댁은 지나치게 겸손해요. 댁은 능력을 충분히 써먹지도 않는군요. 나도 한때는 댁처럼 겸손했지만, 이젠 그 심각한 결점을 고쳤어요. 댁도 나처럼 세상이 내 가치를 인정하게 만드세요. 큰소리로 말하고, 마구 호통치고, 하고 싶은 말 다 하고, 한껏 뽐내란 말예요. 얼마나 효과가 좋은지 놀랍다니까요. 비록 그런 목소리는 댁 안에 있는 공허함으로 깊이를 얻고, 그렇게 젠체하는 태도는 댁이 아무리 재능을 타고났다 한들 뽐내지 않고는 밑바닥 인생에서 벗어날 수 없다는 사실로 무게를 더하지만요.'

세상은 늘 가난한 이들에게 충고를 아끼지 않지. 하지만 내 주인은 온갖 부와 명성을 얻을 수 있는 폭군이 되기보다는 자신의 초라한 지위를 더 좋아했단다. 폭군은 제 힘을 남용하여 자기의 똥더미에서 기고만장하는 게 다반사거든.

우리의 생활은 무척 규칙적이었단다. 내 친구는 아침 일찍 사무실에 나가고, 그의 아들은 학교에 갔어. 나는 혼자 방에 남아 있었지. 내가 샹젤리제의 힘든 생활 뒤에 그들 특유의 고요하고 편안한 안식을 접하지 못했더라면 아마도 몹시 지루했겠지. 우리는 하루 일이 끝나면 한자리에 모여 아주 검소하게 저녁을 들었단다. 난 정말이지 언뜻언뜻 굶는 게 두려웠어. 그들은 마지막 빵 부스러기조차 같이 나누어 먹었을 거야. 가난한 이들은 늘 그렇지. 나는 푸른 들판을 떠나온 뒤로 어느 때보다 그 작은 방에서 신을 가까이 느꼈어. 난 헌신적인 사랑의 행동을 수도 없이 보았단다.

하루는 내 주인이 무척 흥분해서 집으로 돌아와 머리를 손에 묻고 소리쳤어.

'아, 하느님 맙소사! 대신을 또 바꾼대. 내가 일자리를 잃으면 우린 어떻게 될까? 우린 땡전 한푼 없는데!'

아들이 말했어.

'가엾은 아버지, 제가 아버지 대신 일할게요. 저도 이제 컸으니까 돈을 벌 수 있어요.'

'아니다, 얘야. 너는 아직 어려서 세상 물정을 몰라.'

그러자 아들이 말했지.

'저기요, 아버지, 국왕 폐하께 가서 돈을 좀 달라고 하면 어떨까요?'

주인은 힘 없이 대꾸했어.

'왕도 비참하게 목숨을 부지하는 거지일 뿐이란다. 게다가 왕은 먹여살려야 할 가난한 친척들도 있잖니.'

'부자들은 늘 가난한 친척이 있는데, 가난한 사람들은 왜 부자 친척이 없죠?'"

이때 둘째 손자 산토끼가 할아버지 토끼 뒤로 살그머니 다가가 귀에 대고 소리쳤다.

"왕과 대신이 누구예요?"

할아버지 산토끼가 대답했다.

"조용히 하렴. 왕이 누구고 무엇인지는 너에게 하나도 중요하지 않단다. 왕은 아직 사람인지 물건인지도 확실치 않아. 대신들이란 남들을 일자리에서 쫓아내는 인간들이지. 그러다 결국 저희들도 쫓겨나고 말이야."

둘째 손자 산토끼는 할아버지의 설명에 아주 만족하여 대꾸했다.

"에이! 아이들한테 쓸데없이 심각한 말씀은 하지 마세요."

"마침내 운명의 날이 왔단다. 내 주인은 내각이 바뀌는 바람에 일자리를 잃었고, 얼마 못 가서 상심해서 죽고 말았어. 가엾은 아들도 곧 그를 뒤따라 무덤으로 갔지. 살림살이는 모두 장례비를 치르기 위해 팔리거나 넘어가버렸기 때문에 나 혼자 빈 방에 남아 있었지. 아마 해가 진 뒤에 도망치지 않았다면, 나는 보나마나 목숨을 잃었을 거야. 나는 숨을 돌릴 겨를도 없이 파리의 거리를 쏜살같이 내달려 아르크 드 레투알을 지나갔어. 거기서 나는 걸음을 잠시 멈추고, 하늘을 뒤덮은 어두운 구름 아래 잠들어 있는 큰 도시를 연민의 눈길로 흘낏 바라보았지."

5

"이윽고 숲에 도착한 나는 신선한 공기에 가슴이 부풀어올랐어. 탁 트인 하늘을 본 지가 얼마나 오래 되었던지, 꼭 난생 처음 하늘을 올려다보는 기분이었지. 환한 달빛 아래, 산들바람이 들판과 관목 생울타리에서 상큼한 향기를 싣고 불어왔어. 자연으로부터 예민한 후각을 선사받은 산토끼에겐 풀과 백리향의 향기만큼 달콤한 냄새도 없지. 숨을 들이쉴 때마다 어린 시절의 다정한 추억들이 가슴 가득히 떠올랐단다. 나는 들판에서 어린 시절의 추억을 꿈꾸며 잠들었지. 이튿날 아침 일찍, 쨍그랑하는 쇳소리에 퍼뜩 깨어났어. 두 신사가 칼을 들고 싸우고 있었는데, 서로 죽일 듯이 덤벼들더군. 그런데 두 신사는 싸우다 지치니까, 조용히 팔짱을 끼고 가버리는 게 아니겠어. 도박과 유흥의 밤이 지나자, 다른 결투자들이 또 왔지만 이런 명예로운 결투를 벌이다가 쓰러지는 인간도 없었고 피를 흘리는 인간도 없었지.

나는 마을이 보일 때까지 달려가다가 우연히 수탉과 마주쳤어. 나로서는 도시에 갇혀 지내며 오랫동안 인간들만 보아왔기 때문에 이 새한테 큰 관심이 가더구나. 그 수탉은 다리가 길쭉하고 마치 목을 구부릴 수 없는 양 고개를 빳빳이 쳐들고 있는 멋진 녀석이었지. 수탉은 프랑스 군인을 연상시킬 만큼 호전적이었어.

수탉이 소리치더구나.

'오, 신이여! 나를 잊지 않았으면 좋겠군. 난 자네처럼 자신만만해 보이는 산토끼를 만나본 적이 없거든.'

내가 대꾸했지.

'이런! 자네의 균형 잡힌 몸매에 넋을 잃을 지경일세! 나는 파리에 너무 오래 있다보니 자연의 웅장함을 잊어버렸다네.'

믿을 수 있겠니? 나는 아주 다정하고 순박하게 대답했지만, 수탉은 기분이 상해서 귀청이 찢어지게 꼬꼬댁거렸어.

'나는 마을의 수탉님이다. 천한 산토끼 주제에 감히 나를 모욕하

고도 무사할 줄 아느냐?'

내가 말했어.

'허, 놀랐는데. 자넬 모욕할 생각은 추호도 없었어.'

'네놈 생각 따윈 상관없어. 모욕은 피로 씻어야 하는 법! 그간 싸움이 없어서 꽤나 따분했는데, 내 기꺼이 한 수 가르쳐주지. 무기를 골라라.'

'싸우느니 차라리 죽겠어. 그냥 가게 해주게. 난 옛날 친구들을 만나러 랑부예로 가는 길일세.'

'싸워야 돼! 안 그러면 총알로 네 몸뚱어리를 뚫어버리겠어. 여기 입회자로 개와 황소도 있다. 달아날 생각 말고 냉큼 따라와!'

내가 뭘 어쩌겠어? 나는 싸울 수는 없었지만 일단은 따라갔어. 그리고는 입회자들한테 호소했지.

'여보시오, 이 수탉은 전문적인 결투자요. 내가 죽는 것을 옆에서 지켜만 보실 거요? 나는 싸워본 적이 없으니, 내가 죽으면 그건 댁들 탓이오.'

개가 말했어.

'흥! 그런 건 사소한 문제야. 무슨 일이든 처음이 있는 법이지. 자네의 소박한 솔직함이 재미있구먼. 내가 자네 옆에 있어주겠네. 내가 자네를 믿기로 했으니까, 자네가 싸우는 것은 내 명예가 걸린 문제일세.'

'댁은 참 예의가 바르군요. 난 댁의 착한 마음씨에 감동하겠구려. 하지만 댁이 나의 죽음을 지켜보게 하는 즐거움만은 거절하고 싶군 그래.'

그때 적이 소리쳤어.

'저 말 좀 들어봐, 황소야. 우리가 어떤 시대에 살고 있지? 분명히

저 비겁하고 무례하고 천하게 자란 녀석이 세상에서 가장 용맹하고 귀한 동물들을 이기는 지경에 이른 건가?'

무자비한 황소는 화가 나서 음매애 길게 울어댔어.

개가 나를 한쪽으로 데려가서는 말하더군.

'어차피 죽을 바에야 어떻게 죽든 무슨 상관인가? 솔직히 말해서, 난 저 수탉을 눈곱만치도 좋아하지 않아. 믿어주게, 나는 진심으로 자네가 이기길 바라네. 내가 사냥개라면 내 진심을 의심할지도 모르겠지만, 난 시골에서 살아왔잖은가. 자네 적이 이른 아침부터 꼬꼬댁거리지만 않는다면 참 조용히 살 수 있을 텐데. 저 수탉은 동튼 뒤에 자는 꼴을 못 본다니까.'

나는 풀이 죽어 대답했지.

'난 살아 남지 못할 거요.'

'아니, 무기를 선택할 수 있잖아. 권총을 고르면 총알은 내가 재어줌세.'

그래 내가 말했지.

'개와 선의 이름을 걸고 이 일을 잘 매듭지어보리다.'

그때 수탉이 소리치더군.

'이봐, 어서 와!'

그리곤 말을 이었지.

'어서 이 잡목 숲으로 들어오라구! 둘 중 하나는 절대로 여기서 나가지 못해!'

휴우, 이 말을 듣는 순간 등골이 오싹하지 뭐야. 나는 마지막 수단으로 황소와 개에게 결투금지법 이야기를 꺼냈어.

그들이 대답했지.

'그따위 법은 겁쟁이들이 만들어낸 거야.'

BREVIERE

난 수탉이 죽으면 가엾은 암탉은 어떻게 되겠느냐고 물으면서, 내 적의 가장 애틋한 감정들을 자극하려고 애썼어. 하지만 모든 게 허사였어. 우리는 스물다섯 발짝을 걸어가서 권총에 총알을 재고는 자리를 잡고 섰지.

개가 말했어.

'권총 쏠 줄 아나?'

'휴우, 맙소사! 쏠 줄은 알아요. 하지만 누굴 겨누어본 적도, 다치게 한 적도 없소.'

다행히도 내가 먼저 쏘게 되었어.

개가 그러더군.

'잘 겨누게. 난 저 녀석이 싫어.'

나는 내 적에게 소리쳤지.

'도대체 왜 먼저 쏘지 않는 건가? 아직도 나한테 앙심이 있나? 우리 입맞춤하고 다 잊어버리세.'

수탉은 무시무시하게 욕을 퍼부어대더니, 큰소리로 대꾸하더군.

'쏘기나 해!'

나는 이 소리에 정신이 퍼뜩 들었어. 이내 황소가 물러서서 신호를 보냈지. 나는 방아쇠를 당겼고, 우린 둘 다 쓰러졌어. 나는 버거운 감정 때문에 쓰러졌고, 수탉은 심장을 꿰뚫은 총알에 쓰러진 거야.

개가 소리쳤지.

'만세!'

나는 차분히 말했어.

'조용히 하시오, 신사 양반. 지금은 기뻐할 때가 아니잖소.'

하지만 그 개는 천성적으로 명랑하고 단순한 친구였어.

BOIS
DE
BOULOGNE.

황소도 그러더군.

'만세! 여러 동물들에게 좋은 일을 했군요. 오늘 저녁이라도 같이 할 수 있으면 영광이겠는데. 이 근처 풀은 특히나 부드럽다오.'

나는 초대를 거절하면서 말했지.

'이 불쌍한 마을 대장의 죽음은 모두 여러분들 탓이니! 자, 그럼 신사분들, 이만 안녕히.'

너희들도 짐작했겠지만, 랑부예 숲으로 가는 길은 슬펐단다. 죽은 수탉의 끔찍한 모습이 오랫동안 눈앞에 어른거렸거든. 신선하고 아름다운 자연이 결국 내 영혼을 달래주었지만. 나는 모든 괴로움을 잊어버리고 내 어린 시절의 온갖 추억이 어려 있는 랑부예 숲에 도착했단다. 숲으로 돌아온 지 몇 달이 지나자, 나는 아버지가 되는 기쁨을 얻었고 얼마 후에 할아버지가 되었지. 사랑하는 아이들아, 그 뒷이야기는 너희들도 아니까, 이제 그만 하자."

이 말에 다들 잠에서 깼다.

"까치 양반, 나는 고향에 돌아온 뒤로 생각할 여유가 있었어. 그리고 진정한 행복은 이 세상에서 찾을 수 없다고 결론 내렸다네. 행복이 있다손 쳐도 여간해선 얻기 힘들고 우리 같은 동물은 한순간 누려볼까 말까 하지. 수많은 철학자들이 그 불가사의를 푸느라 세월을 보냈지만 얻은 게 없었어. 그들 중 몇몇은 천국을 자신들이 직접 만들었다고 믿게 할 작정이었지. 이기주의가 자기의 형상을 신으로 내세우는 천국 말이야. 어떤 이들은 천국의 성스러운 통치자가 자기네한테 무슨 빚이라도 진 것처럼 행복을 요구하고 말이야. 아마 아주 현명한 이들은 삶에서 필연적으로 제공되는 즐거움을 누리면서 '육체가 물려받는 죄악'을 최대한 이용하는 데 만족하며 살 거야.

대체로 우리의 삶은 불리한 점이 없지 않지만, 앞서 말한 점들 때문에 인간의 삶보다는 즐거운 것 같아. 우리에게 중요한 것은 현재야. 우리는 오늘을 위해서 살아. 인간은 내일을 위해서 살지만. 기쁨이 가득한 내일. 웃기지! 그래서 인간은 평생 희망을 부여잡고 살아가지만, 기쁨은 실현되는 법이 없고 희망은 인간과 함께 무덤까지 가는 거야."

나는 곧 그 개미들 대부분이 금으로 만든 우상을 은행이라는 신전 안에 모셔놓고 떠받드는 우상 숭배자들임을 알았다. 우상 숭배자들은 외국채나 유령 회사에서 손해를 보면, 반란을 일으켜. 그 섬에서 가장 부지런한 개미들인 과부와 고아들에게 온갖 재앙을 가져다준다.

파리 참새의 여행

보다 나은 정부를 찾아서

파리에 사는 참새들은 오랫동안 깃털이 있는 종족 중에서 가장 대담하다고 알려져왔다. 파리 참새들은 철저하게 프랑스 새라서, 어리석음과 그 어리석음을 덮을 미덕을 가지고 있다. 하지만 무엇보다도 그들은 여러 세대에 걸쳐 다른 나라 새들에게 질투의 대상이 되어왔다. 이것은 참새의 적들이 참새에게 퍼부은 악담을 충분히 설명해준다. 참새들은 수도의 휘황찬란함 속에서 사는 행복한 족속이다. 나로 말하자면 파리의 유명한 참새 가운데 하나이다. 나는 유쾌한 성품을 타고난데다 남달리 교양 교육을 많이 받은 덕분에 진지함이 몸에 배어 있다. 나는 유명 작가의 집 홈통에 둥지를 틀고 철학의 부스러기를 먹고 살았다. 나는 거기서 튀일리 궁 창문으로 날아가, 궁전의 근심과 스러져가는 왕의 권위를 내 주인의 소박한 거처에서 피어나고 있는 불멸의 장미와 비교해본다. 그 장미는 언젠가 내 주인의 이마를 불멸의 영광으로 장식할 것이다.

나는 이 위대한 작가의 탁자에서 떨어진 부스러기를 쪼아먹은 까닭에 내 종족 사이에서 제법 유명해졌다. 내 종족은 심사숙고 끝에 참새들의 복지를 증진시킬 만한 정부 형태를 만들라고 나에게 명하였다. 그 과업은 쉽지 않았다. 내 선거구 주민들은 자신들의 자유가 위협당할 때는 쉬지 않고 짹짹거렸고, 자기네끼리 이유 없이 싸우느라 한군데에 오래 머무르는 법이 없었기 때문이었다.

여행을 일삼는 파리의 새들 중에는 깊이 사색하는 새들이 많은데, 이제 그들은 종교와 도덕성과 철학 같은 주제에 관심을 쏟고 있다.

나는 리볼리 거리에 있는 홈통으로 오기 전에 2년 동안이나 새장에 갇혀 있다가 도망쳤다. 새장 안에서 나는 목이 마를 때마다 내 주인을 기쁘게 해주려고 부리로 물을 머금어 삼켜야 했다. 주인은 우리에게 자신들을 만물의 영장이라고 믿게 만드는 수염 난 동물 가운데 하나였다. 나는 자유를 되찾자마자 생앙투안 변두리에 사는 몇몇 친구들에게 내 슬픈 사연을 들려주었다. 그 친구들은 나에게 무척 친절했다. 나는 그때 새들의 습성을 관찰하면서 처음으로 깨달았다. 삶의 기쁨은 단순히 먹고 마시는 데 있지 않다는 사실을. 나는 참새의 삶에도 한층 고귀한 목표가 있다고 믿게 되었고, 내 명성에 크게 보탬이 된 신념을 얻게 되었다.

나는 이따금씩 왕궁에 세워진 입상의 머리께에 앉아 있었다. 나는 깃털이 헝클어진 채 죽지에 머리를 파묻고 한 눈으로 세상을 지그시 바라보며 우리의 권리와 의무와 미래를 깊이 생각하곤 했다. 그럴 때면 어쩔 수 없이 심오한 물음들이 떠올랐다. 참새들은 어디에서 왔는가? 우리는 어디로 갈 것인가? 우리는 왜 울 수 없는가? 왜 우리는 까마귀처럼 사회를 이룰 수 없는 것인가? 프랑스 참새들은 고상한 말을 즐기니까 모든 문제를 대화로 해결하면 어떠한가?

주위에서는 큰 변화가 일어나고 있었다. 채소밭에 집들이 들어서는 바람에 새들이 잡아먹을 수 있는 수풀의 곤충과 흙 속의 벌레가 줄어들었다. 그 결과 예상했던 대로 가난한 새와 부유한 새 사이에 한층 뚜렷한 선이 그어졌고, 한 인간 종족 속에 존재하는 '카스트 제도'가 새들 사이에서도 생겨났다. 귀족 새들은 맛난 것을 먹고 샹젤리제의 높디높은 나무 꼭대기에 둥지를 틀고 앉아 있는 반면, 새들이 바글바글 몰려 있는 지역의 참새들은 그저 곡식의 겨나 먹고 사는 신세가 되고 말았다.

이렇게 결함 있는 구조는 오래 가지 못했다. 한쪽에서는 화려한 가족들에게 둘러싸여 풍요롭고 즐겁게 지저귀는 반면, 다른 한쪽에서는 구차한 쓰레기나 얻으려고 아귀다툼을 벌이는 상황이었던 것이다. 가난한 새들은 절망에 빠진 나머지 자신들의 사회적 조건을 개선시키기 위하여, 필요하다면 뿔처럼 단단한 부리를 쓰기로 굳게 결의했다.

한 대표자가 이 원대한 꿈을 안고, 바스티유 감옥 점령 사건에 참여했던 새를 만나려고 생앙투안 변두리로 찾아갔다. 그 변두리 새는 고통받고 있는 새들의 사령관으로 임명되었다. 고통받는 새들은 저마다 절대적인 복종의 필요성을 절감하면서 단일집단으로 조직되었다.

파리 시민들이 리볼리 거리의 지붕 위에 수천 마리의 작은 새들이 늘어서 있는 광경을 보고 얼마나 놀랐을지 생각해보라. 왼쪽 부대는 시청 쪽에, 가운데 부대는 튀일리 궁에, 오른쪽 부대는 마들렌에 접해 있었다. 귀족 계급의 새들은 이 시위를 보고 경악하며 자신들의 지위와 권력을 잃을까 봐 전전긍긍했다.

그래서 그들은 반란자들에게 어린 새를 급파하여 이런 말을 전하기에 이르렀다.

"우리 싸우지 말고 대화로 푸는 것이 좋지 않겠나?"

반란자들은 일제히 나에게 눈길을 돌렸다. 아! 그때가 내 평생 가장 자랑스러운 순간이었다. 나는 동료 시민들의 추대를 받아 모든 문제를 중재하고 세상에서 제일 유명한 참새들 사이의 이견을 조정하는 역할을 맡게 되었다. 이 유명한 참새들은 한동안 정치 토론의 영원한 핵심인 '어떻게 살 것인가'라는 문제를 두고 갈라져 있었다.

수도에 멋진 집을 갖고 있는 새들은 자기 재산에 대한 절대적인 권리가 있는가? 왜, 어떻게 계급제도가 정착되었는가? 계급제도는 지속될 것인가? 파리의 참새들 사이에 완전한 평등을 확립시키기 위하여 새로운 정부는 어떤 형식을 취해야 하는가? 양쪽 집단은 둘 다 그런 질문을 해왔다.

울타리 참새가 말했다.

"땅과 땅에서 난 재화는 동등하게 나눠야 해."

그러자 특권층 참새가 말했다.

"그건 잘못 생각한 거야. 우리는 도시에 살기 때문에 사회적 품위를 지켜야 할 뿐 아니라 사회적 구속에도 복종해야 해. 하지만 당신들은 현재 더 큰 자유를 누리고 있잖아. 그러니 교양 없는 동물들한테 어울리는 늘어선 관목들과 들판 같은 것에 만족해야 한다구."

그러자 저마다 웅성거리며 적대감을 드러낼 기세였지만, 참새들의 군중 소요는 인간과 마찬가지로 국가적 의견을 모으는 진통이므로 바람직한 결과를 낳는 법이다. 다른 형태의 정부를 조사하기 위해 영특한 새를 보내자는 제안이 나와서 통과되었다. 영광스럽게도 내가 그 역할을 맡게 되어 즉시 임무에 착수하였다. 조국을 위해서 희생하지 못할 것이 뭐가 있으랴? 사실 그 직책은 위엄도 있고 보수도 있는 것이었다. 이제 나는 내 조국의 제단에 보잘것없는 나의 여행 보고서를 공물로 바치고자 한다.

개미의 정부 형태

나는 갖은 역경과 위험 속에 바다를 건너 현대의 많은 여행기에 성실하게 기록된 숱한 모험들을 겪은 끝에 구프리볼리티 섬에 도착했다. 세상 만물은 한꺼번에 창조되었다는데, 왜 이 섬에는 '구'라는 말이 붙었는지 나는 도무지 이해할 수 없었다. 내가 만난 까마귀가 가장 적합한 정부 형태는 개미의 정부라고 일러주었다. 그러니 여러분들은 내가 개미들의 사회체제를 연구하고 그들의 비결을 알아내는 데 얼마나 열성이었는지 짐작할 수 있을 것이다. 나는 놀러 가던 개미 수십 마리를 우연히 만났다. 개미들은 하나같이 새까맣고 니스칠을 한 것처럼 온몸이 반질반질했지만, 다들 비슷비슷해서 개성이 전혀 없었다. 정말이지 개미 한 마리를 보고 나면 나머지도 죄다 알 수 있다. 개미들은 더러운 것이 묻지 않게 하는 액체를 바르고 여행한다. 산이나 물 위에서, 또는 도시에서 개미를 만나보면 알겠지만 그들의 복장은 나무랄 데가 없다. 개미는 발과 큰 턱까지도 깔끔하게 유지하려고 신경 쓴다. 나는 개미들이 겉으로 그렇게 깨끗한 척하는 것을 보고 내심 낮게 평가했다.

나는 맨 처음 만난 개미에게 물어보았다.

"예를 들어, 그 세심한 버릇을 잊어버리면 무슨 일이라도 당하나?"

그 개미는 대답하지 않았다. 나는 개미들이 정식으로 소개받지 않은 동물과는 이야기하지 않는다는 사실을 알게 되었다. 나는 폴리네시아 해역의 총명한 산호충을 만났다. 그 동물은 새로운 대륙의 토대가 될 산호 재단을 세우는 데 참여했다가 물고기들에게 체포되었다고 했다. 그는 개미 정부에 관한 신기한 사실을 말해주었다. 개미들은 새로운 땅이 바다 위에 나타나기가 무섭게 백성들에게 그 땅을 차지할 권리를 준다는 것이다. 나는 이제 '구프리볼리티'는 '신'산호 초 섬과 구별하기 위해 '구'라는 말이 들어갔다는 것을 알았다. 여기서 말이 나온 김에 짚고 넘어가자면, 이것은 나의 개인적인 확신이니 고귀한 나의 선거구민들이 내가 한 말을 함부로 퍼뜨리고 다니지 않도록 주의해주기를 바란다.

나는 섬에 들어서자마자 이상한 동물들에게 몸수색을 당했다. 그들은 정부 관리로서, 여러분이 아끼는 물건 가운데 섬에서 금지된 어떤 물건들을 지니지 못하게 함으로써 여러분을 자유의 즐거움으로 안내하는 책임을 맡고 있었다. 정부 관리들은 나를 둘러싸고는, 내가 섬에서 금지된 상품들을 갖고 있는 경우에 대비하여 목구멍 안을 검사하려고 내 부리를 벌리게 했다. 내가 아무것도 갖고 있지 않다는 점이 확실해지고 나서야 겨우 허가를 받아 정부의 중심지로 들어갈 수 있었다. 까마귀는 개미 정부의 이러한 자유로움을 찬양해 마지않았던 것이다.

가장 놀라운 것은 개미 나라 백성들의 별난 행동이었다. 도처에서 개미들이 식량을 나르며 오가고 있었다. 또 궁전과 창고도 짓고 있었다. 땅은 개미들이 웅장한 건물을 짓는 데 보탬이 되는 온갖 훌륭한 재료를 제공하고 있었으며, 노동자 개미들은 땅 위의 교통량을 덜려고 지하도를 만드느라 땅 속으로 굴을 뚫고 있었다. 다들 자기 일에 너무나 열중하고 있어서 내가 나타난 것도 알아채지 못했다. 섬의 사방에는 식민지를 건설할 개미들이나 외국 바닷가로 가져갈 상품을 실은 배들이 떠나고 있었고, 대형 선박들이 먼 나라의 생산품을 싣고 항구로 몰려들고 있었다. 해외의 중개인들은 상인들에게 많은 생산물을 실을 준비가 거의 완료되었음을 알리려고 불빛을 깜

박거렸다. 개미들은 무역 관련 업무에 이골이 나서 메시지를 받는 대로 힘 없는 종족들에게 비싸게 팔 싸구려 물건들을 배에 실어 보낸다. 다소 덜 미개한 몇몇 나라들은 개미들이 수출한 술이 너무 독한데다 노예족의 땀으로 기른 어떤 식물에서 추출하여 만든 마약이 자기네 나라의 타락—마약은 사실 육체적 · 도덕적 해악을 끼친다—을 부채질하고 있다고 주장한다. 이 주장에 대해 개미 외교관들은, 무역은 이익이 많이 남으며 마약에 대한 수요가 있는 한 이쪽에서 매긴 가격대로 공급해야 한다고 대답했다. 어떤 개미들은 마약 무역을 무척 싫어해서, 마약은 중독자들을 평생 노예로 만들기 때문에 도덕상의 노예 무역이라고 비난하기도 했다. 신기하게도 이 개미들은 기독교를 신앙으로 갖고 있다고 공언하면서 세계 곳곳에 선교사를 보낸다. 그렇지만 나는 곧 그 개미들 대부분이 금으로 만든 우상을 은행이라는 신전 안에 모셔놓고 떠받드는 우상숭배자들임을 알았다. '정리 공채 기금'이나 '철도 채권', 그리고 일반적으로 건전한 투자로 불리는 다른 우상들은 그 소유자에게 세속적인 이익을 주고 '편히' 살 수 있게 해준다. 게다가 그 다른 우상들은 외국채나 유령회사에서 손해를 보면, 반란을 일으켜 그 섬에서 가장 부지런한 개미들인 과부와 고아들에게 온갖 재앙을 가져다준다. 우상숭배자들 중에는 진흙으로 우상을 만들어내는 직업을 가진 이들도 있는데, 그 솜씨가 어찌나 기가 막힌지 일반인들 앞에 그 우상을 내놓으면 숭배자들이 몰려들어 그 반짝임을 보고 순금으로 착각할 정도다. 이 우상들은 '바람을 일으키는' 데 쓰이지만, 가끔 폭풍을 일으켜 불쌍한 수천의 신봉자들을 깔아뭉개면서 넘어지기도 한다.

나는 개미 사회를 관찰하다가, 날개 달린 개미 몇 마리를 보았다. 나는 그 중 한 마리를 가리키며 파수꾼에게 물었다.

"다들 일하고 있는데, 일하지 않고 서 있는 저 개미는 누구요?"

파수꾼이 대답했다.

"아, 고귀한 분이오. 우리 나라에는 저분 같은 귀족이 많지요."

내가 물었다.

"귀족이라니?"

"귀족들은 이 나라의 자랑입니다. 햇살 속을 날아다니며 어떻게 하면 아주 즐겁게 지낼 수 있을까 고민하는 데 여념이 없는, 날개 넷 달린 개미들이죠."

"열심히 공부하면 당신도 귀족이 될 수 있소?"

"음, 아뇨. 꼭 그런 것은 아닙니다. 귀족들의 날개는 타고나는 겁니다. 말하자면 혈통이 이어지는 거죠. 뛰어난 공을 세우면 황제의 명령으로 인공 날개를 붙일 수도 있어요. 하지만 그런 날개들은 평민에서 벗어나 귀족들이 있는 높은 하늘로 날아오를 만큼 튼튼하지 못하죠. 날개 넷 달린 계급 가운데 몇몇은 이 나라에서 없어서는 안 될 존재입니다. 귀족들은 나라의 명예를 높이고 군사 작전을 세우거든요."

내가 가리켰던 귀족 개미가 우리 쪽으로 오고 있었다. 평민 개미는 귀족 개미에게 갔다. 하층 계급의 일개미들은 극도로 가난해서 가진 게 아무것도 없었다. 반면에 귀족 개미들은 개미총에 궁전이 있고, 먹이나 놀잇감으로 파리를 기르는 공원도 있는 부자였다.

개미들은 자식들에게 지극한 관심을 기울인다. 그리고 자기네 나라가 강한 것도 어린 개미들의 교육에 관심을 쏟았기 때문이라고 생각한다. 보모 개미들이 어린 개미들을 돌보는 것을 보면 참으로 놀랍다. 개미들은 우리 파리 참새들 몇몇이 더러 그러듯이 갓 태어난 자기 새끼들을 육식조들의 손에 맡기지 않고 보모 개미들의 손에서 자라게 한다. 그들은 섬을 휩쓰는 찬바람으로부터 새끼들을 보호하고, 새끼 개미들에게 간간이 비치는 햇볕을 쬐게 해주려고 해를 지켜본다. 그야말로 새끼 개미를 위해 사는 것이다. 이 보모 개미들은 어린 생명들이 성장하고 어린 개미들 속에서 전쟁과 정복의 본능이 자라는 것을 지켜보며 자부심을 갖는다. 정복이란 나라를 정복하는 것뿐 아니라 가장 사나운 폭풍에 용감히 맞서는 방법과 훌륭한 개밋둑을 짓는 방법같이 자연의 힘을 지배하는 것이기도 하다.

이 보모 개미들은 다정하면서도 자부심이 있었고, 아끼는 어린 개미들에게 칼을 채워서 명예를 위해 싸우거나 조국을 위해 목숨을 바치도록 내보내는 것을 조금도 망설이지 않았다. 철학적인 파리 참새의 관점에서 본다면, 이 모든 것은 이상하게도 모순적인 것 같고 뭔가 결함이 있는 국민성을 드러내는 것 같았다. 그때 귀족 개미 하나가 도시의 어느 요새에 올라가 부하들에게 뭐라고 말을 했다. 부하들은 즉시 개미총 속으로 흩어졌다. 내가 목격한 일을 쓰는 것보다 더 짧은 시간에 요새에서 군인들이 나와 지푸라기와 나뭇잎과 나무때기를 군함에 실었다. 나는 해외에서 패전 소식이 날아와서 증원함대를 보내고 있다는 사실을 알게 되었다.

나는 그들이 준비를 하는 동안에 장교 둘이 나누는 이야기를 엿들었다.

"각하, 풀로 안토의 야만인들이 무고한 자들을 학살했다는 소식을 들었습니까?"

"그렇소. 우린 그 유색 악마들의 영토를 합병시켜 문명이 어떤 것인지 가르쳐야 하오."

"그래야 할 것 같습니다. 우리 병사들은 정글에서 좀 고된 일을 하게 되겠지요. 한줌밖에 안 되는 저 야만인들을 정벌하느라 돈도 엄청나게 들고 선량한 목숨도 숱하게 죽어가겠지요."

"우리는 진보의 선구자로서 공공의 이익을 위해 희생할 자세가 되어 있어야 하오. 우리 병사들은 능동적으로 여기에 임해야 하오. 게다가 풀로 안토는 풍요로운 나라이니 수익도 많을 것이오."

이 마지막 말은 이 대화를 만족스럽게 마무리지을 만큼 결정적으로 정곡을 찌르는 말이었다. 이익이 남을까? 이것은 군사적이고 상업적인 개미 종족에게는 모든 거래를 결정하는 궁극적인 물음이었던 것이다. 나는 귀족 개미가 개미 나라 특유의 풍자적인 말투로 '공공의 이익'이라고 한 말을 생각해보았다. 이 말은 개미 왕국의 당면한 이익과 아울러 이웃 약소국의 영원한 소멸을 의미했다. 개미들은 야만국을 문명화시키는 과정에서 모든 정책을 대단히 교묘하게 수행하기 때문에, 접촉을 통한 순화와 재순화의 영향력은 미개한 나라의 문화적 토대를 파괴하고 종족을 전멸시킨다. 개미들은 마음에 드는 것은 자기 것으로 간주하고 자신들에게 이익이 되면 빼앗는 것 같았다. 개미들은 제국을 확장시키고 전쟁과 무역을 통하여 이웃 약소국의 개미총으로 쳐들어간다. 개미들과 무역을 하는 나라들은 대부분 점점 약해지고 가난해지는 반면에, 개미들은 해마다 니스를 한결 더 진하게 칠한다.

나는 한 장교에게 개미 정부의 호전적인 정책은 마땅히 비난받아야 한다고 말했다.

그 장교는 이렇게 말했다.

"글쎄, 당신 말도 일리는 있겠죠. 하지만 우리는 민의를 따르고, 새로 무역할 곳을 개척하고, 육군과 해군에게 일거리를 주어야 합니다."

"장교 양반, 당신은 이런 것을 신성한 사명이라고 부르고 있소.

외국과의 전쟁은 병사 개미에게 일자리를 줄 일종의 신의 선물이라는 이야기겠지요. 당신은 실력을 유지하고 지갑을 채우기 위해 환자에게 칼을 대는 의사의 원칙을 따르고 있소. 그런 일은 푸줏간 주인한테나 넘겨줘야지요."

"아, 아닙니다. 당신은 큰 오해를 하고 있군요. 우리가 생체 해부하는 식으로 일한다는 점은 인정합니다. 능숙한 의사가 지식을 늘려서 곪아가는 인간의 종기를 치료하는 것과 똑같이 말입니다. 우리는 돼지머리개미나 박각시나방을 발견하면……."

"돼지머리개미가 뭡니까?"

"우리가 가진 이성과 고귀한 성품이 없는 곤충이지요. 우리는 그들을 발견하면 그 개미들의 처지를 향상시키거나 강력한 조치를 취하여 방해되지 않도록 없애버릴 임무를 띠고 있습니다."

"의사가 치료도 제대로 안 하고 환자를 죽여놓고도 정당화시키는 것처럼 말이오?"

"이번에도 내 말을 잘못 알아들었군요. 파리의 참새들은 자유와 평등과 박애를 요구할 때, 정부를 개혁하기 위해 서로를 죽이는 게 관례이지요. 우리는 국내에서는 그다지 어려운 일이 없기 때문에 우리의 잘못을 고치고 즐거움을 찾아서 해외로 나가는 게 더 낫다는 사실을 알게 된 거죠. 그래서 우리는 독립을 유지하고 있고, 아울러 전 세계에 큰 이익을 가져다준 겁니다. 자, 시간이 없어서 이만. 안녕히 가십시오!"

우리의 고귀한 선거구민들은 이미 내가 이 장교 개미의 무례함에 얼마나 넋을 놓고 서 있었는지 알 것이다. 장교 개미는 힘이 곧 정의라며, 타락한 자기네 정부가 오히려 확실한 모범으로 서야 한다고 억지를 부렸다.

나는 장교 개미에게 개미 나라는 교활한 외교술로 다른 나라의 내부 분열을 조장함으로써 대외 정책을 성공시키고 있노라고 말할 생각이었다. 개미 나라의 적들은 그런 식으로 점령당하여 힘이 약해지는 것이다.

하지만 장교 개미는 자신의 주장이 철학적인 프랑스 참새의 혹독한 비판을 받으리란 사실을 알고 있었기 때문에 우월한 논리 앞에서 물러난 것이다.

나는 나중에 장교 개미가 자기네 말대로 '자, 하느님께서 우리 종족에게 주신 미덕을 실천하자'라고 말하면서 은퇴하여 시골 영지로 떠났다는 사실을 알았다.

구프리볼리티 정부의 유일한 장점은 비천한 백성들까지도 보호해준다는 점과 거대한 목적을 이루기 위해 일개미들을 끌어모으는 방식이었다. 그런 방식이 영리한 파리의 참새들에게 전해진다면 커다란 위험 요소가 될 것이다.

나는 완벽한 소수 독재정치의 의미와 이기적인 법령들의 대담함을 보면서 처음에는 깊은 인상을 받았지만, 떠날 때는 개인과 마찬가지로 정부도 자세히 조사해보면 많은 결점들이 드러난다는 사실을 배웠다.

꿀벌들의 전제정치

나는 개미 제국에서의 경험을 토대로, 앞으로는 왕자나 귀족에게 기대하기 전에 그 종족의 습관부터 자세히 관찰하기로 마음먹었다. 나는 꿀벌 나라에 도착하자마자 꿀 한 사발을 나르고 있는 꿀벌과 부딪쳤다.

꿀벌이 소리를 질렀다.

"아이구, 이런! 난 죽었다."

내가 물었다.

"왜요?"

"방금 여왕님 수프 엎지른 걸 못 보았소? 다행히도 술 시중꾼인 제비꽃 공작부인이 여왕님께서 원하시면 급한 대로 잔을 갖다드리겠지. 이게 만일 돌이킬 수 없는 잘못이었다면 난 슬픔으로 죽어야 해."

"어떻게 해서 당신은 여왕을 그렇게 헌신적으로 숭배하게 되었소? 난 왕이나 여왕 같은 인간의 제도들을 하찮게 평가하는 나라에서 왔소."

꿀벌이 외쳤다.

"인간의 제도라구! 간 큰 참새 양반, 우리 여왕님과 정부는 신께서 내리신 제도란 사실을 알아두세요. 여왕님은 신께서 주신 왕권으로 다스리는 거라구요. 여왕님의 현명한 통치가 없었다면, 우리는 하나가 되어 살 수 없었을 거예요. 여왕님은 늘 우리 일에 매달려 계시죠. 우리는 여왕님을 숭배하고 모시고 보호하기 위하여 이 세상에 태어났기 때문에, 여왕님께 먹이를 바치는 데 온 신경을 쓴답니다. 여왕님껜 자제분들이 있는데, 우리는 그분들을 위해 개인적인 궁전을 지어드리죠. 여왕님의 딸들은 대개 가난하고 보잘것없는 왕자들과 결혼하지요. 그래서 그 왕자들에겐 우리의 봉사와 지원이 필요하답니다."

"그 뛰어난 여왕은 누구입니까?"

꿀벌이 말했다.

State secrets
Potted.

"여왕님은 티티말리아 17세로, 남다른 지혜를 타고난 분이시죠. 여왕님은 먼 곳의 폭풍 냄새도 맡을 수 있어요. 또 추운 겨울을 날 식량을 어떻게 비축할까 세심하게 신경 쓰시구요. 여왕님은 다른 나라에 보물을 비축해놓았다는 소문도 있답니다."

그때 다른 나라의 젊은 왕자가 다가와서, 혹시 젊은 공주 중에 짝을 원하시는 분이 있는 것 같더냐고 조심스럽게 물었다.

꿀벌이 말했다.

"왕자님, 혹시 출발을 위한 준비와 의식이란 말을 들어보셨는지요? 티티말리아 여왕님의 따님들한테 구혼하고 싶으시면 서두르는 게 좋으실 거예요. 왕자님은 새 코트가 필요하긴 하지만 참 잘생기셨어요."

나는 멋진 광경을 보았다. 공주 하나가 결혼하는 광경이었다. 내가 본 화려한 행렬은 백성들의 상상력에 강한 영향을 미치고, 사회의 높은 신분과 낮은 신분을 유일하게 하나로 묶어주는 것이 틀림없었다.

노랗고 까만 재킷을 입은, 북 치는 벌 여덟 마리가 사회의 신분질서를 처음으로 역설한 벌의 이름을 따서 사드라치라는 이름이 붙은 오래된 도시를 떠났다. 그 뒤로 음악가 쉰다섯 마리가 따라갔는데, 하나같이 어찌나 화려하던지 다들 살아 있는 보석이라고 할 만했다. 그 다음엔 무시무시한 침으로 무장한 경호원들이 따라갔다. 모두 2백 마리였다. 밀랍으로 된 작은 사드라치 별훈장을 가슴에 단 대위들이 각 대대를 이끌었다. 경호원들 뒤로 청소부장이 이끄는 여왕의 청소부들, 그 다음엔 이쑤시개통 운반 담당 벌과 잔을 나르는 어린 벌 여덟 마리가 따라갔다. 그 뒤로 여왕벌이 옷자락을 드는 벌 열두 마리와 함께 나타났고, 마지막으로 처녀다운 우아함과 참된 겸손함이 풍기는 아름다운 공주가 나왔다. 공주는 아직 한 번도 써보지 않은 휘황찬란한 날개를 가지고 있었다. 어머니 여왕벌은 다이아몬드 가루가 반짝이는 벨벳 예복을 입고 공주와 함께 걸었다. 음악가들은 그 행사를 위해 작곡된 찬가를 부르며 뒤를 따랐다. 음악가들 다음으로 늙은 수벌 열두 마리가 지나갔는데, 성직자들인 것 같았다. 성직자들은 서로 무척 닮았고, 같은 소리로 단조롭게 웅웅거렸다.

1만에서 1만 2천 마리 정도의 벌들이 벌집에서 행진해 나오자, 티티말리아 여왕은 벌집 가장자리에 서서 군중들에게 이런 기념사를 낭독했다.

"짐은 백성들의 평화를 수호하는 그대들의 비행을 지켜볼 때마다 늘 새로운 기쁨을 느끼노라. 뿐만 아니라……."

늙은 수벌은 혹시라도 여왕벌이 관례에 어긋나는 말을 할까 봐 여왕의 말을 끊었다. 적어도 내 생각에는 그랬다.

여왕벌은 다시 연설을 이었다.

"그대들은 근면과 절약이 몸에 배었으므로 꿀이 든 꽃으로 대지를 풍요롭게 하신 신을 섬기며, 신의 영광스러운 이름을 세상에 널리 전하리라 확신하노라. 결코, 우리 정부의 신성한 원칙과 그대들의 여왕 덕분에 얻은 명예를 잊지 말지어다. 충성이 없으면 혼란만 있다는 점과, 복종은 선량한 벌들의 미덕이라는 점과, 나라의 힘은 그대들의 성실함에서 나온다는 점을 기억하여라. 여왕과 교회를 위해 죽는 것은 조국에 목숨을 바치는 것임을 잊지 말지어다. 그대들에게 나의 딸 탈라배스를 여왕으로 하사하노니, 그녀를 사랑하도록 하라!"

이 유창한 연설이 끝나자, 붕붕거리는 소리가 요란하게 들렸다.

젊은 백성들이 새 여왕과 함께 떠나자마자, 아까 보았던 왕자가 여왕 주위에서 붕붕거리며 말했다.

"아, 고귀하신 티티말리아 여왕님, 저는 꿀을 만들 수 없는 모진 운명을 타고났으나 경제학에는 정통합니다. 모쪼록 웬만한 지참금을 가진 따님이 또 있으시다면……."

여왕벌이 말했다.

"왕자여, 여왕의 부군은 늘 불행하다는 사실을 아는가. 여왕의 부군은 일종의 필요악으로 간주되고 그러한 대접을 받는다. 우리는 여왕의 부군이 정치에 관여하거나 정해진 나이보다 더 오래 사는 것을 용납하지 않노라."

하지만 여왕은 왕자의 이야기를 듣고 나서 다시 대답했다.

"그대는 짐을 섬길 것이므로, 그대를 도와주겠노라. 그대는 진실한 마음을 가졌으니, 짐의 딸과 결혼하여 우리 왕국의 과업을 성실히 도와주도록 하라."

혼자 먹고살 힘이 없는 이 영리한 왕자는 아름다운 공주 하나와 사랑에 빠졌다.

정부와는 전혀 상관없는 이야기지만 한 가지 말해두고 싶은 것이 있다. 사랑은 어디서나 똑같다는 사실이다. 여기, 참된 사랑의 햇살을 흠뻑 받으려고 다른 나라에서 날아온 젊은이가 있다. 사랑하는 이를 좇아 이꽃 저꽃 날아다니고, 같은 잔에서 과즙을 들이켜며, 창백한 백합을 가로질러 날아다니는 그녀의 그림자를 숭배하고, 이슬 젖은 장미꽃에 새겨진 그녀의 발자국에 입맞추려고 온 젊은이가! 아, 나의 쇠잔한 가슴은 이런 생각을 하면서 다정한 추억의 물결로 떨려온다. 돌아가는 대로 인간과 벌들이 갖고 있는 이러한 정열의 본질을 조사하기 위하여 반드시 위원회를 꾸려야겠다.

우리의 선거구민들은 이 궁전에서 나의 명성에 걸맞게 환영회를 열었다는 사실을 알고 매우 기뻐하리라. 나는 꿀벌을 급히 여왕에게 보내어 파리에서 온 훌륭한 이방인이 뵙고 싶어한다고 전했다.

알현실로 들어가기에 앞서, 위풍당당한 벌 몇 마리가 혹시 위험한 냄새가 나지 않는지, 궁전을 더럽힐 만한 이국의 물건을 지니지는 않았는지 수색했다. 곧 나이 든 여왕이 나와 복숭아꽃에 앉았다.

내가 말했다.

"위대한 여왕님, 저는 철학적인 참새이자 동물 왕국들의 정부와 조직을 연구하기 위하여 파견된 대사입니다."

"훌륭한 대사여, 가장 현명한 새여. 짐이 정부를 돌보지 않고 해마다 두 번씩 은신처를 찾게 만드는 사건이 없다면 짐의 삶은 지루했을 것이오. 자, 여왕이나 폐하로 부르지 말고 그냥 공주라고 불러 준다면 더 기쁘겠구려."

나는 대답했다.

"공주님, 공주님께서 백성이라고 부르시는 기계 같은 일벌들은 자유가 없는 것 같습니다. 공주님의 일벌들은 늘 같은 일만 하죠. 그리고 공주님께선 이집트의 관습에 따라 살고 계시는 줄 아는데요."

"사실이오. 하지만 질서는 가장 고귀한 공공의 미덕이지요. 질서가 우리의 좌우명이오. 인간들이 우리의 모범을 따르려고 갖은 애를 쓰면서 고작 국가 경호원들의 단추에 질서라고 찍어대는 동안, 우리는 질서를 실천한다오. 우리의 전제정치는 질서이고, 질서는 절대적인 것이오."

"질서는 공주님의 이익을 위한 겁니다. 공주님의 백성들은 모두 일벌들이며, 오직 공주님 생각밖에 하지 않지요."

"그 밖에 달리 할말이 있소? 짐이 곧 국가요. 짐이 없으면 국가는 멸망할 것이오. 다른 나라에서는 질서를 자유롭게 이야기하고 저마다 제 생각대로 질서를 지키지. 사람마다 생각하는 질서가 다르기 때문에 무질서가 끊임없이 팽배하는 것이오. 우리의 질서는 늘 같기 때문에 다들 행복하게 살지. 이 현명한 꿀벌들은 개미 왕국처럼 수백에 달하는 귀족들이 아니라 오직 여왕 하나만 있는 게 훨씬 나은 것이오. 꿀벌의 세계는 혁신의 위험성을 너무나 자주 느껴왔기에 이제는 급진적인 변화를 추구하지 않는다오."

나는 말했다.

"신분제도라는 잔인한 분리를 통해 행복을 얻는 것은 불행한 일입니다. 새인 저로서는 본능적으로 그런 불평등한 관념에 혐오감을 느낍니다."

여왕이 말했다.

"잘 가시오. 신께서 그대를 교화시켜주시길! 본능은 신으로부터 나오는 법이니, 신에게 복종해야 할 것이오. 진실로 평등을 선포해야 한다고 할지라도, 위대한 목표에 봉사할 의무가 있는 우리 나라에서 최초로 평등이 선포되는 일은 없을 것이오. 우리의 애정을 지배하는 것은 가장 수학적인 법칙이오. 하지만 크고 작은 수많은 일과 벌집을 유지할 수 있는 것은 우리의 현명한 국가체계 덕분이오."

내가 말했다.

"당신들은 누구를 위해 꿀을 만드는 겁니까? 인간을 위해서잖습니까! 아, 자유여!"

여왕이 말했다.

"짐이 자유롭지 않음은 사실이오. 짐은 백성들보다 훨씬 제약을 많이 받고 있소. 파리의 철학자 양반, 어서 이 나라를 떠나시오. 그러지 않으면 머지않아 몇몇 우둔한 벌들이 당신 때문에 혼란에 빠질지도 모르겠소."

내가 대답했다.

"의지가 강한 벌들이겠죠."

여왕은 날아가버렸다. 여왕이 보이지 않자, 나는 머리 깃털을 긁어 특이한 벼룩 한 마리를 떨어뜨렸다. 나는 철저한 세계주의자라서 피를 좋아하는 벼룩과 대화를 나누려고 했지만, 벼룩은 죽을 힘을 다해 달아났다.

벼룩은 용기를 내어 돌아보며 말했다.

"아, 파리의 철학자여, 난 그저 가엾은 벼룩일 뿐이라오. 나는 늑대의 등에 붙어 오랜 여행을 했소. 난 당신의 이야기를 깊은 관심을 갖고 듣고 있었고, 당신의 학식 있는 머리에 앉아 있는 동안 존경심을 느꼈소. 당신의 원칙에 맞는 정부를 찾고 싶으면 독일을 지나 폴란드를 가로질러 우크라이나로 가보시오. 거기 있는 늑대의 정부에서 당신이 원하는 고귀한 자주성을 발견할 것이오. 당신이 쓸데없는 말을 지껄이는 그 늙은 여왕에게 지적했던 고귀한 자주성 말이오. 참새 양반, 늑대는 제일 가혹한 평판을 듣는 동물이라오. 박물학자들은 늑대의 순수한 공화주의적 원칙을 완전히 무시해버렸소. 늑대가 자기 앞길을 방해할지도 모르는 박물학자들을 먹어치워버렸기 때문이죠. 하지만 늑대는 새를 죽일 수 없으니까, 당신은 늑대의 호의에 마음을 놓고 제일 당당한 늑대의 등에 타도 될 거요."

늑대들의 공화국

파리의 참새들, 모든 지역의 새들, 전 세계의 동물들, 그리고 태곳적 파충류와 괴물들의 화석들이여. 당신들이 고귀한 늑대 공화국을 보았다면, 내가 그랬듯이 찬양해 마지않았을 것이다. 늑대 공화국은 굶주림이 극복된 유일한 나라이다. 이러한 사실은 동물의 정신을 드높인다.

내가 우크라이나에서 타타르까지 뻗어 있는 대초원에 이르렀을 때, 날씨는 이미 쌀쌀했다. 그래서 나는 이렇게 추운 땅에서 사는 만큼 백성들의 권리도 크겠구나 확신했다.

나는 보초를 서고 있던 늑대 한 마리를 만났다.

내가 말했다.

"늑대 양반, 너무 추워서 피까지 얼어붙는 것 같군요. 나는 곧 죽을 겁니다. 하지만 내 죽음은 전 세계의 손실이 될 거예요. 나는 유명한 여행자거든요!"

늑대가 말했다.

"내 등에 업히시구려."

"고맙습니다만, 당신과 조금 떨어져서 친분을 쌓는 게 더 좋을 것 같군요. 어쩌면 당신은 파리의 참새 같은 맛있는 음식으로 입맛을 돋우려 할지도 모르잖아요."

"이봐요, 이방인 선생. 댁이 나한테 무슨 이익이 되겠소? 댁을 잡아먹는다고 내 배가 덜 고프거나 더 고픈 것도 아닐 거요. 보아 하니, 댁은 학구적인 참새이구려. 아마 밤늦게까지 등불을 켜놓고 과학과 문학의 제단에 댁의 피를 바쳐왔겠지. 피부와 뼈와 깃털까지도. 우! 댁은 텅 비어 있는 내 뱃속에서 그저 괴로움이나 실컷 주면서 요기조기 나의 몸을 연구하겠지. 아, 안 돼 안 돼! 냉큼 일어나서 내 입에서 멀리 떨어지시오. 뭐, 폭신한 털을 좋아한다면 내 꼬리에 앉든가."

나는 늑대의 굶주린 송곳니가 무서웠지만 내색하지 않고 꼬리에 살포시 내려앉았다. 늑대의 꼬리에 앉아 있자니 이따금 늑대의 감정이 동요될 때마다 조마조마했다.

참새들이어, 맹수의 꼬리는 제일 안전한 장소이며 그 짐승의 열정이 그대로 드러나는 곳이라네.

나는 다시 대화를 시작하려고 말을 꺼냈다.

"여기서 뭘 하고 있습니까?"

늑대가 말했다.

"음, 저쪽 성에 있는 방문객들을 기다렸다가, 저 방문객들하고 이야기하고 마부를 몽땅 잡아먹을 작정이오."

이 말을 하면서 늑대가 꼬리를 어찌나 기세 좋게 흔드는지, 나는 몸을 가누기가 힘들었다.

내가 말했다.

"엄청난 일이겠군요. 인간은 우리의 적이지요. 당신은 인간들을 억제하는 데 대단한 역할을 하고 있군요. 하지만 저 인간들은 러시아인이니까, 머리는 먹지 마세요."

"왜지?"

"러시아인은 머리가 없다고 하더군요."

"그럴 수가! 그건 우리한테도 손해이지만, 어디 손해가 그뿐이겠소."

"어째서요?"

늑대가 말했다.

"아아! 우린 거의 다 공격에 참가하겠지만, 그건 나 개인의 이익을 위해서가 아니라 나라의 이익을 위한 것이지요. 성에는 고작 인간 여섯 마리와 말 몇 마리와 조금의 식량밖에 없소. 부족해도 한참 부족하지! 겨우 그까짓 것으로는 우리의 우익부대가 한 끼 먹을 양도 안 된다구요. 정말이지 이러다 굶어죽고 말지!"

늑대가 나를 돌아보면서 굶주린 송곳니를 드러냈기 때문에, 나는 무서워서 까무러칠 뻔했다.

"우린 먹을 게 하나도 없소."

내가 물었다.

"아무것도요? 러시아인도 없어요?"

"없소. 타타르인도 없어. 타타르 악당들은 3킬로미터나 떨어진 데서도 우리 냄새를 맡지 뭐요."

"그럼, 어떻게 살아가나요?"

"젊고 힘센 늑대들은 굶으면서 싸워야지요. 암컷과 새끼들과 고참들이 먼저 먹어야 하니까."

"아하, 늑대 공화국의 훌륭한 점이군요."

늑대가 말했다.

"훌륭하다고? 그저 공평한 거지. 나이와 성별에 따른 차별말고는 어떤 차별도 없으니까. 우린 모두 평등하오."

내가 말했다.

"아니, 어떻게 그럴 수 있지요?"

"신의 눈으로 보면 우린 모두 똑같기 때문이오."

"하지만 당신은 고작 파수꾼인 걸요."

"그렇소, 이번엔 내가 보초를 설 차례였지."

내가 말했다.

"하지만 장군."

이 말에 늑대는 귀를 쫑긋 세우는 것이 조금만 명예스런 호칭을 들어도 엄청나게 기뻐하는 것 같았다.

"내일은 당신이 지휘하게 될지도 모르죠."

“맞아요. 그게 우리를 조화롭게 하는 방법이오. 똑똑한 참새 양반, 당신을 보니 당신 나라를 알 만하구려. 자, 말하자면 이런 거요. 우리는 위험에 빠지면 한데 모여서 지도자를 뽑소. 하지만 위험이 지나가면 지도자는 다시 병졸이 되지.”

“어떤 위험 말입니까?”

“그러니까 다들 굶주리고 있어서 식량을 찾아나서야 할 때요. 우린 대단히 어려운 시기에는 똑같이 나누어 먹소. 눈이 3미터나 쌓이고 보금자리가 눈에 파묻혀서 몇 달 동안 먹을 게 없을 때는 여간 비참한 게 아니오. 여기선 흔히 있는 일이지만 말이오. 한데, 신기하다니까요! 우린 배가 고플수록 온기를 찾아 하나 둘씩 모여든다오. 그리고는 놀랄 만큼 사이좋게 지내는 거지. 공화국이 수립된 뒤로 우리끼리 죽이거나 잡아먹는 일을 삼가온 거요. 인간들이 이걸 보고 부끄러워해야 되는데 말이야. 늑대들은 저마다 주권자요. 말하자면 저마다 스스로를 다스리는 거지요.”

“장군님, 인간들이 ‘군주는 늑대이며 제 백성을 잡아먹는다’고 말하는 걸 아십니까? 늑대 나라에서는 벌이 필요 없겠군요.”

“아니오, 우리도 벌은 있소. 죄를 지으면 당연히 벌을 받지. 사냥감의 냄새를 제때 못 맡거나 사냥감을 놓치면 매를 맞는 거요. 하지만 그런 이유로 사회적 지위를 잃진 않소.”

“나는 공직에 있는 몇몇 늑대들이 은근히 탐욕스럽다는 말을 들었어요. 나라의 재산을 먹어치우고 쓸 만한 정부 물건을 가까운 친구들한테 나누어준다더군요.”

“쉿! 그건 모두가 쉬쉬하는 문제요. 늑대들은 썩은 고기를 먹고 사는 성질을 타고났소. 국가가 부패하면 늑대들은 그 종기를 핥는 건전한 역할을 하지. 그러한 정부를 추구해서 이익을 얻는 것은 늑

REPUBLIC OF THE
WOLVES.
GODARD SC.

대의 천성일 뿐이오. 공화국의 좋은 점 하나는, 자기 사냥감을 마음대로 뒤쫓을 수 있고 필요하면 공동체의 도움을 받을 수도 있다는 거요."

내가 대답했다.

"정말로 훌륭하군요. 스스로를 통치하며 살아간다는 점 말입니다. 당신들은 정말로 큰 문제를 해결한 겁니다."

그러나 속으로는 파리의 참새들이 그런 체제를 받아들일 만큼 단순하지 않다고 생각했다.

내 친구 늑대가 꼬리를 흔들어 나를 공중으로 날려보내면서 소리쳤다.

"만세!"

느닷없이 화려한 털과 민첩함을 자랑하는 늑대들 1천 내지 1천 2백 마리가 그곳으로 왔다. 말들이 끌고 주인과 하인들이 지키는 마차 두 대가 보였다. 늑대들은 사방에서 칼에 베이고 바퀴에 깔리면서도 송곳니로 말을 물고늘어져 여행자들을 물리쳤다. 먹이가 나누어졌다. 보초병은 자기 몫으로 껍질 한 입이 떨어지자 게걸스레 먹어치웠다. 다른 씩씩한 늑대들은 외투와 단추를 나누어 받았다. 이윽고 너무 두껍고 딱딱해서 늑대들의 악령 같은 송곳니로도 먹을 수 없는 여섯 사람의 해골만 남았다. 전사한 늑대들의 시체는 존경을 받으며 특이한 용도로 쓰이게 된다. 굶주린 늑대들은 육식조들이 늑대의 시체 위에 앉을 때까지 그 밑에 도사리고 있다가 솜씨 좋게 그들을 잡아먹는다. 이것은 절약의 감동적인 예로서, 인간이 시체를 여러모로 이용하는 것을 떠올리게 한다. 인간은 세상의 갈채를 받기 위한 미끼로 죽은 자들의 무덤에 묘비를 세운다고 들었다. 한 인간이 가엾은 아내의 묘비에 깊은 회한과 영원한 애정을 새긴다. 하지만 그러는 동안에도 그 인간의 육체의 눈은 머리 위에서 나풀거리며 자신의 슬픔에 공감하는 어여쁜 새에게 쏠려 있는 것이다.

공화국에 관해서 한 가지 생각이 떠올랐다. 그것은 겉으로 완벽해 보이는 인간의 평등이 사실상 그들 정부의 본질에서 나온다기보다는 모든 인간이 날 때부터 동등한 능력과 본능을 부여받은 데서 나온다는 점이었다. 인간 공화국은 인간의 지적 · 물리적 능력이 동등하지 않았기 때문에 실패했다. 모든 인간들이 더 완벽한 교육체계의 혜택을 받고 더 높은 도덕적 규율을 엄격히 지킨다면 언젠가는 모든 인간이 동등한 수준에 이르게 될 것이다. 그때는 유전되고 있는 인격적인 결점은 사라질 것이며, 모든 인간은 자신들을 창조한 신의 완벽한 모습을 어느 정도 되찾게 될 것이다. 늑대의 공화국에서 약자들은 벽으로 몰려 죽음을 맞는다. 생존을 위한 투쟁이 너무나 가혹해서 강자만이 살아 남기 때문이다. 젊은 늑대는 전쟁과 고난 속에서 단련된다. 모두가 일해야 먹고살 수 있으므로 게으르거나 용기가 없으면 굶어야 한다. 그래서 다들 자발적으로 열심히 일하는 것이 습관화된 것이다. 아! 나는 사치로 엉망이 된 나라를 개혁하고자 하는 임무를 포기하고 싶은 지경에 이르렀다. 파리의 새들이여, 그대들 중 몇몇은 황금 새장에서 벌레나 낟알을 맛있게 먹지만, 아아, 다른 새들은 거리에서 불안정한 하루살이를 몸에 익혀야 한다. 가난한 이들을 어떻게 부자들의 수준으로 끌어올릴 것인가? 어떻게 초라한 둥지에서 나와 궁전에서 살 수 있게 할 것인가? 늑대들은 벌들이 여왕에게 순종하듯 진정으로 서로에게 순종한다. 자유는 의무를 노예로 만든다. 개미들은 습성에 사로잡혀 있고, 벌들도 그렇다. 늑대 공화국은 많은 이점을 갖고 있다. 어차피 노예가 될 수밖에 없다면, 쾌락의 신봉자가 되거나 운명에 채이는 공이 되느니 공공의 이

성에 복종하는 것이 낫기 때문이다.

부끄럽든 영광스럽든 간에 파리가 가까워질수록 늑대식의 자유에 대한 나의 예찬이 문명화한 세계 속에서 점점 줄어들었다는 사실을 고백해야겠다. 그리고 내가, 교양 있는 정신이, 우리에게 얼마나 귀중한 혜택을 주는지 생각하는 동안 나는 자랑스러운 늑대 공화국에 더 이상 만족할 수 없었다. 약탈만으로 먹고산다는 것은 결국 비참한 상태가 아닌가? 늑대의 평등이 동물 본능의 가장 숭고한 승리 중 하나라고 할지라도 늑대들이 인간과 육식조와 말과 치르는 전쟁은 동물의 권리에 대한 폭력이 아닌가?

그렇게 세워진 공화국의 냉혹한 미덕은 오로지 전쟁에만 의지하고 있다. 가장 훌륭한 정부 형태가 끊임없이 전쟁을 일으키고, 끊임없이 정복자들을 더 약하고 소박하고 더 덕이 높은 적들의 땅으로 밀어넣음으로써 유지된다는 것이 가당키나 한 일인가? 이것이 내 냉정한 친구인 위대한 늑대 왕국의 정책이다. 우리는 자기 억제를 통하여 우리 나라의 이마에 장식할 월계관에 푸른 잎 하나를 더할 바에야 차라리 굶어 죽는 편이 나을지도 모른다. 우리는 신께서 하신 일을 파괴하기 위해서가 아니라 부흥시키기 위해서, 여기, 신의 대지 위에 사는 것이다.

악덕과 피의 토대 위에 평화의 전당을 세우려는 너희 몽상가들이여, 이 말을 깊이 새겨들어라. 우리의 운명이 아무리 보잘것없어도 자신들의 노동으로 세상에서 가장 아름다운 섬을 만든 산호충처럼 각자 주어진 지역에서 임무를 다하도록 노력하여 오점 없는 명성을 남기도록 하자.

FRATERNITE

여러분은 아마 개인적으로 매력적이고 세련된 태도를 지닌 성공한 생물일지도 모른다. 여러분이 이용하는 그런 특성들은 여러분을 신과 같은 세상의 구세주로 만들든지, 아니면 매력적인 악마로 만들 것이다.

늙은 두꺼비의 슬픔

우리 아버지는 이미 나이가 들어 뚱뚱해졌을 때, 마지막으로 아버지가 되는 기쁨을 맛보았다. 아아! 아버지께서 기뻐하신 것도 잠시였다. 가엾은 어머니는 알을 낳느라 너무 고생하시는 바람에 극진한 간호에도 불구하고 끝내 나를 낳고는 돌아가시고 말았다. 나는 슬픔 속에서 태어났고, 그 순간부터 깊은 우울의 그늘이 내 존재에 어둠을 드리우게 되었다. 나는 늘 몽상에 잠기고 사색하기를 좋아했으며, 이것이 내 인격의 기초를 이루었다. 내가 아주 어린 올챙이였을 때는 깊은 우울에 빠져 지냈으므로 별다른 사건 없이 지나갔다. 그저 아버지의 모습만 어렴풋이 떠오른다. 아버지는 강기슭에 있는 넓은 잎사귀 밑에 웅크리고 앉아 자애로운 웃음을 머금고서 내가 자라는 모습을 지켜보셨다. 아버지의 눈은 맑고 은은했다. 나는 아버지의 그윽한 눈 속에서 깊고 따뜻한 사랑을 읽을 수 있었다. 아버지의 눈은 초록빛을 띤 채 앞으로 튀어나와 있었다. 아버지의 적들은 아버지의 눈과 당당한 몸집을 그저 호강스런 생활 덕분이라고 싸잡아 말했다. 아버지는 실제로 명상적인 두꺼비여서 무엇보다도 여가 시간에 철학적인 수양을 두텁게 쌓으실 수 있었다. 아버지는 조심스럽게 물을 피하셨고, 조금씩 내 삶의 무대에서 물러나셨다. 나는 아버지께서 돌아가셨어도 눈물 한 방울 흘리지 않았다고 말하게 되어 부끄럽다. 나는 같은 또래의 형제 두셋과 어울려 생의 온갖 즐거움에 빠져들었다. 얼마나 행복한 시간이었는지! 그 행복한 경험들과 더불어 쏜살같이 지나가버린 어린 시절을 회상할 수만 있다면 못 할 일이 무엇이겠는가? 그 사랑스러운 개울은 지금 어디로 갔는가? 개울의 이슬 젖은 둑에서는 갈대와 풀이 몸을 살몃 구부리고서 미소 짓는 물 위로 뛰노는 햇살을 들여다보고 있었다. 황홀한 세상에서 내 모험의 무대가 되어준 수정같이 맑은 연못은 어디에 있는가? 거뭇한 수염을 기른 돌 밑에서 여러 물길을 어지러이 따라다니던 추억. 그 돌은 지금 어디에 있는가? 우리는 그 돌 밑에서 꼼짝 않고 있는 뱀장어와 마주치거나 꿈꾸는 듯한 잉어의 은빛 비늘에 닿았을 때 놀라서 가슴이 두근거리곤 했다. 커다란 물고기는 잠자는 데 방해가 되자 화난 눈으로 우리를 째려보았는데, 우리가 부끄러워 어쩔 줄 몰라하자 그만 빼끔 웃던 기억이 난다. 그러면 우리는 다시 놀이를 시작하곤 했다.

물이 제 흐름을 따라 조용히 흐르면서 우리를 쓰다듬고 기분 좋게 껴안아주었을 때의 그 즐거움이란 도저히 말로 표현할 길이 없다. 버드나무 사이로 비쳐든 햇살 하나하나는 경이로운 새 광경들을 보여주었다. 칙칙하고 윤기 없는 모래는 햇빛을 받아 보석침대처럼 아름답게 빛났으며, 무수히 많은 생물들도 갑자기 생명을 얻은 것 같았다. 물풀은 수천 가지 빛깔로 반짝였고, 무정한 자갈들도 돌 틈 깊숙이 뚫고 들어온 찬란한 햇빛에 빛났다.

나는 기쁨의 무아경에 빠져 얼마나 수없이 물 속에 들어가지 않고 햇살과 어울리려 했는가? 나는 햇살이 아낌없이 흩뿌려놓은 순간적이고 매력적인 빛가루들을 붙잡으려고 했다. 그런 때에는 완전히 머리를 잃고 말았다. (독자 여러분, 내가 과장한 것 같다면 용서해달라. 머리를 잃은 올챙이는 남은 것이 꼬리뿐이므로 꼬리를 최대한 이용해야 한다.) 우리는 돌 밑에 숨어 있는 아주 작은 물고기 떼를 쫓아다니며 의기양양해하기도 했다. 때로는 물 위를 걸어다니면서 닥치는 대로 먹어치우는 커다란 거미도 즐거움을 주었다. 우리는 슬그머니 거미 뒤로 가서 거미 발바닥을 살짝 건드리고는, 제풀에 놀라 숨을 곳을 찾아서 연잎 그늘 밑으로 뿔뿔이 흩어지곤 했다. 나는 연잎 밑에 하루 종일 머무른 적도 있었다. 그 우아하고 아름다운 모습에 깊이 감탄하면서 자세히 뜯어보기 위해서였다. 나는 잎의 공기 구멍에서 작은 허파를 발견했는데, 너무나 경이로운 기관이어서 감히 만질 엄두조차 나지 않았고, 틀림없이 그 잎들도 우리처럼 생명뿐 아니라 감정도 가졌다고 생각하니 무척 감동스러웠다. 나는 이런 생각을 하다가 호기심이 더욱 커져 식물의 신비를 캐내고 그런 아름다움이 어디에서 나왔는지 혼자 힘으로 알아내려고 뿌리 사이로 들어갔다. 수련은 훌륭함의 전형 같았다. 수련은 세상이 보는 앞에 매력을 한껏 뽐내며 넓은 잎으로 가장 연약한 생명들을 보호해주고 있었다. 꽃과 잎과 뿌리는 하나같이 자기들의 비밀을 말하려 하지 않았는데, 입을 다물고 있어도 모양 하나하나가 창조주를 칭송하고 있었다. 나는 동물과 식물도 친한 친구가 될 수 있다고 생각하자 눈물이 났다. 나는 그 눈물 때문에 내가 잠겨 있던 개울물이 불어났다고 생각한다. 비록 무질서와 불행이 세상을 지배하는 것 같아 회의적인 나날을 보내기는 했지만, 어린 시절의 추억을 영원히 가슴속에 간직할 것이다.
나이를 먹어갈수록 힘이 세졌다. 꼬리가 짧아지면서 헤엄치거나 방향을 잡기가 더 굼떠진 반면, 더 발달된 상태를 바라는 이상한 열망이 머릿속에 그득했다. 날카로운 통증이 꼬리께를 훑고 지나가더니 발과 허파가 생겼다. 실제로 나는 두꺼비가 되어가고 있었던 것이다! 탈바꿈에는 언제나 도덕적인 의미가 담겨 있는 법이다. 새로 생긴 발과 허파는 내게 생소한 의무를 가져다주었다. 나는 신이 맡긴 그 특성들을 어떻게 이용해야 할지 몰랐다.

어느 날, 나는 시냇가에서 여느 때처럼 물놀이를 하려던 거위 가족을 발견했다. 그 모습이 새롭지는 않았지만 여태껏 경험해보지 못한 어떤 감정이 내 가슴을 가득 채웠다. 새끼 거위들은 부드러운 풀밭에 한데 모여 누워 있었다. 내가 보기에는 솜털 한 덩어리가 햇빛을 받아 금빛으로 반짝이는 것 같았다. 여기저기에 자그마한 노란 부리들도 보였으리라. 하지만 거위들이 위치를 바꾸거나 몸을 추스르지 않는 것으로 보아 무척 만족스럽고 평화로운 상태임을 알 수 있었다. 어린 새끼들은 스르르 잠이 들었다. 그러자 어미 거위는 다정한 눈길로 새끼들을 쳐다보다가 뭐라고 했는데 새끼들은 그 말이 마음에 깊이 와 닿았던지 눈을 깜박이며 즐겁게 꽥꽥거렸다.

새끼 거위들은 이렇게 말하는 것 같았다.

"안녕, 엄마. 물놀이할 시간인가요?"

"그래, 이 게으른 꼬마들아. 시냇물의 음악 소리가 들리고 한낮의 이글거리는 열기가 느껴지지 않니? 머리 위에 불덩이처럼 뜨거운 햇볕이 쏟아지고 있잖아."

새끼 거위들이 말했다.

"아, 엄마! 그냥 쉬게 내버려둬요. 우리가 얼마나 편한지 모르시나 봐. 벌들이 졸린 듯 붕붕거리고, 초롱꽃이 노곤한 듯 꾸벅거리고, 갓 베어낸 건초 향내 때문에 졸음이 솔솔 온단 말예요."

"허튼 소리 말고 어서 일어나. 기운 좀 차려. 하기 싫어도 해야지.

ANDREW BEST LELOIR

자, 일어나, 얘들아."

새끼 거위들은 일어나기가 힘든지 느릿느릿 떨어져 나왔다. 분홍색 발과 연한 플러시 천처럼 보드라운 날개와 재미있게 생긴 금빛 부리들이 갈팡질팡했다. 어떤 새끼들은 다리를 가누려고 애쓰다가 뒹굴고 말았다. 마침내 새끼들은 다 일어나서 뭉툭한 꼬리를 흔들며 시냇물 쪽으로 어기적어기적 걸어왔다. 새끼 거위들은 물가에 이르러 몇 번이나 망설이다가 마음을 다잡고 재잘거린 뒤에 드디어 목을 길게 빼고 대담하게 물에 들어와 헤엄을 쳤다.

어미 거위가 말했다.

"아가들아, 발을 움직여. 머리를 꼿꼿이 세우는 것 잊지 말고. 얘들아, 무엇인가를 집을 때가 아닌데 머리를 숙이는 행동은 아주 천한 짓이란다. 힘껏 물을 차렴. 그래야 되는 거야."

그 광경이 너무도 아름다워서, 나는 그들 사이에 끼게 해달라고 부탁할 참이었다.

그때 지나가던 어미 거위가 거만하게 부리를 치켜들고 말했다.

"지저분한 두꺼비 같은 생물들은 피해야 한다. 불결하게 생겼잖니!"

독자 여러분, 내 고통과 놀라움을 상상해보라. 나는 상처 입은 자존심을 달래려고 깊은 연못 속으로 뛰어들었다. 다시 물 위로 나왔을 때는 우울한 두꺼비가 되어 있었다. 내가 알고 지내는 큰 거미가 상냥하게 미소 지으며 머리 위를 지나갔다. 하지만 나는 미소로 답하지 못했다. 나는 숨을 쉬어야겠다고 느끼고 무의식적으로 둑을 찾다가 거친 목소리가 고함을 지르는 통에 깜짝 놀랐다.

"빌어먹을 파충류 같으니라구!"

돌아보니 푸른빛과 금빛 옷을 입은 명랑한 물총새가 소리를 지르고 있었다.

"멍충아, 거기서 뭘 하고 있어? 허깨비 같은 발에다 몸뚱이와 머리와 눈까지 달린 너 말이야. 지저분한 깡패 녀석! 기분 나쁜 네 모습이 냇물을 더럽히고 있다는 걸 모르니? 나가, 안 그러면 모샘치(잉어과의 민물고기)처럼 널 꿀꺽 삼켜버릴 거야. 웩!"

나는 물총새가 정말로 토하는 줄 알았다.

"썩 꺼지지 못해. 너 때문에 내 고객들이 놀란단 말이야."

물총새는 멋진 하늘색 새였지만 목소리는 변호사나 악마 같았다. 사실 나는 물총새가 너무 무서워서 둑으로 갔다. 물에서 완전히 빠져나와 여태껏 개울이 내게 주었던 모든 기쁨들에 대해 감사하려고 물 위로 몸을 기울였다. 그런데 나는 끔찍하게도 발 밑에 있는, 아버지와 비슷하게 생긴 이상하고 흉물스러운 형체를 보고 말았다. 내가 머리를 흔들었더니, 그것도 머리를 흔들어댔다. 내가 발을 들어올리자 그것도 따라 했다.

물총새가 새된 소리로 말했다.

"하하! 사랑스런 요물 같으니! 아름다운 네 몸뚱이를 보니 어때?"

내가 말했다.

"어, 이게 내 모습이야?"

"그래, 요 귀여운 것. 네 모습이 자랑스럽지 않니?"

그 말은 사실이었다. 내가 있고, 내 위로 버드나무 한 그루가 액자처럼 서 있고, 푸른 하늘이 내 초라한 모습의 배경이 되어주었다. 결국 나는 거울같이 맑은 냇물이 가장 진실한 친구일지도 모른다고 생각했다. 나에게 나 자신을 깨닫도록 가르쳐주었으니까. 나는 개울에게 안녕, 하고 등을 돌렸는데, 곧바로 초라하고 버림받은 듯한 느낌이 들었다. 내가 떠난 것은 전혀 눈에 띄지 않았다. 냇물은 예전처럼 굽이굽이 흘러가고, 풀잎 한 자락, 벌레 하나도 내게 행복한 여행을 기원해주려 하지 않았다. 내가 없이도, 처음엔 온 세상이 나의 것인 줄 알았던 내가 없이도 세상은 변함없이 돌아갈 수 있을까? 나는 기분 상하게 한 것이 부끄러워서 물총새에게 용서를 빌었다.

물총새가 말했다.

"잘 가!"

나는 감히 물총새의 말을 따라 할 수가 없었다. 물총새의 말은 너무도 당연해서, 나는 물총새가 세상사에 밝은 새라고 확신했다. 날이 저물기 시작하고 피곤이 밀려와 잠시 앉아서 쉬었다. 나는 몽상가적 기질 덕분에 자연을 감상하며 즐거움을 느꼈다. 내 앞에는 숲이 보랏빛 안개에 휩싸여 있었고, 해가 안개 뒤로 지면서 잎사귀 사이로 불화살 같은 햇살을 쏘아보내고 있었다. 고요한 하늘은 연한 초록빛을 띠고 있었다. 나는 그 곱고 온화한 하늘을 보고 버림받지 않았다는 느낌이 가슴 가득 차올라 마침내 살 용기를 얻었다. 제발 나를 상상의 즐거움을 먹고 살아가는 어리석은 두꺼비로 생각하지 말아달라. 내가 생의 주된 즐거움을 찾은 것은 바로 이처럼 어리석은 것들에서였다. 땅을 빼앗긴 생물은 위안을 찾을 수 있는 곳에서 위안을 얻어야 한다. 공기는 고요하고, 꽃과 풀은 이슬 젖은 보석처럼 반짝거리고, 새들은 밤 둥지에 찾아들어 서로 자장가를 불러주며 잠들었다. 주위에는 조그만 생물들이 하루 일에 지쳐 먼지를 뒤집어쓴 채 떼지어 제 보금자리로 돌아가고 있었다. 아마도 누군가가 나갔다 돌아오는 곤충을 기다리며 지켜보고 있으리라. 내 마음은 이런 생각으로 또다시 지독하게 외롭고 절망스러웠다. 다행히도 내가 서 있는 곳에서 멀지 않은 곳에 뿌리 두 개가 있고 그 사이에 구멍이 하나 나 있는 것이 눈에 띄었다. 나는 조심스레 그 구멍으로 다가가 더듬더듬 벽을 만지면서 들어갔다. 코고는 소리 같은 규칙적이고 단조로운 소리를 듣고는, 이곳이 조용한 휴게소가 틀림없다고 생각했다.

통명스러운 목소리가 외쳤다.

"거기 누구요?"

동시에 나는 엉덩이께에 찌르는 듯한 날카로운 통증을 느꼈다.

"저는 물 속에서 나온 지 얼마 안 되는 어린 두꺼비입니다."

그 목소리가 또 말했다.

"아, 끔찍해!"

"허락 없이 들어온 걸 용서하세요. 금방 나갈게요."

나는 어둠이 눈에 익자, 나의 적수가 삐죽삐죽한 공 모양인 것을 알 수 있었다. 호저(아프리카바늘두더지)라니 믿을 수 있겠는가? 이 존경할 만한 동물은 나에게 꽤 잘해주었다. 나는 호저의 가시 때문에 거의 죽을 뻔했는데, 꿉꿉한 날씨 때문에 찔린 자국이 계속해서 욱신거렸다. 호저는 내가 코를 골지 않는다는 사실을 확인하고 나를 자기 숙소에서 재워주었다. 호저는 나를 자세히 보더니 소리쳤다.

"참 못생겼구나! 이 정도는 점잖게 말한 거지. 넌 못생기고 비실비실하고 촌스럽고 힘도 없고 바보 같아!"

나는 그가 제대로 말하고 있다고 생각했다.

"그래요."

"잘난 척하는 조그만 괴물아, 현명하고 겸손한 시늉 하느라 더 우스꽝스러운 꼴을 보이지 마. 넌 부자도 아니고 그런 허영심에 빠져들 만큼 혼자 잘 살아가지도 못해. 네 팔자는 남들한테 미움받고 너도 똑같이 남들을 미워하려고 애쓰며 사는 거야. 증오가 너에게 힘을 줄 거야. 힘이 세지는 건 즐거운 일이지. 누구라도 네게 다가오면 침을 뱉어! 누가 쳐다보기만 해도 독이 든 침을 뱉으며 화를 내라구.

네 얼룩점과 등의 뾰루지들과 끈적끈적한 모습을 보여주란 말이야. 그러면 사람들은 도망가고 개들은 네 추악함을 보고 짖을 거야. 다른 이들의 증오가 너를 보호하는 방패막이 되도록 하는 거야. 네가 바보가 아니라면 미워하는 데서 즐거움을 찾을 수 있을 테지. 내가 이 가시를 자랑스러워하듯이, 너도 그 끔찍한 외모를 자랑스러워하렴. 그리고 무엇보다도 나처럼 아무도 사랑하지 마."

"당신이 날 조금도 사랑하지 않는다면……."

여기까지 말하는데 그가 웃음을 터뜨렸다.

"…… 아주 조금이라도 사랑하지 않는다면요, 왜 나에게 그렇게 좋은 충고를 해주는 거죠?"

호저가 말했다.

"이런, 단순한 친구야, 난 널 사랑하지 않아. 네가 맡을 역할이 내 역할과 비슷해서 재미있어하는 것뿐이야. 나를 싫어하는 놈들은 너도 싫어하게 될 테니까. 내가 그런 추한 것들로 우리 적들의 섬세한 감정에 상처 줄 걸 생각하며 즐거워하는 걸 모르겠니? 우리는 신이 어떤 훌륭한 목적으로 창조한 것을 혐오하는 모든 놈들에게 완전히 성가신 존재가 됨으로써 서로 힘이 되어주는 거야. 나는 내가 왜 만들어졌는지 잘 몰라. 나는 왕권을 획득하기도 하는 총검처럼 공격적으로 가시를 일으켜 세울 때말고는 아무것도 하지 않을 때가 제일 행복해."

나는 이런 격언들이 싫었다. 나를 만드는 일에 나는 관여하지 않았다. 내가 관여했더라면 입을 더 조그맣게 만들고 배는 덜 불룩하게 만들었을 것이다. 나와 상의했다면, '짜증 내는 호저'나 불쌍하고 늙은 두꺼비인 우리 아버지처럼 만들어달라곤 하지 않았을 텐데! 아버지는 조용하고 만족스러운 삶을 살았지만, 뚱뚱해질 대로 뚱뚱해진 배를 유감스러워하며 돌아가셨다. 남들이 나를 보고 질겁을 하는 것은 내 잘못이 아니다. 내가 못생기고 기형적으로 생겼다 해도 나는 아름다움을 깊이 사랑하는 마음을 타고났고, 그 사랑은 다소나마 내 보기 흉한 생김새를 보완해주었다. 그리고 이런 말을 해도 될지 모르겠지만, 나는 허영심이라는 자비로운 면을 타고났기 때문에 내 몸을 찬양하고 소중히 할 수 있었다. 나는 몸이 너무 둔해서 내가 바라는 대로 할 수는 없지만 꿈과 상상만은 바람처럼 자유로웠다. 이 글을 읽는 사람이 두꺼비 같은 비천한 생물의 습관을 연구하고 싶어진다면 내가 말한 것에서 많은 진실을 발견할 수 있을 것이다. 게다가 그가 못생긴 사람이라면, 내 철학적인 인생관에서 위안을 찾을 수도 있을 것이다.

어떤 이들은 상사병에 걸린 두꺼비는 조롱받을 만하다고 생각할 것이다. 그래도 내 낭만적인 경험은 아주 중대한 사건 중의 하나이니, 여러분에게 이야기를 해야겠다.

나는 성장기에 접어들었다. 젊음의 힘과 기능이 완전히 성숙한 것이 기뻐서 지식과 놀이와 유흥을 찾아 여기저기 뛰어다녔다. 그러나 많은 이들이 생각하듯이 목표도 없이 뛰어다니지는 않았다. 주위에는 밝게 빛나는 햇빛 아래 풀과 꽃들이 한낮의 공기 속에 취할 듯 진한 향기를 내뿜으며 활짝 피어 있었다. 그때 나는 처음으로 꿈에 그리던 대상을 보았다. 내 적들은 나더러 표절자라며 어떤 현대 소설에서 감정을 베끼지 않았느냐고 할지도 모르겠다. 내가 말할 수 있는 것은 내 책은 자연이라는 사실뿐이다. 나는 작가들이 자연을 연구했으면 한다. 작가들은 많은 책에서 두꺼비의 도덕성을 해치곤 했다. 두꺼비가 작가들의 번지르르한 겉치레보다 질박한 진실을 더 좋아하기 때문이다.

내 사랑이 옅은 초록 옷을 입은 모습은 넋을 잃을 만큼 황홀했다. 나는 그녀가 잎에서 잎으로 뛰어다니는 모습을 얼마나 다정하게 지켜보았던가. 나는 하늘을 배경으로 앉아 있는 그녀의 모습을 보았다. 내 사랑이 비단 같은 날개를 활짝 펴고 풀잎 하나에 살짝 내려앉자, 풀잎이 구부러지면서 바람결에 이리저리 흔들렸다! 하늘을 날기도 하고, 꽃잎에 티 하나 안 묻히고 꽃들을 흔들어 장난치며, 잔잔한 물 위를 스치듯 날아다니고, 그런 자신의 모습에 스스로 감탄하는 이 아름다운 생물은 내 마음을 단숨에 사로잡았다. 나는 그녀의 시선을 끌려고 발버둥쳤으나 헛일이었다. 나는 흉측한 두꺼비가 사랑에 빠졌다고 해서 슬픔이나 또는 다른 기분에 젖어 있을 때보다 절대로 나아 보이지는 않는다는 점을 잊고 있었다. 마침내 그녀가 내 쪽을 돌아보았다. 나는 그 짧은 순간에 덜 불쾌하게 보이리라 생각하면서 미소를 지으려 했다. 아아! 나는 큼지막한 입과 부풀어오른 눈과 딱딱한 인상이 가슴속의 감정을 표현하기에는 역부족이란 사실을 깨달았다. 게다가 어여쁜 메뚜기는 나를 보지도 못했거나 무슨 흙덩이쯤으로 착각한 모양이었다. 그 순간 짙은 그림자가 내 위를 지나갔고, 내가 돌아다보니 통통한 소년이 커다란 그물이 달린 긴 막대기를 들고 천천히 조심스럽게 다가오는 모습이 보였다. 나는 종종 그 소년이 나비나 날개 달린 곤충들을 잡으러 다니는 것을 본 적이 있었다. 이런 가엾고 예쁘고 완벽한 생물 하나가 그물을 피하자, 소년은 놓친 게 화가 나서 그물에 걸린 첫번째 희생양을 으깨어 버리고는 계속 잡으러 다녔다.

나는 혼자 중얼거렸다.

"이건 끔찍한 짓이야! 이 소년에게는 죽음에서 빠져나오려고 애쓰는 곤충이 어처구니없겠지. 곤충들이 죽음을 당해도 쌀 만큼 잘못한 일이 뭐가 있단 말인가? 그들은 못생기게 태어나지도 않았는데."

나는 그런 잔인한 모습이 마음에 깊이 새겨져, 어느 날 커다란 두꺼비들이 가볍고 민첩해져서 인간 아이들을 그물로 잡아 나무 줄기에 핀으로 꽂아놓는 꿈을 꾸었다. 나는 그 꿈을 나쁜 징조로 받아들였다. 내 예상은 맞았다. 얼마 후 어린아이가 내 사랑 메뚜기를 잡으려고 열을 올리며 다가오는 모습을 볼 수 있었다. 한순간도 지체할 수 없었다. 나는 위험한 순간에 소년과의 거리를 따져 소년의 발이 놓일 곳으로 뛰었다. 소년은 내 등을 밟고 미끄러져 나뒹굴었다.

내 사랑은 그물을 피했다! 나는 뒷다리 하나가 밟혀 부러지는 바람에 몹시 아팠다. 하지만 고통스러운 그 순간이 내 삶에서 가장 달콤한 순간이었다. 아이는 울면서 일어나 나 때문에 넘어진 것을 알고는, 겁에 질려 돌멩이 하나를 집어 던지고 달아나버렸다. 다행히도 소년은 고약하긴 했어도 돌팔매질은 서툴러서, 나는 등만 살짝 긁혔다. 이 모든 상황을 한눈에 알아본 내 사랑은 많은 친구들과 함께 나에게 다가왔다. 그녀가 혼자 왔더라면 좋았을 것을. 그녀와 함께 온 친구들은 우아하게 차려입고 꽃에서 얻은 향기로운 향수 냄새를 풍기며 연민보다는 호기심 때문에 내 쪽으로 다가오는 것 같았다. 그들이 주위에 몰려들자, 나는 다가올 행복을 기대하며 눈을 치떴다.

한 메뚜기가 맘에 안 드는 일을 억지로 하는 듯한 말투로 중얼거렸다.

"이게 아까 말한 그 불쌍한 녀석이야? 아! 이런! 정말 정나미가 뚝 떨어지는군. 저 등의 뾰루지 좀 봐, 정말 끔찍하다! 교양 있게 참고 있지 않다면 이 자리를 떠나고 싶을 거야. 아, 소름끼치는 괴물이야! 저렇게 천한 모습으로 영웅적인 행동을 하다니, 신기하지 않아?"

여기서 이 잔인한 철부지 녀석은 자기 턱을 발로 살짝 치며, 꽤 근사한 말을 했다는 듯한 표정을 지었다. 내 사랑 메뚜기 여신은 억지로 웃었다. 그러면서 흐르는 내 피의 냄새를 없애려고 제일 진한 향수를 가져다달라고 신호하는 것 같았다.

그녀가 내게 말을 걸었다.

"이봐요, 착한 양반, 왜 나에게 도움을 주었죠? 당신 행동이 훌륭했다는 건 알죠?"

드디어 내가 그녀의 발에 몸을 던져 사랑을 선언할 순간이 되자, 나는 더듬더듬 말했다.

"당신을 구하기 위해서라면 내 목숨도 바쳤을 겁니다. 내 사랑! 내 보물! 내……."

안타깝게도 내 목소리는 그녀와 바보 같은 친구들의 거친 웃음소리에 묻혀버렸다.

한 메뚜기가 말했다.

"내 명예를 걸고 말하는데, 이 두꺼비는 방탕해!"

다른 메뚜기가 소리쳤다.

"하하! 사랑에 빠져 엉망진창이 된 두꺼비지!"

세번째 메뚜기가 친구들에게 물었다.

"낭만적으로 보이지 않아? 자, 숙녀분들, 누가 이 두꺼비와 춤을 추시죠. 아니, 너무 가까이 가지는 말고요. 이빨이 있는 것 같으니까."

그러고 나서 그들은 매우 깔보는 태도로 안경까지 쓰고서 주위를 알짱거리며 나를 찬찬히 뜯어보았다.

내 사랑 메뚜기가 중얼거렸다.

"추악하다기보다는 괴상하게 생겼어. 특이한 건 머리야. 어머나, 저 얼굴에는 데이지도 노랗게 질리고 늪도 놀라서 얼어붙겠다! 너희들, 쟤 눈 봤니?"

메뚜기들이 대답했다.

"그래그래! 눈이 정말 이상하게 생겼어! 정말 이상해!"

이 가증스런 바보들의 놀림감이 되는 것보다 더 자존심 상하는 일이 있을까? 그들이 내 가슴을 바늘로 찔렀다 해도 나는 살아 남았을 것이다. 하지만 그들의 조롱과 비웃음은 나를 수도 없이 죽였다. 그럼에도 나는 그녀를 구했다는 우쭐한 기분에 (지금은 진심으로 부끄러워하고 있지만) 피가 흐르는 발로 일어나 메뚜기들에게 말했다.

"너희에게 동정이나 무슨 보답을 바라는 게 아냐. 너희들 눈으로 직접 봤잖아……."

한 메뚜기가 말했다.

"들어봐! 바보같이 술 취한 사람처럼 더듬기는. 하지만 말은 제법 그럴싸하네."

"정말 재미있는 일이야."

나는 거의 까무러칠 지경이 되어 말을 이었다.

"너희는 헌신적인 행동을 봤잖아. 난 사랑한 거라구……."

메뚜기들은 또다시 유쾌하게 떠들어댔다. 그러더니 더 이상 감정을 억제하지 못하고 손에 손을 잡고서 초록빛 악마 군단처럼 내 주위를 돌며 노래하고 춤추었다.

만세, 내 사랑 만세! 그대의 비단결 같은 마음씨에 흐뭇해.

그날 메뚜기들은 맘껏 놀았다. 결국 메뚜기들은 천성대로 행동했을 뿐이다. 내가 내 본분을 망각했던 것이다.

나는 내가 허영에 차고 어리석다는 사실을 충분히 보여준 셈이다. 아무튼 이것은 내 친구 호저의 의견이었는데, 그는 그날 밤 자기 굴에서 나를 쫓아냈다.

그때부터 나는 스스로를 버림받은 존재로 생각하고 겸손하게 나만의 고유 영역에서 쓸 만한 두꺼비가 됨으로써 동족에게 호감을 사려고 노력했다. 나는 주로 밤에 활동했고, 예전에 나를 매혹시킨 아름다운 것들을 잊었다. 내 속에서, 그리고 나를 초월하여 세상을 바라보는 이에게는 세상이 아름다운 것들로 가득 차 있기 때문이다. 또 세상 사람들이 이따금 즐거운 시간을 쪼개어 가엾은 자들을 기쁘게 해주려고 한다면 행운이 깃들여 훨씬 행복하게 살 수 있다. 독자 여러분, 그렇지 않은가? 여러분은 아마 개인적으로 매력적이고 세련된 태도를 지닌 성공한 생물일지도 모른다. 여러분이 이용하는 그런 특성들은 여러분을 신과 같은 세상의 구세주로 만들든지, 아니면 매력적인 악마로 만들 것이다. 여러분이 가엾은 이들을 깊이 동정하고 때맞춰 도와준다면, 그들은 정신적인 부담을 덜 것이다. 못생긴 형제들은 못생겼다는 사실을 잊고 여러분의 아름다움을 자기 일인 양 기뻐할 것이다. 잔인하고 잘생긴 자들이 못생기거나 추한 생물을 보고 표정이나 몸짓으로 상처를 주지만 않는다면, 못생기거나 추한 생물들은 자기가 태어난 날을 저주하지 않을 것이다. 그러나 나는 잠시 때늦게 배운 교훈을 잊고 있었다. 불쌍한 두꺼비는 날개를 가질 수 없으며 사랑과 전쟁에서는 모든 것이 공정하다고 하지만 메뚜기의 사랑을 얻을 수는 없다는 사실을 나는 경험을 통해 배웠다.

나는 이제 어느 정도 나이도 먹었고 깨달음도 충분히 얻었다. 내 아내는 나처럼 생각이 깊고 뚱뚱한 두꺼비이다. 아내가 보기에 나는 더할 나위 없이 아름답다. 나는 풍채가 무척 좋아졌다는 사실을 고백해야겠다. 장모님께는 그와 비슷한 칭찬을 할 수 없다. 그래도 장모님께서는 나에게 사소한 고통 하나도 주시지 않았다. 장모님은 나이가 들고 쇠약해지셨다. 내가 뚱뚱해도 더 이상 추하지 않다는 말을 다시 한 번 강조해도 읽는 여러분들은 이해해주리라 믿는다. 만약 내 말을 못 믿겠으면 내 아내에게 물어보시라!

주인님, 시인들의 재갈을 없앤 것이 큰 실수일지도 모른다는 사실을 아십니까? 재갈이 풀린 엉터리 시인 푸들들이 숭고한 것을 실어나르는 일을 떠맡았어요.

연극비평가 푸들

주인님께.

주인님은 이 더운 날씨에 '푸들들에게 죽음을'이라고 씌어진 벽들을 보고 놀라셨겠지요. 어제 주인님께서 재갈과 목걸이도 없이 손수 저를 풀어주셨는데 말입니다. 제가 자유를 원한다는 사실을 아셨죠? 저는 주인님께서 '뭐라 형용할 수 없는 미묘한 충동'이라고 하신 말씀에 저를 놓아달라고 간청하지 않을 수 없었습니다. 사실 주인님께서 친구분들과 부알로(프랑스의 시인이자 비평가)나 아리스토텔레스나 스미스의 최근 작품과 '연극의 다섯 가지 일치' 등에 대해 하신 이야기는 정말 지루했어요. 저는 되도록이면 오래 귀를 기울이려고 했지만, 자꾸 하품이 나와서 무슨 기척이라도 들은 것처럼 짖어댔지요. 무슨 짓을 해도 그 과학적인 토론에서 주인님의 주의를 돌릴 수는 없었습니다.

주인님은 고전 작가는 언제까지나 고전 작가라고 하시며 논쟁을 끝내실 때 저를 무릎에서 밀어내기까지 하셨어요.

제가 저의 임무와 기질 탓에 밖으로 나가려 해도, 주인님께서 끝까지 집 안에 머무르신 일은 정말이지 너무하셨어요. 마침내 주인님은 저를 내보내주셨죠. 저는 탁자 위에 주인님과 저를 기다리고 있을 동물극장 특석 무료입장권이 놓여 있는 걸 보았어요. 저는 두 가지 이유로 연극을 낱낱이 비평하지 않으려 합니다. 첫째는 제가 예술에는 초보자라는 점입니다. 둘째로는 바로 주인님께서 묘사적인 글쓰기로 살아가시기 때문입니다. 주인님께서 온갖 고리타분한 연극 비평구들을 가까이 두고 있지 않으시다면 어떻게 날마다 벼락치기로 글을 쓰실 수 있겠습니까? 저는 제 속에 저의 털북숭이 꼬리를 흔들게 만드는 풍부한 시의 보고가 들어 있다고 생각합니다.

제가 주인님의 밑천을 빼앗는다면 저는 은혜도 모르는 개가 되겠지요. 연극비평가로서 대단한 성과를 거두신 주인님의 성공사례들을 보면, 놀라운 상상력 덕분에 보지 않은 연극에 대해서도 글을 쓰시더군요.

날씨가 좋아서 저는 걸어서 극장에 갔습니다. 가는 길에 바람에 코를 맡기며 걷고 있는 상냥한 친구들도 만났지요. 제가 지정된 좌석에 가서 의자에 털썩 주저앉자, 문가에 있던 불도그가 정중하게 절을 하더군요. 저는 긴 의자 위에 다리를 쭉 뻗고 앞에 있는 벨벳 방석에 오른발을 올려놓았습니다. 이것은 5막짜리 연극을 마지막까지 보든지 졸든지 할 때 주인님께서 취하시는 우아한 태도지요.

자리에 앉은 지 2분도 안 되어 오케스트라 연주석에 연주자들이 몰려들어왔습니다. 연주자들은 무척 즐거워 보이더군요. 당나귀가 하프를 뜯고 거위가 플루트를 맡아서 어느 박식한 시인이 쓴 〈시흥을 돋우는 당나귀〉라는 곡을 들려주었습니다. 칠면조는 마장조로 소리를 냈어요. 교향곡이 시작되었는데, 주인님께서 겨울마다 그렇게 열렬하게 말씀하신 교향곡들과 비슷했어요. 드디어 막이 오르고 비평가로서의 제 고민이 시작되었습니다.

이 작품은 그레이하운드의 일종이지만 영국계와 독일계가 섞인, 반은 그레이하운드이고 반은 불도그인 개가 쓴 아주 엄숙한 연극이었습니다. 그 개는 파리개협회 소속이었습니다.

파노라는 이 위대한 극작가는 단순하면서도 정교한 연극을 만드는 재주가 있었어요. 그는 처음에 퍼프 씨의 퍼그에게 가서 이야기 하나를 해달라고 했고 다음에는 스크라이브 씨의 푸들에게 가서 그 이야기를 쓰라고 했어요. 파노는 연극이 상연되자 들개 여섯 마리를 고용하여 박수갈채를 보내도록 했는데, 그 짐승들은 야만스럽게 짖어대는 놈들이었어요. 파노는 멋진 녀석입니다. 파노의 털은 잘 빗질되고 아주 우아하게 감아올려져 있었는데, 전체적으로는 고위층 손님을 기다렸다가 객석으로 모시는 잡종개 같았어요.

연극은 최신작이라고 했습니다. 첫장은 생략하고 넘어갑시다. 첫

장은 늘 똑같거든요. 하인들과 친한 친구가 나와서 주인공의 죄와 슬픔과 음모와 미덕이나 포부의 내용을 설명하지요.

주인님, 시인들의 재갈을 없앤 것이 큰 실수일지도 모른다는 사실을 아십니까? 재갈이 풀린 엉터리 시인 푸들들이 숭고한 것을 실어 나르는 일을 떠맡았어요. 예술의 굴레를 쓰고 있었던 고전 작가들은 그렇지 않았지요. 그들은 일반 군중들에게서 멀리 떨어져 뮤즈의 신전에서 살았습니다. 그들은 먹을 것이 많은 경비견들로, 축적된 역사의 타락에 말참견을 하지 않았지요.

재갈은 생각보다 중요합니다. 재갈은 우리 시대에 만연해 있는 문학의 광견병이 확산되는 것을 미리 막아주는 수단으로서, 광견병을 막기 위해서는 냉철한 비평가들의 총력을 다한 방어가 필요합니다. 현대 비극에서 부자연스럽게 울부짖는 소란을 제외한 모든 해악은 자유 때문에 생겨났습니다. 오래된 뼈들이 발굴되고 있어요. 현대의 19세기 천재 극작가들은 오래된 뼈를 갈고 닦아 자신들의 작품으로 상연하고 있습니다. 19세기의 극작가들은 비극적인 본능으로 뼈를 진정으로 소유하고 있었던 자들을 기억 속에서 영원히 잊혀지게 하고 있습니다.

그렇게 시체를 훔치는 몇몇 천한 개들의 성향은 너무나 유명해서 내가 굳이 더 설명할 필요는 없겠지요. "우리 앞에서 우리와 관련된 말을 하는 자들은 멸망할지어다"라는 말을 우리보다 앞서 한 자들에게 죽음이 있기를.

조금씩 줄거리가 발전되었어요. 퍼그가 자기 주인들의 모든 비밀과 감추어진 생각들을 밝히자, 이번에는 주인들이 직접 나타나서 절정에 이른 열정으로 무슨 일을 진행시키고 있었는지 쉽게 풀어서 이야기해주었어요. 제가 얼마나 밉살스런 놈들을 많이 보았는지 주인님께서 아셨더라면 좋았을 텐데. 어휴, 자기 꼬리에 한탄하는 두 늙은 여우를 상상해보세요. 두 여우는 늙어빠진 늑대 두 마리와 함께 드러누워 주위를 멍하니 둘러봅니다. 심하게 두들겨맞은 한 쌍의 곰 무용수가 부드러운 음악에 맞추어 왈츠를 춥니다. 귀가 너덜너덜하고 장갑을 낀 족제비들은 무대에서는 사랑과 정열을 고백하는 초라한 희극배우들이었습니다. 하지만 극장 밖에서는 서로 양의 다리나 말의 허벅다리를 차지하려고 상대방의 눈을 찢는다더군요. 그런데 공공생활의 비밀은 꼭 지켜야 한다는 사실을 제가 잠시 잊고 있었습니다. 다시 맡은 임무에 충실하여, 우회적인 방법이라고 생각하는 분석으로 들어가겠습니다. 대사는 그다지 명료하지 않았습니다. 주로 불운한 세미라 여왕과 연인 아조르의 슬픔에 대한 내용이었죠. 주인님께선 이 이질적인 구성 속에 꽉 들어차 있는 특이한 요소를 모르실 겁니다.

아름다운 세미라는 스페인의 여왕으로서, 조상 중에 카이사르라는 씩씩한 개가 있는 귀족 집안의 후손입니다.

성의 뒷부엌에서는, 천한 동물이지만 존경할 만한 인물인 아조르라는 젊은이가 꼬챙이를 돌리는 고귀한 일을 맡아 여왕께서 드실 고기 꼬치를 돌립니다. (반면 세미라 여왕은 그의 머리를 도취시키지요).

아조르가 말합니다.

> 아름다운 세미라, 오 흰 담비처럼 하얀 당신
> 다사로운 눈을 가진 나의 아리따운 천사
> 이것을 드실 때면, 부엌 구석의
> 내 사랑을 측은히 여겨주시길

희미한 등잔불 옆에서 대충 지어낸 이 시는 감탄할 만한 것이었습니다.

시인의 친구들은 환호성을 질렀지요.

"야! 훌륭해! 정말 마음에서 우러나오는 감정으로 연기를 하는군!"

언어학자들인 들개와 그리핀과 멧돼지가 비판거리를 찾았지만 헛수고였습니다.

그들은 이렇게 말했습니다.

"왜 고급 문장에서 부엌과 취사장이 꽃과 세련된 감정 속에 뒤섞여야 하지? 열정의 불꽃을 부채질하는 꼬치 돌리기와 그것의 연상작용인 여왕의 게걸스런 식욕 따위에 도대체 뭐가 있다는 거야?"

그들은 닥치는 대로 내뱉은 이런 표현들 때문에 자리에서 쫓겨날 뻔했습니다.

아조르는 설득력 있게 시들을 들려주었죠. 이따금 자기 감정을 달래거나 사랑에 짜릿한 쾌감을 더하려고 제 몸을 긁기도 하면서 말이죠. 마침내 아조르는 날마다 짖어대는 제 이야기에 푹 빠져버렸습니다.

"세미라! 세미라! 아, 내가 당신 발밑의 땅에 얼마나 입맞추고 싶어하는지!" (아조르는 이 열렬한 바람을 그다지 어렵잖게 이룰 수 있었을 거예요. 뚱뚱한 여왕은 지나가는 자리마다 발자국을 남겨두었으니까요. 이건 그냥 해본 소리예요.)

부엌에서 일하는 소년이 아조르가 꼬치 돌리기를 게을리하고 있다는 걸 일깨워주려고 갑자기 뜨거운 재를 아조르의 눈에 뿌리자, 아조르는 몹시 괴로워하며 길게 울부짖습니다.

성에는 두실바라는 심술궂은 덴마크 개가 있었는데, 백작의 말들

GRANDVILLE

과 친해서 재미로 함께 사냥을 다닙니다. 곧 아시게 되겠지만, 두실바는 사납고 질투심 많고 무자비하고 무척 사악한 잡종개입니다. 두실바는 아름다운 세미라한테 홀딱 반했지만, 세미라는 이 북쪽 지방 시골뜨기의 사랑에 코웃음을 쳤습니다. 두실바가 어떻게 할까요? 물론 두실바는 교활하게 시치미를 딱 떼고, 다들 두실바가 그 모욕을 잊었다고 생각하게 되지요. 아아! 그 이중인격자는 기회만 엿보고 있었던 겁니다. 어느 날 두실바는 성 주위를 둘러싸고 있는 연못에서 세미라의 보금자리를 다정하게 바라보고 있는 아조르를 발견합니다.

두실바가 말하지요.

"아조르, 날 따라와."

아조르는 수심에 잠겨 다리 사이에 꼬리를 늘어뜨리고 순순히 따라갑니다. 그런 다음 두실바가 무슨 짓을 할까요? 두실바는 아조르를 가까운 연못으로 데려가 그 속에 뛰어들어 한 시간 동안 있으라고 명령했어요. 아조르는 기꺼이 그 말을 따르죠. 시원한 물이 아조르의 피부를 부드럽게 어루만지고 요리한 흔적을 지워주었습니다. 연못의 물은 아조르의 헝클어진 털을 빛나게 하고 쇠약해진 몸에 우아함을 주었으며 불빛으로 흐릿해진 눈동자에 활기를 줍니다. 아조르는 연못에서 나와 옷에 꽃향기가 배도록 향긋한 풀밭을 신나게 굴러다닙니다. 아조르는 고목의 이끼에 대고 이를 비벼 하얗게 닦는 것으로 몸단장을 마쳐요. 그렇게 되자 아조르는 다시 젊어진 것 같았습니다. 뜨거운 피가 용솟음치고, 수심에 잠겨 있던 꼬리는 새로운 인생이 시작되었다는 느낌에 활기차게 흔들거리죠. 온 세상이 그 앞에 활짝 열려 있는 것 같습니다. 아조르가 열망하면 안 되는 게 없죠. 세미라의 손조차 말이에요. 기뻐서 어쩔 줄 모르는 아조르의 모습을 보고 덴마크 개는 교활한 악당처럼 몰래 고소해했습니다.

두실바는 이렇게 중얼거리는 것 같았어요.

"이 바보야, 너한테 저주가 떨어진 거야! 네놈은 나와 함께 한 일에 값비싼 대가를 치러야 할걸!"

주인님, 이 장에서는 유명한 라리동이 연기했는데 대단히 성공적이었습니다. 라리동은 자기 역에 비해 뚱뚱하고 늙었는지는 몰라도, 신문에서 말하듯이 정열과 우아한 맵시로 큰 성공을 거두어요.

가장 멋진 장면은 아랑쥐에 숲에서 펼쳐졌습니다. 그때 여왕은 수심에 잠겨 귀를 축 늘어뜨린 채 걸어가고 있었습니다. 뒤에서는 푸들이 여왕의 우아한 꼬리를 받들고 있었고요. 한데 갑자기 길 모퉁이에서 여왕은 꿈에 그리던 아조르, 새로워지고 눈부시게 빛나는 아조르와 마주치는 겁니다. 정말로 그이인가? 아, 신비로워라! 너무 놀라워! 이렇게 기쁠 수가! 둘의 눈이 마주치고, 둘은 정열적으로 사랑을 이야기하지요. 그렇게 아주아주 행복한 순간에는 모든 것을 잊지요. 누가 세미라한테 "당신은 세상에서 가장 자랑스러운 왕위를 차지하고 있소" 하고 상기시켜주었더라도 세미라는 아마 이렇게 대답했을 거예요.

"사랑하는데 그게 무슨 대수란 말예요?"

아조르에게 그의 천한 신분을 알려주었다 해도, 그는 그저 이빨을 드러내 보이기만 했을 거예요. 아, 사랑의 환희와 슬픔과 기쁨이여! 거기에 덧붙여 감탄문을 맺자면, 아, 헛되고 헛됨이여! 문마다 돌쩌귀가 있고, 자물쇠마다 열쇠가 있으며, 장미에 벌레가 있고, 개집에 개가 있는가 하면, 가장 적절하게는 모든 등잔에 심지가 있습니다. 그렇듯이 아랑쥐에 숲에는 멀리서 우리 친구들의 행동을 지켜보는 무시무시한 두실바가 숨어 있었어요.

"아! 그래! 너희들이 서로 사랑한단 말이지? 떨어라! 떨어! 너희들의 파멸을 위해."

두실바가 말하는 사이에 세미라는 무대에서 퇴장했고, 두실바는 아조르에게 다가가서 말했습니다.

"좋아! 좋아! 세미라는 빌려온 네 아름다움을 보고 너를 천사같이 여기지. 이제 넌 호저의 가죽을 뒤집어쓰고 가시를 세운 채 소름끼치도록 더러운 모래와 재범벅이 되어 세미라에게 나타나 그녀에게 걸린 마술을 풀어야지!"

이런 식으로 덴마크 개는 끓어오르는 분노 속에 격렬한 감정을 숨김없이 드러내면서 길게 울부짖었습니다. 가엾은 아조르는 그 말에 따라 여왕 앞에 나갔습니다. 아조르는 긴 부리의 무서운 왜가리 밑에 서서 여왕에게 절을 하고, 자기는 그저 비천한 꼬챙이나 돌리는 신세인데 여왕을 속였다고 고백하면서 용서를 빌었답니다. 그러고 나서 아조르는 최후를 준비하면서 꼼짝 않고 있었어요.

세미라는 아조르의 발에 몸을 던지며 말했습니다.

"아! 당신의 슬픔을 나눠줘요. 당신이 아무리 하찮은 신분이라도 내 사랑은 변함없어요. 봐요! 온 세상이 보는 앞에서 당신에게 이렇게 손을 내밀잖아요."

이 감동적인 장면에 관객들은 모두 눈물을 흘렸고, 막이 내리자 우레 같은 박수갈채를 보냈습니다. 새건 짐승이건, 심지어 내 코 끝에 앉은 벼룩까지도 열광해서 제정신이 아닌 듯했습니다. 나는 두실바에게 따지려고 무대로 날아가려던 충동적인 수탉을 막으려고 침착하게 수탉의 꼬리를 물었습니다. 나는 몇 마디 말로 구슬리면서 그 악당도 자기 집에서는 정말로 점잖다는 사실을 수탉에게 확신시켜주었습니다. 더불어 다시는 마을 수탉으로서 새벽을 알리는 중요

GODARD

한 일을 하러 거름 더미에 갈 수 없을지도 모른다고 했죠.

4막이 내렸어요. 5막에 관해 말하자면, 주인님의 비평가로서의 지위를 침해하려는 건 아니지만 개들이 호랑이가 되었다는 말로 이야기를 맺을까 합니다. 훌륭한 작가가 이용하는 자연스러운 변형이지요. 그 호랑이는 똑같은 실수로 아내를 죽이고는, 친구들을 학살함으로써 스스로 위안을 얻지요. 세미라는 정식으로 결혼했을 때 호랑이가 된 것 같아요. 내가 듣기로, 이것은 실생활에서 심심찮게 일어나는 묘한 변화들 중 하나랍니다. 아무튼 마침내 범죄와 살인과 혼란의 장면 위로 막이 내립니다.

연극이 끝나자, 안내인들이 가벼운 음식물을 내왔습니다. 저는 주인님의 모범을 따랐지요. 제가 본 연극이 그날 밤에 초연된 작품이라서, 저는 생각에 잠긴 듯한 얼굴로 곧장 자리에서 일어났습니다. 그리곤 배우 대기실로 가서 거만하고 잘난 체하며 어정거리고 있던 연극비평가 무리에 끼어들었어요. 하나는 말벌의 침을 가지고 있었고, 또 하나는 독수리의 부리를 가지고 있었고, 또 다른 이는 여우의 교활함을 지니고 있었습니다. 육식조들도 힘없는 희생양들을 잡아먹으려고 거기에 있었습니다. 사자들은 자랑스럽게 이빨을 드러내며 적의를 보이고 있었고요. 짓궂은 갖가지 동물들에 비하면 사자들의 무리는 훌륭한 집단이지요. 제가 주인님과 한집에 산다는 사실이 알려지자, 저는 무대 뒤에서 배우들과 안면을 틀 수 있었습니다. 하지만 이제 이 두서없는 비평을 마쳐야겠습니다. 다정한 그레이하운드가 같이 저녁을 먹으려고 저를 기다리고 있거든요.

여기 상식이라고 하는 수치스런 본능을 주마.
앞으로 이 본능이 자네의 거짓을 폭로할 게야.
빛은 나지만 금이 아닌 것들의 가면을 벗기고
사물의 아름다운 형상을 녹여 볼품없는 뼈대를
드러나게 할 거라구.

딱정벌레의 고난

며칠 전에 세상에서 제일 상냥하고 분별 있는 비둘기 바이올렛은 목덜미에 아주 예쁜 핀을 꽂고 있었다. 골동품 애호가인 박식한 올빼미는 바이올렛에게 핀이 정말 멋지다고 했다.

바이올렛이 말했다.

"정말 예쁘죠. 이 핀은 저희 대모님이 선물하신 건데, 작약 잎사귀에 붙은 곤충 모양의 핀이에요. 이 부적으로 상식을 지킬 수 있어요. 열정이라는 환상적인 매개가 아니라 그 사물의 진정한 빛을 통해서 사물을 볼 수 있게 해주거든요."

올빼미가 그 보석을 자세히 보려고 다가오자, 바이올렛은 핀이 흰 목덜미에 꽂혀 있어서 올빼미한테 잘 보이지 않을까 봐 핀을 떼어 올빼미에게 주었다.

야행성인 올빼미가 말했다.

"내일 돌려줄게. 밤에 연구하는 동안 이 곤충이 자기 이야기를 털어놓을지도 몰라. 그럼 네 지혜와 아름다움의 비결을 알게 되겠지."

올빼미는 조용히 연구할 곳을 찾아 집으로 돌아오자마자 탁자 위에 핀을 내려놓았다. 딱정벌레는 탁자 위에 놓이자 잎 위를 걸어다냈다. 그 곤충은 초록색이었는데, 행동으로 봐서는 솔직하고 후덕한 것 같았다. 딱정벌레는 반들반들 윤이 나는 발로 눈을 쓰다듬고, 먼저 한쪽 날개를 펴더니 다른 한쪽 날개를 마저 펴고 나서 올빼미에게 뾰족한 주둥이를 돌렸다. 그리고 총명하면서도 겸손하게 자기 이야기를 들려주었다.

다음은 딱정벌레의 이야기이다.

나는 이시스 여신의 신전 이름을 딴 센 강변에 있는 어느 정원에서 태어났어요. 내가 예민한 게으름뱅이 미모사나무 그늘 아래서 깨어나 내 존재를 의식하게 되었을 때는 이미 바구미들이 부모님을 무덤에 묻은 후였지요. 미모사 즙은 내가 먹은 첫 먹이였어요. 솜씨 좋은 정원사의 아내가 나를 잡았지만, 나는 그녀가 시장에 간 틈을 타 날개를 펴고 달아났답니다. 나는 짐승들밖에 알고 있는 이들이 없어서 들꽃들과 좋은 친구가 되려고 했죠. 그래서 양귀비하고 단짝 친구가 되었고요. 나는 이미 자랄 만큼 자라서, 덩굴장미를 찾아다니거나, 바쁘지만 나하고 놀려고 일손을 잠시 놓은 벌들을 쫓아다니면서 재미있게 놀았어요. 아! 행복한 날들이 꿈결처럼 지나갔죠. 나는 시간이 흐를수록 미지에 대한 갈망이 솟아나면서 단순한 습성을 경멸했답니다. 그러던 어느 날이었어요. 마침내 나는 미래를 가리고 있는 베일을 걷어올리기로 결심하고, 묘한 분위기를 풍기는 산양좌 딱정벌레에게 내 운명을 얘기해달라기로 했죠. 점쟁이로 통했던 그 딱정벌레는 정원의 외딴곳에서 살고 있었습니다.

노파 딱정벌레는 자기 동굴로 가던 길에 나를 보고서 반색을 하더군요. 온통 신비한 기호가 새겨진 긴 옷을 걸치고서 말이에요. 이내 노파가 더듬이로 이상한 원을 그리더니, 내 발을 뜯어보며 그러

GODARD SC.

더군요.

"귀한 가문에서 태어나셨구먼. 조상들이 당당하게 더듬이를 치켜드셨어. 그만큼 모진 운명에 고개가 꺾였고. 아니, 댁은 어쩌다 이렇게 쓸쓸한 곳으로 오게 되었수? 못 만났다면, 아마 자네 종족이 이미 멸종해버린 줄 알았을 거야. 아, 자네 조상님들의 갑옷만 해도 이젠 곤충학자의 수집품에서만 볼 수 있는걸. 에그, 안됐구먼, 앞날이 순탄치 않겠어."

그래서 내가 그랬죠.

"이봐요, 할멈. 돌아가신 우리 조상들 얘긴 뭐하러 해요? 나한텐 아무짝에도 쓸모 없다구. 자, 이것만 딱부러지게 말해요. 내가 세상에서 중요한 일을 할 것 같은지 아닌지. 난 뭐든지 잘할 것 같긴 하지만 말이오."

점쟁이 딱정벌레가 소리쳤어요.

"말을 들어, 힘이 보이지 않아! 자네는 돈 후안처럼 탕아가 될 게야! 불로장생주를 마셔라! 영원히 죽지 않는 자들과 잔치를 벌이며 탄탈로스(제우스의 아들)의 고통을 겪음으로써 네 경솔함의 빚을 갚을 테니깐. 자넨 프로메테우스처럼 독수리한테 물어뜯길 각오로 천상의 불을 훔칠 게야. 에그! 굳이 애쓰지 않아도 더없이 비참해지겠구먼그래. 자, 옜다, 여기 상식이라고 하는 수치스런 본능을 주마. 앞으로 이 본능이 자네의 거짓을 폭로할 게야. 빛은 나지만 금이 아닌 것들의 가면을 벗기고 사물의 아름다운 형상을 녹여 볼품없는 뼈대를 드러나게 할 거라구."

나는 이상한 예언에 당황하여 얼른 그 동굴에서 나와 무서운 노파 마법사에게서 벗어났어요. 하지만 여전히 이시스 정원에 나 자신을 내던지고 싶은 욕망에 하릴없이 부대꼈지요. 이시스 정원에는 수천 마리의 곤충들이 매혹적인 공기에 취해 떼지어 우글거리고 있었는걸요. 어느 날 나는 채소밭을 산책하다가 양상추 그늘 밑에서 명상에 잠겨 있는 코뿔소풍뎅이를 만났어요. 나는 코뿔소풍뎅이의 지혜를 믿었기 때문에 멘토르(오디세우스가 자기 아들의 교육을 맡겼던 벗)가 텔레마코스(오디세우스와 페넬로페의 아들)에게 해주었던 멋지고 귀중한 조언을 좀 해달라고 간청했죠.

코뿔소풍뎅이가 그러더군요.

"그런 부탁을 하다니, 정말 기쁜걸. 너를 보니 다이아몬드 왕이 수집해놓은 유명한 그림들이 떠오른다. 너는 분명히 훌륭한 가문 출신일 거야. 호화롭기 그지없는 저쪽 정원을 보았니? 네 더듬이와 신용장이면 세상에서 가장 훌륭한 우리 사회에 당장 낄 수 있을 거야. 새로운 삶이 네 앞에 펼쳐지겠지. 뭐 말도 별로 어렵지 않을 거고. 그 집 안주인 앞에선 정중하게 비껴 서야 돼. 헛소리를 하나도 놓치지 말고 잘 들어. 그럼 좋은 대접을 받을 수 있을 테니까. 그러고 나서는 잠자리를 가지고 놀 수 있어. 친한 친구들 험담을 들더라도 꾹 참고 들어, 알겠어? 넌 말할 필요가 없어. 분별 있는 침묵이 네가 하고자 하는 어떤 말보다 너의 감정과 시적인 감상과 심오함을 더 잘 드러내줄 테니까. 네 학식은 너한테 말을 거는 작자들의 재치나 지혜를 이해하는 능력으로 가늠될 거야. 무엇보다도 네 마음을 준 이들을 조심해. 넌 속을 게 뻔하니까 말이야. 네 일이 순조롭게 술술 풀리면, 이런 것도 다 즐거움이 될 거야. 아마 1년에 대여섯 번씩 말벌의 명령에 복종해야 할 때가 있을 텐데, 그땐 군복이 해지도록 훈련을 받고 전술 공부도 해야 돼."

나는 소리쳤어요.

"대여섯 번씩이나! 너무 심하다!"

"나라에는 그런 일이 필요해. 자, 이제 가서 실컷 누리는 거야. 이만하면 충고가 됐겠지?"

나보다 덜 짙은 초록색에 덜 용감한 딱정벌레였더라면, 이처럼 앞으로 닥쳐올 기쁨과 특권에 대한 우울한 말을 듣고 지레 겁을 먹었겠죠. 하지만 나는 젊음의 열정으로 가던 길을 계속 갔답니다. 코뿔소풍뎅이를 불행한 예언이나 하는 늙은이쯤으로 생각하고 말이죠. 코뿔소풍뎅이는 세상과 이 별난 정원에서 너무 많은 것을 보아왔으니까요.

그때 코뿔소풍뎅이가 말했습니다.

"나와 함께 가자. 사회가 우리의 출현을 기다리고 있어."

나는 그곳에 가자마자 왕풍뎅이 하나와 아주 친해졌답니다.

어느 날 그 왕풍뎅이가 말했죠.

"우리, 극장이라는 재미난 데 놀러 가자. 내가 데려가줄게. 저녁을 즐겁게 보낼 수 있을 거야."

나의 새 친구는 음악을 좋아하느냐고 묻더군요.

나는 대답했지요.

"응, 좋아해. 내가 태어난 정원에 노래를 아주 잘하는 박새들이 있었거든."

"여기엔 그보다 훨씬 멋진 게 있어. 예술아카데미에 가야겠다. 거기서 최고의 예술을 감상할 수 있을 거야."

내 친구는 공연장 앞에서 더듬이와 목깃을 다듬었어요. 그리고는 커다란 아칸서스꽃 앞에 있는 쥐며느리들한테서 표를 구했죠. 연주회장은 그 계절의 명사들로 가득 찼더군요. 개인석은 유명한 귀족 곤충들로 빽빽했는데, 얼마나 거만스레 주위를 둘러보던지. 그리고는 관심 없다는 듯 냉소적인 표정을 짓는 거예요. 허리가 가는 말벌과 잠자리들은 멋있게 무리지어 앉아 있었고, 한시도 가만있지 못하는 벼룩들은 맨 위층 좌석에 앉아 있더군요. 파리들은 시간의 덧없음을 슬퍼하듯 검은 옷을 경건하게 차려입고 음악을 들으려고 참을성 있게 기다리고 있었고요.

내가 그랬죠.

"이렇게 모인 걸 보니까 너무너무 즐겁다. 청년들과 미인들이 훌륭한 음악을 들으려고 이렇게 가슴이 부풀어 있다니, 참 놀라운 일이군."

왕풍뎅이가 대꾸했어요.

"착각하지 마, 이 친구야. 여기 모인 작자들의 주된 관심사는 음악이 아니라구. 이들은 유행의 노예에 불과해. 음악의 '음' 자도 모를뿐더러 신경도 안 쓰지. 이키! 이제 가을매미의 유명한 노래로 음악회를 시작할 참이군."

가을매미는 빛나는 날개를 달고 아주 인상적인 노래를 불렀어요. 그의 노랫소리는 커졌다 작아졌다, 낮아졌다 높아졌다, 길어졌다 짧아졌다 하면서 장내에 울려 퍼졌어요.

나는 당황해서 나직이 물었죠.

"저 가수, 잘 부르는 거야?"

친구가 대답했어요.

"잘 부르냐구? 이 무식한 친구야, 우린 지금 프리마돈나의 노래를 듣고 있는 거야. 칸타타에선 그녀를 따라올 가수가 없지. 잘 들어봐. 저 빼어난 음성, 매혹적인 당김음, 율동적인 표현력, 장내를 꽉 채우는 풍부한 성량……."

나는 그의 말을 끊으면서 말했어요.

"노래가 단순히 목에 있는 다양한 소리를 들려주는 것이라면, 가을매미는 노래를 아주 잘하는 것일 수도 있어. 하지만 나는 목에서 만 나오는 소리를 백 번 듣느니 홍방울새의 가슴에서 우러나오는 노래를 한 번 듣겠네."

왕풍뎅이가 말했어요.

"넌 착각하고 있는 게 틀림없어. 가을매미는 가장 인기 있는 가수야. 인기가 있다는 건 그 자체로 훌륭한 거라구."

합창곡을 부르는 대성당 소속 귀뚜라미 백 마리가 파리를 따라 나왔어요. 다들 얼마나 자기 음에만 신경 쓰던지 어휴, 오죽하면 막이 내리는 걸 보니 한시름 놓이더라니까요.

막간을 이용해서 메뚜기 발레단의 공연이 있었어요. 한데 그들은 남들이 숨쉬는 것만큼이나 자주 발과 다리를 움직이더군요. 내 친구는 그들이 가슴속에 있는 가장 미묘한 감정까지도 몸짓과 발놀림을 통해 잘 표현하는 것 같다고 했어요. 내가 보기엔 볼품없게 차려입은 여자 메뚜기들이 꼴사납게 떼지어 뛰어다니는 것 같던데. 발레단의 남자 메뚜기들은 저마다 자랑거리로 내세웠던 세련미는 없었지만 그런대로 순수한 맛은 있었어요. 그제야 나는 공연에 어느 정도 관심을 갖기 시작했지요. 하지만 그때 발레단이 퇴장하면서 악기 소리가 어마어마하게 커지지 뭐예요. 아, 불쌍한 내 머리! 그 소리에 어찌나 머리가 아프던지! 나는 신선한 공기를 마시러 밖으로 나올 수밖에 없었죠.

내가 왕풍뎅이한테 말했죠.

"나한테 보여주겠다던 게 고작 이거야? 나는 노래를 듣고 싶다고 했잖아. 넌 노래가 아니라 신한테서 달아난 악마들이 연주하는 곳에 나를 데리고 왔어. 그들은 신성한 화음으로 온갖 장난을 치고 있다구! 제발 칼이나 횃불이나 오페라의 번쩍이는 장식물 없이 음악을 들을 수 있는 곳으로 데려다줘."

그랬더니 내 친구가 그러더군요.

"그래? 그럼 아주 순수한 음악을 들을 수 있는 곳으로 가자. 너는 국제적인 명성을 자랑하는 트럼펫 딱정벌레의 굵은 목소리에 반하게 될지도 몰라."

우리는 아름다운 붉은 튤립꽃으로 날아갔죠. 거기에 연주회장 입구가 표시되어 있더군요. 우리가 자리에 앉자마자, 트럼펫 딱정벌레가 나와서 명곡을 멋지게 노래했답니다. 이번에는 나도 즐거웠죠. 그의 굵고 풍부한 목소리를 듣고 있으니까, 멀리서 울리는 천둥 소리와 세찬 파도 소리와 증기 방아가 돌아가는 소리가 떠올랐거든요. 하지만 그 노래는 금방 끝나버리지 뭐예요. 그리고는 귀뚜라미들이 쉰 목소리로 처량하게 합창곡을 부르더군요. 딱정벌레의 노래와 견주어보면 혐오스러울 정도였어요. 그때 내 친구가 뮤지컬 스타는 늘 작은 별 무리와 함께 공연한다더군요. 작은 별들의 희미한 불빛은 그들이 싸고도는 스타에서 얻은 것이죠. 극장 지배인들이 자연현상을 연구하여 현실에 적용시킨 거예요.

극장 지배인들은 이렇게 말해요.

"하늘에 태양이 하나뿐이듯, 한 공연에는 별이 하나여야 돼. 그 광채를 최대한 이용할 수 있을 만큼 기량 있는 별이."

두 별이 한 무대에서 서로의 궤도를 가로질러서는 안 된답니다. 그런 변칙적인 행위는 별 하나를 완전히 가려버리고 공연을 혼란에 빠뜨리니까요.

"자, 이제 다른 곳으로 가보자. 나는 사탕을 꼭꼭 감춰두고 있는 아이들처럼 제일 볼 만한 곳을 아직 남겨두었지. 귀를 기울여서 잘 들어야 돼. 너의 청각을 그 섬세한 가락에 맞춰두고서 말이야. 그럼 네 가슴을 감동시킬 아름다운 가락을 감상할 수 있을 거야."

나는 대답했어요.

"나도 아름다운 가락을 한 소절도 놓치지 않고 들었으면 좋겠어."

그러자 내 친구가 그러더군요.

"아무리 애써도 그럴 수는 없을걸. 교육을 제대로 받은 나도 아름다운 악절 몇 개는 놓쳐버리는걸. 직관을 통해 작곡가의 감정을 느끼는 법을 배워야 돼. 세인들이 뼈를 바르는 동안 미식가는 잉어의 혀를 고르듯이 말이야. 넌 연주 음악의 매력이 어디에 있다고 생각하니?"

내가 대답했죠.

"가락의 선택. 그리고 그 가락에 힘과 아름다움을 주는 화음의 적절한 결합에 있는 것 같아. 마치 그림에서 화가들이 작품에 표현력을 부여하려고 빛과 색채를 적절히 배치하듯이 말이야."

그랬더니 내 친구가 이렇게 말하지 뭐예요.

"넌 글러먹었어. 그건 1세기 전의 낡아빠진 생각이야. 오늘날 음악의 매력은 연주자의 손이 얼마나 민첩한가에 달려 있어. 악기를 다루는 곤충의 열광적인 모습도 한몫 하고. 연주 음악의 감미로움은 악기 소리를 고르는 곤충들의 신경질적인 모습과 그 곤충의 피부색이며 눈동자의 움직임, 또 첼로 쪽으로 허리를 숙이는 별난 행동에 있는 거야. 이제 우린 심오한 예술가들의 연주를 들을 거야. 그들은 가슴속에 어렴풋이 담겨 있는 삶의 우울함과 열정을 신비롭고 뚜렷한 화음으로 연주하지."

나는 골치가 아프더군요.

"아, 힘들어! 내 둔한 이해력으로는 그런 음악을 이해 못 할지도 몰라. 하지만 상관없어. 어디 가보자구. 나는 판단력보다 호기심이 더 강하니까.”

왕풍뎅이는 흰독말풀이 활짝 피어 있는 곳으로 나를 안내했답니다. 그곳은 아주 잘 꾸며져 있는 연주회장이었어요. 그래서 입장료가 엄청 비쌌지요. 거기에 있는 곤충들은 음악아카데미에서 봤던 곤충들보다 훨씬 화려했어요. 많은 곤충들이 꼬리가 아주 긴 악기 주위에 둘러서 있었어요. 유명한 지네의 발이 그 끝에서 경이로운 가락을 연주하기로 되어 있었죠.

연주자들은 두 시간이 지나서야 도착했어요. 지네가 악기 앞에 앉아 청중들을 침착하게 둘러보자, 주위는 이내 쥐 죽은 듯 조용해졌죠. 건반 위에서 천둥 같은 소리가 저음에서 고음까지 잇달아 울리면서 곡이 시작되었어요. 그러고 나서 연주자는 유감스럽게도 무슨 조인지 모를 곡을 몇 곡 연주했어요. 그 다음에 박자를 분간할 수 없을 만큼 모호한 느린 아다지오를 연주하기 시작했고요. 어휴, 거기다 기교까지 섞이니까 이해하기가 훨씬 힘들더군요. 가락은 보잘것없었어요. 하지만 가락을 알아들을 수 없을 정도로 곡을 꾸며놓았으니 가락이 아무리 시시한들 무슨 문제가 되겠어요? 하지만 그건 시작에 지나지 않았죠. 이윽고 연주자는 건반을 몇 차례 쾅쾅 두드리고는, 말이 도약하기 전에 구보를 하듯 천천히 건반을 두드리기 시작했답니다. 나는 속으로 웅장한 곡이 이어지겠구나 싶었죠. 하지만 웬걸, 전주곡에 드리워져 있던 불길한 먹구름이 삽시간에 걷히면서 활기차고 생기 있는 발레곡이 흘러나오지 뭐예요. 푸른 잔디밭에서 명랑하게 춤추는 듯한 인기 있는 발레곡이요.

갑자기 툭 튀어나온 이 가락은 적어도 10년 동안 쓰이던 춤곡이었어요. 그 곡은 연주자들이 우려먹을 대로 우려먹은 곡인데도, 청중들은 그 곡을 들으며 유쾌한 옛친구를 떠올리는 것 같더군요.

식상한 테마를 갖가지 방법으로 변화시킨 변주곡이 끝날 무렵이었어요. 연주자는 발 하나로는 저음 건반을 누르면서 멜로디를 연주하고 나머지 발 아흔아홉 개로 건반을 끊임없이 오르내리면서 32분 박으로 미친 듯이 반주를 하더군요.

이러한 연주가 반복되자, 청중들은 좋아서 어쩔 줄 몰라했죠. 그때였어요. 요란한 연주 소리가 뚝 그치더니, 연주자가 고음 건반으로 박자를 세는 거예요. '두려워하라! 두려워하라! 죽음이 눈앞에 있다!'라고 말하듯 천천히 울려 퍼지는 운명의 종소리처럼요. 그러고 나서 연주자는 어두운 가락을 연주했죠. 이슬람교도가 기독교도의 사지를 갈기갈기 찢고 순박한 얼굴을 난도질하고 손가락을 비트는 듯한 분위기의 곡을 말예요. 그리고는 평범한 박자를 8분의 6박자로 내달리더군요. 이제 지네는 광란 상태에 빠져서 건반이랍시고 대장간의 뜨거운 모루에 발을 몽땅 올리더니, 발이 가루가 되도록 두드렸어요. 청중들은 넋을 잃고 숨을 죽였지요.

지네는 점점 더 크게, 점점 더 빨리 건반을 두드려대기 시작했답니다. 가루가 된 곡은 술렁거리는 연주회장을 떠다녔고, 청중석은 흥분의 도가니가 되었죠.

멜로디는 소음과 혼란의 틈바구니에서 제 곡조를 찾아야 했어요. 곤충들은 파괴적인 음악에 한껏 도취되어서는 오르내리는 가락에 발장단을 맞추다가, 급기야 중풍에 걸린 듯이 온몸을 흔들어대지 뭐예요.

나는 침착하게 마음을 가라앉히고 흥분의 도가니에서 빠져나왔어요. 그 사이에 연주는 길게 늘어지다가 '쾅' 하고 끝났고, 다들 그것으로 지네의 진정한 천재성을 깨달았어요.

한 나방이 옆에 있는 곤충한테 그러더군요.

Variations
Eternelles
sur l'air

"아, 음악의 힘이여! 내 영혼은 찬란하게 빛나는 하늘로 날아갔다 왔어. 아!"

그리곤 그만 까무러쳐버리는 게 아니겠어요?

다른 곤충도 소리쳤죠.

"멋지다! 나는 그 짧은 시간 동안 정열, 사랑, 질투, 절망, 격정의 사다리 꼭대기까지 올라갔어. 정말 눈 깜짝할 순간에 그 감정을 다 느껴보았다구. 아, 답답해. 창문 좀 엽시다!"

또 누군가가 말했어요.

"아! 난 화음의 노예가 되어버렸어. 화음은 왜 나의 상상력이 평화롭게 잠들어 있도록 내버려두지 않을까? 난 자기 새끼를 잡아먹는 흰개미를 보았어. 서로를 찌르는 벌, 돌에서 피를 빠는 모기, 자살하는 지네도 보았고, 매력적인 나비가 박각시나방으로 변하는 것도 보았지."

늙은 가뢰도 감탄했죠.

"아아! 저런 천재성을 가지고 있다면 얼마나 좋을까! 얼마나 큰 축복일까! 지네는 정말 대단해! 암, 대단하구말구!!"

나는 제법 상식 있어 보이는 커다란 쇠파리한테 다가갔어요. 그리고 다들 칭찬해 마지않는 지네의 연주를 내가 무식해서 이해 못 하는 거냐고 조심스럽게 물었죠.

쇠파리는 구석으로 나를 데려가더니 이렇게 말했어요.

"이런 겁없는 녀석! 가뢰들이 네 말을 들었다면, 널 갈기갈기 찢어버렸을 거야. 남들하고 같이 행동하는 게 좋아. '영혼을 울리는 대단한 연주였다' 따위의 말을 하라구. 이봐, 이건 유행이야. 지네의 연주가 얼마나 인기를 끄는데."

"충고해줘서 고마워요. 하지만 이렇게 괴로운 음악을 꼭 들으러

와야 되나요?"

"꼭 그래야 하는 건 아니지만, 안 그럴 수도 없어. 다들 그래야 한다고 생각하니까 말이야."

우리는 마음을 진정시키고 나서 유명한 집게벌레의 바이올린 연주를 들어야 했어요. 집게벌레의 연주는 지네의 연주와 다를 바가 없었으니까, 얘기하지 않고 넘어갈게요.

나는 연주회장을 나오기 전에 지네를 소개받고는 연주 실력이 참 좋다고 칭찬해주었어요.

지네는 벌컥 화를 내고는 돌아서면서 그러더군요.

"댁은 내가 고작 연주나 하는 기계인 줄 아시오? 머지않아 내가 작곡한 작품만이 연주자로서의 내 천재성에 걸맞다는 사실을 온 세계에 증명할 날이 올 거요. 좋은 저녁 되시오, 딱정벌레 양반."

아주 조금이기는 했지만 그에게는 허영심이 엿보였답니다!

그때 왕풍뎅이가 우쭐대며 다가왔죠.

"굉장한 저녁이 될 거라고 그랬지?"

내가 대답했어요.

"굉장하다마다. 감동을 떨쳐버리기 위해 당장 잠들고 싶을 정도니까."

다음날, 왕풍뎅이는 박각시나방을 만나보면 생각이 달라질 거라며 나를 설득하더군요. 박각시나방은 자연을 나름대로 이상적인 관점에서 바라보고 그 형태와 색깔을 화폭에 옮기려고 노력했지요.

한때 아주 컸던 박각시나방들의 날개는 이즈음 뭉툭해져 있었답니다. 젊은 나이에 너무 야심에 차서 날아다니다가 날개를 잃어버렸거든요. 우리가 맨 처음 찾아갔던 나방은 자기의 그림 솜씨를 대단히 높이 평가했어요.

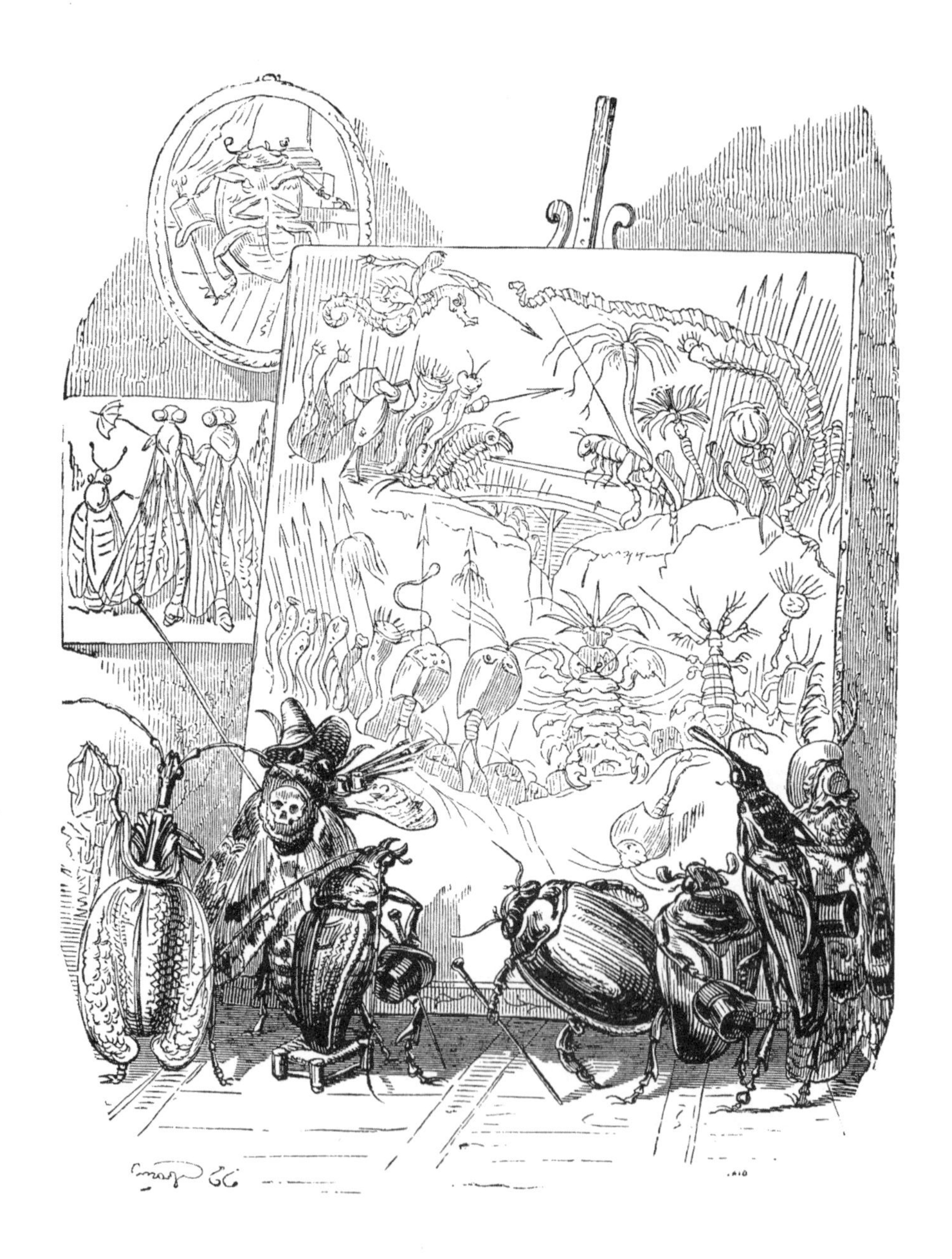

그 나방이 말했어요.

"예술 없이는 아무리 훌륭한 것이라도 이룰 수 없고, 예술 또한 예술의 법칙 없이는 존재하지 않지요. 대가의 가르침은 반드시 법칙을 따르게 마련이오. 법칙의 시험을 통과하지 못하는 작품은 화폭에 옮길 가치가 없소. 좋은 그림을 그리기 위해서는 자연의 보고에서 쓸 만한 것들을 골라내는 작업이 필요하지요. 하지만 대중의 눈과 취향을 만족시키는 요소들만 골라내고 대중을 불쾌하게 하는 요소들은 버려야 합니다. 이제 당신들이 보게 될 작품은 온갖 예술 법칙을 실천하고 그 법칙을 구현하려고 노력한 작품이오."

그러고 나서 나방은 현미경으로 물방울을 관찰하면서 본 아주 작은 동물들의 전쟁을 표현한 대형 그림을 보여주었어요. 그 주제는 그의 예술적 지식과 더불어 하등동물의 특성까지 묘사하려는 그의 열정을 가장 적절하게 과시할 수 있는 주제였지요. 그는 대가다운 솜씨로 독특한 동물들을 그렸어요. 담수 플랑크톤인 로티페라는 신체 구조가 자세히 표현되어 있어서 그런지, 움직임이 힘차고 품위 있어 보였어요. 로티페라의 구강 구조, 머리 부분의 다급한 자세, 꼬리와 더듬이의 굴곡에 대한 풍부한 묘사는 이 그림을 현대 미술계에서 가장 놀라운 작품으로 만들었죠.

다른 작업실로 가보았더니 한 나방이 다쳐 있더군요. 그는 겁 없이 촛불에 바투 다가갔다가 날개를 그슬린 거예요. 그는 아주 열정적인 초상화가였는데, 천재의 예리한 상상력에 대해서 미친듯이 떠들어대더군요. 그는 초상화 전문가답게 나름대로 그 분야에 대한 생각도 깊었죠.

그는 이렇게 말했어요.

"주제를 이상화하기 위해서는 식물의 습성을 자세히 연구하고 식물의 우아함이나 부드러움을 모델이 된 곤충의 외형에 옮겨 그려야 합니다. 독특한 습관에서 생긴 결과물을 관찰하는 건 놀라운 일이죠. 예술가가 어떤 주제를 다루면서 그 특이한 습관의 영향력에 주목하는 것은 반드시 필요한 작업이고요. 화가는 모델의 특이성을 아름답게 표현하기 위하여 인생의 달인이 되어 모델의 생각을 완전히 이해해야 합니다. 그래서 하등동물의 외모에 드러나 있는 세속적인 습관을 그림이라는 고상한 가면 밑에 숨기는 거죠. 우리는 이런 식으로 곤충의 실제 모습이 아니라 더 나은 조건 속에 있는 곤충의 모습을 그립니다."

내가 말했죠.

"다시 말해서, 당신은 고객이 악마의 손아귀에 떨어져 아름다운 모습을 망치기 전에 신이 만든 원래의 모습을 초상화로 그린다는 거죠? 당신은 그런 식으로 신뿐 아니라 탐욕의 신까지 섬기는 것 같군요. 결국, 그림에서건 이야기에서건 진실은 진실이에요. 당신은 후손들에게 거짓 그림을 물려줌으로써 숭고한 예술을 팔아넘기는 것 같군요."

나방은 내가 그의 연구 성과에 던진 새로운 불에 다시 한 번 날개를 다치고 말았죠. 그래서 우리는 그의 작업실을 떠날 수밖에 없었답니다.

왕풍뎅이는 다음으로 '극동'의 숲에서 온 연지벌레 무리에게 나를 데려가더군요. 연지벌레들은 보기 싫은 낙엽 색깔을 띠고 있었어요.

연지벌레 하나가 그러대요.

"이방인들이여, 미술사에서 위대한 시기는 딱 한 번밖에 없었다구요."

나는 위대한 시기가 네 번 있었는데 그 중 한 번이 제일 위대했다고 하려다가 이렇게 물어보았죠.

"고대를 말씀하시는 건가요?"

그러자 한 화가가 대답하더군요.

"아니, 고대인들은 어둠 속을 더듬어가는 번데기들처럼 유치했소."

"그럼 아우구스투스 시대인가요?"

"아우구스투스 시대? 그때가 왜요? 우린 그 시대에 대해 아는 게 없소."

"그럼 혹시 르네상스 시대입니까?"

"르네상스 시대! 형편없이 쇠퇴한 시기잖소!"

"아, 부흥은 곧 쇠퇴를 뜻하는군요."

"그렇고말고요. 적어도 르네상스는 그렇지요."

나는 한숨밖에 나오지 않았어요.

"이젠 17세기만 남았군요."

"당신은 대체 누구요? 구멍에서만 살았소? 이봐요, 딱정벌레 양반, 우리는 흔히 눈에 잘 띄지 않고 망각의 먼지 속에 묻힌 것들은 죄다 백일하에 드러내어 열정의 유약을 발라서 부활시키면서도, 오늘날 세상에 널리 알려져서 인정받는 것은 완전히 비난하고 무시한다오. 정말 위대한 시기는 딱 한 번 있었소. 20년 3개월 동안 지속되었지. 바로 12세기의 아베로에스(아라비아의 철학자)가 살던 시절이라오. 사라센인들은 예술을 완벽한 경지에 올려놓았지요."

나는 친구에게 귓속말을 했어요.

"이 철없는 바보들한테서 떠나자."

"그러지."

우리는 곧 정원을 지나서 생전 처음 보는 곳으로 날아갔어요. 그곳에는 과거에 둑길이 있었기 때문에 그 둑길 이름으로 통하는 곳이 었어요. 우리는 곤충들이 많이 모여 있는 탐스러운 튤립 꽃밭으로 들어갔죠.

내 친구가 말했어요.

"여기에는 온갖 곤충들이 다 모여 있어. 공작나비, 제독, 장군, 왕자, 백작과 사티로스(그리스 신화에 나오는 괴인), 불카누스(로마 신화에 나오는 불의 신), 아르고스(그리스 신화에 나오는 눈이 백 개 달린 괴물)까지 있어."

딱정벌레는 관상을 잘 보는 이집트 종족의 후손이라서 마음의 비밀을 잘 읽어낸답니다.

그래서 나는 이 거대한 무리 속에 있는 여자들 모두가 할 일 없이 빙 둘러서서 서로의 외모와 옷차림을 헐뜯고 있다는 사실을 한눈에 알아차렸어요. 그 여자들은 정말 하나같이 서로의 의상과 보석과 용모를 조목조목 속으로 욕하느라 정신이 없었어요. 남자들은 조금 떨어진 곳에 있었고요. 나는 친구한테 이 선택받은 사회는 지루하고 비참해 보인다고 했어요. 하지만 나는 성급하게 판단하지 않으려고 그들의 대화를 들어보기로 했어요.

사냥을 좋아하는 거미들이 무리를 지어 사냥과 만찬과 도박 이야기며 파리들이 어떻게 자기들의 달콤한 말에 속아넘어갔는지 떠들어대느라 정신이 없었어요. 그저 발랄하고 분별 없는 파리들은 거미의 꾐에 빠져 쾌락을 좇아 거미의 방에 들어갔다가 죽임을 당했다죠. 한쪽에서는 세련된 암거미 둘이 부채로 얼굴을 가리고 수군대고 있더군요. 나는 그들에게 살짝 다가가서 이야기를 엿들었죠. 한데 그 암거미들은 놀랍게도 제일 천한 해충들이나 쓰는 속어를 쓰고 있지 않겠어요?

그 암거미들에게 제일 중요한 화제는, 어떻게 하면 남편의 지갑에서 돈을 잘 긁어내어 이기적인 쾌락을 추구할 수 있는가 하는 문제였어요. 나는 대번에 헌신적인 남편들이 그 여자들의 욕구를 충족시키느라 빚에 허덕이고 있다는 사실을 눈치챘죠. 내 더듬이는 두려움으로 곤두섰답니다.

나는 친구에게 말했어요.

"이게 네가 말하는 인생의 기쁨이야? 내가 태어난 소박한 들판에서는 이런 것을 두고 기쁘다고 하지 않아. 순박한 곤충들은 아내가 좋은 옷을 입으면 사랑하는 남편한테 제일 다정한 미소를 보내."

내 친구가 말했어요.

"글쎄, 어쩔 수 없는 거 아냐? 여기선 유행이 왕이자 혹독한 선생이라구. 이 곤충들은 사는 것도 그렇고, 입고 말하는 것도 그렇고, 별 쓸데없는 것까지 다 유행에 얽매여 산다구."

내가 말했죠.

"하지만 다들 등에 세속적인 재산만 달고 다니면서 치장할 궁리만 한다면 집안 꼴이 어떻게 되겠어?"

친구가 대답했어요.

"집? 집 걱정을 왜 해? 집안일을 하는 행복은 할망구들의 몫이야."

"그럼 돈 관리는? 다들 한 해의 수입과 지출을 맞추는 일이 중요하다고 생각해."

"그런 게 우리랑 무슨 상관이야?"

그때 흉측하게 생긴 곤충 두 마리가 구석에서 머리를 맞대고 있는 모습이 보였어요.

내가 물었어요.

"누구야?"

"돈 많은 개미귀신들이야. 저들은 우스운 버릇이 있어. 아침마다 신전에 모여 어떻게 하면 자기네 신을 성스럽게 할까 궁리하지. 그러면서 한편으로는 어떻게 하면 이웃의 훌륭한 건물 밑을 잘 파들어갈 수 있을까 하는 계획을 세워. 그들이 신을 숭배하는 방식은 아마 세상에서 제일 위험할걸. 소박하고 죄 없는 곤충들을 수도 없이 희생시켰으니까 말이야. 과부나 고아의 피를 빨아먹는 자신의 하루 일과를 멋지게 끝내고 나면, 저녁땐 서로들 끝내주게 어울려 놀지. 저기, 먼지 묻은 다이아몬드 목걸이와 반지를 하고 보석으로 치장한 여자 보이지? 저 여자가 바로 개미귀신의 마누라야."

나는 곧 자기네가 팔 함정 얘기를 나누고 있는 개미귀신들을 두고 그들의 아내들 쪽으로 가서 잡담에 귀를 기울였어요.

한 아내가 그러더군요.

"얘, 늘 네 주위에 있는 음악가 사촌 말이야, 무척 온화해 보이더라."

"흥! 우린 별로 안 친해. 자기가 하이든이나 모차르트의 소나타나 사중주를 연주하고 있을 때 내가 사탕을 먹기라도 하면 얼마나 짜증을 낸다구."

나는 늙은 코뿔소풍뎅이의 진지한 충고를 떠올리면서 그의 말이 사실이었구나 싶었어요. 그때 곤충 두 마리가 언쟁을 벌이는 소리가 들리더군요. 그들은 다른 곤충들과 함께 무언가에 대해 토론을 하고 있었어요. 나는 곧 그들이 어떤 문제를 토론하고 있는지를 알았죠. 그들이 토론한 주제는 다음과 같았답니다.

첫째, 녹차는 홍차보다 몸에 해롭다.

둘째, 이기심은 모든 곤충들의 행동 동기이다.

셋째, 생데니스 언덕은 클리시 언덕만큼 가파르다.

넷째, 영국보다 프랑스에서 사는 것이 돈이 덜 든다.

다섯째, 가난뱅이보다는 부자로 사는 게 낫다.

여섯째, 사랑은 우정보다 강하다.

맨 마지막 문제는 토론에 참석했던 하루살이의 요구에 따라 결론을 내리지 않고 넘어가기로 했어요. 알프스의 은둔자는 수도원에 혼자 있을 때 다시 생각해보려고 그 문제를 적어두었지요.

이내 나는 친구의 팔을 잡고 물었죠.

"이렇게 넓은 정원에서 유행을 좇아 법석을 떨지 않고 얘기하는 곤충을 만날 수 있는 곳은 없는 거야?"

친구는 당황해서 머리를 긁적이며 대답하더군요.

"있기야 있지. 그런 데로 갈까?"

우리는 곧 어둠 속을 날아갔어요. 하지만 나는 친구가 왔다갔다 하는 걸 보고 친구가 어디로 가야 할지 모르고 있다는 사실을 눈치챘죠.

친구가 말했어요.

"물쥐처럼 다들 고립되어 살아가는 넓은 늪 지대로 데려가고 싶지는 않아. 강을 건너자. 저기 둑 위에 백합들을 소개해줄게. 그들은 고약한 감정에 오염될까 봐, 평화롭고 조용하게 살지."

"거기도 시끄러워?"

"백합의 나라는 다른 곳보다 슬퍼. 하지만 여기서 설명하기엔 이유가 너무 길어."

나는 그렇게 날아다니는 것이 지겨워서 어둠을 틈타 친구 곁을 떠났어요. 우연히도 밝은 별이 덩굴장미 집 3층을 비추더군요. 마침내 거기에 내가 찾던 곤충들이 있었어요. 그들은 넓지만 소박한 보금자리에서 사는 착하고 정직한 무당벌레 가족이었답니다. 무당벌레 가족은 다정하면서도 과시나 겉치레가 없었어요. 우리는 다정하고 유쾌하게 이야기를 나누며 조촐하게 저녁식사를 했지요.

딱정벌레는 여기까지 말하고 나서 입을 다물었다.

올빼미가 말했다.

"딱정벌레 씨, 이야기가 아직 덜 끝난 것 같은데요."

딱정벌레가 말했다.

"사실이에요, 철학자 양반. 조금 남았어요. 나는 조언자였던 왕풍뎅이와 헤어진 뒤로 딱 한 차례 고통을 겪었어요. 나더러 어느 날, 어느 시간에 군복을 입고 정해진 장소에서 보초를 서라더군요. 나는 평화를 사랑하는 다른 곤충들과 마찬가지로 죽음 같은 고통을 느껴야 했죠. 우리는 사실 위험하지도 않은 나라의 안전을 지키기 위해 어리호박벌과 말벌을 흉내내야 했던 거예요. 나는 밤낮으로 열병식을 치르고 나서 다시 자유를 얻었답니다. 감기에다 치통까지 앓은 덕분이었죠. 나는 집으로 돌아오는 길에 양귀비꽃을 보고는 그 열매를 삼키고 깊이 잠들었어요. 그러다가 까치 소리에 깼지요. 그 까치가 단단한 부리로 내 허리를 꽉 물고 있더군요. 그 까치는 수집가라기보다는 늙은 마법사였어요.

까치가 그러더군요.

'이런, 예쁜 딱정벌레를 찾았는걸. 이걸 작약 잎사귀 가운데에 놓고 보석 부적을 만들어서 나의 대녀가 유행에 휩쓸리지 않게 해주어야지.'

VINS ET EAU DE VIE

나는 까치가 나를 잎 위에 놓고 비둘기 바이올렛의 목에 꽂아도 가만히 있었어요. 나는 부적의 용도도 마음에 들고 바이올렛에게 행운을 주고 싶기도 했거든요. 그래서 바이올렛의 목에 그냥 있기로 했답니다."

올빼미가 말했다.

"딱정벌레 양반, 제일 흥미로운 이야기를 조심스럽게 숨기고 있는 것 같은데요. 당신처럼 경험이 풍부한 딱정벌레가 연애 한번 안 하고 세상을 살았을 리 없어요. 혹시 무당벌레 안주인과 사랑에 빠지지 않았소? 어디 얘기 좀 해보시구려."

조그만 초록색 딱정벌레는 이 말을 듣고 올빼미를 훑어보더니 다리와 더듬이를 쏘옥 오므리고 잠이 들었다. 너무나 교묘하게 죽은 시늉을 해서 질문을 던진 올빼미조차 놀랄 정도였다. 올빼미는 딱정벌레를 더 자세히 살펴보았다. 그제야 올빼미는 딱정벌레가 유약을 입힌 잎사귀 위에 붙어 있는 에메랄드라는 사실을 알았다. 해가 뜨기 시작하자, 올빼미는 졸음이 쏟아져서 모자를 눈까지 덮어쓰고는 깊이 잠들었다.

마침내 올빼미는 잠에서 깨어 초록빛 딱정벌레 이야기가 단지 꿈이었다는 사실을 알았다. 올빼미는 바이올렛에게 핀을 돌려주면서 에메랄드가 된 딱정벌레 이야기를 자기가 지어낸 이야기인 양 차근차근 들려주었다.

우리는 남작의 학설에 반대하는 새로운 과학을 가지고 동물학의 통일성을 옹호하는 새로운 철학 학파를 세우는 겁니다. 틀림없이 우리의 학설은 잘 팔릴 거예요. 우리의 반대자들은 우리를 몽땅 사들여야 할 테니까요.

명예를 얻고자 하는 동물들의 교과서

편집자님께.

우리 당나귀들은 오래전부터 동물 법정에서 우리의 권리를 주장함과 더불어 우리를 살아 있는 어리석음의 전형으로 만든 편견들을 기록하는 작업이 필요하다고 생각해왔습니다.

이 글을 쓰는 데에 글솜씨는 부족하지만 용기만큼은 모자라지 않습니다. 저는 침묵하는 현인에게 요청합니다. 그가 어떻게 이 사회에서 성공할 수 있었는지 밝히기 위하여 다시 한 번 스스로를 돌아봐달라고 말입니다. 그러면 십중팔구 그 현인은 자신이 당나귀라서 성공을 거두었다고 시인할 것입니다. 만약 당나귀가 정치집단에서 과반수를 획득하지 못했다면, 우리 당나귀는 통치받는 족속으로 살았을지도 모릅니다.

나는 정치를 말하려는 것이 아닙니다. 나는 우리가 기회만 제대로 이용한다면, 재능 많고 교양 있는 동물들보다 오히려 우리에게 명예를 얻을 기회가 더 많다는 사실을 증명하고 싶을 따름입니다.

나의 주인은 파리 근교에 사는 평범한 학교 선생이었습니다. 그는 제법 괜찮은 선생이었지만 몹시 불행했죠. 주인과 나는 둘 다 특이하게도 만약 기회만 주어진다면 아무 일 안 하고도 잘살기를 바랐습니다. 흔히들 나귀와 인간에게 공통되는 이 특성을 야망이라고 부르죠. 나는 이 야망이 현대 사회가 성장하면서 자연스럽게 생긴 결과물이라고 봅니다. 나는 교실을 하나 열었는데, 주인은 내 교수법의 결과를 보고 감명받았다고 인정하면서도 내심 질투를 하더군요.

하루는 주인이 나에게 말했습니다.

"새끼 당나귀들이 먹고사는 법을 배우는 것보다 인간의 아이들이 읽고 쓰고 사회에 필요한 일원이 되는 법을 배우는 것이 훨씬 오래 걸리는 이유는 뭘까? 어떻게 나귀들은 태어나기도 전에 아비들이 알고 있던 것을 써먹을 수 있지? 그러니까 그 교육이란 게 다 타고난 것인가? 정말로 인간만 빼고 다른 동물은 모두 그렇지. 왜 인간은 날 때부터 지능이나 재능이 성숙해 있지 않을까?"

주인은 박물학을 전혀 몰랐지만 이런 질문들만 해도 무척 과학적이며 내세울 만하기 때문에 자기는 교육부 대신 밑에서 한자리 맡을 자격이 있다고 여겼습니다. 만약 그랬다면 내 주인은 나라의 녹을 받으며 자신의 훌륭한 생각들을 확대시켰을지도 모르죠.

우리는 파부르그 생마레앙을 지나서 파리에 들어갔어요. 대도시가 한눈에 보이는 바리에 디탈리 근처의 고지대에 도착하자, 우리는 각자 나름대로 연설을 했습니다.

"아, 예산안이 날조되는 신성한 성지여, 말해주시오. 언제쯤 내가 벼락 출세한 교수의 추천을 받아 음식과 옷과 쉴 곳을 얻고 프랑스의 레지옹 도뇌르 십자 훈장(나폴레옹 1세가 제정한 프랑스 최고 훈장)이나 권위 있는 자리 같은 것을 얻게 될까요?

나는 누구한테도 미움을 사지 않기 위해 이 사람 저 사람한테 모두 좋은 소리를 합니다. 여러분, 어떻게 하면 교육부 장관과 연줄이

닿아 내가 조국의 훈장을 받을 만한 인물이라고 확신시켜줄 수 있을지 가르쳐주십시오."

주인의 인상 깊은 연설에 이어 내가 나섰습니다.

"아, 동물들이 배불리 지내는 매력적인 파리의 식물원이여, 제가 6제곱미터짜리 마구간에 들어가도 될까요? 30미터 폭의 스위스 계곡은 어떤가요? 과연 언젠가는 나도 비용을 들여 기른 토끼풀 위를 뒹굴며 행복하게 살게 될까요, 아니면 '아무개 선장이 보낸 아프리카의 당나귀'라는 표찰이 달린 우아한 격자창살 밑의 우리에서 살게 될까요?"

우리는 변절자와 점쟁이들의 도시에 작별을 고하고, 가죽 제품과 과학으로 유명한 파부르그의 위험하고 좁은 길로 들어섰습니다. 마침내 우리는 초라한 여관에 여장을 풀었는데, 그곳에는 마못을 데리고 있는 사보이인들과 원숭이를 데리고 있는 이탈리아인들, 개를 데리고 온 아베르노 호숫가의 주민들, 흰 쥐를 데리고 있는 파리인들, 줄 없는 하프를 가진 하프 연주자, 목소리가 허스키한 가수들이 바글거리고 있었습니다. 우리는 주인이 가진 단돈 6프랑으로 간신히 죽지 않고 연명해나갈 수 있었죠. '자비'라는 간판을 내건 이 여관에서는 하룻밤 묵는 데 1페니이고, 4페니 반을 내면 한 끼를 먹을 수 있었습니다. 말하자면 싼값에 이용할 수 있는 공공시설이었죠. 이 여관에는 또 온갖 동물이 뒤섞여 묵는 마구간을 자랑으로 여기기도 했습니다. 주인은 당연히 나를 마구간에 매어두었죠.

이름이 마르무스인 내 주인은 나와 함께 있는 타락한 짐승 무리를 그냥 지나칠 수 없었습니다. 원숭이가 주름 장식과 깃털 장식과 금허리띠로 치장하고 인기 풍자극에 나오는 용사와 장난을 치고 있었습니다. 늙은 토끼는 열심히 운동중이었고, 현대 연극에서 이름을 날린 총명한 푸들은 음유시인의 모자에 앉아 있는 늙은 원숭이에게 대중들의 변덕스러움을 욕하고 있었고요. 또 회색 쥐 한 무리는 카나리아를 존중하라고 배운 고양이에게 내내 감탄하면서 마못과 이야기를 나누고 있었죠.

주인이 소리쳤어요.

"빌어먹을 동물들! 나는 비교본능학이라는 새로운 학문을 발견했어. 그러니 이제는 이 마구간에 우글거리는 짐승들한테 속지 않을 거야. 하나같이 인간과 똑같은 놈들이니까!"

그러자 털이 더부룩한 젊은이가 말했습니다.

"아, 선생님. 선생님은 학문으로 유명해지고 싶어하면서도 사소한 일에 매달려 있군요. 쯧쯧, 야심가여, 성공하려면 당신의 줄기찬 열망을 겉으로 드러내야 합니다. 미지의 땅으로 가려는 여행자들은 짐 나부랭이를 가지고 다녀선 안 되죠. 위대한 탐험가들은 결연하고 열정에 찬 얼굴로 우산 하나와 이쑤시개 하나만 가지고 다녔습니다. 그들은 야만족의 심장부에 들어갔다가 지친 모습으로 문명사회에 돌아와 여행에서 겪은 위험들을 강연하죠."

"지금 말씀하시는 천재는 누구십니까?"

"모든 것을 해보려다가 다 놓쳐버리고 식욕만 남은 불쌍한 사람입니다. 그래서 뭔가 좋은 일이 생기길 기다리면서, 여기서 신문을 팔아 하루하루를 연명하고 있지요. 그러는 선생님은 뉘신지요?"

"나는 국민학교 선생을 하다 그만둔 사람이오. 본래 아는 건 많지 않지만 스스로 이런 것들을 물어보곤 하죠. '인간은 특별히 노력하지 않으면 아무것도 배우지 못하는데, 왜 동물들은 본능이라 불리는 삶의 특별한 학문을 선험적으로 가지고 있는 것일까?' 하는 의문 말이오."

그 모사꾼이 소리쳤습니다.

"학문이 아직 유년기에 있기 때문이죠. 혹시 '장화 신은 고양이'를 연구해보셨습니까?"

"학생들이 말을 잘 들으면 그 얘기를 해주곤 했지요."

"그럼, 이봐요. 그 이야기에는 성공하려는 이들이 따르는 행동 방침이 나와 있어요. 고양이가 어떻게 했죠? 모두에게 자기 주인이 땅주인이라고 말했어요. 다들 그렇게 믿었죠. 선생님은 누가 어떻고 무엇을 가지고 있으며 무엇을 하려 하는지, 하는 이런 것들이 잘 알려진다는 사실을 이해하시겠어요? 설령 선생님한테 아무것도 없더라도 다른 이들이 선생님이 모든 걸 갖고 있다고 생각한다면 무슨 문제가 있겠어요?

하지만 성시에는 '스스로에게 맹세하리!'고 나와 있죠. 사실 정치도 사랑과 마찬가지로 하나보다는 둘이 낫지요. 선생님은 본능학을 창안해냈으니 비교본능학이라는 강좌를 맡게 될 겁니다. 나는 선생님을 현대의 위대한 현인으로 온 세상에 알릴 거구요. 유럽, 파리, 교육부 대신과 그의 비서와 사무원들과 임시 고용인한테까지 말이죠. 마호메트는 예언자의 영감을 타고난 게 아니라 추종자들이 그가 예언자라고 선언했기 때문에 예언자가 된 거라구요."

내 주인은 고분고분하게 말했어요.

"나는 정말로 위대한 학자가 되고 싶소. 하지만 내 이론을 설명하라고 할 텐데."

"아니, 선생님이 그걸 설명할 수 있다면 그게 학문입니까?"

"그래도 출발점은 필요할 거요."

신문을 팔아 먹고산다는 그 젊은 언론인이 대꾸했어요.

"그럼요. 학자들의 이론을 몽땅 뒤엎을 동물이 필요해요. 예를 들어 세르소 남작은 평생에 걸쳐 절대적인 분류법으로 동물들을 나누었어요. 하지만 이제는 다른 위대한 동물 학자들이 남작의 아성을 무너뜨리고 있다구요. 우리도 논쟁과 가설의 싸움에 뛰어듭시다. 우리 학설에 따르면, 본능은 동물의 가장 중요한 특징이 될 것이며, 본능의 정도에 따라 동물을 분류해야 합니다. 본능이 무수히 변형되더라도 본질적으로는 여전히 하나이므로, 사물의 통일성을 본능보다 더 잘 증명할 수 있는 것은 없단 말이죠. 따라서 우리는, 모든 동물 유기체를 특징짓는 딱 한 가지 본능이 있는 것처럼 동물도 결국엔 하나라고 말할 겁니다. 말하자면 원칙은 변하지 않지만 환경 때문에 변화하는 삶의 요소를 독점한다는 거죠. 우리는 남작의 학설에 반대하는 새로운 과학을 가지고 동물학의 통일성을 옹호하는 새로운 철학 학파를 세우는 겁니다. 틀림없이 우리의 학설은 잘 팔릴 거예요. 우리의 반대자들은 우리를 몽땅 사들여야 할 테니까요."

그러자 마르무스가 말했죠.

"그렇다면 과학은 양심이 없는 거군. 한데 내 당나귀는 이제 필요 없을까요?"

갑자기 사기꾼이 소리쳤습니다.

"뭐라고요? 당나귀가 있다고요? 그럼 됐어요! 그 당나귀를 특이한 얼룩말로 만듭시다. 특이성을 내세워 학자들이 내린 중요한 결론에 혼란을 주고 사람들을 당황하게 만드는 거예요. 학자들은 학술용어에 매달려 살죠. 한데 우리가 학술용어를 완전히 뒤바꿔봐요. 그들은 깜짝 놀라서 항복할 테고 우리를 자기들 편으로 끌어들이려고 하겠지요. 그러면 다들 그랬듯이 우리도 제값을 받고 그들 편으로 가면 돼요. 이 여관에는 신기한 비밀을 가진 돌팔이 의사들과 난쟁이를 데리고 다니는 사람들과 턱수염을 기른 여자와 수많은 괴물들이 있어요. 몇 번만 정중하게 굴면 그들에게서 좋은 수를 얻어낼 수 있을 거예요. 학문의 세계를 경악시킬 내용을 꾸며낼 방도를요."

나는 어떤 학문의 희생양이 되었을까요? 그날 밤 그들은 내 털을 깎아내고, 살갗에 가로로 칼자국을 냈습니다. 떠돌이 집시가 이 칼자국에 독한 술을 발랐고, 그로부터 며칠 뒤 나는 유명해졌습니다.

파리 사람들은 신문에서 다음과 같은 글을 볼 수 있었습니다.

"용감한 여행자 아담 마르무스는 아프리카의 중앙 황야를 횡단하고 이제야 돌아왔다. 그는 '달의 산맥'에서 얼룩말 한 마리를 데려왔는데, 그 얼룩말은 무척 특이해서 엄격한 분류체계를 옹호하는 박물학자들의 근본 원칙을 뒤흔들 만하다. 박물학자들은 그 야생마의 털이 검다는 사실조차 인정하려고 하지 않았던 것이다. 이 얼룩말은 설명하기 곤혹스럽게도 특이한 노란 줄을 갖고 있어서, 학자 마르무스만이 조만간 선보일 저작을 통해 그 사실을 해명할 수 있을 것이다. 마르무스의 저작은 몇 해에 걸친 노력과 관찰의 결과물이다. 저명한 작가이자 여행가인 마르무스가 발견해낸 '비교본능학'의 설명에 많은 도움을 줄 것이다. 이 얼룩말은 발견의 연대기에서 유례를 찾아볼 수 없는 여행 기념물이며 특이하게도 기린처럼 걷는다. 그리하여 이 얼룩말은 본능이 동물의 형태와 속성을 변형시킨다는 것과 동물의 형태와 속성이 지리적 위치에 의해서도 크게 좌우된다는 것을 명백히 증명해주었다. 동물 학자들은 지금까지 알려지지 않은 이런 사실로부터 박물학의 체계를 세우는 진정한 새 기반을 확립할 수 있을 것이다. 아담 마르무스는 자신의 연구 결과를 강연회를 통해 사람들에게 밝히겠다고 말했다."

신문마다 이같이 뻔뻔스럽게 날조된 이야기를 떠들어댔습니다. 파리 전체가 새 학설에 열중해 있는 동안, 마르무스와 그의 친구는 투르농 거리에 있는 고급 호텔에서 묵었습니다. 나는 자물쇠가 굳게 채워진 호텔 마구간에 갇혀 있었고요. 학술단체마다 우리에게 대표를 보냈습니다. 그 대표들은 위대한 남작의 학설에 타격을 준 이 사건을 두고 근심을 감추지 못했습니다. 만일 사는 곳에 따라 동물의 형태나 속성이 변한다면, 과학은 혼란에 빠지고 맙니다! 생물은 어떤 환경에든 적응한다고 과감히 주장했던 천재 학자를 반드시 지지해야 합니다. 누구나 동물들 사이에 지금 존재하는 유일한 구별점들을 이해할 수 있을 테니까요.

이제 자연과학은 있느니만 못하게 되었습니다. 굴, 사자, 식충과 인간은 모두 같은 종족에 속하고, 단지 몸의 기관이 단순하냐 복잡하냐에 따라 달라질 뿐이니까요. 벨기에의 솔턴벡, 보스만베턴, 페어나이트 경, 갑튼즈웰, 학자 소텐바흐, 크레인버그, 프랑스 교수의 애제자들은 남작과 남작의 학술용어를 반대하는 편에 섰습니다. 적대적인 두 진영 사이에 이보다 더 속타게 하는 사실이 제기된 적은 그동안 없었죠. 남작 뒤에는 학회원과 대학가 사람들과 교수진과 정부가 있었습니다. 그들은 성서와 조화를 이루는 한 가지 이론만을 지지했습니다.

마르무스와 그의 동료는 자신들의 이론을 굳게 주장했습니다. 학회원들의 질문에 그들은 자신들의 학설을 드러내지 않으려고 계속해서 있는 사실만 대답했습니다.

한 교수가 떠나면서 그들에게 말했습니다.

"이보시오, 당신들은 우리가 가장 신뢰하는 학자의 신념에 반대하고 동물학적 통일성이라는 새로운 분파에 찬성하는 게 분명하구려. 학문을 위하여 그 체계는 발표되어서는 안 되오."

그러자 마르무스가 말했습니다.

"솔직히 학문하는 사람들을 위해서라고 하지 그래요."

교수가 말을 받았어요.

"그럴 수도 있죠. 하지만 그런 학설은 싹을 잘라버려야 해요. 결국 그것은 다신교나 다름없으니까요."

언론인이 말했어요.

"그렇게 생각하세요? 그렇다면 물질이 창조주와는 상관없이 분자력의 지배를 받는다는 사실은 어떻게 받아들일 수 있죠?"

마르무스도 거들었습니다.

"왜 창조주는 만물이 하나의 우주법칙에 의존하고 따라야 한다고 명령하지 않았을까요?"

그러자 마르무스의 친구가 교수에게 속삭였습니다.

"아시다시피 저 사람은 뉴턴처럼 심오한 사람이지요. 저 사람을 교육부 대신에게 소개하는 게 어떻겠습니까?"

교수는 얼룩말의 주인을 잘 안다는 사실에 흐뭇해하며 이렇게 대답했습니다.

"당장 그렇게 하지요. 아마도 대신은 누구보다 먼저 진귀한 동물을 보게 된다고 반색하겠죠. 여러분들이 당연히 얼룩말을 데리고 올 테니까."

우리의 친구가 말했습니다.

"고맙습니다. 그렇다면 대신은 마르무스 씨의 여행이 학문에 공헌한 사실을 감사하게 여길 수도 있겠군요. 마르무스 씨가 '달의 산맥'을 탐험한 것은 결코 헛걸음한 것이 아닙니다. 교수님도 깨닫게 될 거예요. 그 얼룩말은 기린처럼 걷죠. 노란 줄만 하더라도 온도 때문에 생기는 건데, 화씨 온도에서는 네댓 개밖에 나타나지 않지만 열씨 온도에서는 수두룩이 나타나지요."

"당신은 교육계에서 일하고 싶은 모양이지요?"

언론인은 펄쩍 기뻐하면서 소리치더군요.

"그럼요, 훌륭한 직업이지요! 하지만 학생들을 데리고 산책이나 다니면서 학생들이 집에서는 뭘 하든 내버려두는 그런 바보 같은 직업을 말하는 게 아닙니다. 나는 학술진흥원 같은 데서 가르치고 싶어요. 그곳에서는 오직 교수직에 전념하면서 학생들을 가르치기만 하면 되니까요. 또 가르침이란 사람을 유익한 길로 이끌어주죠. 이

이야기는 다시 하게 될 겁니다. 지금까지 말한 것은 모두 19세기 초반에 대신들이 인기를 얻을 필요가 있다고 생각했던 데서 생겨난 말들이지요."

동물학적 통일성을 지지하는 사람들은 대신이 곧 귀중한 얼룩말을 시찰하리란 사실을 알고 있었고, 우리의 위대한 반대자의 훌륭한 문하생들은 무슨 꿍꿍이가 있지 않나 하면서도 유명한 마르무스를 보러 몰려들었습니다. 하지만 내 주인들은 한사코 나를 보여주려 하지 않았죠. 나는 아직 기린의 걸음걸이를 익히지 못했고, 얼룩말 무늬에 화학작용이 끝나지 않아서 그럴듯한 무늬도 나오지 않았으니까요. 남작의 젊은 제자 하나가 이 새로운 발견을 주제로 힘있고 유창하게 강연했고, 그의 학식 덕분에 약삭빠른 내 주인들은 이득을 얻었습니다.

언론인이 말했습니다.

"우리의 얼룩말은 제일 의심스러운 부분에 대한 확실한 증거가 되는군요."

마르무스가 말을 받았죠.

"얼룩말이라. 이제는 더 이상 얼룩말이 아니라, 새 학문을 낳는 증거물이지요."

일신론자가 대꾸했습니다.

"당신의 학문은 페어나이트 경이 스페인 양과 스코틀랜드 양과 스위스 양을 실험하여 내세운 견해를 강화시켜줍니다. 그 양들은 목초지에 자라는 풀의 종류에 따라 더 먹기도 하고 덜 먹기도 한다는 거죠."

우리의 친구가 소리쳤습니다.

"하지만 그 생산물들은 위도와 기후 조건이 다르더라도 똑같습니다. 우리의 얼룩말을 보면, 왜 노르망디의 브리 지방에서 만든 버터는 하얀데 뇌샤텔과 메오에서는 버터와 치즈가 노란지 납득할 수 있을 겁니다."

열정적인 문하생이 소리쳤죠.

"당신은 가장 핵심적인 요점을 지적하고 있군요. 원래 하찮은 사실이 큰 문제들을 해결하지요. 치즈에 대한 의문은 동물학적 형태와 비교본능이라는 더 큰 문제들과 미묘한 유사점이 있어요. 생각이 인간에게만 있는 것처럼 본능은 완전히 동물적인 것이죠. 만약 본능이란 것이 동물이 자라나는 위도에 따라 변형되고 바뀐다면, 본능은 겉으로 보이는 생명의 형태나 개체와 같은 게 틀림없어요. 본능이라는 한 가지 원칙밖에 없으니까요."

마르무스가 말했습니다.

"모든 생물에 적용되는 한 가지 원칙이지요."

문하생이 뒷말을 이었습니다.

"따라서 학술용어는 본능의 다른 정도를 지적하는 데는 적합하지만, 더 이상 학문을 구성하지는 못하지요."

언론인이 말했습니다.

"이 학설은 연체동물, 무척추동물, 방사형 대칭동물, 포유류, 만각류, 무두연체동물, 그리고 갑각류에게는 끝장입니다. 사실, 비교본능학은 박물학의 모든 거점을 망가뜨리고 기존 학문을 파괴시킬 만큼 모든 것을 철저하게 단순화시키지요."

문하생이 말했습니다.

"그렇고말고요. 학자들은 자기네들 입장을 옹호하려고 하지요. 논쟁을 벌이다가 엎질러진 잉크와 망가진 펜이 한둘이 아닐 겁니다. 상처를 벌려놓느라 써버린 종이는 또 얼마나 많겠어요? 불쌍한 박물학자들! 아니, 박물학자들은 한 천재가 여태껏 많은 사람들이 고생해서 연구한 성과를 한순간에 빼앗아가도록 내버려두진 않을 거예요."

"우리도 당신의 위대한 철학자처럼 비방을 많이 받을 거요. 아! 퐁트넬(프랑스의 계몽사상가이자 극작가)이 옳았어요. 우리가 진실을 지키고 있는 한, 우리의 주먹을 꼭 쥐고 있읍시다."

문하생이 말했어요.

"당신들, 겁먹은 거예요? 동물들의 신성한 대의를 배신할 작정입니까?"

그러자 마르무스가 소리쳤습니다.

"아니오, 선생. 난 인생의 황금기를 다 바쳐서 이룬 학문을 결코 저버릴 수 없소. 아울러 내가 진실하다는 것을 증명하기 위해 얼룩말 이야기를 함께 펴내야 합니다."

문하생이 가고 나자, 마르무스가 소리쳤습니다.

"이제 살았다."

얼마 지나지 않아 그 위대한 철학자의 가장 유능한 학생이 얼룩말 보고서를 작성했습니다. 그는 마르무스를 대신하여 당당하게 나섰고 새 학문을 만들어냈죠. 이 소책자가 발간되자, 우리는 기분 좋게 명사의 대열에 들어서게 되었습니다. 내 주인과 그 친구는 만찬회니 무도회니 환영회니 해서 아침 저녁으로 쏟아져 들어오는 초대에 정신이 없었습니다. 그들은 어디를 가든 학식이 풍부한 훌륭한 사람들로 통했습니다. 두 사람을 지지하는 사람들이 하도 많아서 한시라도 최고의 천재라는 사실을 의심받지 않았죠. 세르소 남작은 마르무스가 만든 책을 받아보았습니다. 그 무렵 과학협회는 회원들이 감히 의견도 꺼내지 못할 만큼 사태가 심각하다는 사실을 알아차렸습니다.

회원들은 이렇게만 말했죠.

"두고 봐야죠."

벨기에 학자인 사탱베크가 급행열차를 타고 왔고, 네덜란드의 바스만비텐과 그 유명한 파브리치우스 고브토스웰이 얼룩말을 보러 왔습니다. 동물학적 일관성을 지지하는 젊고 열정적인 문하생은 연구 논문을 쓰고 있었는데, 그 논문은 남작의 학설을 겨냥하여 엄청난 결론을 담고 있었습니다. 이미 한 집단이 식물학에 적용된 일관성을 증진시키기 위해 태동하고 있었습니다. 저명한 교수 콩돌과 미르벨은 남작의 위신을 생각해서 선뜻 나서지 못하고 있었죠.

이제 나를 내보일 준비가 다 끝났습니다. 사기꾼 예술가는 내 몸의 얼룩말 무늬를 완성하고는 쇠꼬리까지 달아주더군요. 나는 노란 줄무늬 때문에 꼭 살아 있는 오스트리아 초소 같아 보였답니다.

대신은 내 털을 처음으로 보고 말했습니다.

"정말 놀랍군."

교수도 따라서 감탄하더군요.

"놀랍군요! 아이구, 이건 말로 표현할 수가 없네요."

대신이 말했습니다.

"어떻게 하면 동물학에 대한 기존 사고와 이 새로운 발견을 합리적으로 조화시킬 수 있을지 참 난감하구먼."

그러자 마르무스가 넌지시 말했습니다.

"아주 어려운 문제지요."

그 위대한 사람이 말했어요.

"이 아프리카 얼룩말이 투르농 거리의 기온 속에서도 끄떡없다니, 신기하군."

이것은 살얼음을 걷고 있는 격이었습니다. 나는 그 말이 떨어지기가 무섭게 나귀처럼 걷기 시작했죠. 하지만 주인은 용케도 그럴싸하게 둘러대어 위기를 넘겼습니다.

마르무스가 대답했습니다.

"맞습니다. 저는 제 강연이 끝날 때까지 이 동물이 살아 있기만 바랄 뿐입니다."

"당신은 똑똑한 사람이오. 하지만 당신의 인기 있는 새 학문이 훌륭한 남작의 학설에 맞게 수정되어야 한다는 사실을 명심하시오. 당신이 학생 하나를 대리로 내세운다면 당신의 주장에 위엄이 더해질 것이오."

이때 남작이 들어와서 그 말을 듣고 말했습니다.

"아, 각하. 저한테 촉망받는 학생이 하나 있습니다. 가르쳐만 주면 훌륭하게 따라 하지요. 우리는 그런 사람을 '대중화하는 사람'이라고 하죠."

언론인이 말했습니다.

"우리는 그런 사람을 앵무새라고 부릅니다. 사실, 그네들은 대중의 수준에 맞게 이야기하니까 학문에 진정으로 기여하는 셈이지요."

마르무스가 남작의 손을 잡으며 말했습니다.

"음, 그렇다면 해결됐군요. 우리 함께 일해봅시다."

장관이 말했습니다.

"마르무스, 당신은 그만한 명성과 지지를 얻었으니, 나라에서 상을 받을 만하오. 앞으로 상당한 포상을 받게 될 것이오."

지리학회도 질세라 정부를 흉내내어 '달의 산맥'으로 여행하는 경비를 모두 대겠다고 제안했습니다. 또 실제로 그 돈을 대주었고요. 내 주인은 돈을 다 써버렸기 때문에 이런 보조금은 큰 도움이 되었습니다.

그 언론인은 식물원의 사서로 채용되었는데, 틈만 나면 내 주인과 비교본능학을 헐뜯었죠. 그런 가운데서도 마르무스는 얼토당토않은 그 앵무새의 말로 새롭게 폭넓은 명성을 얻었고, 신중하고 겸손하게 입을 다물어 어렵사리 얻은 명성을 지켰습니다. 마르무스는 어디의 무슨 교수로 뽑혔는데, 어차피 교수 자리가 나서 기회만 생겼다면 언제 어디서든 틀림없이 영예롭게 그 자리를 맡았을 겁니다.

나는 런던 동물원에 팔려갔죠. 기후도 바뀐 데다 대접도 잘 받은 탓에 나는 다시 한 번 불가사의한 존재가 되었습니다. 내 몸은 신기한 얼룩말에서 서서히 런던 토박이 나귀로 변해갔으니까요.

남들의 눈길은 신선한 햇살과 같죠. 아름다움을 따사로이 비추어 꽃을 활짝 피우고 생기를 북돋아 주거든요. 차디찬 무관심은 아름다움을 손상시키고 급기야 파괴시켜 버리고 말죠.

그레이하운드의 딜레마

나는 늘 극장을 특별히 매력적인 곳이라고 생각했죠. 하지만 나보다 더 극장을 싫어할 만한 이유를 가진 이도 없을 걸요. 왜냐구요? 어느 날 밤 9시경에 바로 그 극장이란 데서 남편을 처음 만났거든요. 그러니 여러분들도 내가 남편과 어떻게 처음 만나게 되었는지 시시콜콜 기억하는 게 당연하다고 생각할 거예요. 우리의 만남을 잊을 수 없는 데는 몇 가지 중대한 이유가 있어요. 남의 탓으로 돌리고 싶지는 않지만, 나는 솔직히 결혼 같은 건 꿈도 꿔보지 않았어요. 나는 우아하고 매력적이며 세상의 즐거움을 누릴 만한 여자죠. 그러니 나는 반드시 귀부인이 되어 넓은 집에서 호사스럽게 온갖 기쁨을 누리며 살아야 했어요. 나는 날 때부터 공작부인감이었던 거죠. 그런데 이렇게 귀한 몸이, 오 세상에, 개의 극장에서 제1클라리넷 연주자와 결혼하다니! 얼마나 웃지 못할 웃음거리인지! 안 그래요? 나는 이 생각만 하면 실소를 금치 못했어요. 그래요, 남편이 그랬어요! 자기는 매일 저녁 8시부터 11시까지 클라리넷을 연주한다고. 그것도 아주 쉬운 부분만요. 뭐, 그이가 나를 속인 적은 없었지만, 그 말은 틀림없이 사실이 아닐 거예요.

남편은 낮시간에 지역 교구에서 제2트롬본을 불었어요. 남편은 뭐니뭐니 해도 주 방위군에서 직함을 갖고 싶어했죠.

여러분에겐 이런 시시콜콜한 이야기들이 별스러워 보이겠죠? 그렇더라도 너그럽게 봐주세요. 난 할말은 해야겠으니까.

어느 날 저녁이었어요. 나는 극장에 갔다가 공연 막간에 우스운 광경을 보았어요. 두꺼운 안경과 모자를 쓴 웬 우람한 오케스트라 단원이 체크무늬 면 손수건에다 코를 팽팽 풀고 있지 뭐예요. 그가 어찌나 코를 세게 풀어대던지 다들 그 단원을 쳐다보았죠. 어휴, 누가 그자를 보고 내 남편감이라고 했다면! 아마 나는 코방귀를 뀌었을 거예요. 속으로 가당키나 한 소리냐면서 말이죠. 다들 그를 쳐다보고 깔깔대며 웃고 있으니, 누구든 당혹스러울 만하겠죠? 그런데도 내 미래의 남편은 너무너무 차분하고 조심스럽게 손수건을 접고는, 되레 안경 너머로 관객들을 되받아 보며 아주 매력적이고 침착한 태도로 마우스피스를 갈아끼우는 게 아니겠어요? 나는 이 색다른 침착함에 끌려 외알 안경으로 그를 바라보았죠. 그는 내 행동을 눈치챈 게 틀림없었어요. 즉시 모자를 벗더니 커다란 머리에 송송 나 있는 짧은 머리카락을 매만지고, 안경도 고쳐 쓰고, 넥타이도 똑바로 매고, 조끼도 잡아당기더군요. 하기야 아무리 못생긴 괴물이라도 그런 처지에서라면 똑같이 했겠죠? 나와 눈이 마주치자, 그의 눈동자가 반짝 빛나는 것 같더군요.

불도그가 나에게 야릇한 감정을 품고 있는 건 틀림없었어요. 하지만 그가 못생겼다는 것도 사실이었죠. 나는 어리석은 철부지 아가씨였지만 요염한 여자였어요. 그래서 누가 나한테 반해서 쳐다보면 기분이 좋았죠. 지휘자가 지휘대에 올라서고 연주가 다시 시작되었어요. 그 뚱뚱한 클라리넷 연주자는 나를 마지막으로 한 번 더 쳐다보고는 연주할 채비를 하더군요. 그러다가 조금 늦게 시작하는 바람에 놓친 부분을 따라가려고 허둥지둥 연주하지 뭐예요. 한 번에 두 페이지씩 넘기며 큼직한 손가락이 클라리넷 위로 오르내리면서 바람 새는 소리가 나는데, 어휴 오죽 끔찍해야죠. 여기저기서 한마디씩 떠들고 작약꽃처럼 얼굴이 새빨개진 지휘자가 지휘봉으로 불도그를 가리키며 무섭게 고함을 질러대더군요. 옆자리의 연주자들도 덩달아 그이를 밀고 짓밟고 야유하면서 면전에서 욕을 퍼붓더라구요. 그런데도 불도그는 아랑곳하지 않고 악보를 따라 클라리넷을 통해 폭풍 같은 열렬한 감정을 내뿜는 거 있죠. 나는 불도그가 오로지 나 때문에 무아경에 빠졌다는 사실을 눈치채고 우쭐해졌죠. 나는 그를 가엾게 여기고 사랑했던 거예요! 약 15분 뒤에 불도그는 연주를 멈추고 다리 사이에 클라리넷을 내려놓고는, 면 손수건으로 둥근 이마를 닦기 시작하더군요.

11시 30분경에 연주회가 끝났어요. 밖에는 비가 부슬부슬 내리고 있었죠. 우리는 무대 입구를 지나다가 하마터면 하얀 털모자를 쓴 불도그와 부딪칠 뻔했어요. 음, 불도그가 문을 나와 우리를 따라오던 모습이 아직도 눈에 선하네요. 여기서 우리란 엄마랑 나예요. 나는 그때까지도 혼자서는 극장에 갈 엄두를 못 냈기 때문에 엄마랑 같이 갔거든요.

불도그가 소리쳤어요.

"숙녀분들, 하얀 모자 밑에 이 클라리넷 주자가 있다는 걸 짐작하셨죠? 숙녀분들, 잠깐만 기다리세요!"

엄마는 도도하게 말했어요.

"왜 그러세요? 어쩌라구요? 어떻게 감히 이딴 식으로 말을 붙이는 거죠? 비키세요, 선생님. 비켜주세요!"

음악가는 이렇게 고상한 엄마의 태도에 모자를 벗으며 더듬더듬 말하더군요.

"저어, 수, 숙녀분들, 비가 오고 있어요. 우, 우산이 없으신 것 같은데, 제, 제 것을 받아주세요."

엄마는 워낙 소심해서 불만큼이나 물도 무서워했답니다. 그래서 기꺼이 그 우산을 받았죠. 그것을 계기로 내가 결혼하게 될 줄은 꿈에도 모르고 말예요.

아이, 내가 생각해도 짜증스럽고 여러분들도 재미없을 시시콜콜한 이야기들은 그만두죠.

아무튼 이 뱃심 좋은 음악가는 그 재수 없는 소나기로 기회를 얻어 자기를 소개했어요. 그리고는 몇 번인가 우리 집에 찾아왔죠.

마침내 엄마가 말을 꺼내시더군요.

"엘리자, 솔직히 말해보렴. 그를 어떻게 생각하니?"

나는 긴가민가하고 물었어요.

"누구 말예요, 엄마? 그 음악가요?"

"그래, 클라리넷 연주자인 장난꾸러기 불도그 청년 말이다. 너랑 결혼하려고 안달이 났잖니. 너도 그 불도그 얘기라는 거 알고 있지?"

"하지만 엄마, 그 불도그는 너무 못생겼어요."

"그렇긴 하지. 그래도 넌 아직 내 질문에 대답하지 않았어."

"아! 아이 참! 그래요! 그는 품위 없고 괴상한 데다 비처럼 불쾌해요."

엄마가 말했어요.

"그래그래. 하지만 중요한 건 그게 아니야. 진지하고 꾸준하고 바람직한 남편상으로 보자면 괜찮은 상대가 아니니?"

"뭐, 안 그렇다고는 못 하겠죠."

나는 그만 울음을 터뜨리고 말았죠.

엄마는 나를 달래더군요.

"자, 자, 실없이 해보는 말이 아니야. 너는 결혼하고 싶어하고, 불도그는 괜찮은 젊은이지. 불도그가 지역 교구에서 일하는 클라리넷과 트롬본 연주자이니 안락한 생활은 보장되는 거야. 남편감으로 그보다 더 좋은 조건이 어디 있겠니? 육체의 아름다움이나 우아함은 한순간이란다. 게다가 네 아름다움만으로도 온 가족이 화사해 보일 거야. 부부가 행복하려면 서로 반대되는 성향이 현명하게 결합돼야 하는 거란다. 자, 그렇게 되면 너는 못생기긴 했지만 과묵하고 진지하고 성실한 남편을 얻게 되잖니. 그런 남편감이야말로 돈도 잘 벌고 아내를 극진히 사랑해준단다."

나는 단박에 엄마 말이 옳다는 것을 깨닫고 고개를 끄덕였어요. 아마 다시 그런 일이 있다고 해도 난 똑같이 했을 거예요. 믿음직스럽고 착실한 남편이라니, 같이 살기엔 정말 좋은 존재죠. 찬장에 빵이 있다는 건 좋은 일 아녜요? 바보 같은 친구나 조그만 사치품도 못 사고 쪼들리며 살죠.

그래서 나는 허락했어요.

"좋아요, 우리 결혼해요!"

신혼 여행이 길고도 달콤했다거나, 남편의 못생긴 겉모습 뒤에서 그때까지 몰랐던 헌신적이고 낭만적인 애정을 느꼈다면 말짱 거짓말이에요. 톡 까놓고 말하면, 결혼한 지 얼마 되지도 않아서 내 남편의 거친 본성이 눈에 거슬리더군요. 남편의 표정 하나하나, 동작 하나하나가 내 세련된 감수성에 상처를 입힌 거죠. 아니, 세상에 꼭두새벽에 일어나 클라리넷을 불어대어 곤하게 자는 나까지 깨울 건 뭐예요? 고집과 미련한 노력으로 연주하는 주제에 말이지.

나는 이렇게 말하곤 했어요.

"여보, 부드럽게, 부드럽게 연주하세요. 그게 훨씬 나아요."

남편은 음색을 조절하려고 무진 애를 썼죠. 하지만 제아무리 부드럽게 연주하려고 용을 써도, 그 소리를 들으면 누구라도 덜덜 떨릴 지경이었다구요. 나는 화가 나서 바르르 몸이 다 떨리더라니까요! 사실, 나는 남편이 연주밖에 모른다는 사실에 제일 화가 난 거예요.

나는 늘상 남편에게 졸라댔죠.

"산책 좀 하지 그래요? 신선한 공기 좀 쐬러 갈까요? 당신, 지금 지쳐 있잖아요."

내가 남편의 고집을 꺾으려면 꺾을 수도 있었어요. 어쩌다 함께 산책을 나가면 내 남편이 어땠는지 아세요? 글쎄, 길모퉁이마다 발길을 멈추고는 퀴퀴한 쓰레기 더미를 뒤지며 잡담을 하는 거 있죠. 아, 내가 남편 때문에 얼마나 속을 끓였는지. 남편은 고깃집 개로 태어났으니 오죽하겠어요. 나를 내버려두고 난데없이 뼈를 물어오질 않나, 괜히 멀쩡한 개를 붙들고 말다툼을 벌이질 않나. 정말 일일이 꼽을 수도 없다니까요. 큰소리로 웃어젖히며 성질 더러운 잡종개와 천박한 말이나 주고받는 것하며, 또…….

그러니 남편이 점점 미워질 수밖에요. 남편만 보면 귀찮고 짜증나는 거 있죠. 나도 남편이 가정의 행복을 위해서라면 몸을 아끼지 않고 노예처럼 일했다는 건 인정해요. 하지만 아, 슬퍼요! 돈이 있다고 잘못 맺어진 부부 사이가 좋아지는 건 아니잖아요. 나는 차츰 남편과 같이 다니길 피하면서 혼자 어슬렁거리게 되었어요. 그러다 보니 나도 모르게 귀족들의 휴양지인 공원에 자주 가게 되더라구요. 어머, 그곳 동물들은 어쩜 그렇게 다들 훌륭해 보이던지. 한데 그 동물들도 나를 눈여겨보지 뭐예요. 정말이지 하늘에라도 날아오를 듯이 기뻤죠. 그래요, 드디어 나한테 딱 어울리는 사회를 찾은 거예요.

어느 날 나는 그늘진 오솔길을 걷다가 나긋나긋한 목소리를 들었답니다.

"아, 부인. 이 세상에서 부인의 관심을 끌 수 있는 사내는 얼마나 행복할까요."

뜨거운 진심과 존경이 가득 담긴 말씨였어요. 생각해보세요, 이런 말을 들으니 얼마나 기분이 좋았겠어요? 돌아보니 쫙 빼입은 멋진 곤충이 내 주위를 날고 있더군요. 나는 그 곤충이 몸가짐도 세련된데다 날아다니는 폼도 멋진 걸 보고 한눈에 상류사회에 드나드는 줄 알았죠. 게다가 그는 자신의 가치를 알고 스스로 꽤 괜찮은 곤충으로 생각하는 것 같더군요.

그 곤충이 말했어요.

"아, 그레이하운드! 당신은 정말 아름다워요. 머리 모양이 참 고전적이고 멋지군요. 당신의 발은 아아, 백합 꽃잎 하나도 더럽히지 않을 겁니다. 또 비단 같은 털은 아주 소박하면서도 당신처럼 매력적이네요."

나는 이 세련된 아첨꾼의 대담한 말에 몸을 떨면서도 발길을 재촉했어요. 그가 따라오며 속삭이는 나긋한 목소리가 귓가에 감미로운 음악처럼 울리더군요. 그는 남다른 심미안이 있는 게 분명했어요.

그가 덧붙여 속삭였어요.

"사랑스러운 분이여, 결혼은 하셨겠죠?"

나는 결혼이라는 족쇄가 깨졌다고 믿고 싶은 유혹을 이기지 못하고 쾌활하게 대답했죠.

"아뇨, 전 미망인이에요."

나는 이런 불장난을 해도 아무런 해가 되지 않는다고 생각했어요.

어떤 곤충이 나에게 아름답다며 칭찬하는 것뿐인데, 뭐가 위험하다는 거지? 관심이 있으면 누구든 아름다움을 감상해야 한다는 사실을 깊이 인식할수록 좋은 일이잖아요. 그래요, 남들의 눈길은 신선한 햇살과 같죠. 아름다움을 따사로이 비추어 꽃을 활짝 피우고 생기를 북돋아주거든요. 차디찬 무관심은 아름다움을 손상시키고 급

기야 파괴시켜버리고 말죠. 교태를 부리는 것은 남의 눈길을 끌고 싶다는 자연스러운 욕망의 표현이라구요. 그러니까 그야말로 솔직담백하고 존중할 만한 야망의 표현이 아니겠어요? 나는 떳떳하지 못한 생각이나 바람만 든 자만심은 눈곱만치도 없었어요. 그 곤충의 칭찬은 해님이 꽃에게 바치는 찬사와 같은 거였죠. 음, 그러니까 날마다 하늘을 향해 매력을 뽐내려고 활짝 피어 있는 꽃에게 바치는 찬사 말이에요. 나는 이런 세간의 찬사를 받는 게 당연한 내 권리라고 생각했거든요. 나는 내가 파리에서 가장 정숙한 그레이하운드라는 사실을 입증하는 새로운 내 찬사자의 말에 흠뻑 도취되었어요.

내가 집에 돌아오자 남편이 말하더군요.

"오늘따라 눈이 무척 빛나는구려."

남편은 개집 한구석에 처박힌 채, 어디서 물어왔는지 모를 뼈다귀를 핥고 있었죠.

"목소리도 유난히 부드럽고 말이야."

나는 뾰로통하게 대답했어요.

"내 눈이 흐리멍덩해지고 목소리가 쉬어빠져야 당신 속이 후련하겠죠."

남들이 너는 왜 그것을 싫어하니 하며 늘상 끼어들어 말하는 것만큼 부아를 돋우는 것도 없죠. 남편은 갈수록 마음에 안 들게 굴었어요. 나를 기쁘게 한답시고 하는 일도 짜증스럽기만 했고요. 나는 우스꽝스러운 노동으로 번 돈도 마뜩잖았고, 그이가 벌어들인 빵을 먹는 것도 싫었어요. 그놈의 넌더리나는 클라리넷을 연주한 덕분에 벌어들인 알량한 빵이라니! 나는 남편이 화를 내면 괴로워서 미칠 지경이었어요. 그렇다고 남편이 아주아주 냉정하게 자제하면 나는 고약한 성미 탓에 분노와 냉소 속에 입을 다물고 말았죠! 가뜩이나 신경이 곤두서 있을 때 이런 일을 당하면 얼마나 끔찍한지 몰라요.

나중엔 아주 사는 것도 짐스럽기만 하더군요. 세련된 곤충은 곧 그것을 알아차렸죠.

그 곤충은 꿈결같이 감미롭게 속삭이며 내 주위를 맴돌았어요.

"그레이하운드, 당신은 불행하군요! 고통스러워하고 있어요! 그게 느껴져요. 슬픔 때문에 그렇게 다정한 마음이 상처를 받아선 안 되죠."

곤충의 목소리는 너무나 감동적이어서, 나는 그가 구세주라고 생각했어요.

"근심은 당신의 이마에 주름을 만들고 당신의 아름다움을 갉아먹습니다!"

나는 온몸에 전율을 느꼈어요. 슬프게도 그가 하는 말마다 딱 맞는 말이지 뭐예요. 나는 근심 때문에 매력도 잃어버리고 걷지도 못하고 제대로 보지도 못하게 될 게 틀림없었어요. 곤충의 말을 듣고 보니, 이런 슬픔을 가져다준 장본인인 남편에게 분노가 치솟더군요.

그 곤충이 계속 속삭였어요.

"자, 저하고 같이 숲으로 가서 즐겁게 노는 게 어때요? 앞장서세요. 저는 당신을 찬양하고 당신의 우울함을 씻어버리도록 노래를 부르며 뒤따르겠습니다. 어서요. 우리 같이 가요, 내가 뒤따를 테니. 자, 복작대는 도시에서 벗어나 들판에 나가 가슴 가득 신선한 공기를 마셔요."

나는 숨이 막혔어요. 그래요, 나는 세상없어도 신선한 공기를 마셔야 했어요.

"내일 아무 때 아무 데서 만나 같이 떠나도록 해요."

내가 이런 곤충과 만날 약속을 했다고 해서 어리석은 감상에 빠져

들었다고 보지는 마세요. 그 곤충은 내 매력을 제대로 알아주었잖아요. 게다가 오직 나에 대해서만 끊임없이 이야기했구요. 그래서 난 그저 그 곤충에게 은혜를 조금 베풀려고 했을 뿐이에요.

그날 저녁 집에 돌아갔을 때, 내가 평소보다 더 싫은 표정을 드러냈나 보죠. 음악가 남편은 잠시 내 얼굴을 묵묵히 바라보며 서 있더니, 글쎄, 두 줄기 굵은 눈물을 흘리지 뭐예요. 어머나, 얼마나 괴상하던지. 못생긴 데다 참혹한 슬픔까지 담고 있는 동물보다 더 무시무시한 것도 없거든요.

나는 한바탕 소동이 나고 비난이 쏟아질 줄 알고 마음이 잔뜩 부풀었어요.

혼자서 그랬죠.

'흥, 화가 나서 마구 퍼부어대라지. 누군 못 할 줄 알고? 화내면 나도 똑같이 화낼 거야.'

열정은 폭풍과 같아요. 폭풍이 한바탕 몰아치고 잦아지면 땅은 다시금 새로워지죠. 그래서 나는 그이의 화를 부채질하려고 두 갈래로 뻗어나가는 번갯불처럼 한바탕 노래까지 불렀어요. 그러나 그이는 이렇다 할 말도 행동도 없이 두세 번 심하게 코를 훌쩍이더군요. 그리곤 꾀죄죄한 케이스에 클라리넷을 조심스레 넣고 모자를 눌러쓰고 나서 말하더군요.

"잘 자요, 여보. 극장에 가야겠소."

그 눈물은 무슨 뜻이었을까요? 남편은 내가 자기를 미워한다고 생각했을까요? 남편이 질투하는 것 같지는 않았어요. 아니, 그 주제에 어떻게 질투를 할 수 있겠어요? 나는 나무랄 데 없는 아내인데도 여태껏 불행했잖아요. 어휴, 만약 나한테 부수고 할퀴고 물어뜯을 것이 있었다면 된통 화풀이라도 했을 텐데! 남편 때문에 얼마나 속이 상했던지!

다음날, 나와 곤충은 정해진 시간에 정해진 곳에서 만났어요.

내 멋진 동무는 초조하게 나를 기다리고 있다가 나를 보자 반갑게 소리쳤어요.

"아, 정말 당신은 아름답군요! 자, 이제 숲으로 갑시다."

나는 우쭐해서 대답했죠.

"좋아요. 가요."

그렇게 해서 우리는 출발했어요. 나는 마음을 정하긴 했어도 왠지 불길한 예감 때문에 찜찜하더군요. 아무래도 불길한 예감을 떨쳐버릴 수가 없었어요. 내가 너무 지나쳤다는 생각이 퍼뜩 떠오르더군요. 그리고 지금 화산 분화구에 다가가고 있다는 생각도…….

곤충이 걱정스럽게 물었어요.

"왜 그러시죠?"

"저기 저 창문에 서성대는 음악가들이 보이지 않나요?"

"보여요. 저 음악가들은 그 집 식구들에게 딱정벌레의 연주를 들려주는 거예요. 저들은 뼈빠지게 일해야 먹고살 수 있나 보군요."

"그래요. 하지만 그들이 이상하게 보여서 겁나요. 우리, 돌아서 가요. 자꾸 떨리네요."

그래서 우리는 왼쪽 길로 접어들었지만, 여전히 찜찜한 거예요. 한마디로 육감이었죠. 그날 세상에서 가장 불쾌한 만남을 가졌지 뭐예요. 교외를 막 벗어날 무렵, 나는 모퉁이에서 분명하지 않은 형체를 발견했어요. 그것은 장터나 시장에서 흔히 볼 수 있는 재주 부리는 곰이었죠. 곰은 거북에게 온갖 훌륭한 재주를 부리게 했어요. 이런 곰과 마주치는 것은 자연스러운 일인데도 이상하게 떨리는 거예요. 나는 왠지 두려웠지만 까닭을 몰랐죠. 그래서 계속 가다가 곰에

HG
ANDREW, BEST, & LELOIR.

게 다가가보았어요. 어머나, 세상에! 그 괴물이 날카로운 눈에서 불을 내뿜는 것 같더니, 느닷없이 튀어나와 내 앞을 가로막는 게 아니겠어요?

곰이 팔짱을 끼면서 소리치더군요.

"여기서 뭘 하고 있소, 부인?"

내 보호자가 말했죠.

"부인이 여기서 뭘 하든 댁하고 무슨 상관이오? 내 명예를 걸고 말하겠는데, 당신 참 뻔뻔스러운 사람이군. 당신은 누구요? 말해봐! 누구냐구?"

"내가 누구냐고?"

곰은 땅이 꺼져라 한숨을 쉬었죠.

"나는 이 여인의 남편이오."

그렇게 말하고는 쓰고 있던 곰가죽을 벗어던지자, 내 남편이며 불도그인 클라리넷 연주자가 나타나는 거예요. 남편은 무시무시한 열정의 희생자가 되어 시체처럼 핏기가 가셨더군요. 솔직히 나는 남편이 잔뜩 흥분해서 길길이 날뛰며 분노로 이를 갈았으면 싶었어요. 바보같이 눈물이나 흘리며 체념한 듯 잠자코 있을 때보다야 백배 낫지만, 한편으로는 더럭 겁이 났죠. 남편은 평소같이 그렇게 못생겨 보이지도 않더라구요. 아이, 머리에 쓰고 있던 모자만 아니었더라면 제법 괜찮아 보였을 텐데. 아무리 상황이 급박해도 그건 그냥 넘어갈 수 없는 흠이었죠. 이 글을 읽고 있는 남자들은 왜 여자들이 자질구레한 것도 놓치지 않는지 이해할 수 없을 테지만요.

남편이 엄숙하게 입을 뗐어요.

"부인."

엄숙하다는 것이 그이의 또 다른 결점이었어요! 보나마나 그이는 연설을 늘어놓으면 효과가 있을 줄 알고 한바탕 연설을 하려는 게 뻔했어요.

내 귀 뒤에 숨어 있던 곤충이 소리 죽여 말했어요.

"아니! 아름다운 나의 여왕이여, 당신이 이 짐승의 부인이라니 있을 수 있는 일입니까?"

나는 코끝까지 빨개지고 말았어요.

남편이 계속해서 말하더군요.

"부인, 부……."

이 부분에서 남편은 우스꽝스럽게 재채기를 했어요. 아마도 곰가죽 털이 코에 내려앉았던 모양이죠. 나는 그이가 재채기를 하자 무심코 까르르 웃어버렸어요.

남편은 불같이 화를 내며 말을 잇더군요.

"부인, 나를 따라오시오. 해도 해도 너무하는군. 따라와요!"

그러자 내 보호자가 여전히 내 귀 뒤에 숨은 채로 말했어요.

"저 친구한테 당신 손끝 하나 대지 말라고 하겠소. 결국 싸우게 만든 건 저녀석이니까요. 정말 못 참겠군!"

그는 미처 말을 끝낼 새도 없었어요. 남편이 번개처럼 그 곤충을 붙잡아서 끔찍하게 불구자로 만들어버렸거든요. 그 다음에 무슨 일이 일어났는지는 기억도 안 나요. 나는 정신 없이 남편의 앞발에서 빠져나와 그이의 머리를 훌쩍 뛰어넘어 미친 듯이 달렸어요. 얼마 안 가서 뒤를 돌아보니, 불도그는 경찰한테서 빠져나오려고 마구잡이로 발버둥치고 있더군요. 그러나 불도그는 곰가죽이 발에 걸려 꼼짝없이 끌려갔고, 군중들이 야유하며 뒤따랐죠.

자, 나는 이제 자유의 몸이라고 생각하고 내 길을 갔어요. 한데 상쾌하고 맑은 공기와 짙푸른 하늘도 예전같이 멋지지 않았어요. 내

가슴은 분노로 가득 찼거든요. 자기가 뭘 잘했다고 질투를 한다죠? 고상하지 못하게 비극적이면서도 우스꽝스러운 감정의 폭발을 일으키다니, 나 참, 창피해서. 그 우스꽝스러운 꼬락서니를 생각하면 화가 머리끝까지 치밀지 뭐예요. 이 멋대가리 없는 클라리넷 연주자가 하필 그때 나타나서 내 삶의 꿈을 쫓아버린 거예요. 그를 용서할 수 있을까요? 나는 어지러울 때까지 돌아다니다가 집에 갔어요. 집 안에 들어서자마자 텅 비어 있다는 것을 알았죠. 그런데 마치 뭔가를, 아니 누군가를 잃은 것 같은 허전한 느낌이 드는 거예요. 사실 아무도 없는 집에 있자니 이상하게도 가엾은 남편이 너무너무 그리워지지 뭐예요? 못생기고 촌스러운 것에도 익숙해지게 마련인가 봐요. 하긴, 낙타라도 불시에 혹을 빼앗기면 허전한 기분이 들겠죠.

이때 나는 도장이 선명하게 찍힌 편지를 받았어요. 남편을 심문하는 데 참석하라는 경찰 당국의 안내장이었죠. 남편은 경찰에게 붙잡혔을 때 곰가죽으로 변장하고 있었잖아요. 그 곰가죽이 신발 속에 들어 있던 무기와 함께 남편에게 불리한 증거가 되었다더군요.

다음날, 나는 느지막이 일어나 아침을 먹고 몸치장을 마쳤어요. 그리고는 남편을 격려한답시고 감옥에 갔답니다. 감옥이란 데는 나 같이 신경이 너무너무 예민한 이들에게는 여간 괴로운 곳이 아니죠. 나는 습기 차고 어둡고 자물쇠가 채워진 통로를 지나갔어요. 쇠창살이 달린 묵직한 철문들이 열리자, 나는 불행하고 심술궂고 더럽고 혐오스러운 동물들이 와글와글한 곳으로 들어갔죠.

나는 퀴퀴하고 탁한 공기에 코를 찌푸리며 추잡스러운 소굴 속으로 한 발짝 내디뎠어요. 남편은 감옥 한구석에 쪼그리고 앉아 있더군요. 나는 남편이 나를 마구 비난하면서 길길이 뛸 줄 알았어요. 그래서 나도 내심 내 주장에서 한 발짝도 물러나지 않겠다고 단단히 별렀죠. 그런데 남편은 내 발밑에 엎드려 흐느끼면서 잘못했다고 용서를 비는 게 아니겠어요?

아, 그 순간 얼마나 가슴이 뭉클하던지. 그 장면을 보고 다른 죄수들은 재미있어했지만 말이에요. 그래서 나는 남편이 풀려날 수 있도록 최선을 다하기로 작정했죠. 나는 본래 마음이 여리거든요. 여려도 너무 여려서 탈이죠. 남편은 결점도 많고 못생겼으니까, 나의 아름다움에 존경심을 갖는 것은 당연한 거 아니겠어요?

나는 즉시 재판장을 찾아갔어요. 재판장은 안경 너머로 나를 보더니, 매력적인 내 모습에 놀라워하더군요. 재판장이 현명하고 온화하고 느긋한 분이라서 남편의 재판은 제법 오래 걸렸어요.

이제 내가 신기한 사실 하나를 고백할 때가 되었네요. 속시원히 털어놓고 지금껏 어두웠던 내 마음에 환한 빛을 속속들이 비추고 싶어요. 으음, 사실 내 남편 불도그가 감옥에 가자마자 그이를 미워했던 마음이 사랑으로 바뀌지 뭐예요? 남편이 없으니 더 이상 불평할 데도 없고, 구석의 클라리넷을 볼 때마다 눈물이 가득 고이더라구요. 정신적으로나 물질적으로나 내세울 게 없는 그 불도그가 내게 이렇게 큰 영향력을 갖고 있었다니……. 나는 불도그가 내 삶에서 차지하는 자리를 새삼 깨닫고는 소스라치게 놀라고 말았죠. 남편의 우스꽝스러운 얼굴, 모자, 심지어 그의 침묵까지도 그리웠어요. 남편이 없으니까 어디다 내 못된 성질을 부려야 할지도 모르겠더라구요. 이따금 꼭 성깔을 부려야 직성이 풀릴 때가 있는데 말예요. 나는 건강을 해칠까 두려워서 다른 데 관심을 쏟으려 했어요. 한데 아무래도 그럴 수가 없는 거예요. 이런 말 하긴 정말 힘들지만, 난 질투심 많은 클라리넷 연주자인 불도그를 사랑한 거예요. 남편을 사랑했다구요! 그렇지만 나는 내 신경을 고려해서 끔찍한 신경통을 일으키는 해로운 감옥에 다시 찾아가지는 않았죠.

한동안 남편을 보지 못한 탓인지, 마음속에 남편의 모습을 가만히 떠올려보면 그이야말로 나의 이상형인 거예요. 꿈속에서 남편은 멋진 옷을 입고 있었죠. 나는 남편이 풀려난다는 소식에 너무 큰 충격

을 받아 까무러치는 줄 알았어요. 남편이 자유의 몸이 되었다는 사실이 더없이 기뻤죠. 남편은 곧 도착했어요. 하지만, 어머나, 세상에! 얼마나 꼴사나운 몰골이던지! 외투는 꾀죄죄하고 온몸에서 퀴퀴한 냄새가 코를 찌르는 거예요. 얼음덩어리 하나가 내 심장에 툭 떨어지고 말았죠.

남편은 소리치며 달려왔어요.

“오, 나의 그레이하운드! 내 아내! 내 사랑!”

나는 코를 옆으로 돌리며 새침하게 대꾸했어요.

“잘 있었나요?”

어휴, 더는 말할 용기가 안 나더라구요. 꿈은 사라진 거죠.

하지만 이런 일들은 다 오래전에 지나간 이야기가 되어버렸어요. 이젠 내가 화냈던 걸 생각하면 잔잔한 미소가 입가에 머물죠. 그것뿐이에요. 나는 힘든 상황을 참을 줄 알게 됐으니까요. 나는 최고의 테너 가수 대신에 어쩌다가 실수로 클라리넷 연주자와 결혼한 거예요. 그렇다고 슬픔에 빠져 있으면 뭐해요? 그래서 나는 아름다운 만큼 용기를 내서 불도그의 장점을 키우는 데 정성을 기울이겠다고 마음먹었죠. 이제 남편은 모자를 쓰지 않아요. 연주도 훨씬 잘하고, 걸음걸이도 한결 의젓해졌죠. 흐릿한 등잔불로 남편의 [illegible] 모습을 보면, 음, 뭐랄까 그런대로 꽤 괜찮아 보여요.

남편은 가끔씩 말하곤 해요.

“어쩌면 그리도 아름다운지, 무정한 당신.”

그럼 나도 똑같은 말투로 대꾸하죠.

“어쩜 그리도 못생겼수, 뚱뚱하고 질투심 많은 당신.”

나는 토파즈의 상속인이자 절친한 친구이니,
나보다 토파즈의 파란만장한 생애를 잘 이야
기해 줄 이는 없을 것이다.

초상화가 대머리 원숭이

토파즈는 브라질의 처녀림에서 태어났다. 그 숲에서 토파즈의 어머니는 토파즈를 곧잘 칡덩굴처럼 얽힌 가지에 태우고 흔들어주곤 했다. 토파즈는 아주 어렸을 때 인디언 사냥꾼에게 잡혀 리우데자네이루에서 앵무새, 벌새, 들소 가죽과 함께 팔려갔다. 토파즈는 배에 실려 프랑스의 르아브르 항에 닿았다. 그는 항해하는 동안 선원들의 귀염둥이가 되었는데, 선원들은 밧줄 사용법은 물론이고 온갖 재주를 가르쳐주었다. 토파즈는 항해하면서 장난도 치고 재미있게 지냈기 때문에 따뜻한 태양만 아니었다면 고향 숲을 떠나온 것을 결코 후회하지 않았을 것이다.

'볼테르'를 읽었다는 그 배의 선장이 뤼스탕의 착한 시종의 이름을 따서 토파즈라는 이름을 붙여주었다. 토파즈는 얼굴이 노란 대머리 원숭이였기 때문이다. 토파즈는 항구에 도착하기 전에 배에 타고 있던 베르베르라는 그의 동포와 비슷한 교육을 받았는데, 베르베르의 행동거지는 수녀들을 놀라게 했다. 토파즈의 행동거지에도 분명히 소금기가 있었는데, 그야 바다 생활을 했으니 지극히 당연한 일이었다. 누군가 굳이 토파즈가 성인 원숭이가 될 때까지 그를 가르쳐주었던 선생들의 이름을 모두 대라면, 일찍이 프랑스에서 토파즈는 라자릴료 데 토르메스 2세(스페인 문학사상 최초의 악한 소설 「라자릴료 데 토르메스의 생애」에 나오는 주인공)나 제2의 질 블라스(프랑스의 소설가이자 극작가인 르사주의 「질 블라스 이야기」에 나오는 주인공)로 통했을 것이다.

청년이 된 토파즈는 뇌브 생 조르주 거리에 있던 고상한 여자의 침실에서 지냈다. 매력적인 여주인은 토파즈의 재롱을 낙으로 삼았고 응석받이로 키워서 교육은 아예 시키지 않았다. 그는 편하게 지냈고 왕자보다도 행복했다. 그러다가 토파즈는 재수 없게도 아름다운 여주인의 후견인인 노망 든 백작의 코를 물어버렸다. 늙은 백작은 이런 방자한 행동에 몹시 화가 나서, 여인더러 즉시 자기하고 짐승 중의 하나는 집을 떠나야 한다고 잘라 말했다.

여주인은 늙은 부자 남편의 등쌀에 못 이겨 자신의 초상화를 그리던 젊은 예술가의 작업장으로 아무도 몰래 토파즈를 보냈다.

이 간단한 사건이 토파즈에게 새로운 삶을 열어주었다. 토파즈는 긴 비단 의자 대신 나무의자에 앉아 딱딱한 빵을 먹고, 오렌지 시럽 대신에 맹물을 마시며, 궁핍이라는 도덕과 미덕의 위대한 스승 밑에서 착실하게 자랐다. 만약 가난한 자들이 궁핍한 생활을 제대로 견딘다면 방탕과 악의 구렁텅이에 빠져드는 일은 없을 것이다. 토파즈는 달리 할 일이 없자 불안정하고 의존적인 자기 위치에 대해 곰곰이 생각했고, 그러는 사이 자유와 일과 명예를 열망하게 되었다. 그는 이제 직업을 택해야 하는 삶의 결정적인 시점에 도달했다고 느꼈다. 성공한 예술가만큼 무한한 전망과 자유를 얻는 직업도 없을 것 같았다. 토파즈는 이 생각을 확고한 신념으로 삼았다. 그래서 토파즈는 스페인 화가 벨라스케스의 노예 파레하처럼 초상화가가 그림을 그리는 비결을 어깨 너머로 조금씩 익히기 시작했다. 토파즈는 날마다 이젤 꼭대기에 앉아 색의 배합이나 붓질 하나하나를 지켜보곤 했다. 토파즈는 주인이 화폭 앞을 떠나자마자 이젤에서 내려와 솜씨 좋게 색을 덧칠하고는 한두 발짝 물러서서 효과를 감상하곤 했다. 그러는 동안 토파즈는 나지막이 '이제 나도 화가가 되었노라'라고 중얼거렸을지도 모른다. 이 말은 코레지오가 처음으로 사용했고, 나중에 파리로 밀어닥친 젊은 천재들이 써먹었던 말이다. 어느 날 토파즈는 평소와 달리 허영심에 도취되어 조심성 없이 작업하다가 주인에게 들키고 말았다. 주인은 1년 내내 비가 오는 블로뉴빌랑쿠르의 교회에 노아의 대홍수를 그려달라는 부탁을 받고 기쁨에 들떠 작업실로 들어오던 길이었다. 자기 만족만큼 사람을 관대하게 하는 것도 없다. 주인은 붓을 쥘 때 괴는 팔받침을 들어 문하생을 때리는 대신에 자기가 무슨 제2의 벨라스케스인 양 말했다

"네가 정녕 화가가 되고 싶다면 너를 자유롭게 해주겠다. 너를 하인이 아니라 제자로 들이지."

이제 토파즈는 역사적인 좀도둑이 되었다. 그는 시골 성직자가 쓰는 하얀 가발처럼 머리를 다듬고, 헝클어진 턱수염을 가지런히 모으고, 뾰족한 높은 모자를 쓰고, 셔츠 프릴이 밖으로 나오는 꼭 끼는 외투를 입었다. 한마디로 토파즈는 되도록이면 플랑드르 화가 반 다이크가 그린 초상화와 비슷하게 보이려고 했다. 그렇게 차려입고 서류 가방을 옆에 끼고서 물감통을 들고 강의실에 자주 드나들기 시작했다. 하지만, 아 슬프도다! 자신의 능력을 한껏 드러낸 수많은 화가 견습생들이 그렇듯이, 토파즈는 상식의 가르침보다는 야망의 헛된 꿈을 좇았다. 얼마 안 가서 토파즈는 이 사실을 깨닫게 되었다. 토파즈는 스승의 작품을 갖다 쓸 수 없게 되자, 빈 캔버스에다 혼자

힘으로 선과 형태를 그리고 명암과 색채를 부여하기 시작했다. 사실 그럴 때는 모방이 아니라 독창성과 재능이 필요했다. 아, 슬프도다! 토파즈의 꿈이여, 안녕. 그가 아무리 땀 흘려 그림을 그리고 머리를 부여잡고 수염을 쥐어뜯으며 고뇌해도 소용이 없었다. 페가수스(그리스 신화에 나오는 날개 달린 천마)는 호락호락하지 않아서 부와 명성이 있는 헬리콘 산(아폴로와 뮤즈가 살았다는 그리스 남부의 산)으로 토파즈를 데려가려고 하지 않았다. 토파즈는 간단히 말해서 물감 값도 못했던 것이다. 스승들과 학생들은 토파즈에게 다른 길을 찾아보라고 권했다.

"석공이나 신발 수선공을 해봐. 그런 일이 더 맞을 거야!"

토파즈는 다 큰 원숭이면서도 옹색한 자부심과 허영심의 노예였으니, 참으로 딱한 일이었다. 인간들이 만든 위엄 있고 관대하고 당당한 명부에 이름 하나 올리길 열망했다니! 나는 종종 토파즈가 중세인들을 본받아 아랍인들 틈에서 의술을 공부하겠다고 얘기하는 것을 들었다. 그리고는 돌아와서 기독교인에게 의술을 가르쳐주겠다는 것이다. 토파즈는 어리석게도 문명화한 인간들의 미술 지식을 원숭이에게 전해주려는 야심을 품고 있었다. 그리고 초상화에다 제 동료들을 이상적으로 표현하여 만물의 영장의 수준까지 올려놓고자 했다. 토파즈는 자신의 계획이 실현될 수 없다는 사실에 분개했다. 그는 자만심으로 어떻게든 견뎠지만 위신이 떨어진 데 상처를 받고 부끄러워하며 화가 나서 세상과 자신에게 불만을 느꼈다. 그래서 잠도 못 자고 입맛도 떨어지고 쾌활함도 잃더니 시름시름 앓아누워 목숨까지 위태로워졌다. 그러나 의사가 없었던 게 오히려 다행이었는지 저절로 나았다.

이럴 즈음 풍경화가인 다게르는 발명품을 완성시켜 세상에 이름을 떨쳤다. 다게르는 사진의 상을 고정시키는 기술의 발전에 크게 기여했다. 그래서 생명이 있든 없든 간에 모든 피사체는 은판에 찍히게 되었고, 사진술은 과학과 예술을 보완해주었다. 나는 그때 천재 음악가 한 사람을 알게 되었다. 그 사람은 귀머거리에다 벙어리였다. 그는 음정도 맞지 않게 노래하고 박자라곤 아예 무시하고 춤을 추었다. 그런데도 음악을 열정적으로 좋아했다. 그는 피아노와 플루트와 호른과 아코디언을 가르치는 선생을 두었다. 피아노는 빌헬름, 플루트는 파스통, 호른은 슈브, 아코디언은 조코토 선생에게 배우면서 이 모든 것들을 각기 다른 방식대로 연습해보았다. 하지만 어떤 방법도 효과가 없어서 박자도 맞추지 못하고 화음도 낼 수 없었다. 그러면 그 사람은 자기의 취미를 위해서 달리 어떤 조치를 취했는가? 그는 손잡이를 돌려 소리를 내는 휴대용 오르간을 구입하여 밤낮으로 오르간 손잡이를 돌려 본전을 톡톡히 뽑았다. 그는 손재주 있는 음악가인 게 틀림없었다.

토파즈는 이와 비슷한 편법으로 기운을 되찾고 부와 명예와 로마 교황의 훈장을 바라게 되었다. 예수회 수사들과 터키 사람들은 목적이 수단을 정당화시킨다고 말했다. 그래서 토파즈는 이 철학적인 격언에 따라 부유한 금융업자의 지갑을 감쪽같이 훔쳤다. 그 금융업자는 토파즈의 스승이 자기의 초상화를 그리는 동안 작업실에서 잠을 자고 있었다. 토파즈는 훔친 돈으로 휴대용 오르간과 사진기 한 대를 샀다. 그리고 사용법을 익히자 토파즈는 일약 예술가이자 화가이자 과학자가 되었다.

토파즈는 이런 재주를 배운데다 훌륭한 평판까지 얻자, 자신이 그토록 바라던 목표에 벌써 반은 도달했다고 생각했다. 그는 꿈을 이루려고 르아브르에서 대서양을 건너는 배를 탔다. 그리고 순조로운 항해 끝에 불과 몇 년 전 프랑스로 떠나는 배에 몸을 실었던 그 바닷가에 발을 디뎠다. 이제 토파즈는 그때의 토파즈가 아니었다. 꼬마 원숭이에서 다 자란 원숭이가 된 것이다. 전쟁포로라는 굴레에서 풀려났고, 무엇보다도 자연은 토파즈를 무지한 짐승으로 세상에 내보냈지만 이제 토파즈는 문명화한 원숭이로 변한 것이다. 토파즈는 고향 땅을 밟자 가슴이 뛰었다. 세월이 흐른 뒤에 낯익은 땅을 다시 찾는 것은 즐거운 일이었다. 토파즈는 내가 이 글을 쓰는 데 걸리는 시간만큼도 지체하지 않고 이내 어린 시절을 보냈던 넓고 한적한 곳으로 카메라를 메고 떠났다. 토파즈는 그곳에서 진보의 선구자가 되고자 했다. 나에게 고백한 이야기로 미루어보면 토파즈는 내심 명예욕에 불타고 있었다. 그는 엄청난 화제를 몰고 와서 평범한 짐승 이상으로 인정받고 싶어했다. 토파즈는 박식한 지식과 훌륭한 기계 덕분에 '유명한 여행자'라는 칭호를 얻고, 그 명성을 빌미로 토착민들을 손쉽게 주무르고 싶었던 것이다. 이런 것들이 토파즈의 솔직한 심정이었다. 그러나 토파즈는 미리 점지된 이들, 즉 세상의 지도자들이 도저히 거부할 수 없는 힘에 의해 제 역할을 다하게 되는 것처럼 자신도 그런 힘에 떠밀려 나아간다고 착각하고 있었다. 토파즈는 고향에 도착하자 친구들이나 친척들은 찾아보지도 않고, 자연이 숲속에 마련해둔 넓은 빈터에 텐트부터 쳤다. 토파즈는 피부색으로 주인과 하인을 나누는 인간의 방식대로 얼굴이 검은 거미원숭이를 노예로 삼고, 뤼스탕의 다른 하인의 이름을 따서 에보니라고 불렀다. 토파즈는 에보니와 함께 넓적한 바나나 잎 그늘 아래 가지를 엮어 우아한 오두막을 지었다. 그리고 문 위에 '파리의 유행을 추구하는 화가, 토파즈'라는 거짓 표지판을 내걸었고, 문에는 좀더 작게 '작업실 입구'라고 써놓았다. 토파즈는 방방곡곡에 수많은 까치들을 보내어 자기가 도착한 것을 알리고 나서 가게 문을 열었다.

화폐가 아직 쓰이지 않았기 때문에 토파즈는 누구나 자기 가게를 이용할 수 있도록 예부터 내려온 관례대로 물건으로 셈을 치르게 했다. 초상화 한 장에 백 개의 땅콩과 바나나 한 다발과 코코넛 여섯 개와 사탕수숫대 스무 개를 내면 되었다. 브라질 숲에 사는 동물들은 아직도 황금시대(그리스 신화에서 인류의 네 시대 가운데 가장 오래된 시대로, 인간이 평화롭고 순결한 생활을 하던 시대)에 살고 있어서 재산이나 유산 상속이나 소유권에 대해서는 아무것도 몰랐다. 그들은 땅과 열매는 누구나 가질 수 있으며 윤택한 삶은 나무에서 얻고 평범한 삶은 땅에서 얻을 수 있다고 생각했다. 토파즈는 이들과 맞서 싸우느라 여간 힘든 게 아니었다. 그의 조국에서는, 특히 그의 동료들 사이에서는 위대한 이가 없다는 사실은 간단한 문제가 아니었던 것이다. 첫 손님은 날래고 호기심 많고 심술궂은 원숭이들이었다.

원숭이들은 카메라로 사진 찍는 것을 보자마자 카메라를 만든답시고 어둠상자를 본뜨기 시작했다. 원숭이들은 자신들의 형제가 이 예술적인 보물을 예까지 가져오느라 고생한 데 답례하고 경의와 존경을 표하기는커녕, 어떻게든 토파즈의 비밀을 캐서 이익을 얻으려고 했다. 따라서 우리의 예술가는 이 위조자들과 한바탕 겨루게 되었다. 다행히도 그 경쟁이란 것이 영국 책을 미국에서 다시 찍는 것처럼 수월한 문제가 아니었다. 원숭이들은 머리를 짜내고 갖은 노력을 다 해보았지만 하나 더하기 하나도 할 줄 몰랐다. 어디를 가도 그렇듯이, 원숭이들 사이에서도 나쁜 계획을 실행할 공범자는 쉽게 찾을 수 있었다. 그러나 원숭이들은 기껏해야 토파즈의 카메라처럼 생긴 상자와, 초점을 맞출 때 씌우는 덮개와 비슷한 모양의 덮개를 만드는 정도에 그쳤다. 원숭이들에게는 렌즈도 화학약품도 없었다. 그들은 시도하는 족족 실패하자 화가 나서 토파즈를 망하게 할 계획을 세웠다. 이로써 '적은 동포나 친구나 친척 중에 있다. 심지어 자기 집안에도 있을 수 있다'는 속담이 옳다는 사실을 증명하게 된 셈이다.

그러나 어떤 문제나 어떤 장점도 시기나 증오를 받을 수밖에 없고, 그리하여 물 위에 뜬 기름처럼 제 나름의 자리를 찾게 된다. 유력한 인사이며 육중한 동물인 멧돼지가 우연히 빈터를 지나가다가 토파즈 가게의 간판을 보고는 발길을 멈추고 곰곰이 생각했다. 멧돼지가 생각하기에는, 누가 멀리서 왔다거나 새롭고 놀라운 일을 보여준다고 해서 반드시 협잡꾼이나 허풍쟁이로 볼 필요는 없는 것 같았다. 아울러 멧돼지는 현명하고 사려 깊고 공정한 자라면 사물을 비판하기에 앞서 꼼꼼하게 살펴보아야 한다고 생각하는 듯했다. 이 사려 깊은 멧돼지는 좀더 개인적인 이유로 낯선 이의 재주를 시험해보려고 했다. 살다 보면 간혹 거창한 행동들 뒤에는 어떤 하찮은 비밀과 주된 동기를 이루는 개인적인 동기가 있게 마련이다. 이런 사소한 동기는 반짝거리는 시계 속에 든 태엽처럼 주인의 눈에도 띄지 않게 감추어져 있다. 그러나 그 작은 태엽은 자기 일에 충실하여, 고귀한 생명과 비천한 생명의 탄생을 알리는 시, 분, 초를 문자판에 표시한다. 이런 동기는 짐승의 본능과 인간의 열망에도 비슷하게 적용된다.

멧돼지는 율리시스의 친구의 직계 자손이었다. 멧돼지의 조상은 키르케의 지팡이에 닿자 율리시스에게 다음과 같은 편지를 보냈던 것으로 전해진다.

내가 어떻게 변하였는가?

나는 멧돼지로서의 아름다움을 증명하리.
어떤 형태가 최악이고 어떤 형태가 최상임을 누가 알리요?
나의 모습에는 품위와 교양이 배어 있으니,
적어도 아는 사람들은 그렇게 말할지라.

멧돼지는 멋도 조금 부리는 데다 사랑에 빠져 있었다. 초상화를 그리고자 했던 것도 약혼녀에게 선물하기 위해서였다.

멧돼지는 무척 인심이 후한 정부 관리라서 토파즈의 작업실에 들어간 뒤 보통 값의 두 배를 냈다. 그러고 나서 지정된 자리를 꽉 채우며 앉았다. 그가 안정감 있고 태연한 자세를 취하자 카메라에 멋지게 잡혔다. 토파즈는 기술을 총동원하여 멧돼지의 자세를 바로잡고 조명을 비추어 사진을 찍었다. 멧돼지는 사진이 훌륭하게 나오자 뛸 듯이 기뻐했다. 사진이 작으니 전체적으로 멧돼지의 큰 몸집은 축소되어 보였고, 은회색의 금속판은 멧돼지가 입은 칙칙하고 단조로운 검은 옷을 오히려 돋보이게 만들었다. 사진은 마음에 쏙 드는 놀라운 물건이었다. 그래서 멧돼지는 몸집과 위엄이 허용하는 대로 즉시 자기의 우상에게 사진을 선물했다. 멧돼지의 연인은 사진을 보고 황홀해했다. 그리고 여성 특유의 본능으로 그 작은 사진부터 목에 건 다음, 친척과 친구들을 불러모아 연인의 사진 주위에 둘러앉혀 감탄하게 했다. 그녀의 열정 덕분에 그날이 채 지나기도 전에 몇십 리 안팎에 살고 있는 모든 동물들이 토파즈의 놀라운 재주에 감탄하며 사진을 찍었고, 토파즈는 금세 큰 인기를 끌게 되었다. 토파즈의 오두막에는 온종일 손님들의 발길이 끊이지 않았고, 한순간도 카메라를 놀릴 틈이 없었다. 거미원숭이는 새 방문객들을 위해 금속판을 준비하느라 눈코 뜰 새가 없었다. 원숭이를 제외하고는 땅이나

공중이나 물 속에 사는 생물 가운데 유명한 토파즈와 닮은꼴로 앉아서 사진을 찍지 않은 이가 없었다.

토파즈의 주요 고객 중에는 어느 날짐승 공국의 왕도 있었다. 왕은 장군들과 부관들로 이루어진 훌륭한 참모진의 호위를 받으며 도착했다. 예술가는 한 떼의 신하들이 몸을 수그려 책상 위의 사진을 들여다보며 왕을 칭찬하고 사진을 헐뜯자 기분이 몹시 상했다. 그런데도 사진이 완성되자, 왕은 술이 달린 왕관과 화려한 깃털을 뽐내면서 사랑스러운 눈길로 사진을 내려다보며 흡족해했다.

왕의 행동은 멧돼지와는 사뭇 달랐다. 왕은 평민 출신의 아내인 호화로운 암공작과 같이 다니면서도 사진은 혼자 간직했고 샘 앞에 있는 나르시스처럼 자기 모습을 사랑했다. 자신을 사랑하는 자는 행복한 법이다. 그들은 차가운 무관심이나 경멸을 두려워할 필요가 없다. 그들은 연인이 곁에 없다고 슬퍼하거나 질투 때문에 속상해하지 않는다. 만약 인간 철학자들이 말한 격언이 맞다면, 사랑이란 원래의 거처를 떠나 다른 이의 열정까지 지배하려고 드는 자만심의 일종일 뿐이다.

토파즈 이야기로 돌아가자. 토파즈는 고객의 취향과 허영심에 맞게 인물 사진들을 조금씩 손질했다. 그렇지만 항상 만족스러운 결과를 가져오진 않았다. 토파즈의 고객들 중 몇몇은 얼굴이 온통 부리뿐이어서 초점을 맞출 수가 없었다. 또 어떤 고객들은 잠시도 가만히 앉아 있지 못하는 바람에 감광판에 머리 두 개와 이교도 신 비슈누(브라흐마, 시바와 함께 힌두교 3대 신의 하나)처럼 손이 여러 개 나타나기도 했다. 고객들이 결정적인 순간에 꼬리를 움직이는 바람에 꼬리가 찍히지 않기도 했다. 펠리컨들은 자신들의 부리가 너무 길다고 생각했고, 앵무새들은 부리가 너무 짧다고 불평했다. 염소들은 수염

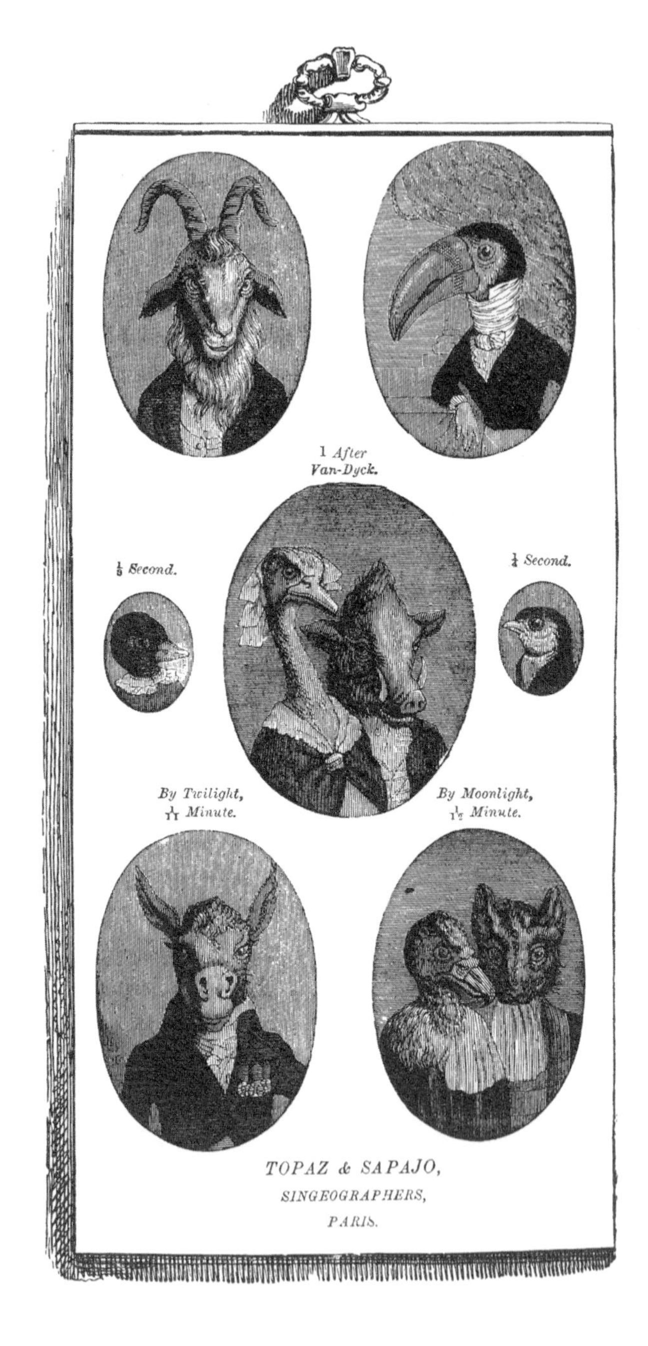
1 *After*
Van-Dyck.
$\frac{1}{5}$ *Second.*
$\frac{1}{4}$ *Second.*
By Twilight,
$\frac{1}{11}$ *Minute.*
By Moonlight,
$1\frac{1}{2}$ *Minute.*
TOPAZ & SAPAJO,
SINGEOGRAPHERS,
PARIS.

이 잘못 나왔다고 투덜댔으며, 멧돼지들은 눈이 너무 날카롭다고 꿀꿀거렸다. 다람쥐들은 움직이는 모습을 찍고 싶어하는가 하면, 카멜레온은 색깔을 바꾸어버렸고, 당나귀들은 꿀같이 달콤한 자기네 목소리가 빠진다면 제대로 나온 사진이 아니라고 생각했다. 가장 우스운 것은 올빼미인데, 올빼미는 햇빛에서 눈을 감는 동물이므로 눈이 멀게 나와야 한다고 우기는 바람에 자신의 가장 큰 매력을 살리지 못했다. 토파즈의 실험실에는 언제나 화가의 작업실처럼 젊은 사자들이 드나들었다. 이 사자들은 귀족계급의 자녀들로 한가한 시간을 빈둥거리며 놀려고 찾아왔다. 사자들은 스스로 예술 감정가로 자부하며 모든 얼굴 근육에 자신들의 해부학 명칭을 붙였다. 그리고 우아한 곡선이니, 화풍이니, 세공이니, 입체감 표현법과 웅대한 표현이니 하는 따위의 이야기를 늘어놓았다. 사자들은 예술가의 세계를 즐긴다는 구실로 토파즈의 고객들을 조롱하고 비웃었다. 까마귀가 반지르르한 검은 외투를 입고 통풍에 걸린 다리로 위엄 있게 들어오면, 사자들은 이구동성으로 까마귀에게 소리쳤다.

"아! 안녕하시오, 까마귀 선생. 어서 들어와요. 멋진 검은 코트처럼 돋보이는 것도 없죠."

그러고 나서 사자들은 까마귀가 여우와 훔친 치즈를 놓고 벌인 모험담을 점잖게 들추어냈다.

어느 날 착한 오리가 고향 강물에 비춰보는 것보다 더 또렷하게 제 모습을 보고 싶어서 정든 갈대밭과 늪을 떠나 고생고생하여 토파즈의 작업실에 오게 되었다. 오리가 들어오자마자, 사자 일당 중 하나가 오리에게 다가가 모자를 벗으며 말했다.

"아, 오리 선생, 선생은 수시로 이리저리 옮겨다니니 훌륭한 관찰자가 틀림없소. 그래, 뭐 색다른 사건은 없소?"

아무도 사자들의 야유를 피해가지 못했다. 많은 동물들이 마음의 상처를 입었고, 더 많은 동물들이 분통을 터뜨렸다. 토파즈는 최고의 고객 몇 명을 잃고 말았다. 하지만 토파즈는 사자들의 비위를 건드릴 수 없었다. 사자들은 훌륭한 가문 출신인 데다 눈치껏 토파즈를 추어올려 허영심을 만족시켜주었기 때문이다. 게다가 사자들도 기분이 좋을 때는 못되게 굴지 않았다.

이렇게 자질구레한 골칫거리들이 있긴 했지만(이 정도 골칫거리도 없이 사는 자가 있겠는가?) 토파즈는 곳간을 가득 채울 수 있었고, 재산이 늘어가면서 이름도 널리 떨치게 되었다. 토파즈는 더 넓은 분야에 도전해볼 때가 왔다고 생각했다. 부지런한 덕에 부와 명예는 얻었지만 필생의 꿈은 아직 이루지 못한 것이다. 토파즈가 황금 같은 기회를 붙잡아 자기 종족의 후원자이자 위대한 스승이 되지 말란 법이라도 있단 말인가? 토파즈의 명성은 머나먼 곳 어딘가에 영토를 가진 군주 코끼리의 귀에까지 들어갔다. 코끼리의 영토는 어디에 있는지 지도에도 나오지 않았다. 어떤 문명인도 그의 땅에 발을 들여놓은 적이

없었다. 군주 코끼리는 파리의 화가 토파즈를 궁정에 데려오기 위하여 사절단을 보냈다. 그는 코끼리 프랜시스 1세였는데, 토파즈를 제2의 레오나르도 다빈치라고 불렀다. 토파즈는 군주 코끼리의 멋진 제안을 두말 없이 받아들였다. 이것이 바로 절대군주들이 변덕을 부리는 방식인데, 토파즈는 상당한 양의 토산물뿐 아니라 '거물'이라는 칭호와 상아 기장을 약속받았다. 예술가는 말을 타고 출발했고, 충실한 하인인 거미원숭이가 귀중한 기계를 실은 나귀를 타고 뒤따랐다. 마침내 토파즈는 무사히 군주 코끼리의 궁전에 도착했다. 예식부 장관은 토파즈를 즉시 전하에게 인사시켰다. 예술가는 군주 앞에 엎드렸고, 군주는 기품 있게 긴 코로 토파즈를 일으켜 세워 어마어마하게 큰 자기 발에 키스하도록 허락했다. 나중에 똑같은 그 발이…… 하지만 나는 미리 사건을 이야기해선 안 된다. 육중한 폐하께서 호기심을 주체하지 못하고 몹시 흥분해 있었기 때문에, 토파즈는 숨돌릴 틈도 없이 상자를 열고 일을 시작해야 했다. 그리하여 토파즈는 기계를 준비하고 약품을 데우고서, 왕가의 사진이니만큼 최고급 감광판을 골랐다. 감광판이 작았지만 코끼리의 전신이 다 나와야 했다.

토파즈는 중얼거렸다.

"좋아. 폐하께서 요구하시는 것은 작은 사진일 테니, 사진이 나오면 틀림없이 기뻐하실 거야."

토파즈는 멧돼지를 찍었던 경험을 떠올렸다.

토파즈는 왕의 모습을 줄여서 판에 넣기 위하여 카메라에서 가급적 멀리 떨어져 서게 하고는 아주 신중하게 작업했다. 신하들은 그것이 동상 주조나 되는 양 아주 걱정스럽게 결과를 기다렸다. 햇볕이 쨍쨍 내리쬐고 있었다. 몇 분 후에 예술가는 판을 사뿐 들어올려서 의기양양하게 왕의 눈앞으로 가져갔다. 왕은 사진을 훑어보자마자 박장대소했다. 그러자 신하들은 영문도 모르면서 같이 기뻐하였다. 올림포스 산에서나 나올 법한 장면이었다.

코끼리는 웃음이 잦아들자마자 큰 소리로 말했다.

"이게 무슨 짓이야? 저건 쥐새끼 사진이잖아. 감히 저것이 짐이란 말이냐? 농담도 유분수지."

그때까지도 웃음소리가 그칠 줄 몰랐다.

잠시 침묵이 흐른 뒤에 왕은 점점 가혹하게 말을 이었다.

"짐은 큰 몸집과 힘 덕분에 왕으로 뽑혔다. 이렇게 보잘것없는 사진을 백성들에게 보여줘 보거라. 그러면 백성들은 짐이 힘 없고 눈에 잘 띄지도 않은 곤충 나부랭이라면서 왕위에서 끌어내려 뭉개버리기 딱 좋다고 생각할 거야. 나라의 이익을 위해서 짐이 그런 일을 당해선 안 된다."

이렇게 말하고는 왕은 사진을 예술가 앞에 내동댕이쳤다. 예술가는 땅에 고개만 박고 있었다. 겸손해서가 아니라 치명적인 충격에서 벗어나기 위해서였다.

"짐이 너에 대해 떠도는 이야기가 맞는지 확인해봤어야 했어."

왕과 대신들은 점점 길길이 날뛰었다.

"예끼! 네놈은 발명품과 기밀들을 팔고 다니는 행상인이자 우리가 귀에 못이 박히도록 들었던 혁신자란 놈이렷다. 그놈들은 미풍양속을 집어삼키려고 눈이 뻘게서 헤매고 다닌다지. 악마 같은 기계로 우리의 제도와 우리 주위의 하늘 자체를 무너뜨리려는 놈들. 괘씸한 놈들! 고얀 놈들 같으니라구!"

이제 힘센 코끼리 왕은 죽은 듯이 엎드려 있는 예술가를 쿵쿵 넘어가더니 죄 없는 기계에 다가갔다. 왕의 눈에는 그 커다란 기계가

한 나라의 심장부에서 꾸며낸 가장 음흉한 음모를 품고 있는 것으로 보였다. 코끼리 왕은 돈키호테 못지않게 의분에 차서 거장 베드로의 작은 사진들을 부서뜨리고 어마어마한 발을 들어올려 카메라를 짓밟아 가루로 만들어버렸다.

부와 명예와 명성과 문명이여, 안녕! 예술이여, 안녕! 예술가여, 안녕! 토파즈는 카메라가 산산이 부서지는 소리를 들었다. 자신의 파멸을 알리는 소리였다. 그 순간 토파즈는 발딱 일어나서 인간처럼 뛰어나가더니, 아마존 강물 속에 자신의 슬픔을 영영 묻고 말았다.

토파즈의 상속인이자 막역한 친구는 가엾은 거미원숭이 에보니였다. 에보니는 이 이야기를 쓸 능력을 갈고 닦으려고 유럽으로 건너가, 대학에서 공부를 했다고 한다.

이 이야기에는 아프리카 사자 레오 왕자가 파리를 방문한 정치적 이유가 충분히 설명되어 있다.

아프리카 사자의 파리 여행

아틀라스 산맥 기슭에 있는 사막 지역에 한 늙은 사자가 세력을 떨치고 있었다. 그는 젊은 시절의 상당 기간을 여행으로 보냈다. 달의 산맥을 다녀왔으며, 호텐토트족의 바르바리에서는 공화주의자들과, 팀북투에서는 은둔자들과 함께 살기도 했다. 그는 덕행이 널리 알려져 세계주의자 또는 세계의 친구라고 불렸다. 그는 왕좌에 있으면서 '받아들이는 것이 배우는 것'이라는 격언을 실행에 옮기며 사자들의 법체계를 정당화하는 정책을 펴기도 했다. 그는 그 시대의 가장 박식한 군주 중 하나로 통하면서도 이상하게 글과 학문이라면 질색을 했다. '글과 학문은 이미 망쳐진 일을 더 망쳐놓는다.' 이것은 그가 입버릇처럼 하던 말이었다.

모든 일이 순조롭게 풀렸다. 그런데도 그의 백성들은 진보와 지식을 미친 듯이 갈망했다. 여기저기서 그를 위협하는 발톱들이 나타났다. 백성들의 불만은 막 옹알이를 시작한 세계주의자의 자식들을 독살하기에 이르렀다. 백성들은 그가 그리핀(그리스 신화에 나오는, 몸통은 사자이고 머리와 날개는 독수리인 괴물)과 단둘이 틀어박혀 꼼짝도 하지 않는 버릇과 남들한테는 보물 더미를 쳐다보지도 못하게 하면

서 자기는 보물만 세는 버릇을 놓고 심하게 불평했다.

그 사자는 말만 많았지 실천하는 일은 거의 없었다. 원숭이들은 나무에 앉아 정치적 · 사회적으로 아주 위험한 이론들을 펼치는 데 몰두했고, 호랑이들과 표범들은 국가 수입의 공정한 분배를 요구했다. 사실, 고기와 뼈의 문제는 대부분의 공화국에서 대중들을 분열시키는 원인이 되고 있었다.

늙은 사자는 때에 따라서 대중의 불만을 누르기 위한 혹독한 수단을 강구해야 했다. 그는 야만적인 개와 하이에나 무리를 고용하여 염탐꾼 노릇을 하게 했다. 그들은 활동의 대가로 많은 돈을 요구했다. 세계주의자는 싸우기에는 너무 늙었기 때문에 '자기 굴에서 죽기'라는 사자 고유의 말대로 평화롭게 일생을 마치고 싶었다. 그래서 그는 어려운 문제들과 왕좌의 불안정을 극복할 음모를 꾸미게 되었다.

그는 젊은 왕자들을 다루기가 힘들어지자 현명하게도 굶주림만큼 본능을 날카롭게 하는 것도 없다고 생각하고서 왕자들에게 먹을 것을 주지 않고 해외로 음식을 구하러 보냈다. 마침내 그는 자신의 나라 라이오나가 더 이상 어쩔 수 없는 혼란에 빠져 있음을 알았다. 그때 문득 자기 연배의 동물을 위한 아주 발전적인 정책이 떠올랐다. 외교관들은 그 정책이 젊은 시절 그 사자를 유명하게 해준 속임수가 자연스럽게 발전한 것이라고 생각했다.

왕은 어느 날 저녁, 가족들과 함께 있는 자리에서 몇 번이나 하품을 했다는 기록이 있다. 그러나 문명화가 덜 된 나라의 연대기에서는 이런 중요한 사실이 간과되어왔을지도 모른다.

그때 그는 다음과 같은 중대한 말을 했다.

"난 하루가 다르게 늙고 허약해지는 것 같구나. 이제 왕권이라는 돌을 굴리는 데도 지쳤고. 내 갈기는 나라를 돌보다 보니, 어느덧 허예져버렸지. 난 내 힘과 천재성과 재산을 다 써버렸다. 한데 얘들아, 그 결과가 뭐냐? 없어, 아무것도. 불만말고는 아무것도 없다! 나는 내 지지자들에게 뼈와 영예를 다 주어야 해. 그래도 백성들의 불만을 막지는 못할 거야. 다들 불평하고 있고, 나만 만족스러워하지. 하지만, 아! 나는 너무나 쇠약해서 너희들을 위해 퇴위하기로 결심했다. 너희는 젊은데다 힘도 있고 꾀도 있어. 대중의 불만을 사는 지도자들을 기필코 제압하여 없애버려라!"

그러고 나서 존경스러운 군주는 젊은 날을 회상하며 국가를 불렀다. 그리고는 인정 많은 아들들에게 '발톱을 갈고 갈기를 곤두세우라'고 다그치면서 이야기를 마쳤다.

법적인 상속자가 말했다.

"아바마마, 아바마마께서 정녕 백성의 뜻에 굴복하신다면, 아프리카 각지에서 모여든 사자들이 아바마마의 안일함에 분노하여 나라에 대항해 무기를 들 것입니다."

왕은 생각했다.

'요녀석 좀 봐라. 너는 고질적인 왕자병에 걸려 내 폐위만을 바라고 있겠지. 예끼, 어디 혼 좀 나봐라.'

세계주의자가 으르렁거리며 대답했다.

"왕자여, 이제는 영광이 아니라 교활함으로 통치해야 할 때다. 내가 너에게 나라를 맡겨 그 사실을 확신시켜주마."

이 소식이 아프리카 전역에 급히 알려지자, 여론이 빗발쳤다. 역사상 이제껏 한 번도 사막의 사자가 퇴위한 적이 없었다. 몇몇이 강탈자에 의해 강제로 왕위에서 쫓겨난 일은 있어도 짐승의 왕이 자진해서 왕위에서 물러난 일은 없었던 것이다. 그래서 다들 이런 사건이 처음이라서 걱정스럽게 바라보았다.

다음날 동이 트자, 호위대 대장인 개가 전투 대열을 이룬 호위병들에게 둘러싸여 빈틈 없이 무장한 복장으로 나타났다. 왕은 비수의 추적을 받는 키마이라(그리스 신화에 나오는, 머리는 사자, 몸통은 양, 꼬리는 뱀의 모양을 한 괴수)로 상징되는 왕실 군대의 호위를 받으며 자리에 앉았다. 그러고 나서 위대한 그리핀이 자신의 신하인 모든 새들 앞에서 군주봉과 왕관을 왕에게 가져다주었다. 왕은 현명하게도 보물은 자신이 챙기고 있었기 때문에 젊은 사자들에게 주고 싶은 것이라곤 축복밖에 없었다. 그래서 젊은 사자들에게 축복을 내리고 나서 이런 말을 했다.

"얘들아, 나는 며칠 동안 너희에게 내 왕관을 주겠노라. 될 수 있으면 백성들을 기쁘게 해주거라. 하지만 경과는 꼭 보고해야 한다."

그러고 나서 그는 궁정 안뜰 쪽으로 돌아서며 천둥 같은 목소리로 말했다.

"내 아들에게 복종하라. 그는 나의 지시를 받고 있노라."

그 상속인은 왕좌에 오르자마자 젊고 정열적이고 야심에 찬 무리들의 지지를 받았다. 그의 지지자들은 그릇된 논리를 내세우며 왕의 옛 고문들을 관직에서 몰아냈다. 지지자들은 하나같이 자신의 조언을 팔아먹고 싶어했다. 그래서 관직을 원하는 이들의 수가 관직의 수보다 훨씬 많아졌다. 그들은 대부분 관직을 얻지 못하고 돌아가서 불타는 증오심과 시기심으로 대중들에게 열변을 토하여 대중들을 타락의 수렁에 빠지도록 부추겼다. 이내 폭동이 일어났다. 젊은 군주를 파멸시키려는 계획이 곳곳에서 은밀하게 논의되었다. 그리고 젊은 통치자의 권력은 정치적인 석유와 사회적인 니트로글리세린의 광산 위에 세워진 것이라는 소문이 암암리에 퍼져나갔다. 그는 결국 질겁을 하고 아버지에게 조언을 구했다. 늙고 교활한 악당은 백성들이 혼란과 불만의 구렁텅이에 빠지도록 부추기느라 정신이 없었다. 백성들은 존경스런 세계주의자를 복위시키라고 소리 높여 외쳤다. 세계주의자는 백성들의 압력에 굴복하는 척하며 교활한 아비에게 철저히 속아넘어간 아들한테서 군주봉을 다시 건네받았다. 훌륭한 왕은 아비로서 애처로운 마음이 들어서였는지는 모르겠지만, 자신의 충성스런 상속자를 외국에 특사로 파견하여 자기 곁을 떠나게 하기로 마음먹었다. 인간 세계에서 반드시 풀어야 할 동양의 문제가 있듯이, 사자들에게도 유럽에 관심을 기울여야 할 사정이 있었다. 유럽은 오랫동안 사자들의 이름과 지위와 정복의 습성이 자기 것인 양 도용해왔기 때문이다. 아울러 그 세계주의자는 국제적인 혼란을 조장하여 백성들의 관심을 밖으로 돌려 나라의 평화를 지킬 수 있었다. 그래서 법적 상속자는 비서인 호랑이와 함께 외교적 임무를 띠고 파리로 가게 되었다.

여기 왕자와 그의 비서가 쓴 공식 서한을 덧붙인다.

〈첫번째 서한〉

폐하, 폐하의 장하신 아드님이 아틀라스 산맥을 건너자마자 프랑스의 전초부대에서 탄환을 잰 머스킷총을 발포하며 저희를 반겼습니다. 저희는 그 발포가 저희의 지위에 걸맞은 훌륭한 경의의 표시임을 이내 알아차렸습니다. 정부의 관리들은 서둘러 왕자님을 보호했고 강철로 만든 우리까지 준비해놓았습니다. 왕자님은 현대문명의 위업 가운데 하나인 운송수단에 대해 매우 감탄하셨습니다. 저희는 끼니 때마다 진수성찬을 대접받고 있으며, 아직까지는 프랑스의 예절이 칭찬할 만한 것 같습니다. 왕자님과 폐하의 종인 이 몸은 배를 타고 파리로 와서 '왕의 정원'이라는 아주 즐거운 곳에서 프랑스의 나랏돈으로 묵고 있습니다. 하지만 인간들이 저희를 보러 몰려드는 바람에 정원 관리들이 저속한 군중들로부터 왕자님을 보호하기 위하여 강철로 된 울타리를 만들어야 했습니다. 저희는 운 좋게도 때맞추어 도착해서 각국에서 파견된 동물 대사들이 정원에 아주 많이 모여 있는 것을 보았습니다. 저는 정원에 인접해 있는 궁전에서 자기 나라 정부를 위해 바다를 건너 파리로 온 백곰 비노코프 왕자를 알아보았습니다. 그는 프랑스인들이 저희를 바보 취급하고 있다면서 파리의 사자들이 저희의 파견 결과를 우려하여 저희를 가두었다는 사실을 알려주었습니다. 저희는 갇힌 것입니다!

제가 물었습니다.

"파리의 사자라는 자들을 어떻게 찾을 수 있지요?"

폐하께서는 제가 대담하고 공정한 처사로 이름 높은 폐하의 명성을 지키기 위하여 취한 행동을 갸륵히 여기실 줄 압니다.

곰은 제 생각을 꿰뚫어본 것처럼 대답했습니다.

"파리의 사자들은 아스팔트 도로가 깔린 지역에서 살고 있소. 거기는 최고의 허례허식과 문명의 허울이 만들어지는 곳으로 시 당국자라는 작자들이 지키고 있다오. 이리 쭉 내려가면 생조르주 거리가 나오는데, 거기에 가면 그들을 많이 볼 수 있을 거요."

"비노코프 왕자님, 왕자님은 이곳 파리에서도 명성을 더럽히지 않고 북쪽 지방 특유의 기질도 희화화하지 않았다는 점을 다행스럽게 생각하셔야 합니다."

"미안한 말이지만, 비노코프는 라이오나의 사자들보다 죄를 덜 지었소."

"친애하는 비노코프 왕자님, 파리의 동물들은 무슨 이득이 있다고 우리의 속성을 모방할까요?"

"당신들에게는 배울 점이 많지 않소. 하지만 귀족의 문장에 나타나는 온갖 동물들의 그림 같은 모습들을 둘러보시오. 그럼 가장 당당한 집안은 바로 우리 백곰들의 집안임을 알 수 있을 거요."

저는 북쪽 지방의 정책을 자세히 알고 싶어서 그에게 말했습니다.

"왕자님, 그 문제라면 왕자님께서 이미 올바른 관점에서 자국 정부에 말씀하지 않으셨는지요?"

"우리 내각은 그런 쓸데없는 문제들을 다루지 않소. 그런 문제들은 천한 동물들의 능력에 더 어울리오. 사자처럼 말이오!"

"늙어빠진 냉혈한 같으니. 당신은 동물의 왕인 우리 주인님을 무시하는 거요?"

그 야만인은 가만히 있었지만 아주 무례해 보여서, 저는 감옥 울타리를 단번에 부수어버렸습니다. 폐하의 아드님과 함께 말입니다.

제가 모욕당한 앙갚음을 하려 하자, 왕자님은 현명하게도 저를 말리시며 이렇게 말씀하셨습니다.

"당분간 북쪽 세력과 마찰을 일으켜선 안 된다. 아직 임무가 끝나지 않았잖느냐."

그 일은 밤에 일어났습니다. 그래서 저희는 어둠을 틈타 가로수 길을 걸어갔습니다.

동틀 무렵에 저희는 가로수 길을 지나가는 일꾼들이 이렇게 외치는 소리를 들었습니다.

"세상에! 저게 진짜 동물이 아니라고 믿을 이가 있을까?"

〈두번째 서한〉

__축제 기간 동안 파리에 있던 레오 왕자가 본 것에 대한 비서의 견해

왕자님은 평소의 식견으로 한창 축제중에 저희가 자유를 얻었으므로 위험 없이 다닐 수 있다는 사실을 알아차리셨습니다. 저희는 파리 동물들의 예절이나 관습, 언어를 몰라서 무척 당황했습니다. 저희는 다음과 같은 방법으로 걱정을 덜었습니다.

독감으로 접촉이 중단됨.

__레오 왕자가 아버지인 왕에게 보내는 첫 편지

경애하는 아바마마.

제가 궁전을 떠날 때 아바마마는 부성애에 찬 은총만을 내려주셨습니다. 제가 한없이 귀중한 그 선물을 과소 평가하는 것은 아닙니다만, 이 도시의 파렴치한 전당포 주인들한테서 그 은총으로 얻을 수 있는 것은 하나도 없습니다. 저의 위엄은 아바마마의 축복보다는 동전과 비슷한 무엇인가를 통해 유지되어야 합니다. 파리는 사막과 달라서 모든 것들을 사고팝니다. 제가 가죽 없이 살 수만 있다면 가죽을 팔 가까운 시장을 찾을 수도 있습니다. 먹자니 돈이 들고, 굶자니 힘이 듭니다.

저희는 우아한 개의 안내를 받으며 가로수 길로 걸어갔는데, 파리 동물들과 닮은 탓에 남들 눈에 거의 띄지 않았습니다. 저희는 길을 가면서 다들 사자라고 부르는 파리의 동물들을 눈여겨보았습니다. 저희를 안내한 개는 파리를 아주 잘 알고 있어서 저희의 안내자이자

GODARD SC
ASPHALTE

통역자가 되어주기로 했습니다. 그래서 저희는 적들처럼 짐승으로 변장한 파리 주민으로 통하게 되었습니다. 폐하께서 파리가 정말 어떤 곳인지 아셨다면 저에게 이런 임무를 맡겨 고통을 겪게 하지는 않으셨겠지요. 저는 아바마마를 만족시켜드리기 위해 저의 위엄을 희생시켜야 할까 봐 이따금 두려워집니다. 저는 이탈리아인의 가로수 길에 도착하자마자 유행을 따라 담배를 피워야 했습니다. 한데 재채기를 너무 심하게 하는 바람에 남들이 너나없이 쳐다봤지요.

지나가던 인기 작가가 이렇게 말하더군요.

"이 젊은 친구들은 본분을 잘 알고 있군그래!"

저는 비서인 호랑이에게 말했습니다.

"우리가 프랑스에 온 목적을 이제야 달성할 것 같구나."

개가 나섰습니다.

"일부러 목적을 이루려 하지 말고 외교적으로 모호하고 의심스럽지만 개방되어 있는 동양의 문제처럼 그 문제를 한동안 덮어두세요! 결국에는 그러는 편이 나을 거예요."

폐하, 그 개는 놀랄 만큼 지혜로웠습니다. 그러니 폐하께서 그 개가 프랑스 예루살렘 거리에 있는 외국인 안내에 힘쓰는 유명한 기관 소속이라는 사실을 아셔도 놀라지 않으실 겁니다.

방금 말씀드린 대로 그는 저희를 이탈리아인의 가로수 길로 데려갔는데, 거기에서도 이 넓은 도시 전역이 그렇듯이 자연이 제대로 남아 있는 곳이 거의 없습니다. 나무도 조금밖에 없습니다. 신선한 공기 대신 매연이 자욱하고, 비 대신 먼지가 있습니다. 그래서 나뭇잎은 구릿빛이고, 나무들은 프랑스의 구릿빛 영웅들이 머리에 썼던 나뭇잎관 같은 삿갓을 떠받치고 있는 막대기에 지나지 않습니다. 파리에는 대단한 것이 없습니다. 모든 것이 작고, 요리도 형편없습니다! 아침을 먹으려고 카페에 들어가서 말을 주문하자, 종업원이 놀라서 까무러치더군요. 그 틈에 저희는 그 말을 구석진 곳으로 데려가 잡아먹었습니다. 개는 저희에게 오해를 살 수 있으니 그러지 말라고 경고했습니다. 하지만 그는 기쁨을 감추지 못하고 발라 먹은 뼈다귀를 냉큼 받아 물었습니다.

저희 안내자는 정치에 대해 이야기하기를 아주 좋아합니다. 그와 이야기를 나누고 나면 꼭 얻는 것이 있지요. 저는 그에게서 놀라운 지식의 단편들을 배웠습니다. 이제 세계를 지배하는 가장 좋은 방식을 알아냈으니, 제가 라이오나로 돌아가면 어떤 폭동도 제 발목을 잡지는 못할 것입니다. 파리의 통치자는 지배하지 않습니다. 통치하고 세금을 거둬들이는 일은 상원에 맡깁니다. 상원의원 몇몇은 양과 여우와 당나귀의 자손이지만, 정치가의 지위는 그들을 사자로 만들었습니다. 중요한 문제를 논의할 때, 그들은 한 번씩 돌아가며 의견을 내놓는데, 앞 의원이 한 말에는 전혀 신경을 쓰지 않습니다. 한 의원이 대구 낚시라는 주제로 이야기를 하다 녹초가 되고 나면, 다른 의원은 동양의 문제에 대해 얘기합니다. 토론이 끝나면, 머저리들이 마음껏 떠들어대는 동안 현명한 이들이 중요한 사안들을 완성시키곤 합니다.

저는 궁전에서 조각상 하나를 발견했습니다. 혁명을 일으키는 뱀과 싸우고 있는 아바마마의 모습을 조각한 것이더군요. 주위에 있는 인간들의 조각상과는 비교도 안 될 만큼 훌륭한 작품이었습니다. 이 불쌍한 작자들 대부분은 식당 종업원처럼 왼팔에 정찬 식탁에 까는 긴 냅킨을 걸치고 있는 모습이었고, 나머지는 머리에 항아리를 이고 있는 모습이었습니다. 그런 대조적인 조각상이 사자가 인간보다 우월하다는 사실을 입증했습니다. 인간의 상상력은 고작 돌 위에 돌을 세우고 그 표면에 아름다운 꽃이나 자연의 형상들을 새기는 정도입니다.

개는 저에게 사자와 스라소니와 표범과 밤새를 볼 수 있는 곳으로 저희를 데려가고 싶다고 했습니다.

제가 물었습니다.

"아니, 이런 나라에도 스라소니가 사는가?"

개가 대답했습니다.

"스라소니는 남의 것을 훔치는 재주가 있지요. 그는 미국 채권에 손대고 있습니다. 겁 없이 대낮에 대담하게 행동하고는 숨어버리지요. 늘 입을 벌리고 있는 걸 보면 그가 얼마나 교활한지 알 수 있습니다. 한데 이상하게도 그의 주식인 비둘기들은 제발로 그의 입 안으로 들어가지요."

"어떻게 그럴 수 있지?"

"영리하게도 스라소니는 혀에다 새들을 유인하는 글을 써놓거든요."

"어떤 글 말인가?"

"말씀드리지요. 먼저 '이익'이라는 글자가 보입니다. 그 글자가 사라지면 '이익배당금'이 나타나지요. '이익배당금' 다음에는 '적립금'이나 '이자'가 나옵니다. 그럼 늘 비둘기들을 잡아먹을 수 있지요."

"왜 그러지?"

"아! 우리는 서로가 서로를 너무나 하찮게 여겨서 제일 멍청한 작자가 자기보다 훨씬 멍청한 이를 찾을 수 있다고 확신하는 나라에 있습니다. 너무 단순해서 인쇄된 종이쪽지 하나가 금광이라고 믿을 만큼 멍청한 이를 말이죠. 정부가 완전히 결백하다고 볼 수는 없습니다. 그들은 너무나 자주 종잇조각으로 국민들을 현혹시켰으니까요. 그러한 자금 운용 정책을 '국공채 발행 정책'이라고 하지요. 대중들이 그런 정책을 너무 쉽게 믿으면 끝장입니다."

아바마마, 아프리카에는 신용거래가 아직 없습니다. 우리는 불평분자들이 은행을 설립하게 만들어 그들의 환심을 살 수 있을 것입니다. 개를 대사관 직원이라 할 수는 없지만, 어쨌든 저의 특파원은 저를 대중 카페에 데려가면서 짐승들의 수많은 죄과에 대해 낱낱이 설명해주었습니다. 이 이름난 휴양지에는 저희가 찾던 동물들이 많이 있었습니다. 그래서 문제는 조금씩 해결되어가고 있습니다. 사랑하는 아바마마, 파리의 사자가 어떤 모습일 것 같습니까? 파리의 사자는 젊은 수사자였는데 2파운드짜리 에나멜 가죽 장화를 신고, 머리를 보호하는 것이 발을 보호하는 것과 같다고 여기기 때문에 머리에도 2파운드짜리 모자를 쓰고 있었습니다. 그리고 6파운드짜리 웃옷과 2파운드짜리 조끼와 3파운드짜리 바지를 입고, 5실링짜리 장갑을 끼고, 1파운드짜리 넥타이를 매고 있었지요. 여기에 백 파운드가량의 보석과 고급 속옷 가격을 더하면, 그가 치장하는 데 쓴 비용은 모두 1백16파운드 5실링입니다. 그는 돈을 그렇게 쓴 덕분에 아주 당당해져서 당장 우리의 명성을 도용할 수 있게 되었습니다. 1백16파운드 5실링과 쌈짓돈 9펜스만 있으면 누구나 지적이고 교양 있는 일반 동물들보다 훨씬 출세하고 널리 존경받게 됩니다. 그만한 돈만 있으면 누구든 멋지고 훌륭해집니다. 하지만 돈 없는 시인이나 웅변가나 과학자는 초라한 싸구려 복장 때문에 비웃음을 사게 마련입니다. 돈만 있으면 아바마마도 바라는 대로 될 수 있을지도 모릅니다. 다만 공인된 제작자가 규정대로 재단하고 값을 매긴 갑옷을 안 입고 계시면 무시당할 것입니다. 이 사회에서는 번들거리는 장화와 잡다한 것들이 있으면 포효하는 사자가 됩니다. 아, 아바마마, 저는 걸치레와 허식이 파리 동물들의 허영심이라는 공허한 실상을 가리고 있는 게 아닌가 걱정스럽습니다. 그 겉치레와 허식을 벗겨내면 남는 것이 없으니까요.

저의 특파원은 제가 겉치레에 놀라는 모습을 보고 이렇게 말하더군요.

"전하, 모두가 이렇게 화려하게 입는 법을 아는 건 아닙니다. 옷을 입는 데도 방식이 있습니다. 이 나라에서는 모든 것이 예법의 문제로 귀결된답니다."

저는 진심으로 고향에 있었으면 하는 생각이 듭니다!

〈세번째 서한〉

폐하, 무도회에서 무사드 왕자님은 파리의 사자와 대면하셨습니다. 극적인 모든 통례와 정반대로, 파리의 사기꾼은 거의 기절할 뻔했습니다. 진짜 사자라면 왕자님의 품안으로 뛰어들 텐데 말입니다. 그러나 그 사기꾼은 곧 용기를 내어 비천한 동물들이 흔히 가진 능력인 교활함으로 간신히 상황을 모면했습니다.

왕자님이 말씀하셨습니다.

"이봐, 어째서 우리의 이름을 도용했는가?"

파리의 꼬마가 비굴한 목소리로 대답했습니다.

"사막의 아들이여, 진짜 사자님을 뵙게 되어 영광입니다. 우리는 당신의 이름을 빌렸습니다."

왕자님이 말씀하셨습니다.

"쥐만도 못한 네놈이 무슨 권리로 우리의 이름을 취했단 말이냐?"

"사실 우리는 육식동물인 당신들과 비슷합니다. 당신들은 날고기를 먹지만 우리는 익힌 고기를 먹는다는 점만 빼면 말이죠. 반지를 끼십니까?"

"반지 따위는 중요하지 않아."

파리의 사기꾼이 말했습니다.

"그럼, 우리 논리적으로 문제를 해결해봅시다. 당신들은 각기 다른 솔을 네 개나 쓰지요? 머리에 하나, 발에 하나, 발톱에 하나, 그리고 가죽에 하나. 그리고 손톱 가위와 수염 가위도 있지요? 향수 종류는 일곱 가지고요. 티눈을 뽑아주는 자에게 다달이 엄청난 돈을 지불하죠? 어쩌면 당신은 발 치료 전문의사가 뭔지 모르겠군요. 당신은 티눈이 없으니까요. 그러면서도 저한테 우리가 사자라 불리는 이유를 묻는군요. 이유를 말씀드리죠. 우리는 말을 타고 다니고 사랑 이야기를 쓰고 유행을 중요시하고 거리를 활보하는, 세상에서 제일 잘난 존재들이기 때문입니다. 당신은 재봉사가 보낸 지불청구서가 없어서 행복하겠군요."

사막의 왕자님이 말했습니다.

"그래, 없어."

"그럼 우리의 공통점이 뭘까요? 마차는 몰 줄 아십니까?"

"아니."

"그렇다면 당신은 우리의 장점이 당신들과 아주 다르다는 사실을 알겠군요. 카드놀이를 하거나 경마클럽에 자주 가나요?"

"아니."

"이런, 왕자님, 우리는 카드놀이와 사교모임을 대단히 중시해요."

왕자님은 은근한 말장난에 화가 나서 소리치셨어요.

"네 이놈, 네놈이 내 입을 막았다는 사실을 부인하겠느냐?"

"나는 왕자님의 입을 막을 힘이 없어요. 정부가 그랬지요. 저는 정부가 아닙니다."

제가 물었습니다.

"정부가 왜 왕자님을 놀렸지?"

파리의 사자가 대답했습니다.

"아하, 왜냐고요? 정부는 대중들이 이유나 사정을 물어도 가르쳐 주지 않습니다. 정부의 조처에는 나름대로의 정치적인 이유가 있어요. 하지만 절대로 대중들에게 알려주지 않습니다."

왕자님은 이 말을 듣고 너무 놀라서 네 발로 기셨습니다. 파리의 사자는 왕자님이 화를 참지 못해 어쩔 줄 모르는 틈을 타서 인사만 꾸벅하고는 발끝으로 돌아서서 달아났습니다.

폐하의 장한 아드님은 파리의 동물들이 착각을 즐기도록 내버려 두는 편이 낫겠다고 생각하셨습니다. 자신들을 행복하게도, 비참하게도 만드는 반짝이는 장신구와 허례허식과 빌린 명성과 표현할 길 없는 어리석음을 즐기게 말입니다. 그래서 왕자님은 파리를 떠날 준비를 하셨습니다. 며칠 뒤에 마르세유의 『세미폰』지에 다음과 같은 기사가 났습니다.

> 레오 왕자는 어제 이곳을 지나 툴롱으로 갔다. 그리고 거기서 아프리카로 가는 배를 탔다. 부왕의 사망 소식이 전해져 프랑스를 갑자기 떠나게 된 것이다.

더딘 정의는 번번이 죽음 뒤의 위대함에 찬사를 보내곤 합니다. 이 확실한 기관지는 폐하의 때아닌 죽음에 라이오나 전역이 소스라치게 놀라고 있다는 설명까지 덧붙였습니다.

백성들의 동요가 너무 심해서 군중 봉기가 일어나 왕족과 그들의 오랜 추종자들을 대대적으로 학살하지 않을까 우려된다.

왕자님의 안내인이자 통역자인 개는 왕자님이 그 고통스러운 소식을 들었을 때 옆에 있었는데, 파리 개의 비도덕성을 잘 드러내는 이런 충고를 해주었습니다.
"레오 왕자님, 모든 것을 다 건질 수 없다면 보물이라도 건지세요!"

이 이야기는 나비의 가정교사가 쓴 것이다.

나비의 모험

편집자의 머리말

박물학자들은 곤충 세계의 예절과 풍습을 공부하면서 아주 신기하고 재미있는 사실을 많이 알게 되었다. 얇은 막질의 날개를 지닌 벌은 세 가지 성(性)이 있는데, 각 성은 인간 사회의 복잡한 조직을 모방하여 조심스럽고 자상하고 정확하게 자신의 임무를 수행한다.

벌 중에서 중성인 곤충들은 곤충 세계의 일꾼들인데, 연달아 두세 세대를 살면서 같은 종의 암컷과 수컷들보다 장수를 누린다. 신은 한없는 지혜로 그들에게 재생산의 능력은 주지 않았지만 어린 생명들을 돌보고 키우는 힘을 주셨다. 자연에서는 어떤 것도 계획되지 않은 것이 없다. 중성 곤충은 어린것들을 낳고 나서 항상 죽어버리는 친척들의 고아 유충을 기른다. 유충들은 중성들 가운데서 가장 다정한 독신자를 보모로 구한다. 그들은 벌들의 사회에서 자비의 동정수녀회 구실을 하는 셈이다. 우리의 투고자가 설명하는 나비의 삶은 이 아름다운 족속의 습성과 관계 있는 몇 가지 흥미로운 사실들을 구체적으로 담고 있다. __편집자들 편집자님들께.

제가 만약 저의 개인적인 경험을 쓰라는 요청을 받았다면 투고를 거절했을 거예요. 제가 살아온 이야기를 솔직하게 글로 옮길 수는 없을 것 같거든요. 다음의 짧은 전기는 바쁜 일과 틈틈이 쓴 글이에요. 저는 세상에 혼자이고, 엄마나 아빠가 되는 행복을 모릅니다. 중성 곤충이라는 거대한 무리에 속해 있기 때문이죠. 편집자님들께서 고독한 삶이 얼마나 비참한지 아신다면 제가 선뜻 교사가 되기로 한 사실에 놀라지 않을 거예요. 파리 근교의 벨뷔 숲에 사는 어느 귀족 나비가 한때 제 생명을 구해준 적이 있었어요. 그래서 저는 감사의 표시로 그 나비가 살아서는 못 볼 아이의 양모가 되기로 했습니다. 그 알은 꽃받침 안에 조심스럽게 놓여 있었는데, 부모가 죽고 하루가 지난 뒤에 햇살을 받고 부화되었죠. 하지만 저는 그 어린것이 은혜를 모르는 행동으로 삶을 시작하는 것을 보면서 너무나 고통스러웠어요. 그 아이는 자기를 위해 가슴속에 자리를 마련해준 꽃한테 고맙다는 말 한 마디 없이 떠나버렸거든요. 처음엔 가르치기가 얼마나 짜증스럽던지요. 그 아이는 바람처럼 변덕스럽고 분별 없이 제멋대로였거든요. 하지만 분별 없는 이들은 자기가 해를 끼치고 있다는 사실을 잘 몰라요. 또 대개가 어느 정도 인기도 있고 말이죠. 그 아이는 가엾은 애벌레의 결점을 모두 가지고 있었지만, 그래도 저는 그 고아를 사랑했어요. 하지만 그 아이한테는 제 교육과 충고가 하나도 통하지 않는 것 같았죠. 그 아이는 원체 쾌활하고 낙천적이어서 모든 기회를 붙잡으려고 했어요. 내가 잠깐이라도 어딜 다녀오면 그 아이는 같은 자리에 있는 법이 없었지요. 그 아이는 오르기 힘든 식물을 겁 없이 기어오르고 있거나 입을 쫙 벌리고 있는 절벽 위에 늘어진 나뭇잎 가를 위태롭게 따라가곤 했죠. 한 번은 제가 중요한 사업차 다른 곳에 가 있던 적이 있었어요. 당시 그 아이는 열여섯 개의 다리로 겨우 기어다닐 정도였죠. 나는 돌아오자마자 그 아이가 없어진 것을 알고 아이를 찾아 헤맸죠. 한데 글쎄, 그 아이는 나무 꼭대기까지 목숨 걸고 기어 올라가 있지 뭐예요?

그 아이는 아동기가 지나니까 갑자기 조용해지더군요. 나는 내 충고가 드디어 결실을 맺기 시작했구나 싶었지만, 알고 보니 그게 아니더라구요. 나는 젊은이에게 흔히 나타나는 번데기병을 보고 반성의 표시라고 착각한 것이었죠. 그 아이는 보름 내지 20일 동안 발 하나 까딱하지 않았어요. 꼭 잠들어 있는 것처럼 말이에요.

나는 가끔씩 그 아이한테 물었죠.

"기분이 어때? 가엾은 아가, 괜찮아?"

아이는 쉰 목소리로 대답했어요.

"괜찮아요. 문제 없어요, 선생님. 움직일 수는 없지만 속에서 꿈틀거리는 생명의 감흥을 온몸으로 느끼고 있어요. 한데 난 아주 피곤하니까 말시키지 마세요! 입 다물고 가만계세요."

그 아이는 점점 의식을 잃어갔어요. 몸은 부어오르고 시든 잎처럼 노래졌죠. 이런 휴면 상태는 여러모로 죽음과 비슷해서 나는 그 아이가 죽는 줄 알았어요. 그런데 찬란한 햇빛이 따스하게 내리쬐던 어느 날 그 아이가 서서히 잠에서 깨어나지 않겠어요? 그보다 더 놀라운 변화, 아니 더 완벽한 변화는 없을 거예요. 그 아이는 벌레의 모습이 사라지자 육체에서 이탈된 영혼처럼 찬란한 무지개 빛깔 속에서 껍질을 벗고 일어났어요. 마술에 걸린 것처럼 어깨에는 하늘색 날개 네 개가 돋아나 있었고, 머리 위에는 우아하게 구부러진 더듬이가 있었죠. 고상한 다리 여섯 개가 벨벳 옷 밑에서 나타났고요. 그 아이는 새 몸이 가져다준 끝없는 기대감으로 보석 같은 눈을 반짝이더니, 날갯짓을 하며 공중으로 가볍게 날아올랐답니다.

나는 낡아빠진 내 날개로 힘껏 따라갔어요. 세상에 그렇게 불규칙적인 경로는 없을 거예요. 그렇게 격렬한 비행도 없을 거고요. 마치 온 세상이 그 아이의 것 같았고 모든 꽃들이 그 아이를 즐겁게 하기 위해 만들어진 것 같았죠. 이 새로운 존재가 발하는 장밋빛에 비친 모든 피조물들은 그 아이를 기쁘게 하기 위해 창조된 것 같았어요. 그 아이는 자기만의 낙원으로 날아가려고 무덤에서 막 올라온 것 같았답니다.

하지만 들판과 꽃들이 이내 그 아이의 변덕에 질려 매혹적인 광채를 잃어버리자, 그 아이는 곧 지루해했어요. 이 불행한 순간이 다가오자, 풍요로움과 건강과 자유의 기쁨과 자연의 모든 즐거움이 일제히 힘을 잃어버렸죠. 그 아이는 호머와 플라톤의 식물인 수선화 위에 내려앉았다가, 발가벗은 바위의 이끼 쪽으로 다시 날아가더니, 날개를 접고는 지겹다고 불평만 늘어놓더군요.

저는 그 아이가 절망에 휩싸여 무슨 짓이라도 저지를까 봐, 독이 있는 벨라도나와 독미나리의 검은 잎을 몇 차례씩 숨겼답니다.

어느 날 저녁, 그 아이는 아주 흥분해서 돌아와 아주 사랑스러운 나비를 만났다고 하더군요. 그 나비는 이제 막 먼 땅에서 여기로 왔는데 세상의 신기한 소식을 그 아이에게 전해주었다구요.

그 아이는 탐험에 대한 갈망에 사로잡혀 이렇게 말했어요.

“나는 여행을 못 가면 죽어버릴 거야.”

내가 말했어요.

“죽다니? 죽음을 자초하는 것은 뱀이나 겁쟁이한테나 어울리는 짓이야. 우리, 여행을 떠나자!”

그 아이는 내 말을 듣고 새로운 활기에 넘쳐 날개를 폈죠. 우리는 바덴으로 갔어요.

여행을 떠나면서 그 아이가 얼마나 기쁘고 신나했던지 글로는 표현할 길이 없군요. 그 아이는 젊음과 희망과 정열로 가득했습니다. 하지만 저는 그간의 고뇌 때문에 날개에 힘이 없어져서 그 아이를 따라가기가 힘들었습니다. 우리는 자랑스러운 마른 강에서 그리 멀지 않은 라 퐁텐 시인의 생가인 티에리 성에서 잠시 멈추었어요.

우리가 멈춘 진짜 이유를 말할까요? 그 아이가 숲 한구석에 핀 별 볼일 없는 제비꽃을 보았거든요.

그 아이가 이렇게 외쳤어요.

"누가 당신을 사랑하지 않을 수 있을까요, 제비꽃 아가씨? 그렇게 사랑스럽게 이슬을 머금은 얼굴을 하고 있으니 말이에요. 작은 초록 잎으로 단장하고 있는 당신이 얼마나 매혹적이고 정직해 보이는지 알기만 한다면, 당신은 내 사랑을 이해할 거예요. 제발 내 예쁜 연인이 되어주세요. 당신 곁에 있을 때 내가 얼마나 평화로워지는지 보세요! 나는 고요하고 상쾌한 이 숲과 당신이 뿜어내는 신성한 향을 정말로 사랑해요. 이 멋진 그늘 속에 아름다움을 감추고 있다니, 당신은 정말로 겸손하군요. 나를 사랑해주세요. 나의 사랑에 답해주셔서 나의 삶을 행복하게 해주세요!"

제비꽃이 대답했어요.

"나처럼 가엾은 꽃이 되세요. 그럼 당신을 사랑할게요. 겨울이 와서 온 땅이 눈으로 뒤덮이고 잎새 없는 나무 사이로 바람이 속삭일 때, 당신을 내 이파리 밑에 숨겨드릴게요. 그럼 죽음을 퍼뜨리는 추위를 저와 함께 잊을 수 있을 거예요. 자, 날개를 접으세요. 그리고 영원히 저를 사랑하겠다고 약속해주세요."

그 아이는 말꼬리를 잡고 늘어졌어요.

"영원히? 너무 길어. 세상에, 겨울이 어디 있다고!"

그리고는 훌쩍 날아가버렸답니다.

나는 제비꽃에게 말했어요.

"슬퍼하지 말아요. 당신은 불행을 모면한 거예요."

우리는 밀밭과 숲과 도시와 작은 마을들과 슬픔에 잠겨 있는 상파뉴의 평원을 지나갔어요.

메스에서 그리 멀지 않은 곳에 이르자, 그 아이는 향긋한 냄새에 취해 소리쳤죠.

"이렇게 맑은 샘물을 마신 정원들은 정말 아름다울 거야!"

그러더니 모젤 강 기슭에 피어 있는 장미에게 날아가더군요.

그 아이는 이렇게 속삭였죠.

"아름다운 장미 아가씨, 햇살은 당신보다 더 사랑스런 꽃을 비춘 적이 없을 거예요. 먼길을 여행해서 그러는데, 당신 잎에서 쉬어 갈게요."

장미가 대답했어요.

"멈춰요! 뻔뻔스러운 아첨꾼 같으니. 가까이 오지 말아요!"

그는 들은 척도 않고 가지를 건드리다 비명을 지르며 물러섰어요.

"아야! 나를 찔렀어!"

그리고는 상처 입은 날개를 보여주더군요.

"이제 들장미 따위는 사랑 안 해. 들장미는 매몰차고 잔인해. 선생님, 가요. 누군가에게 성실하다 보면 행복하지 않아."

그 장미 근처에는 매혹적인 백합 한 송이가 있었어요. 그 백합은 너무나 품위 있고 순수하면서도 냉정하고 귀족적으로 행동해서, 그 아이는 겁을 내면서도 찬사를 금치 못했어요.

그 아이는 더할 나위 없이 존경스러운 목소리로 말했죠.

“감히 당신을 사랑하지 못하겠군요. 저는 한갓 나비에 지나지 않으니까요. 당신이 있어서 아름다워진 분위기를 제가 망치고 있지는 않은지 두렵군요.”

백합이 대답했어요.

“깨끗하고 순수하고 변함없는 이가 되세요. 그럼 당신의 친구가 되어드리죠.”

“변하지 말라구요? 세상에 성실한 나비가 어디 있어요?”

그 아이는 정말로 약속할 수 없었어요. 바람이 휙 불어오더니, 그 아이를 라인 강변의 은빛 둑으로 날려버렸거든요. 나는 즉시 그 아이한테 날아갔죠.

그 아이는 데이지에게 말을 걸고 있더군요.

“나와 함께 가요. 나를 따라오면 소박한 당신을 사랑할게요. 우리, 같이 라인 강을 건너 바덴으로 가요. 거기 가면 멋진 연주회와 사교

모임과 춤과 화려한 궁전을 볼 수 있고, 멀리 지평선에 있는 거대한 산맥들도 볼 수 있을 거예요. 이 재미없는 강변을 떠나 저기 미소 짓는 고장에서 꽃의 여왕으로 빛나보세요."

어진 데이지가 대답했어요.

"안 돼요! 나는 내 고향과 내 주위의 자매들, 그리고 나를 길러주신 어머니인 흙을 사랑해요. 나는 살아도 여기서 살고 죽어도 여기서 죽어야 해요. 내가 나쁜 짓을 하도록 부추기지 말아요. 데이지는 언제나 한결같기 때문에 사랑받는 거예요. 나는 당신을 따라갈 수 없어요. 하지만 당신은 방금 말한 시끄러운 세계가 아닌 여기서 나와 함께 머무를 수 있죠. 당신을 사랑할게요. 나를 믿어요. 행복은 진실하고 만족을 아는 이들 가까이에 있어요. 어떤 꽃이 나보다 당신을 더 사랑하겠어요? 자, 이리 와서 내 꽃잎을 세어보세요. 꽃잎 하나도 빠뜨리지 말고 만져보세요. 그럼 내가 당신을 사랑하고 있다는 사실을 알 거예요. 그리고 사랑의 보답을 받고 있지 못하다는 사실도요."

그 아이는 잠시 망설이고 있었지만, 다정한 꽃은 희망으로 눈빛이 반짝였지요.

"날개는 뭐 하라고 있는 거야?"

그 아이는 이 말을 남기고 그곳을 떠났어요.

데이지는 몸을 낮게 숙이며 말했어요.

"나는 죽어버릴 거예요."

그때 내가 말했어요.

"죽지 말아요. 슬픔은 곧 사라질 테니까."

작은 물망초가 속삭였어요.

"데이지 여왕님! 우리의 여왕님을 사랑하고 존경해요! 왜 우리의 화합을 깨뜨리려 하시나요? 무엇 때문에 여왕님의 순수한 마음을 한갓 나비에게 주시려는 거예요? 그 나비는 바람이 불 때마다 날아다니며 다른 환상을 품어요. 나비는 발 없는 나쁜 소문만큼이나 빨리 마음이 변할 거예요."

나는 내 작은 말썽꾸러기를 따라가다가, 그 아이가 불쑥 생을 마감할 결심이라도 한 듯 부리나케 시내로 내려가는 모습을 보았습니다.

나는 소리쳤어요.

"맙소사! 왜 저러는 거지?"

냇가로 가보니, 시냇물에는 나뭇잎만 떠다니고 있었어요. 정말 죽었단 말인가? 나는 두려움과 걱정으로 피가 얼어붙는 것 같았어요. 하지만 내가 어리석었죠. 그 아이는 갈대밭을 돌아다니며 히히덕거리고 있지 뭐예요.

"이리 와요, 선생님. 이리 와봐요. 드디어 찾았어요."

그 아이는 갈대를 돌며 미친 듯이 춤추고 있었습니다. 나는 성질을 죽이느라 안간힘을 썼죠. 그 바보 같은 녀석을 보고 욕을 할 뻔했거든요.

젊은 악당이 다시 재잘거렸어요.

"이번에는 꽃이 아니에요. 진짜 보석이자 공기의 딸이며 천사처럼 날개가 있고 여왕처럼 보석으로 치장하고 있어요."

그제야 나는 갈대 꼭대기에서 바람결에 우아하게 날아다니는 아롱다롱한 잠자리를 보았습니다.

내 제자가 말했어요.

"제 약혼녀예요."

나는 기가 막혀서 소리쳤어요.

"뭐라고? 벌써!"

나비가 대답했어요.

"그럼요. 우리가 사귀기 시작한 뒤로 우리 그림자는 이미 길 대로 길어졌고 이 꽃들은 꽃잎을 닫았다구요. 이전부터 사랑해왔고 영원히 사랑할 것 같은 걸요."

그들은 곧 바덴으로 출발하여 결혼 준비를 갖추고 곤충 귀

족들 가운데 늘 들떠 있는 작자들을 공식적으로 초대하면서 자신들의 온갖 변덕을 채웠어요. 그들의 결혼식은 왕실 결합이라고 과장되어 국내 외 최고의 귀족들이 참석한 가운데 종교적 의식 없이 치러졌지요. 결혼 서약에 나오는 어떤 구절은 부부의 순종과 한결같은 사랑을 언급하여 잠자리의 기분을 언짢게 했어요. 그 잠자리는 부부의 순종과 한결같은 사랑을 쓸데없다고 생각했거든요. 하지만 잠자리는 예의바르게도 그런 문제에 대해 혼자서만 생각했어요. 나는 결혼식이 너무 인상적이어서 거미더러 그 장면을 그려달라고 부탁했죠.

결혼식 뒤에는 즐거운 피로연이 이어졌습니다. 유흥을 좇는 무리들은 행복한 신랑 신부를 축하하기 위하여 들판의 바퀴 자국을 따라 모여들었죠. 달팽이는 마차를, 산토끼는 최고급 거북을 타고 왔어요. 개미와 지네도 공식적으로 방문했고요. 시골뜨기들도 그날이 대단한 축제날인 줄 알고 옥수수밭 가장자리에서 곡예사들이 보여주는 놀라운 묘기를 구경하려고 모여들었답니다. 메뚜기는 수평으로 뻗어 있는 풀줄기 위에 막대기를 잽싸게 들었다 놓았다 하면서 멋진 춤을 보여주었어요. 대중 가수인 귀뚜라미는 세 가지 색 메꽃 부리로 음악을 연주했고요.

무도회장은 미리 마련되어 있었어요. 준비를 많이 했으니까요. 커다란 개똥벌레 유충은 조수인 개똥벌레들의 도움을 받아 조명을 맡았어요. 개똥벌레 유충이 중앙의 불빛을 맡고 있는 동안, 조수인 개똥벌레들은 활짝 핀 꽃 가장자리에 너무나 놀라운 빛을 내며 서 있었지요. 다들 요정이 거길 지나갔다고 생각할 정도였죠. 자운영의 황금빛 줄기는 아찔할 정도로 밝아서, 나비들도 참을 수 없을 지경이었어요. 야행성 동물들은 거의 신혼부부를 축하하지도 못하고 돌아갔답니다. 하지만 그들 중 몇몇은 예의바르게도 벨벳 날개로 눈을

가리고 남아 있었죠.

신부가 나타나자, 그 자리에 모인 모두가 감탄했어요. 신부는 화려한 옷을 입고 있어서 정말 매력적이었죠. 신부는 한시도 쉬지 않고 음악에 맞춰 춤을 추었어요.

한데 나이 든 중성 곤충 하나가 이렇게 말하더군요.

"근위대에 있는 멋진 사촌하고 왈츠를 너무 자주 추는걸."

신부의 남편인 내 제자는 파티의 주인공이었어요. 그 아이는 여기저기서 춤을 추고 얘기를 나누고 있었죠.

다 코스타의 뛰어난 제자인 겸손한 벌이 이끄는 오케스트라가 새로 나온 왈츠와 들꽃 춤곡 몇 곡을 멋지게 연주했습니다. 밤이 깊어가자 시그노라 카베예타가 약간 비치는 옷을 입고 사타레예를 추었는데, 그런 대로 성공적이었어요. 그러고 나서 음악회가 열려 웅장한 성악곡이 연주되는 바람에 무도회는 잠시 중단되었어요. 그 음악회에는 맑은 날씨를 찾아 바덴으로 온 이름난 음악가들이 많이 보였

어요. 한 젊은 귀뚜라미는 파가니니가 죽기 직전에 연주했던 바이올린곡을 독주했습니다.

메뚜기들의 본고장인 밀라노를 열광시켰던 한 메뚜기는 손수 심혈을 기울여 만든 작품을 노래했어요. 그 뒤를 이어 다른 음악가들이 현대의 가장 아름다운 음악 몇 곡을 탁월한 솜씨로 선보였죠. 음악회가 끝나자, 재스민과 도금양과 오렌지 꽃즙으로 마련한 기발한 저녁식사가 작디작은 푸른 장밋빛 꽃부리에 담겨 나왔어요. 그 맛있는 요리는 벌이 준비한 것이었는데, 가장 유명한 과자인 봉봉을 만드는 이들조차 비결을 알고 싶어했을지도 몰라요.

새벽 1시쯤이 되자, 다들 다시 신나게 춤을 추기 시작하면서 파티는 절정에 이르렀죠. 한데 그로부터 30분 뒤에 이상한 소문이 돌았어요. 다들 신랑이 질투심과 분노에 차서 길길이 날뛰며 사라진 신부를 찾아 헤매고 다닌다고 수군대지 뭐예요. 어떤 친구들은 신랑을 부추기려고, 신부가 잘생기고 세련된 사촌과 줄곧 춤을 추다가 눈이 맞아 달아나는 걸 보았다고 말하기도 했어요.

절망에 빠진 가엾은 신랑이 소리쳤어요.

"아! 못된 것들! 복수하고 말 테야."

나는 절망하는 그 아이가 가엾어서 여기를 떠나자고 달랬어요. 그래서 그 아이를 달래서 한편으로는 즐겁고 한편으로는 비극적인 그곳에서 나오면서 말했죠.

"뿌린 대로 거두는 법이야. 지금은 삶을 욕할 때가 아니라 네 자신이 견뎌야 할 때야."

우리는 그날 밤 바덴을 떠났어요. 하지만 내 제자는 나의 바람과는 달리 충격에서 헤어나지 못했죠. '서둘러 결혼하면 두고두고 후회한다'는 말처럼 자신의 어리석음이 가져다준 굴욕적인 충격에서 말예요. 반짝이고 빛나는 것에 쉽게 현혹되는 그 아이의 나약한 천성에 맞게 그 아이는 결국 스트라스부르에서 램프에 뛰어들어 부처와 피타고라스의 윤회설을 믿으며 편안히 죽어버렸답니다.

달아난 잠자리의 운명은 나약한 아내들에게 경고가 될 것입니다. 그녀와 그녀의 숭배자는 도망간 지 이틀 뒤에 새 왕자의 둥지에서 잡혀 박물관 전시대에 핀으로 꽂히고 말았습니다.

왜 이렇게 슬퍼하십니까? 삶의 멍에와 굴레에서 해방된 이를 보고 왜 눈물을 흘리십니까?

누에를 위한 추도사

태양은 햇살을 제대로 비추는 하루 일을 마치고 나서 갑자기 지친 듯 쉬러 갔다. 새들의 아름다운 노래가 아직도 메아리 치고 있는 숲 속에서 땅은 벌써 어두운 외투를 덮어쓰고 잠들 채비를 하고 있었다. 그때 박각시나방이 출발 신호를 보내자, 작은 행렬이 자줏빛 황무지로 걸어가기 시작했다. 들거미들은 행렬의 길잡이를 맡아서 검은 옷을 입은 딱정벌레들을 앞질러갔고, 딱정벌레들은 뽕나무 잎에 실린 시체를 짊어지고 걸어가고 있었다. 딱정벌레들 뒤로 꼬리를 늘어뜨린 장례식 참례자들이 따라갔고, 그 뒤를 개미들이, 마지막으로 땅벌레들이 따라갔다. 죽은 누에의 친척들이 모여 있는 신성한 뽕나무에서 조금 떨어진 곳에 이르자 피로셰르 추기경은 진혼곡을 부르게 했다. 투구풍뎅이 성가대가 선창을, 벌들과 귀뚜라미들이 후창을 맡았다.

노래가 간간이 그칠 때마다 깊은 한숨 소리와 흐느낌 소리가 들렸다. 하찮은 곤충의 죽음이었지만 모두들 슬퍼하는 것이 틀림없었다. 시신은 마지막 안식처에 묻힐 예정이었다. 마침내 행렬이 황무지의 묘지에 이르자, 성당 일꾼들이 여태 무덤을 파고 있는 모습이 보였

다. 숨죽인 한숨과 흐느낌 소리는 슬픔에 겨운 심오한 침묵 속으로 사라졌다. 그러나 상여꾼들이 시체를 무덤에 누이고 아귀를 벌리고 있던 땅이 시체를 가리자, 주위는 슬픈 통곡 소리로 가득 찼다. 진실한 친구와 작별하는 애도자들 때문이었다.

검은 옷을 입은 곤충 하나가 무덤 둔덕 앞으로 나가서 말했다.

"다들 왜 이렇게 슬퍼하십니까? 삶의 멍에와 굴레에서 해방된 이를 보고 왜 눈물을 흘리십니까? 하지만……."

그가 말을 이었다.

"저기 누워 있는 자는 슬픔의 고통을 느낄 수 없으니, 계속 눈물을 흘리십시오. 어떤 눈물도, 어떤 사랑스러운 목소리도 그의 차디찬 가슴을 뛰게 할 수 없고 그를 지상의 고향으로 다시 데려올 수 없습니다!"

그러나 아무도 위로받지 못했다.

또 다른 이가 앞으로 나와서 말했다.

"여러분, 우리는 오히려 태어나는 누에를 보고 슬퍼해야 합니다. 고인의 일생은 끝없는 투쟁의 나날이었습니다. 고인은 이 땅을 떠남으로써 비참한 삶을 마감했습니다. 기쁨도 슬픔도 무덤 저편에 있는 그를 따라갈 수 없으니까요. 여러분께 거짓 없는 진실을 말씀드리겠습니다. 지금은 위선이나 가식을 부릴 때가 아니니까요. 여러분, 무엇 때문에 우리가 이 죽음을 애도해야 합니까? 죽음은 결코 두려워할 대상이 아닙니다!"

다들 여전히 훌쩍거렸다.

애도자들 중 하나가 더듬더듬 말했다.

"형제여, 시작이 있으면 끝도 있기에 모든 존재는 죽게 마련이라는 사실을 우리는 알고 있습니다. 생의 슬픔과 한 잎 한 잎 양식을 모으는 노동도 알고 있습니다. 우리는 뽕잎을 반짝이는 비단 옷으로 변화시키는 노고를 알고 있습니다. 우리는 우리의 생명을 위협하는 위험과 마침내 우리 젊은이들의 꿈을 가두고 꺾어버리는 비단 수의의 운명을 압니다. 우리는 죽음만이 노동의 끝이라는 사실도 알고 있습니다. 우리는 나면서 비단실을 짜기 시작하여 죽어서야 그 일에서 해방되니까요. 우리는 이 모든 것을 알고 있지요. 하지만 아, 우리는 고인이 된 우리의 형제를 사랑했습니다. 어느 누가 이렇게 큰 상실감을 위로할 수 있겠습니까?"

애도자들이 소리쳤다.

"우리는 그이를 사랑했어요! 정말 사랑했어요!"

그때 추기경이 말했다.

"나도 여러분처럼 죽은 형제님을 위하여 눈물을 흘렸습니다. 하지만 지금 나는 고인이 된 누에를 보면서 가슴이 부풀어오릅니다. 나는 이렇게 말하고 싶습니다. '다른 세계로, 더 나은 세계로 가세요'라고요. 천국의 문은 신분이 높건 낮건 간에 착한 자에게 열려 있습니다. 여러분은 꽃이 영원한 향기를 내뿜는 나라에서 이제는 고인이 된 사랑하는 이들과 다시 만날 것입니다. 뽕나무가 맑은 시냇가에서 영원히 푸르게 자라는 곳에서 말입니다. 아, 형제들이여. 고인에게 그곳에서 우리를 기다리라고 하십시오. 죽음은 더 나은 삶을 낳으니까요."

다들 이 말에 눈물을 그쳤다. 그때 달이 떠올라 순결하고 영광스런 빛으로 황무지에 은빛 물을 들였다.

착한 곤충이 덧붙였다.

"집으로 돌아가십시오. 고인이 된 우리 형제에게는 이제 여러분이 필요 없습니다."

애도자들은 모두 무덤에 꽃을 내려놓고는 편안한 마음으로 그곳을 떠났다.

1876.
PARTS
I. & II
LOW
Fleet Street
The Animals

독자 여러분!

우리는 이제 여행의 반을 지나왔습니다. 우리는 남은 여행 기간에도 여러분이 우리를 믿음직한 안내자로 생각하시리라 믿습니다. 우리는 여러분을 동물의 왕국이라는 미지의 세계로 안내하는 동안, 문명화되지 않았거나 대단히 야만적인 종족들과 맞닥뜨릴 위험을 너끈히 막아드릴 준비가 되어 있으니까요. 아울러 이 책의 1부는 신비로운 것들을 알고자 하는 여러분의 바람에 부응하기 위해 힘썼으므로 마음에 꼭 드실 줄 압니다.

우리 특파원들은 지혜의 펜을 갈고 닦았습니다. 그리고 이제 금은보화가 가득 든 광산으로 여러분을 안내하려고 서두르고 있습니다.

친구들이여, 저녁입니다. 집으로 돌아가세요. 문단속 잘하시구요! 무슨 일이 일어날지는 아무도 모르잖아요. 한쪽 눈은 뜨고 주무세요. 어쨌든 편히 주무세요. 좋은 꿈 꾸세요!

편집자

—원숭이와 앵무새와 수탉

G R A N D V I L L E

제2부

얘들아, 시민 분쟁이라는 비참한 상태로 빠지지 말아라. 권력이라는 치사한 걸레 조각을 놓고 서로 흠잡지 마라. 편협한 의회를 맹목적인 조롱으로 바꾼다면 변화가 무슨 소용이겠느냐?

사건일지

우리는 이 출판물의 제2부를 준비하며 우리의 신성한 의무로서 동물헌법의 확고한 기초를 마련한 것을 자축할 참이었다. 바로 그때 폭동과 모반의 소문이 들려와, 우리는 집필을 중단했다. 아득히 먼 곳에 먹구름이 계속 관측되었다. 그러나 참된 본능을 보유한 천문학자들이 미리 경고를 하여, 우리는 혹독한 비바람을 이겨낼 수 있었다. 더불어 천문학자들은 천체역학의 모호한 점들도 밝혀내어 우리의 지식을 한층 풍부하게 해주었다. 천문학자들은 더 나아가 계절을 만들어냈고, 관측소가 제대로 기금을 받는 한, 밤과 낮이 계속 이어질 것임을 보장했다. 천문학자들은 극빈자와 경찰과 정부를 부양하기 위해 세금을 내는 모든 동물들에게 햇볕은 평등하다는 법을 만들었다.

이 동물들은 풍부한 경험과 지혜를 바탕으로 다양한 자연현상을 조사해왔다. 그런 가운데서도 그들은 학문 애호가들의 타고난 겸손 탓으로 자연현상을 이해하지는 못했다. 단지 그들은 자신들의 결론에 자연을 끼워맞춰 적당히 어떤 사실에 도달했던 것이다.

다음의 통신문은 이제 막 관측소에서 보내온 것이다.

"우리는 경보의 진짜 원인을 알았습니다. 우리 생각이 맞다면, 정치적 시야를 흐리게 하는 먹구름은 바람 부는 대로 정치적 견해가 바뀌는 파리 떼와 그 밖의 날개 달린 곤충들로 이루어져 있습니다. 그들은 모두 빈틈 없이 무장했습니다.

이 봉기는 대중들의 사회적 분열 때문에 일어났습니다. 그리고 첫번째 회의에서 공포된 동물헌법의 영광스런 조항들을 위협하는 그릇된 소문도 봉기에 한몫 했습니다.

음모가 온 나라를 뒤덮고 있습니다. 그러나 그 무리들이 명확히 어떤 정책을 따르는지는 아직 알려지지 않았으므로, 오늘 우리가 확실하다고 전한 소식이 사실이 아니기를 바랍니다. 어떤 경우든, 편집자님들! 졸지 마십시오."

그렇다, 우리는 잠들지 않을 것이다. 우리는 형제들의 지혜를 대단히 신뢰하니까 말이다. 혼란 상태가 예상되므로 우리는 잠들지 않고 지켜볼 것이다.

우리가 질서를 유지하기 위해 취한 첫번째 조치는, 우리 편에 선 여러 동물들에게 이야깃거리를 제공할 사건을 날마다 보고하는 것이다.

동물들의 『매일신문』에서 인용한 글

우리가 가장 염려하던 일이 일어났다. 선동적인 성격의 무시무시한 소요가 일어나고 있다. 3천가량의 폭도들이 군대에서 이탈했다. 그들은 동물왕국의 대중들이 폭동을 일으키도록 공공연히 선동하고 있다. 폭도들은 손에 칼을 들거나 꼬리의 침으로 무장하고 곧잘 '전반적인 개혁'이라고 부르짖는 것들을 요구하고 있다. 이 무리는 악명 높은 말벌이 지휘하고 있는데, 말벌은 지독한 독과 굳은 지조로 유명하다. 덕망 있는 많은 파리들이 대중의 폭동을 진정시키려고 노력했지만 헛일이었다. 파리들이 한 이야기는 오해를 불러일으켰다. 우리는 어떤 일이 일어나더라도 이 난관을 극복하고 헌법을 뿌리째 흔드는 가증스러운 기도를 물리칠 각오가 되어 있다. 몽테스키외는 '재난이 제국을 만든다'고 말했다.

우리의 날개 달린 친위대 대장 뒤영벌 경은 폭도들을 해산시키는 데 실패했다. 뒤영벌 경은 식량 공급을 차단시켜 몇 시간 뒤면 항복하거나 굶어죽을 수밖에 없는 폭도들을 포위하는 선에서 만족하며 피를 보기 전에 철수하는 것이 현명하다고 판단했고, 그 판단은 옳았다. 이 훌륭한 지휘관의 자비로움은 모든 동물들의 칭송을 받을 만하다.

폭도들은 풀잎과 마른 가지로 서둘러 바리케이드를 치고 있는데, 정면공격에 맞설 각오가 되어 있다고 전해진다. 그들이 차지하고 있는 벌판은 가로 46센티미터, 세로 25센티미터는 족히 된다.

원래 말도 안 되는 소문이 멀리까지 퍼지는 법이다. 몇몇 모반자들은 우리가 간접적으로 폭동을 부추긴다고 고발한다. '극악무도한 폭군은 국민들을 이간하여, 국민들이 사소한 분쟁을 하느라 정부의 잘못을 간과하게 함으로써 권력을 유지한다'는 말이 있다. 우리가 그런 얼토당토않은 일에 뭐라고 말할 수 있겠는가? 국민의 단결말고는 두려워할 일이 없다면, 통치자들은 마음놓고 잠을 잘 것이다!

불만을 품은 파리들이 곳곳에서 국민들을 선동하고 있다고 한다. 그들 가운데 똑똑한 음악가 클라리온은 '파리들의 점호 나팔'이라는 제목의 전쟁행진곡을 작곡했다. 우리는 이제 파리 시를 떠다니는 이 사악한 곡을 들을 수 있다. 이 곡은 폭동의 주동자들이 첩자를 심어놓은 판테온 묘지, 발 드 그라스, 방랑자 생 자크 라 부셰리, 살피트리에르, 페르라셰즈 묘지에 있는 수많은 악기에서 흘러나온다.

붙잡힌 적의 포로들은 많지만, 그들은

자신들의 방침을 밝히려 하지 않는다.

포로들은 말한다.

"우리는 눈처럼 결백하다. 왜 죄 없는 우리를 붙잡는가? 차라리 목을 쳐라."

"목을 쳐? 파리의 머리를 어디에 쓰려고? 하지만 그 건의는 생각해보지."

모반자들의 요구사항이 금방 알려졌다. '공익'은 때때로 개인의 야망과 사적인 증오의 핑계 노릇을 한다. 혁명이란, 그저 자리를 차지할 자격이 없는 자들에게 우리의 자리를 넘겨주는 것에 불과하다. 우리가 우리 생각대로 그들의 요구를 들어주지 않는다면, 우리는 그들 말대로 끝장이다. 우리의 지위와 급료는 우리의 생명과 함께 팔릴 것이다! 그것들은 동물왕국이 우리에게 공물로 준 것이다.

왜 우리를 비난하는가? 우리가 편파적이거나 불공정한 적이 있었던가? 우리가 강령에 따르지 않거나, 한 점의 치우침이나 가려 싣기 없이 모든 기고문을 무조건 펴내는 공정한 편집자의 역할을 하지 않은 적이 있었던가? 우리는 온몸이 종이에 파묻히고 무릎까지 잉크에 잠겼다. 우리는 밤늦도록 일했고, 만인을 기쁘게 하려고 노력했으며, 친구로 가장하고 적들까지 즐겁게 해주었다. 한마디로, 우리가 여러 가지 일을 너무 잘하다 보니 배은망덕한 모반자들이 질시와 증오를 품게 된 것이다.

반란자의 우두머리는 풍뎅이다! 풍뎅이 헤라클레스! 지도자로서는 아주 좋은 이름이다. 이 풍뎅이를 아는 자가 있는가? 우리가 신의 피조물 가운데 가장 비천한 놈이 물거나 찌르는 것이 언제나 제일 해롭고 파괴적이라는 사실을 모른다면, 그런 천박한 녀석의 공격을 그냥 웃어넘겼을 것이다. 따라서 우리는 다음과 같은 명령들을 내리게 되어 한없이 기쁘다.

첫째, 풍뎅이 헤라클레스의 목에 현상금을 내린다. 헤라클레스를 죽여서, 혹은 산 채로 끌고 오는 자는 누구를 막론하고 응분의 보상금을 받을 것이다. (기왕이면 죽여서 데려오는 것이 좋다.)

둘째, 즉시 대규모 본대를 편성하도록 조치한다. 파리 9백만의 병력이 들판과 공중에서 반란군과 싸울 태세를 완료했다.

셋째, 경찰국장들은 경제적인 능력이 되는 대로 1미터 이상의 밧줄을 가지고 다녀야 한다.

넷째, 정직한 백성들은 모두 집에 머물면서 일찍 자고 늦게

일어나고 아무것도 보거나 듣지 말아야 한다. 이렇게 행동한다면, 폭도들은 자신들의 계획이 잠자는 시민들 사이에서 어떤 지지도 받지 못한다는 사실을 깨닫게 될 것이다.

다섯째, 둘씩 있거나 여럿이 있는 동물들은 요리해 먹거나 강제로 해산시키도록 한다. 이 지침은 타조와 오리처럼 모여 살면서 허물 없이 지내는 동물들에게 해당된다.

솔개가 휴전 깃발을 들고 우리에게 왔다. 우리는 솔개를 너그럽게 받아들이고 솔개의 이야기에 귀를 기울였다.

BRUGNOT Sc

솔개가 말했다.

"당신들은 당신들 방식대로 말을 하고 일을 처리해왔소. 자, 내 말을 들어보시오. 우리에게도 각각 우리 차례가 있어야 하오. 저 너머에 신의 피조물인, 3천3백만에 달하는 우리의 자유로운 백성들이 있소. 그들 모두 당신들처럼 세상을 뒤흔들고 싶은 야심이 있소. '평등은 우리의 신성한 권리이다!'라고 두려움 없이 쓰고 말할 야심 말이오."

독자들이 이미 알고 있는 늙은 까마귀가 물었다.

"권리가 뭐요? 최대의 권리, 그것은 곧 최대의 모욕! 여러분 모두가 글을 쓴다면, 세상에 있는 종이를 다 모아도 그 원고를 못 담을 거요. 다들 자기 이야기를 한 면, 한 줄, 한 단어, 한 쉼표로 제한한다고 해도 말이오."

바보 같은 솔개는 이 분별 있는 반박을 터무니없다고 생각하고 대답 대신 질문을 했다.

"됐어요! 누가 당신에게 계산 능력을 주었소? 풍뎅이의 신이 하늘과 땅과 빛과 나무와 잎들을 만드신 것은, 같은 이해 관계를 가진 이들이 모든 것을 동등하게 나누어 가지라는 뜻이 아니셨단 말이오?"

오, 이럴 수가! 솔개와 풍뎅이들이 이렇게 합리적이라면 그들이 승리할 게 뻔하다. 너희 막사로 돌아가라.

슬프다! 내란은 가장 평화로운 골짜기에서도 일어나고 있다. 혁명정신은 곤충에게서 새와 네발짐승에게까지 퍼져나갔다. 놀라운 일은 어디에나 있다. 우리 문은 닫아놓아야 하는데, 이러한 조치야말로 집 밖에 앉아서 이웃들을 살펴보는 동물들에게는 가장 괴로운 일이다. 평화를 사랑하는 동물들에게 용기를 주도록. 거위들이 아직도 수도를 지키고 있다.

폭도들은 '자유의 수호자'나 '동물 개혁 비평'이라는 제목의 신문을 발행하여 우리 신문의 기사를 반박했다.

다음은 그런 기사들을 인용한 글이다.

어제, 자유의 옹호자들이 박제된 동물들을 모아둔 국가 역사관에 모였다.

늦은 시간에 예비 모임이 열렸다. 의원들은 하나씩 모여들어 조용히 눈인사를 나누고는, 선조들을 모셔놓은 곳 맞은편에 있는 특별석으로 가서 앉았다. 누가 살아 있고 누가 죽어 있는지 구별하기 힘들 정도로 다들 꼼짝 않고 있었다. 코끼리와 곰과 물소와 들소와 독수리는 어떤 신비한 힘에 이끌려 온 것처럼 똑같은 시간에 도착했다. 그 누가 자유에 대한 갈망이 산을 움직인다는 사실을 부정하면서 이 고귀한 동물들의 존재를 설명할 수 있겠는가?

연설자가 마침내 입을 열었다.

"형제들이여, 우리는 지금껏 침묵을 지켜왔지만, 이제 우리가 왜 모였는지 다들 너무나 잘 알고 있습니다. 친애하는 코끼리와 원숭이와 새와 그 외의 모든 동물들이여! 제가 여러분께 개혁이란 진정 어떠해야 하는가를 지적하는 동안 (환호) 참고 들어주셨으면 합니다.

(큰 박수 소리)

지난해에 발행된 정기간행물로 우리는 다소 난처한 입장에 놓였습니다. 우리가 내기로 했던 정기간행물을 편집하고 국사를 맡아 일하도록 선출된 동물들은 줄곧 우리의 자유를 간섭해왔습니다. 그들의 방에 한번 가보십시오. 그럼 퇴짜맞고 묵살된 이야기들을 수도 없이 보실 수 있을 겁니다. 편집자의 변덕 때문에 묵살

된 이야기들을 말입니다!

(박수)

그렇게 잊혀져간 수많은 원고들은 이 시대에 영광스런 빛을 비추었을지도 모를 자유와 빛의 본보기들입니다. 아아! 나는 여기 모인 교양 있는 얼굴들을 보면서 이 나라에 있는 모든 고귀한 우국지사들의 얼굴을 생각합니다! 나는 여러분의 꺼질 듯한 한숨 소리 속에서 우리의 감독자로 있는 자들의 시기심 때문에 무시당하고 억눌린 천재의 불행한 이야기들을 듣습니다!

(천둥 같은 박수 소리)

나는 꼬리를 흔들고 멋지게 앞니를 가는 여러분의 열정 속에서 압제로 인해 일어난 진실한 마음의 정서를 읽습니다. 형제들이여, 침착하고 현명하게 여러분의 마음속에 왕좌를 되찾으십시오. 우리의 마음은 분노로 갈가리 찢어질 것 같습니다! 자, 이제 울적한 생각들을 말로 표현해야 합니다! 나는 말해야 합니다! 여러분은 행동해야 합니다! 우리가 추구하는 행로가 우리를 파멸로 이끌고 있습니다. 우리 이야기의 출판이 우리를 위해 무엇을 했습니까? 우리를 위하여? 아무것도 한 것이 없습니다. 우리가 아니라 소수를 위해 일했지요. 출판물에 자기 이야기가 실리는 선택받은 특권자들을 위해서 말입니다. 출판물이 우리에게 한 일이 뭐가 있습니까? 아무것도 없습니다. 그 출판물에는 지위 고하를 막론하고 모든 이들의 잘못이 나와 있어야 합니다. 하지만 그렇게 되었습니까?

('옳소! 옳소! 옳소! 편집자들을 몰아내자!'라는 외침)

편집자들을 몰아냅시다! 폭군들을 몰아냅시다! 편집자들은 우리가 준 권력을 남용해왔습니다! 우리는 그들의 친구로서 '다 좋아'라고 조용히 말했습니다. 한데 이게 어찌 된 일입니까? 이 세상에서 눈물이 사라졌습니까? 우리의 가정이 더 행복해졌습니까? 우리의 미래가 더 밝아졌습니까? 우리의 명성이 널리 퍼졌습니까?

(수사슴과 큰 사슴과 송아지가 '아니오, 아니오!'라고 소리쳤다.)

형제들이여, 자유와 개혁을 위한 첫 외침이 전세계의 환호를 받으며 터져나온 역사적인 그날 이후로, 우리의 권리와 자유는 체계적으로 기만당해왔습니다. 우리는 인간들에게 팔리고 또 팔렸습니다!

('옳소, 옳소! 편집자들이 우리를 인간에게 팔아넘겼소!')

하지만 열등 동물인 인간 이야기는 제쳐둡시다. 인간들이 우리의 가장 큰 적은 아니니까요. 우리의 지도자들은 자기네 주인에게 안기거나 하찮은 호두와 빵부스러기를 얻기 위하여 우리를 배신했습니다. 우리는 어디로 가야 합니까? 좁은 감옥으로 돌아가야 합니까, 아니면 황량한 황무지로 돌아가야 합니까?

(모든 동물들, '안 돼! 안 돼!'라고 소리친다.)

하늘은 지붕이 되어주고 땅이 베개가 되어줄까요? 동지들이여, 분명히 말하지만, 우리 모두 철창 속에서 죽게 될 것입니다."

(다들 입을 모아 '아아, 비참해!'라고 소리친다.)

연설자는 무수한 세대의 유해들을 돌아보며 말을 이었다.

"한때는 살아 숨쉬던 뛰어난 선조의 유해들이여! 불쌍한 미라들이여! 우리의 생기와 활동 속에 존재하는 모든 아름다운 것들의 영혼들이여. 그대들은 이 끔찍한 모조 생명품 역할을 하려고 조물주의 보호를 자진해서 포기했는가? 그대들은, 운명을 다한 뒤에 부모의 땅으로 돌아가지 않고 인간의 천박한 재주에 결탁하여 박제가 되어 상자 안에서 보존되려고 만들어졌는가? 형제들이여, 우리를 기다리는 인간과 파멸의 운명에서 탈출합시다! 자유를 향한 길은 좁고 경비가 삼엄하지만, 끝내 우리가 가야 할 길입니다! 우리, 그 길을 따라 좁은 길을 뚫고 나가서 그 길에 우리의 피를 뿌리고 마침내 영광스런 초원과 자유의 골짜기를 얻읍시다."

이 과장된 연설 기사를 믿는 자가 있다면, 그 결과는 엄청날 것이다. 우리는 이 사악한 연설에서 한 가지를 주목해야 한다. 연설자인 들소 선생, 당신은 우리가 당신들을 팔았다고 했다. 그렇다. 우리는 당신들을 팔았다! 더 나아가 우리는 그것을 대단히 자랑스러워한다! 2만 부 이상이나 팔았으니 말이다. 당신들이 그렇게 많이 팔 수 있었겠는가? 우리가 당신들의 시장 가격을 높여주었으니, 되레 우리에게 감사해야 한다.

식물원의 장로이자 인격적으로 우리의 존경을 받는 덕망 높은 물소가 조카인 들소의 연설에 이렇게 답했다.

"얘들아, 나는 이 식물원에서 가장 나이 많은 노예다. 그래서 너희들의 장로라는 슬픈 명예도 얻었지. 난 어린 시절을 잘 기억하지 못 한다. 사실 자유롭던 시절만 떠올릴 수 있을 뿐이지. 정말 좋은 시절이었단다. 난 20여 년을 노예로 지냈어도 앞으로 되찾을 자유만 생각하면 가슴에 뜨거운 피가 끓어.

(박수)

얘들아, 나는 나의 자유가 아니라 너희들의 자유에 대해 얘기하고 싶다. 그 영광스런 날이 오기 오래전에 난 죽음을 맞을 테니까.

나는 노예로 살다가 노예로 죽을 것이다."

('물소 할아버지, 오래 사세요'라는 외침)

연설자가 외침에 답례했다.

"고맙구나. 하지만 내가 살 시간을 늘이는 것은 너희들 능력 밖의 일이야. 우리가 추구해야 하는 자유는 혼자만이거나 몇몇의 이기적인 자유가 아니라 모두의 자유지. 그래서 나는 모두가 단결하기를 간절히 바란단다.

(의견을 달리하는 중얼거림이 들린다.)

얘들아, 시민 분쟁이라는 비참한 상태로 빠지지 말아라. 권력이라는 치사한 걸레 조각을 놓고 서로 흠잡지 마라. 편협한 의회를 맹목적인 조롱으로 바꾼다면 변화가 무슨 소용이겠느냐? 가난하고 의지할 곳 없는 이들이 받을 불행을 생각해라. 그리고 너희들이 어느 정도 가지고 있는 작은 힘이 어떻게 해서 모두에게 이익이 되지 않는지 생각해보아라."

다들 마지막 연설구를 냉담하게 듣고 있었지만, 연설자에 대한 존경심 때문에 표현을 자제하고 있었다.

장로가 서글프게 자리에 앉으면서 말했다.

"내란은 자유가 아닌 폭정을 낳는 거야."

그때 스라소니가 으르렁거렸다.

"다들 여기 설교 들으러 왔소?"

많은 선동가들이 잇따라 소리쳐댔다. 주장하는 내용이 대수롭지 않을수록 연설자 수는 많아지게 마련이다.

수돼지는 참가자들에게 열변을 토하다가, 집안일 때문에 많은 가족의 품으로 돌아갔다.

『개혁신문』에서 인용한 글을 여기에서 마치면서, 폭도들을 공정하게 평가하기 위하여 그 모임에 참석했던 흰족제비가 쓴 기사를 인용하며 끝을 맺는다.

'폭도들은 주위에 있는 성스러운 주검의 존재와 그 장소에 아랑곳없이 세 시간 동안 알아들을 수 없는 소리를 끊임없이 외치면서 발을 구르고 신음하고 박수를 쳤다. 63명의 연설자들이 한꺼번에 청중을 향해 연설했다. 이런 아우성이 어떠했는지는 글로 표현하기보다 상상하기가 더 쉬울 것이다.'

특파원은 또 이렇게 덧붙였다.

'휘파람을 불고 으르렁대는 기술이 청중들 사이에서 놀랄 만한 효과를 보여 마침내 영국에서 대규모 모임을 갖자고 제안할 정도였다.'

특별한 정치적 견해 없이 모든 대중 집회에 얼굴을 내미는 의심 많은 개 한 마리가 발언 기회를 얻으려고 애쓰다가 말했다.

"만약 우리가 진다면 어떻게 하죠?"

곰이 타고난 야만성을 드러내며 소리쳤다.

"진다고? 어림없는 소리! 저놈의 똥개를 몰아내!"

하이에나도 으르렁거렸다.

"저놈을 쫓아내자! 짖는 것만으로는 부족하다. 물어뜯자!"

족제비가 버럭 소리쳤다.

"첩자를 조심하라!"

조심성 있는 개는 더 이상 듣지 않고 다리 사이로 꼬리를 감추더니 창문을 넘어 달아났다.

그때 숫양이 편집자들은 대중의 신뢰를 얻었다는 점을 지적했다.

늑대가 그 말에 대꾸했다.

"대중성을 지녔다는 말은 천재가 아니라는 증거잖아. 대중들은 곧 자신의 우상을 잊어버릴 거야."

하이에나가 으르렁거렸다.

"그리고 그 우상을 증오하겠지."

뱀이 쉿쉿거렸다.

"대중의 신뢰를 무시하면, 대중의 증오를 키우게 될 거야!"

여우는 감정이 일치될 가망이 없음을 깨닫고 폭도들에게 밤새 푹 자고 나서 다시 기운을 내자면서 회의를 연기했다. 그래서 폭도들은 각자 자기 우리로 돌아가 개혁과 약탈을 꿈꾸다가 아침 해가 뜨자 일어나서 다시 투쟁을 시작했다. 폭도들은 무장을 하고 원형경기장을 습격했다. 맹렬한 공격이었다. 우리는 곤경에 빠져 레오 왕자에게 문의했다.

그 뛰어난 전략가가 말했다.

"폭도들은 원형경기장을 점령하고 그곳을 지키려 할 것이오."

이 유명한 전략가는 자기네 나라 반역자들에게 끔찍한 대가를 치르게 하는 조치들을 시기 적절하게 취해왔으므로, 우리는 그의 단호한 태도에 다소 안심이 되었다. 레오 왕자는 반역자들을 포위하고 조금씩 포위망을 좁혀갔다. 요새는 곧 폭도들의 무덤이 될 것 같았다. 폭도들은 난국을 타개하려고 여러 방법을 시도했지만 번번이 뛰영별 왕자에게 무참히 당했다.

한편 겁 없는 원숭이가 원형경기장 지붕에 올라가 반란기를 들어

올렸고, 두더지는 원형경기장의 언덕에 있는 부대에 참호를 팔 것을 제안했다. 그러나 진지가 이미 튼튼했기 때문에 두더지의 제안은 묵살당했다.

뛰어난 기술자인 거미는 밤에 달아날 수 있도록 다리를 놓자고 제안했다. 파리는 이 의견에 반대했지만 코끼리는 당장 그렇게 해야 한다고 주장했다.

우리의 친구 하나는 숲의 거인인 코끼리의 천진난만한 모습에 감명받아 다음과 같은 시를 지었다. 우리는 이 시를 자손들에게 남기기 위하여 여기에 싣는다. 그러나 유감스럽게도 이 천재 시인은 이름을 밝히려 하지 않았다.

여인들이여, 경험해보고 싶지 않은가.
코끼리 한 마리가
거미줄 위를 출렁거리며 걷고 있네.
그가 희희낙락하고 있는 것을 보고
파리가 분노에 차 말했네.
내가 고통스러워하는 걸 보면서
어떻게 그댄 즐거울 수가 있는가.
아, 차라리 내가 그대를 잡고
저 위를 날아가는 것이 낫겠구나.

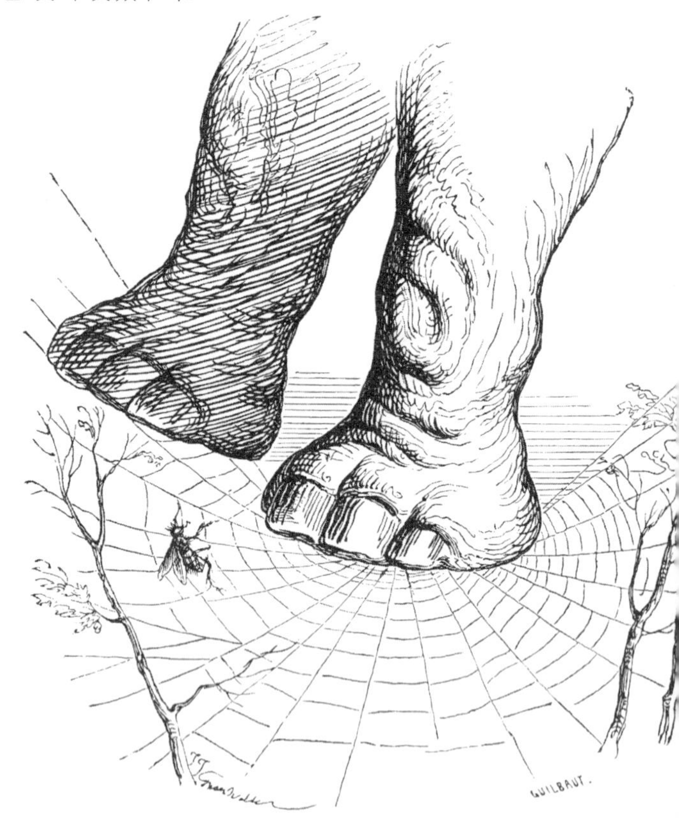

우리는 작은 새우로 구성된 수많은 지원군이 있다. 바닷게가 지휘하는 그 부대는 행군 대열로 서서 이렇게 소리쳤다.

적을 향하여! 앞으로 전진!

선량한 시민들은 모두 아내와 아이들 곁을 떠나 조국을 위해 싸우러 갈 준비가 되어 있었다. 그러나 폭도들을 포위하려는 전략은 좋았지만 이미 패색이 짙었다. 기계공들로 구성된 적의 파리 부대는 우리의 위치가 훤히 내려다보이는 곳에 대포를 배치하러 급파되었다. 파리들은 적이지만 너무나 침착해서 존경하지 않을 수 없었다. 파리 부대는 꽃으로 몰려가는 것처럼 태연하게 무기를 배치했다. 반면에 우리는 파리들의 기동작전으로 우익 부대의 위치를 들키고 말았다. 한편 무슨 일이 일어나기를 초조하게 기다리던 우리 벌떼들은 성급하고 무모하게 뿔뿔이 흩어져 적을 공격했다. 우리의 우익 부대는 골리앗이 이끄는 적의 좌익 부대를 공격했지만, 뒤영벌 왕자가 지휘하는 민첩한 보병대는 바위에 부딪쳐 하얗게 부서지는 파도 같

J.J. Grandville

았다. 우리의 좌익 부대는, 파고 자르고 깎는 앵드린 부대와 뿔이 하나밖에 없어서 뿔이 둘 달린 사슴벌레에게 복종하는 장수풍뎅이 부대에 대항하고 있었다. 파리, 나방, 땅벌레와 그 밖의 여러 곤충들이 우리의 본대를 공격하면서 접근해왔다. 뒤영벌 왕자는 장수풍뎅이가 자기의 대 부대를 공격할 것으로 알고 군사들을 둘로 나누어서 들판을 건너가도록 했다. 그러나 장수풍뎅이는 탈영병을 통해 우리의 작전을 전해 듣고는 부대원들에게 열의 간격과 날개의 간격을 좁히고 우리의 공격을 기다리라고 명령했다.

깃발들이 바람에 나부끼고 태양이 전투대열로 늘어선 벌레들을 환히 비추는 가운데 힘찬 군악 소리가 적의 사기를 높여주었다. 때때로 사슴벌레가 제대로 조준해서 쏜 발삼나무 열매가 우리 부대에 떨어져 폭발해서 우리 군사들을 죽이고 사기를 저하시켰다. 적의 병력은 바위처럼 막강했다. 사기가 꺾인 우리 군대는 마지막 공격을 감행했지만 큰 손실을 보고 물러날 수밖에 없었다. 우리 군사들은 멍든 날개, 너덜거리는 턱과 입술 때문에 주춤주춤하더니 끝내 무질서하게 후퇴하고 말았던 것이다. 불운의 절정은 방귀벌레 장군이 뒤로 자빠졌다가 폭도인 말벌의 침에 찔린 사건이었다. 그것은 패배한 전투였다. 우리 운동의 결정적인 참패였다! 뒤영벌 왕자는 패배하는 와중에도 목숨을 아끼지 않고 혼잡한 싸움터로 뛰어들었다. 뒤영벌 왕자는 비범한 용기를 보여주고는 스물아홉 군데나 상처를 입고 장렬히 전사했다.

사환의 글

나는 독자들에게 계속 소식을 전하려는 편집자들의 열망을 알기 때문에 실례를 무릅쓰고 여기에 글을 적는다. 체포될 때까지는 펜을 놓지 않을 생각이다.

편집자들이 막 글을 다 썼을 때 문짝이 부서졌다. 코끼리가 현관 초인종으로 운명의 시간을 알리고는 문을 산산조각 낸 것이다. 앵무새는 발톱에서 펜을 떨어뜨리더니 생각에 잠긴 듯이 눈을 감았다.

앵무새가 창가에 서 있는 수탉에게 물었다.

"뭘 보는 거지?"

수탉이 대담하게 소리쳤다.

"엎친 데 덮친 격이군. 우린 사면초가야! 제기랄! 무엇 때문에 우리가 굴복해야 하는 거지?"

원숭이가 말했다.

"힘이 아니라 이성에 굴복하는 거야!"

수탉이 홰를 치며 원숭이에게 달려들었다.

"뭐라고? 이 인간같이 생긴 겁쟁이 같으니, 이성이 네놈의 지위를 내주라고 꼬드기더냐?"

원숭이는 종잇장처럼 얼굴이 하얘지더니 대답했다.

"아마 내가 만약……."

원숭이가 미처 말을 맺을 틈도 없이 회의실 문이 벌컥 열리더니 여우가 들어왔다.

여우는 따라 들어온 개들에게 편집자들을 가리키며 말했다.

"이자들을 체포하라!"

앵무새는 굴뚝으로 날아오르고 원숭이는 팔걸이 의자 밑으로 기어 들어갔지만 수탉만은 도전적으로 서 있었다. 수탉의 볏이 그렇게 붉어진 것은 처음 있는 일이었다. 편집자들은 모두 체포되었다.

여우가 나에게 물었다.

"너는 여기서 무엇을 할 생각이지?"

내가 대답했다.

"시키는 일이라면 뭐든지요."

여우가 말했다.

"좋다. 여기 있거라."

연설자와 함께 들어왔던 많은 동물들이 소리쳤다.

"여우, 만세!"

그들은 옳았다. 나는 그렇게 친절한 왕자는 처음 보았다.

여우가 말했다.

"동지들이여, 이 사무실은 바뀌지 않았습니다. 한 동물이 더 나타났을 뿐이죠."

여우는 원숭이가 버린 펜을 주워들고 앉아서 첫번째 성명서를 작성했다.

〈첫번째 성명서〉

파리 식물원에 사는 동물들이여, 편집자들이 물러남으로써 이제 무질서의 모든 원인은 사라졌습니다.

—임시 의장 겸 편집자 여우

여우가 해고된 편집자들에게 말했다.

"이 글을 읽고 서명하시오."

수탉이 말했다.

"여우 선생, 나는 그런 불미스런 행동으로 명예를 더럽히지는 않겠소."

여우가 말했다.

"어디 두고 보자."

그러고 나서 여우는 또 다른 성명서를 작성했다.

〈두번째 성명서〉

시민들이여, 그대들은 잠자는 동안 배신당하고 있었고, 친구들은 그대들을 지켜보고 있었다. 우리는 너무나 오랫동안 불평 한마디 없이 고개를 조아려왔다. 그러나 이제 우리가 우리의 존엄성을 주장할 때가 왔다. 그대들을 지배하고 팔아넘기던 반역자들은 이제 살아 있지 않다! 우리 나라의 기록을 통하여 동물왕국이 잘못된 점을 어떻게 고쳐나가는지 세계 만방에 보여줄 것이다. 이 시간에 정의가 실현되고 우리의 임무가 완수되었다. 그리고 죄인들은 죄값으로 목숨을 잃었다. 그들은 교수형당했다!

주목 : 극악무도한 법 처벌로 고초를 겪은 선조들의 삶을 더럽히지 않기 위하여 새 교수대에서 죄인들을 처형시켰다.

__여우

수탉이 두번째 성명서를 읽는 소리에 가만히 귀를 기울였다.

원숭이가 말했다.

“하지만 여우 선생, 우리는 교수형당하지 않았잖소.”

앵무새가 앞날을 생각하여 울먹이며 물었다.

“정말 우리를 교수형시킬 생각이오?”

여우가 말했다.

“아니오. 교수형은 그다지 내키지 않는 조치요. 하지만 당신들은 교수형을 당한 것처럼 보여야 하오.”

밖에 있는 대중들이 편집자들의 목을 요구하는 외침 소리가 똑똑히 들렸다.

여우는 이따금 대중들에게 답변을 하며 연설했다.

“참으십시오. 여러분이 현명하시다면 참으세요. 여러분들께는 이 사건을 기릴 메달을 드리겠습니다. (혼잣말) 아무것도 거절하지 않으면서 아무것도 해주지 않는 것이 현명하게 잘 통치하는 방법이야.”

대중들의 함성이 더욱 커졌다.

“폭군들에게 죽음을! 편집자들에게 죽음을!”

여우가 말했다.

“편집자 여러분 들으시오. 당신들이 대중들을 위해 무언가를 해줘야겠소.”

여우가 이어서 말했다.

"하지만 대중들을 속여 목숨을 부지할 방법을 안다면 그렇게 해도 좋소."

원숭이가 소리쳤다.

"방법이라고? 아, 있다!"

원숭이는 기쁨에 겨워 공중제비를 세 번 돌았다.

원숭이는 자기 종족을 영예롭게 하려는 뜻에서 조상의 박제된 시신을 갖고 있었다. 원숭이는 즉시 박제를 꺼내 잘못을 저지른 후손 대신 죽은 조상을 교수대로 보내기로 마음먹었다. 원숭이는 미라를 교수대로 보내기 전에 군중을 감쪽같이 속이기 위해 미라에 자기 코트를 입히고 잘 알려진 자기 모자를 씌웠다. 원숭이는 고통스러워하는 기색 하나 없이 이런 짓을 했다.

여우가 말했다.

"자, 선생. 이제 선생은 15일 동안 숨어 있을 은신처를 찾아야 하오. 그 뒤에는 다시 얼굴을 보여도 될 것 같소. 아름다운 프랑스에서는 죽은 지 14일째 되는 날에 넉살 좋게 되살아날 권리를 갖지 않은 인간이나 동물은 하나도 없소. 군중들은 적에게 아주 관대하다오. 군중들이란 금방 모든 걸 잊어버리니까."

원숭이가 말했다.

"그리고 제일 변덕스러운 친구들이기도 하지요."

그러고 나서 원숭이는 자기의 서류함과 탁자와 사무실을 마지막으로 다정하게 바라보고는 사라졌다.

앵무새는 자신의 재능을 대단히 아끼던 옛친구와 이야기를 나눌 방도를 알아냈다. 그 친구는 자진해서 앵무새 대신 교수형을 당했다. 처형식이 끝난 지 15분 뒤에 배은망덕한 앵무새는 순교자의 어리석음에 대해 자기 마누라와 히히덕거리고 있었다.

수탉의 수많은 여성 지지자들에게는 대단히 유감스럽지만, 수탉은 자기 원칙을 철저히 지키다가 죽음을 당했다.

군중들은 힘 있는 자들이 공중에 대롱대롱 매달려 있는 모습을 보려고 몰려들었다. 군중들은 바라던 바를 이루었다. 그러나 죽은 유명 인사들의 조용한 지지자 몇몇은 자신들의 눈을 믿을 수 없었다.

지지자 하나가 말했다.

"저렇게 영향력 있는 동물들이 평범한 악당처럼 교수형당할 수 있는 거야? 세상이 도대체 어떻게 돌아가는 거야? 저 편집자들은 며칠 전까지만 해도 삶의 원동력 같았는데!"

이름이 알려지지 않은 새 한 마리가 소책자를 발간해서 이 문제에 대해 다음과 같이 주장했다.

"통치자가 곧 국가는 아니라는 사실이 과연 이치에 맞는가? 통치자에게 재난이 닥치면 국가는 끝이 나는데 말이다."

여우는 사형 집행 후에 앞의 두 성명서를 내는 게 좋겠다고 생각했다. 성명서를 낼 분위기가 되자, 여우는 세번째 성명서를 발표했다.

〈세번째 성명서〉

파리 식물원의 거주자들이여, 그대들은 신념을 가지고 우리 이야기의 두번째이자 마지막 부분을 이끌어갈 만큼 중요한 지위를 획득했다. 여기서 그대들이 나에게 보낸 지지의 원칙들을 새삼 말할 필요는 없다. 나는 내 임무를 통해 평가받을 것이다. 맹세는 아무 비용도 들지 않지만, 나는 맹세하지 않겠다. 나는 그대들에게 황금시대가 막 시작되었다는 말도 하지 않겠다. 황금시대가 무엇이든 간에 말이다. 그러나 나는 그대들에게 천만금을 주어도 펜과 잉크와 종이를 구할 수 없을 때를 제외하고는 내 사무실에 그것들이 보이지 않는 날은 없으리라고 장담할 수 있다. 나는 모두에게 정의롭고 진실한 조언자가 될 것이다. 이 모든 말들이 사전에서 없어진다고 해도 나, 여우의 가슴속에는 선명하게 새겨져 있음을 그대들은 알게 될 것이다.

_그대들의 형제이자 지도자 여우

이 이야기는 방방곡곡으로 퍼져나갔고 곧바로 효과가 나타났다. 동물왕국은 전에 없이 평화롭고 다 너나없이 서로에게 아주 예의바르게 행동했다. 죽은 자들에게는 약간의 먼지가 쌓였고, 누구도 전쟁과 유혈 사태가 이 미소 짓는 땅을 불명예스럽게 만들었다고 생각하지 않을 것이다. 불만을 품은 몇몇 동물들이 이리저리 돌아다니면서 요모조모 꼬투리가 될 만한 일을 찾아보았지만, 편집장인 여우의 자질에는 흠잡을 데가 없었다. 그러자 그들은 누가 여우를 편집장으로 뽑았느냐고 물었다. 그러나 여우가 이미 편집장이 된 이상 누가 뽑았건 무슨 상관이란 말인가? 자기 자신이 편집장으로 임명하기는 했어도 여우는 그만한 자질이 충분하다.

여우는 내가 일하는 모습을 물끄러미 보다가, 자신을 흡족하게 했으니 나에게 기꺼이 보답하고 싶다고 했다. 어제의 나는 사환이었으나 오늘의 나는 여우 전하의 비서이다! 어제의 내 발은 짓밟혔지만 이제는 다들 내 발을 핥는다! 나는 분명 유력한 인물이 되었고 영향력 있는 일을 할 수 있다. 나는 내가 대학에 있던 마당개였다는 사실을 알릴 기회를 얻었다.

"대학 교육을 받았다고? 축하해. 대학 문을 나서자마자 배운 것을

다 까먹었다 해도, 대학 졸업자는 심오한 지식의 소유자로 여겨지지. 삶에서 중요한 부분은 실재가 아니라 겉모습에 있으니까."

흔히들 나를 보고 자신을 팔았다고 얘기한다. 그것은 착각이다. 나는 팔린 것이다. 그게 전부다. 게다가 나에게는 누구에게도 주어지지 않은 좋은 지위가 주어졌다. 그 지위는 분명히 나를 위해 만들어진 것이다. 초인종이 울렸다. 동물 의원들이었다.

의회 대표가 겸손하게 말했다.

"저희는, 우리의 영광스런 헌법에 다소 필요한 부분이 있다는 점을 의장님께 말씀드리러 왔습니다."

여우가 말했다.

"뭐가 필요하지요?"

의원이 물었다.

"의장님, 먹지도 마시지도 않고 혁명을 이끌어온 우리의 노력을 후손들은 뭐라고 할까요?"

의장인 여우가 말했다.

"의원 여러분, 나는 세부적인 부분까지 중요한 문제에 신경을 쓰는 여러분들 이야기를 기꺼이 글로 써서 국민들이 여러분들을 믿도록 하겠습니다. 가서 식사하시지요."

승리의 기쁨을 나누기 위하여 원형경기장 앞 들판에 으리으리한 공식 만찬이 준비되었다. 흔히 그렇듯이 적어도 공화국에서 가장 큰 공을 쌓은 많은 지지자들은 들을 연설은 많았으나 먹을 음식은 적었다. 곤충들은 다들 공손하게 영광의 자리라 부르는 애매한 자리에 앉아 훌륭한 연설을 지겹도록 들었다. 오리와 인디언 암탉들은 의장이라는 여우의 직책을 감안하여 지지는 보냈지만 여우 근처에는 얼씬도 하지 않았다. 공식 만찬은 우호적인 분위기였다. 그러나 각자의 의견은 참석한 숫자만큼이나 다양했다. 하나가 백을 말하면 하나는 흑을 말하고 하나가 적을 말하면 다른 하나는 녹을 말했지만, 다들 연설자들이 훌륭하고 천재적인 국가 발전의 대변자라는 생각에는 동의했다. 여우는 그 자리에 있는 모든 이들에게 누구보다도 특별한 존재였다. 여우는 참석자들에게 일일이 미소지으며 다정한 말을 건넸다. 가마우지에게는 '왜 그것밖에 안 드십니까?'라고 말했고, 백곰에게는 '어디 아프십니까? 창백해 보이는군요'라고 말했고, 맞은편에 앉아 있는 동물에게 '늑대들은 지금 이빨이 없나요?'라고 말했다. 하품하고 있는 펭귄에게는 '훌륭한 일을 하고 나서는 당연히 쉬어야지요'라고 말했고, 지빠귀에게는 '말이 없어 보이는군요'라고 말했다. 그러고 나서 모두를 향해 '내 좋은 친구들이여, 자유롭게 글을 쓰십시오'라고 말했다. 이윽고 토스트가 나왔고, 연설을 늘어놓을 시간이 되었다. 연설자들 모두가 청중을 고무시키기 위해 얼마나 고민하면서 머리를 긁고 꼬리를 쓰다듬었는지, 보잘것없는 연설은 또 얼마나 많이 연습했는지부터 보았더라면 좋았을 텐데. 그러나 불행하게도 축배의 순서가 먼저였다. 축배는 순서에서도 먼저였을뿐더러 시간도 오래 걸렸다. 장엄한 단식은 그냥 넘어갈 수 있어도 귀중한 축배는 결코 그냥 보아넘길 수 없다! 나는 충분히 각오했으면서도, 술잔을 들고 한마디씩 하는 이들이 너무 많아서 펜으로 그 말들을 다 쓰기가 짜증스러워 그만두었다. 흔히 생각하는 대로 첫번째 축배의 말은 '자유를 위하여'였다. 이것은 관례에 따라 한 말이므로, 그런 자리에서 자유가 가치 없어 보일지라도 술을 마시는 이들의 잘못은 아니다. 관례에 따라 두번째로 외친 축배의 말은 '숙녀를 위하여'였다. 이때 매력적이고 용감하기로 이름난 하마가 '삶을 향기롭고 품위 있게 하는 여성에게!'라는 말을 덧붙여 박수를 받았다.

Gautier Sc.
J.J. Grandville.

저녁이 끝날 무렵, 포도주가 넘쳐흘렀다. 술통에 든 술이 각 잔에 부어지자 잔치 분위기는 절정에 달했다. 그때 온 세상 만물에 영광스런 장밋빛 새벽물이 든 것 같았다. 음식이 바닥났을 때, 세상은 흥청망청 먹고 마시는 사이에 역류한 것 같았다. 그러나 아침은 놀라운 사실을 일깨워주었다. 세상은 여전히 돌던 대로 돌고 있으며, 누구나 다시 상식적이고 관습적이고 전통적인 삶으로 돌아올 의지가 있어야 한다는 사실을. 적어도 여우는 그렇게 생각했다. 그래서 여우는 모자를 왕관으로 바꿔 썼고 앞으로는 악마의 힘을 바라게 하는 공식 만찬은 피하겠다고 공언했다.

"나는 이제 헌장을 작성하려고 합니다. 헌장이 있는 국가는 어려움을 겪지 않습니다. 헌장의 내용은 다음과 같습니다."

읽고 쓰고 셀 수 있고 사료 선반 위에 건초가 있고 힘 있는 친구들이 있는 모든 동물들은 법 앞에서 평등하고 법의 보호를 받게 될 것이다. 따라서 식물원에 있는 큰 동물들은 안락한 생활을 누릴 수 있다. 그러나 작은 동물들은 가진 것이 아무리 작아도 모두 포기하고, 지금보다 더 작아져서 알아보거나 느낄 수도 없게 되어야 한다.

결코 모두를 기쁘게 할 수는 없다. 불만이 있는 동물들은 당연히 불평할 권리가 있으므로 놀라지 마라. 청원서를 작성할 권리는 진지하게 받아들이겠다. 그러나 통치자의 시간이 귀중하다는 것은 잘 알려진 사실이다. 통치자가 모든 청원서를 다 받아볼 수는 없으므로 아무나 청원서를 가지고 위엄 있는 안락 의자로 오는 것은 금지한다. 나는 우편 요금을 미리 지급한 청원서만 받을 것이고 읽기 편한 시간에 읽을 것이다.

동물들은 그 다음 이야기를 요구하지 않았다. 편집자 방에는 불만이 있거나 바라는 것이 있는 동물들이 잔뜩 모여들었다. 땅이나 공중에도 온갖 동물 소식통들과 특파원들이 들끓었다. 헌장은 집과 지하실과 다락이 청원서로 가득 차기 두 시간 전까지 발표되지 않았다. 청원서들은 바깥 문에도 쌓여 있었다.

여우는 동물들이 자기 말을 있는 곧이곧대로 받아들이는 것을 보고는 뒷전에서 비웃었다.

"멍청이들! 정부가 얼마나 오래 자신들을 보호해줄 거라고 생각하는 거야? 하지만 이 청원서들을 보긴 봐야겠군. 그리고 아주 공정하게 평가하기 위해 눈을 감아야지."

여우는 알락해오라기가 쓴 청원서 하나를 뜯었다. 거기에는 여우를 지지하는 많은 동물들의 서명이 들어 있었다.

그 청원서의 내용은 이러했다.

> 우리는 서명을 통해 시민 전쟁을 충분히 겪었고 거기에 따른 조치들이 충분했다고 주장합니다. 그러니 이제 흰지빠귀 이야기를 출판해야 한다고 제안합니다.

여우가 말했다.

"이 청원서가 마음에 드는군. 다른 청원서는 안 봐도 되겠어. 나머지는 누군가가 불살라주겠지."

여우의 말이 끝나기가 무섭게 그렇게 되었다. 나머지 청원서들은 깨끗이 소각되었다.

나는 눈 씻고도 찾아볼 수 없는 특별한 새가 될 것이다. 나는 천 명의 경쟁자에게 끔찍한 미움을 받겠지만, 진심으로 사랑 받고 존경 받는, 괴짜이면서도 탁월한 문장가가 될 것이다.

흰지빠귀 이야기

1

자신이 특별한 지빠귀라는 사실은 아주 영광스러운 반면 얼마나 고통스러운 일인지! 나는 전설의 새가 아니다. 뷔퐁(프랑스의 박물학자)이 나를 그렇게 묘사한 것이다. 하지만, 아아! 나는 드물디드문 새라서 좀처럼 찾아볼 수 없다. 그리고 솔직히 말해서 세상에 절대로 존재해서는 안 되는 새라고 생각한다.

우리 부모님은 오래되고 외딴 채마밭에서 살던 후덕한 새들이었다. 우리 집은 아주 모범적인 가정이었다. 어머니가 한 해에 세 번씩 정기적으로 알을 낳아 품는 동안, 아버지는 늙고 성마르긴 해도 어머니가 있는 나무 언저리를 파헤쳐 맛있는 벌레 요리를 가져다주었다. 밤이 주위의 경치를 뒤덮으면, 아버지는 이웃의 기쁨을 위하여 널리 알려진 노래를 하룻밤도 잊지 않고 불러주었다. 집안의 어떤 근심, 다툼, 어두운 그림자도 두 분의 이 행복한 결속을 깨뜨릴 수는 없었다.

내가 껍질을 깨고 나오자마자 아버지는 생전 처음으로 불같이 화

를 냈다고 한다. 아버지는 어정쩡한 회색이던 나에게서 당신의 수많은 자식들과 같은 점을 전혀 찾아볼 수 없었던 것이다. 모양에서도 색깔에서도.

아버지는 나를 힐끗 쳐다보며 말하곤 했다.

"이 녀석은 아주 수상해. 희지도 않고 검지도 않은 것이, 날 때부터 병든 녀석처럼 추저분해 보인단 말이야."

늘 둥지 안의 사발에 쪼그리고 있던 어머니가 한숨을 쉬었다.

"아! 여보, 당신 젊었을 때 얼마나 매력적인 새였어요? 걱정 말아요. 이 귀여운 아기도 자라면 우리 애들 중에 제일 멋질 거예요."

어머니는 내 편을 들면서도 보들보들한 내 솜털이 차츰 깃털로 바뀌는 것을 보면서 내심 불안해했다. 그러나 모든 어머니가 그렇듯이, 내 어머니는 제일 못난 자식에게 마음을 쏟고 본능적으로 나를 모진 세상으로부터 보호하려 했다.

내가 털갈이를 시작하자, 아버지는 비로소 걱정스러운 눈으로 세심한 애정을 기울였다. 아버지는 솜털이 빠지는 동안에는 어느 정도 나에게 우호적으로 대하기도 했지만, 내 불쌍하고 시린 날개에 흰 깃털밖에 나지 않자 산 채로 내 깃털을 죄다 뽑아버릴 듯이 사납게 날뛰었다. 나는 거울이 없어서 아버지가 왜 화를 내는지, 왜 나한테 일부러 쌀쌀맞게 구는지 몰라 당황했다. 어느 날, 나는 따스한 햇살과 포근한 새 깃털 때문에 너무나 상쾌해서 둥지를 떠나 정원에 내려앉아 노래를 불렀다.

아버지가 득달같이 홰대에서 쫓아내려와 고함쳤다.

"이게 무슨 소리냐? 그걸 지빠귀의 노래라고 부른 거냐? 내가 그렇게 노래하더냐? 그걸 노래라고 해?"

아버지는 입가에 맴도는 험악한 말을 퍼부으려고 어머니에게 돌아갔다.

"재수 없어! 누가 우리 둥지를 침범했어? 누가 저 알을 낳았느냐구?"

어머니는 이 말을 듣고 너무나 불쾌해서 속이 뒤집히는 통에 둥지를 뛰쳐나갔다. 그러다가 어머니는 고꾸라져서 다리를 다쳤다. 어머니는 뭐라고 말하려고 했지만, 그러기에는 가슴속에 든 말이 너무 많았다. 이내 어머니는 혼절하여 땅에 쓰러지고 말았다.

나는 겁에 질려 아버지의 발에 몸을 던지며 말했다.

"아버지, 제발! 제가 노래도 못 하고 깃털도 하얗다고 괜히 가엾은 어머니를 나무라지 마세요. 그게 어디 어머니 잘못인가요? 그저 자연이 제 귀를 아버지의 귀와 똑같이 만들어주지 않은 거죠. 제가 오믈렛을 먹고 있는 사제를 절로 생각나게 하는 아버지의 노란 부리와 빛나는 까만 깃털을 갖지 않은 것이 어디 어머니 탓인가요? 조물주께서 저를 괴물로 만드셨다면, 그래서 누군가 그 벌을 받아야 한다면, 제발 저만 그 벌을 받게 해주세요."

아버지가 말했다.

"그런 문제가 아냐. 누가 네 멋대로 지저귀라고 가르쳤느냐?"

나는 겸손하게 말했다.

"아! 아버지, 저는 힘껏 지저귀었어요. 가슴에 햇살이 한껏 쏟아지고 뱃속에는 벌레가 가득 차 있었거든요."

아버지가 말했다.

"여태껏 우리 집안에 그런 소리로 지저귀는 새는 없었다. 몇백 년 동안 우리는 대를 이어 세상에 널리 알려진 우리의 음정으로 노래해왔다. 우리에게 낙원의 행복을 일깨워주는 새벽이 있고부터 우리가 아침저녁으로 지저귀는 것은 세상의 자랑거리였어. 나의 목소리만

이 저 집 일층에 사는 신사와 다락에 사는 가엾은 소녀의 즐거움이다. 그 사람들은 내 목소리를 들으려고 창문을 연단 말이야. 너는 왜 시장 어릿광대나 입는 옷을 입고 그저 눈앞에 있는 것으로 만족해하지 않느냐? 내가 관대한 아버지가 아니었다면, 당연히 네 털을 뽑아 가엾은 소녀의 바비큐 꼬치 신세가 되게 했을 거야."

나는 아버지의 부당함에 속이 뒤집혀 이렇게 소리쳤다.

"그래요, 그렇다면 제가 아버지를 떠나죠. 아버지가 끊임없이 뽑아대는 이 흰 꼬리가 눈에 띄지 않도록 할게요. 엄마는 1년에 세 번씩 알을 낳으시니까, 아버지의 노년을 달래줄 까만 아이들이 수도 없이 태어나겠죠. 저는 제 불행한 처지에 어울리는 곳을 찾아가겠어요. 어쩌면 그늘진 홈통이 알맞은 장소일지도 모르겠네요. 파리나 거미들이 저의 슬픈 삶을 위로해주겠죠. 안녕히 계세요!"

아버지는 내가 떠난다는 사실이 홀가분한지 이렇게 말했다.

"마음대로 하렴. 넌 내 자식이 아니니까. 사실, 넌 지빠귀도 아니지."

"그렇다면 저는 누구죠?"

"그야 모르지. 하지만 지빠귀는 아니야."

무정한 아버지는 그렇게 뼈에 사무치는 말을 던지고 나서 천천히 내 곁을 떠났고, 가엾은 어머니는 다리를 절며 수풀로 가서 흐느껴 울었다.

나는 이웃집 홈통으로 날아갔다.

2

아버지는 나를 이 고행의 장소에 며칠이고 버려둘 만큼 냉혹했다. 아버지는 난폭하기는 해도 원래는 마음씨 좋은 새였으므로 자존심만 허락했다면 나를 위로하러 왔을 것이다. 나는 어머니의 눈길이 한시도 나를 떠나지 않는 한 언젠가는 아버지가 나를 용서할 수밖에 없으리란 사실을 알고 있었다. 그러나 그렇다고는 해도 우리 부모님은 해괴망측한 나의 흰 깃털을 덤덤히 보아넘기며 나를 한식구로 받아들일 수 없다는 것 또한 분명했다.

"내가 지빠귀가 아니라는 사실은 너무나 명백해."

나는 몇 번이고 이렇게 되뇌었고, 홈통 물에 비친 나의 모습이 그 믿음을 확신시켜주었다.

어느 습한 밤에 내가 막 잠들려는 순간 늘씬하고 건장한 새 한 마리가 곁에 내려앉았다. 그 새도 나처럼 궁색한 모험가 같았지만, 자신의 초라한 깃털을 치솟게 하는 비바람이 몰아쳐도 당당하고 우아한 표정을 잃지 않았다. 내가 깍듯이 인사하자, 그 새는 홈통에서 나를 쓸어내버릴 듯이 날개를 퍼덕이며 인사했다.

그는 대머리에 걸맞게 쉰 목소리로 말했다.

"너는 누구지?"

나는 그 새가 다시 날갯질을 해서 바람을 일으킬까 봐 두려워하며 대답했다.

"아! 선생님, 저는 제가 누구인지 모른답니다. 그저 지빠귀였으면 하고 생각하고 있지요."

그 새는 나의 순박한 태도와 특이한 대답에 솔깃해서 내 이야기를 들려달라고 했다.

"네가 나와 같은 통신 비둘기라면, 애매하고 말도 안 되는 그런 생각은 싹 없어질 텐데. 우리의 운명은 여행하는 거란다. 우리에게는 사랑하는 사람이 있고 우리만의 이야기도 있지. 하지만 솔직히 나도 내 아버지가 누구인지는 몰라. 바람을 가르며 나는 것, 여기저기 돌아다니는 것, 인간이 살고 있는 저 아래 산맥과 평원을 바라보는 것, 땅이 내뿜는 불결한 악취 대신에 푸른 창공의 정기를 들이마시는 것, 전쟁이나 평화의 소식을 가지고 이곳에서 저곳으로 화살같이 날아가는 것, 이런 것들이 우리의 기쁨이자 의무란다. 나는 하루에 인간이 엿새 동안 걷는 거리보다 더 멀리 날아가지."

나는 용기를 내어 말했다.

"그렇다면 선생님은 방랑의 새로군요."

그 새가 말했다.

"그렇지. 나에게는 조국이 없어. 내가 아는 거라곤 아내와 아이들에 대한 것뿐이지. 아내가 있는 곳이 바로 내 조국인 셈이야."

"선생님 목에 걸려 있는 것이 뭐죠?"

그 새는 자랑스럽게 대답했다.

"이건 중요한 문서야. 나는 저명한 은행가에게 이자를 1프랑 78상팀으로 낮춘다는 소식을 전해주러 브뤼셀로 가는 중이야."

내가 소리쳤다.

"세상에! 선생님은 고귀한 운명을 타고나셨군요. 브뤼셀은 틀림없이 멋진 도시겠죠? 저를 데리고 가실 수는 없나요? 제가 지빠귀가 아니라면 어쩜 통신 비둘기일지도 몰라요."

"네가 통신 비둘기라면 내 날개 바람에 답했을 거야."

나는 우겨댔다.

"좋아요, 선생님. 답해드릴 테니까 사소한 일로 다투지 말아요. 아침이 밝아오고 비바람이 약해졌어요. 제발 선생님을 따라가게 해주세요. 저는 세상에 버려진 몸이에요. 선생님께서 저를 두고 가시면 이 홈통에서 죽어버리겠어요."

"그래, 좋아. 할 수 있으면 따라와 보렴."

나는 어머니가 자고 있는 정원을 마지막으로 둘러보고 나서 날개를 펴고 날아갔다.

3

내 날개는 아직 약했다. 나는 바람같이 날아가는 내 길잡이 옆에서 뒤처지지 않으려고 기를 쓰며 한동안 잘 날아갔다. 그러나 머지않아 나는 지쳐서 까무러칠 것 같아 헉헉거리며 물었다.

"브뤼셀에 다 와가요?"

"아니, 여기는 캉브레이야. 아직 9천6백54킬로미터나 더 가야 해."

나는 마지막으로 있는 힘을 다해 15분을 더 날다가, 목이 마르다며 조금만 쉬어가자고 사정했다.

길동무는 내가 밀밭으로 떨어지는 것을 보면서도 여행을 계속하며 대답했다.

"귀찮게 굴지 마! 넌 고작해야 지빠귀일 뿐이야."

밀밭에 얼마쯤이나 누워 있었는지 모르겠다. 나는 몸을 일으키려 했지만 추락의 고통과 여행의 피로로 몸이 마비되어 움직일 수가 없었다. 내가 죽음의 공포로 떨고 있을 때 매력적인 새 두 마리가 다가오는 것이 보였다. 하나는 아주 세련되어 보이는 요염한 까치였고, 다른 하나는 회갈색 산비둘기였다.

산비둘기는 몇 발짝 떨어진 곳에 서서 동정 어린 눈길로 나를 내려다본 반면 까치는 후닥닥 내 곁으로 다가와서 이렇게 말했다.

"아, 가엾어라! 어쩌다가 이렇게 인적 없는 곳에 있게 된 거죠?"

"아, 아가씨! 저는 길잡이가 버리고 간 가엾은 여행자랍니다. 배고파 죽겠어요."

까치가 소리쳤다.

"어머나, 세상에!"

까치는 근처 수풀로 날아가 과일을 물어다가 호랑가시나무 이파리에 담아서 주었다.

까치가 물었다.

“당신은 누구죠? 어디에서 왔어요? 도무지 당신 말을 믿을 수가 없군요. 당신은 이제 막 솜털을 간 어린 새인데. 대체 당신 부모는 뭘 하는 거죠? 부모가 되어 어떻게 자식을 이런 처지에 내버려둘 수 있나요? 정말 깃털이 쭈뼛 서네요.”

나는 까치가 말하는 사이에 몸을 약간 일으켜 게걸스럽게 과일을 먹었고, 산비둘기는 아주 다정한 눈길로 내 행동을 낱낱이 지켜보았다. 산비둘기는 내가 목이 마르다는 사실을 알고 꽃잔에 빗물을 반쯤 채워서 가지고 왔다. 그래서 나는 갈증을 풀었지만 가슴에 붙은 불까지 끄지는 못했다. 나는 사랑에 대해 아무것도 몰랐으나 가슴속에서 새로운 감정이 솟아났다. 할 수만 있다면 영원히 그렇게 먹고만 있었을 것이다. 하지만 내 식욕은 감정을 따라가지 못했고 좁은 위도 늘어날 것 같지 않았다.

나는 배를 채우고 나서 다소 기운을 차리자 친구들에게 불행한 나의 이야기를 들려주어 그들의 호기심을 채워주었다. 까치가 드러내놓고 관심을 보인 반면, 비둘기는 다정한 얼굴 가득히 연민의 빛을 띠었다. 나는 이미 운명을 결정하고서 내 본바탕과 이름을 모른다고 고백하기에 이르렀다.

까치가 말했다.

“이봐요, 우릴 놀리는 거죠? 당신이 지빠귀라고요? 말도 안 돼. 사랑스런 젊은이, 당신은 까치예요. 아주 예쁜 까치가 있다면 말이죠.”

까치는 부채 같은 날개로 나를 가볍게 어루만지며 마지막 말을 덧

붙였다.

내가 말했다.

"하지만 아가씨, 온몸이 하얀 까치가 있을까요? 부디 화내지 마세요."

"이봐요, 당신은 러시아 까치예요. 러시아 까치."

"어떻게 그럴 수 있죠? 나는 프랑스에서, 그것도 프랑스 부모 밑에서 태어났는데?"

"아이 참, 이런 자연의 변덕은 설명할 길이 없어요. 내가 장담하는데, 프랑스에는 별의별 까치가 다 있을 거예요. 색깔도 가지각색이고 출신지도 각양각색일걸요. 나를 믿어보세요. 그럼 당신을 세상에서 제일 아름다운 곳으로 데려갈 테니까."

"어디로 데려가신다는 말씀이세요?"

"내 녹색 궁전으로요. 그곳에서 당신은 어떤 삶을 살아야 하는지 알게 될 거예요. 아마 5분도 안 되어 까치로 살다가 죽어야겠다고 마음먹게 될걸요. 우린 모두 백 마리쯤 되는데, 잘 새겨두세요, 다들 길에 떨어진 빵부스러기나 주워먹는 평범한 마을 까치가 아니에요. 우리 궁전에 사는 까치들은 깃털에 검은 점 일곱 개와 흰 점 다섯 개가 있는 게 특징이죠. 당신은 온몸이 하얗군요. 정말 안된 일이에요. 하지만 당신은 러시아 혈통이니, 우리 쪽에 합류할 수 있을 거예요. 그 일은 나한테 맡겨요. 우린 온종일 몸을 매만지고 수다를 떨면서 시간을 보내고 각자 가장 오래되고 높은 나무에 자리를 잡으려고 애쓴답니다. 우리 숲 한복판에는 커다란 떡갈나무가 있어요. 아, 슬프게도, 지금 그 나무에는 아무도 안 살아요. 원래 돌아가신 파이어스 10세의 집이었는데, 지금은 펭귄들만 뻔질나게 드나들죠. 우린 아주 즐겁게 지내고 있어요. 여자들이 남의 이야기를 많이 한다고 하지만, 남편들의 시기심에 비하면 아무것도 아니에요. 자유로운 우리의 언어처럼 우리의 마음이 진실하기 때문에, 우리의 유흥은 순수하고 즐거운 것이에요. 우린 자부심이 대단하죠. 천하게 태어난 어치나 참새가 끼어들려고 하면, 우린 득달같이 달려들어 사정 없이 쪼아대죠. 하지만 우린 세상에서 제일 착한 새라서, 큰 나무 밑의 잡풀에 사는 불쌍한 참새와 피리새와 곤줄박이를 기꺼이 도와주거나 먹이를 주기도 하고 짓궂은 장난을 치기도 한답니다. 아마 그곳보다 더 이야깃거리가 많고 장난스러운 곳도 없을 거예요. 우리 중에는 온종일 묵주를 돌리며 기도하는 신앙심 깊은 까치도 있지만, 제아무리 그런 귀부인이라 해도 방탕한 젊은이들을 제멋대로 살게 내버려둔답니다. 한마디로 우리는 영광과 명예와 기쁨과 슬픔에 젖어 살아가죠."

"아가씨 이야기를 들으니 굉장한 미래가 보이는군요. 아가씨의 친절을 거절하는 어리석은 짓은 않겠습니다. 하지만 여행하기 전에 훌륭한 산비둘기에게 한마디 건네도 되겠습니까?"

나는 산비둘기에게 물었다.

"아가씨, 솔직하게 말씀해주세요. 아가씨는 내가 러시아 까치라고 생각하십니까?"

산비둘기는 내 질문에 고개를 숙이고 얼굴을 붉히며 대답했다.

"사실, 잘 모르겠어요."

"아가씨, 제발 말씀해주세요. 기분 상하게 하려는 뜻은 없습니다. 나는 아가씨 때문에 아주 새롭고 강렬한 사랑의 마음이 움텄습니다. 그러니 내가 누구인지 사실대로 말씀해주신다면, 나는 두 분 가운데 한 분과 결혼할 생각입니다."

그러고 나서 나는 다정하게 말을 이었다.

"왠지 비둘기한테는 나도 모르게 끌리는 구석이 있거든요."

비둘기가 말했다.

"사실, 그건 당신의 깃털에 비둘기 색조를 더해주는 붉은 양귀비 같은 제 깃털 색깔에서 받은 따뜻한 느낌 때문일 거예요."

비둘기는 더 이상 말하지 않았다.

내가 소리쳤다.

"아, 괴로워라! 내가 어떻게 결정해야 할까요? 의구심 때문에 답답해서 미칠 것 같은데, 어떻게 둘 중 하나한테 마음을 주지요? '너 자신을 알라!' 오, 소크라테스여, 당신의 가르침이 정말 존경스럽군요! 하지만 따르기가 너무 어려워요!"

나는 진실을 밝히기 위해 노래해야겠다는 생각이 퍼뜩 떠올랐다. 전에 아버지가 내 노래의 첫 소절을 듣고 심하게 나무랐을 때, 나는 아버지가 너무 감정적이라고 생각했다. 그러므로 나는 내 노래의 두 번째 소절이 지금 이 사랑스런 동물들에게 기적을 일으키리라고 믿고 싶었다. 나는 까치와 산비둘기에게 이해를 바라며 공손히 고개를 숙였다. 나는 삐삐 울기 시작하여 곧 지줄지줄 목젖을 떨며 노래했다. 그러고 나서 가슴을 한껏 부풀려 산에 사는 스페인의 노새몰이꾼처럼 큰 소리로 노래했다. 까치는 내 노래를 듣고 깜짝 놀라 조금씩 물러났다. 까치는 한 번 데이기는 했어도 포기하기에는 너무나 유혹적인 베이컨 주변을 맴도는 고양이처럼 쭈뼛쭈뼛 내 주위를 맴돌았다. 까치가 못 견뎌할수록 나는 더욱더 열창했다. 까치는 결국 싸구려 식당의 유혹을 뿌리치고 자신의 녹색 궁전으로 포르르 날아가버렸다. 산비둘기는 잠이 들었다. 노래의 힘이 어느 정도인지 말해주는 놀랄 만한 예이다.

내가 막 날아오르려는 순간, 산비둘기가 잠에서 깨어나 작별 인사를 했다.

"잘생겼지만 미련하고 불운한 이방인이여, 내 이름은 구룰리예요. 나를 잊지 말아요, 안녕!"

나는 벌써 길을 떠나면서 대꾸했다.

"아름다운 구룰리, 나는 진심으로 당신과 같이 살다가 죽고 싶어요. 하지만 그런 행복은 내게 어울리지 않아요."

4

나는 노래로 생긴 슬픈 결말에 마음이 무거웠다. 아! 음악과 시여, 가슴 깊이 그대들을 이해하는 자가 몇이나 될까! 나는 이런 생각에 휩싸여 있다가 맞은편에서 날아오던 새와 머리를 부딪혔다. 둘 다 충격이 너무 커서 나무로 떨어지고 말았다. 우리는 온몸을 흔들어댔다. 나는 한바탕 소동이 벌어지지나 않을까 하며 낯선 새를 바라보았는데, 놀랍게도 그 새는 온몸이 하얗고 머리에 우스꽝스러운 장식술이 달려 있고 꼬리가 치켜 올라가 있었다. 그 새가 싸울 생각이 없는 것 같아서, 나는 마음 놓고 그 새에게 이름과 국적을 물었다.

그 새가 말했다.

"나를 못 알아보다니, 정말 놀랍군. 너는 우리 족속이 아니냐?"

내가 대답했다.

"선생님, 사실 저는 선생님이 누구신지는 말할 것도 없고 제가 누구인지도 모른답니다. 다들 저한테 똑같은 질문을 하죠. '너는 누구냐?'라고요. 제가 만약 자연이 만든 짓궂은 웃음거리가 아니라면, 저는 대체 누구일까요?"

"자, 자, 됐어. 나는 쉽사리 속아 넘어가는 풋내기가 아니야. 형제여, 너는 깃털이 너무 잘 어울려. 그러니 속이려야 속일 수가 없지. 너는 라틴어로 카쿠아타이고 우리말로는 앵무새라고 부르는 이름난 우리 옛 가문의 새가 틀림없어."

"정말이세요? 친절하시게도 제 가족과 이름을 찾아주셨으니, 태생이 좋은 앵무새라면 자기 일을 어떻게 해나가야 하는지도 가르쳐 주시겠어요?"

"우리는 아무 일도 하지 않아. 우리는 아무 일도 하지 않는 대가로 돈까지 벌지. 나는 위대한 시인 카카토간이야. 우리 집안에서는 아주 예외적인 존재지. 나는 긴 여행을 하면서 허허벌판을 지나왔고 지금도 험난한 여행을 하는 중이야. 내가 뮤즈에게 사랑을 애걸한 것은 어제뿐인데 아직 잘 안 풀리고 있어. 나는 루이 16세 치하에서 노래하며 공화정을 외쳐댔고, 나폴레옹 치하에서 노래하며 분별 있게 개혁을 부르짖었어. 이 쇠락하는 시대에 살면서는 비정한 세기의 급박함에 대처하려고 노력했지. 나는 빼어난 2행시와 장엄한 찬가와 우아한 합창과 경건한 비가와 애매한 사랑 이야기와 피비린내 나는 비극을 세상에 내놓았지. 한마디로, 나는 내가 뮤즈의 사원에 영광스러운 꽃 장식과 반짝이는 작은 탑과 빼어난 당초 무늬를 보탰다고 믿고 있지. 나이가 들었어도 시적 영감은 아직 그대로야. 내가 막 노래를 떠올린 순간 너와 부딪히는 바람에, 내 생각이 든 기차가 선로에서 벗어나버렸어. 그렇지만 내가 조금이라도 도움이 된다면 기꺼이 너를 도와주지."

내가 대답했다.

"도움이 되고말고요. 저도 선생님께서 말씀하신 시적 영감 같은 게 느껴져요. 비록 선생님처럼 시인의 명성을 얻을 생각은 없지만요. 저는 예술의 오랜 규칙에 어긋나는 목소리와 노래를 타고났어요."

“나도 규칙 따위는 잊었어. 천재는 구속받지 않아도 되고, 천재의 비약은 경직되고 형식적인 것들을 모두 초월하니까 말이야.”

“하지만 선생님, 제 노랫소리는 듣는 이들에게 말로는 설명할 수 없는 어떤 영향을 끼칩니다. 장 드 니벨 같은 사람의 노랫소리와 비슷한 영향을요. 무슨 말인지 아시겠죠?”

카카토간이 말했다.

“그래그래. 나도 비슷한 이유로 고통받고 있어. 영향은 확실한데, 도무지 이해할 수 없는 이유로 말이야.”

"선생님, 선생님은 시의 네스토르(그리스 신화의 영웅)이십니다. 그러니 이 독특한 노래를 교정해주시지 않겠어요?"

"아니. 나는 젊을 때 그 일로 대단히 애를 먹었어. 그래봤자 대중들이 진정한 영감을 감상할 줄 모른다는 사실만 깨닫게 될 뿐이지."

"그럴 수도 있겠네요. 제가 노래를 해도 될까요? 그러면 선생님께서 충고하시기가 훨씬 좋을 텐데요."

카카토간이 대답했다.

"그럼, 좋고말고. 자, 불러보게."

나는 그 말이 끝나기가 무섭게 노래를 불렀다. 그리고 날아가지도 잠들지도 않은 채 나를 빤히 바라보며 이따금 찬동의 뜻을 나타내는 카카토간의 모습에 가슴이 흐뭇했다. 하지만 나는 곧 카카토간이 듣고 있지 않다는 사실을 알았다. 카카토간이 듣기 좋은 말을 중얼거리는 것은 바로 제 자신한테 하는 것이었다.

카카토간은 내 노래가 잠시 멈추는 틈을 타서 재빨리 끼어들었다.

"그 노래는 내 머리에서 나온 6천번째 작품이군. 누가 감히 나한테 늙었다고 할 수 있을까? 내가 만든 곡은 예전처럼 아름답고, 나의 상상력은 늘 그렇듯이 왕성하단 말이야. 내 천재성이 낳은 마지막 작품을 친구들한테 보여줘야겠어."

카카토간은 이렇게 말하고서 훌쩍 날아가버렸다.

5

나는 홀로 남아 낙담해 있다가 서둘러 파리로 날아갔는데, 불행히도 길을 잃고 말았다. 비둘기와 함께 했던 여행은 너무 빠르기도 하

고 불쾌하기도 해서 내 마음에 특별한 일로 남지 않았다. 나는 버젯으로 향하다가 땅거미가 질 무렵 몰폰테인 숲에서 묵을 곳을 찾았다.

까치와 어치를 제외한 새들은 모두 둥지를 찾았다. 까치와 어치는 아무 데서나 말다툼을 하는 녀석들이라서 잠자리를 같이 하기 싫은 새이다. 시냇가에는 왜가리 두 마리가 진지하게 명상에 잠겨 서 있었고, 근처에는 버려진 남편 두셋이 이웃 울타리에서 시시덕거리고 있는 경박한 아내가 돌아오기를 기다리고 있었다. 풀숲에는 사랑에 빠진 곤줄박이들이 놀고 있었고, 나무 밑에서는 부지런한 딱따구리가 빈 나무 둥치 속으로 새끼들을 밀어넣고 있었다.

여기저기서 이런 소리들이 들려왔다.

"여보, 이리 와!"

"얘야, 어서 오렴!"

"이리 와요, 내 사랑!"

"잘 자, 여보!"

"안녕, 친구야!"

"얘들아, 잘 자!"

독신자들의 입장이 제일 난처했다. 어둠 속에서는 모두 잿빛으로 보이기 때문에, 나는 몸집이 비슷한 몇몇 새들에게 환영받고 싶은 유혹에 빠졌다. 마침내 나는 여러 종류의 새들이 줄지어 앉아 있는 가지 끝에 겸손하게 자리를 잡으며 아무도 나를 알아보지 않았으면 했다. 하지만 내 기대는 어긋나고 말았다. 내 바로 옆에는 녹슨 풍향계처럼 비쩍 마른 늙은 비둘기가 앉아 있었다. 내가 비둘기에게 다가가려 하자, 비둘기는 자신의 몸을 덮고 있는 얼마 안 되는 깃털에 지나치게 신경썼다. 늙은 비둘기는 깃털을 뽑는 척했지만, 사실은 자신의 살갗을 덮고 있는 깃털이 얼마 없으므로 깃털 수가 맞는지 확인하려고 하나씩 훑어보는 중이었다.

내가 날개 끝으로 비둘기를 살짝 건드리자, 비둘기는 당당하게 고쳐 앉더니, '이 녀석이, 감히 어디서?'라고 호통치며 나를 힘껏 밀어 담갈색 암탉의 머리 위로 떨어뜨렸다. 담갈색 암탉은 내게 기꺼이 자리를 내주고 싶어했지만, 이미 수확을 마치고 돌아온 아들이 하나밖에 남아 있지 않던 침대를 차지하고 있었다.

그때 개똥지빠귀가 다정하게 나를 부르는 소리가 들렸다. 개똥지빠귀는 나에게 자기 패거리에 끼라는 신호를 보냈다. 나는 드디어 여기에 나하고 깃털이 같은 새들이 더러 있겠다 싶어서, 아가씨의 모피 토시 속으로 사라지는 연애편지처럼 잽싸게 개똥지빠귀들 사이에 자리를 잡았다. 그런데 세상에! 나는 그 여인네들이 술을 진탕 마셨다는 사실을 알고는, 얼른 그 곁을 떠나 밤이 깊어서 어디인지 알 수 없는 곳으로 달아났다. 그렇게 계속 날아가던 나는 어느 순간 터져나오는 천상의 음악에 사로잡히고 말았다. 그것은 나이팅게일의 노래였다. 검은 옷을 입은 자연의 여신이 가만히 서서 자장자장 아이들을 얼러 재우는 영광스러운 나이팅게일의 자장가에 귀를 기울이고 있었다. 나는 노래를 들으면서 나를 버림받게 한 내 노래의 첫 선율이 떠올랐다. 나이팅게일의 노래에는 우울한 감정이 들어 있었고, 살면서 경험한 것보다 더 밝고 순수하고 거룩한 무엇인가를 갈망하는 마음이 가득 담겨 있었다. 흐르는 가락 속에 어떻게든 살아보겠다는 나의 결심이 사르르 녹아 없어지는 것 같았다. 나는 밤에 활동하는 올빼미의 먹이가 되는 위험을 무릅쓰고 가다가 죽는 한이 있어도 집으로 돌아갈 각오로 어둠 속으로 날아올랐다. 동틀 무렵에 노트르담 성당의 탑들이 어렴풋이 보였다. 이윽고 나는 옛 정원에 내려앉기 전에 잠시 숨을 돌리려고 성당 건물 위에 앉았다. 그런데 이럴 수가! 내가 없는 동안 슬픈 변화가 일어났다. 장작더미말고는 그곳을 나타낼 만한 것이 하나도 없었던 것이다. 어머니는 어디로 갔을까? 나는 어머니를 찾아 노래하고 지저귀고 노래하고 소리쳐보았으나 모두 헛수고였다. 어머니는 이미 정겨운 옛 집을 떠났다. 나무를 베어 혈연의 끈을 잘라버린 나무꾼의 도끼만이 덩그라니 남아 있을 뿐, 초록 오솔길의 키 작은 나무들은 뿌리째 뽑혀나가 인간이 사는 차가운 회색 돌들에게 이미 자리를 내주었다.

6

나는 어머니와 아버지를 찾으려고 주위의 모든 정원을 샅샅이 뒤졌지만 결국 찾지 못했다. 어머니와 아버지는 틀림없이 멀리 떨어진 곳으로 피해 갔을 테고 나를 영원히 잊었을 것이다. 나는 슬픔에 못 이겨, 아버지가 화를 내며 내쫓았던 홈통 주위에서 서성거렸다. 나는 잠도 못 자고 멀거니 누운 채 비탄에 잠겨 굶어죽으려 했다. 어느 날, 귀에 거슬리는 두 목소리가 슬픈 나의 회상을 방해했다.

내 바로 밑에 있는 길에서 칠칠치 못한 두 주부가 지저분한 진흙투성이 차림새로 가정교육 문제로 말싸움을 벌이고 있었는데, 한 주부가 이렇게 소리 지르며 말싸움을 끝냈다.

"제기랄! 네년이 그렇게 할 수 있다면, 어디 한번 해봐. 하기만 하면, 내가 너한테 흰지빠귀를 데려다주지."

나는 여기서 새로운 사실을 알았다. 어쩌면 이 뜻밖의 상황이 내 운명의 흐름을 바꾸어 결국엔 나를 낙원으로 이끌지도 모를 일이었다. 나는 엉뚱한 형태의 희귀한 새이기는 해도 틀림없이 존재하고 있었다. 이렇게 결론을 내릴 정도의 말이라면 타당한 이야기일 것이다. 그렇다면 겸손은 내게 어울리지 않는다. 실제로 높이 평가 받을 만큼 희귀한 특성이 있다면, 그것은 얕잡아볼 문제가 아니다. 나는 법적으로 이런 변형이 완전하게 증명될 수 있다고 들었다. 하지만 재판에 드는 비용이 너무 많고, 법정의 뛰어난 구성원들만이 증명할 수 있다. 그러니 내 경우에는 자연법이 확실히 목적에 맞을 것이다.

나는 곧 이런 현명한 결론으로 거만한 태도를 취하게 되었다. 다른 동료들보다 훨씬 위에 있는 홈통에서 나를 일으켜 세운 것이 바로 자신의 천재성임을 처음으로 알게 된 존재가 지니는 태도였다. 나는 홈통을 걸으면서 보다 위엄 있고 당당하게 걷는 법을 익혔다. 아울러 이 좁은 지상에서 멀리 떨어진 내 운명의 종착지를 향하여 조용히 우주를 바라보는 능력도 생겼다. 이 모든 상황이 속된 잡담 속의 부주의한 호언장담으로 생긴 놀라운 변화였다. 그리고 이런 일은 생활이 얼마나 멋지게 바뀔 수 있는가를 확실히 보여주고 있다. 인간들은 바보의 말이 왕국의 멸망을 막는다고 알고 있듯이, 이런 경우도 잘 알고 있다.

특히 나는 자연이 고의적으로 지금의 나를 만든 것이 어쩌면 나더러 시인이 되라는 뜻일지도 모른다는 생각이 우연히 떠올랐다. 나는 무슨 이유로 이런 믿음이 생기게 되었는지는 설명할 수 없다. 하지만 이 믿음은 내 머릿속에 단단히 뿌리를 내려, 나는 떠오르는 영감을 적어두어야 했다. 위대한 시인이 되기 위해서는 먼저 위대한 시인처럼 보여야 한다는 것은 누구나 아는 사실이다. 그래서 나는 모든 면에서 천재처럼 보이는 방법을 연구했고, 내가 생각한 대로 인정받게 되었다. 그러고 나서 나는 전통시를 파고들어가 나의 존재를 세상에 널리 알릴 만큼 멋진 48편짜리 장편시를 쓰기로 작정했다. 나는 나의 고독을 깊이 탄식하여 세상에서 가장 행복한 존재들이 나를 질투하도록 할 것이다. 조물주가 내게 짝을 주지 않았으니, 나는 새라는 창조물을 각각의 두드러진 특징대로 구분해놓은 방식을 격렬히 비난할 것이다. 나는 포도가 시다는 사실과 나이팅게일의 노래는 절망적이라는 사실과 지빠귀는 차츰 태곳적의 흰색을 잃어왔다는 사실을 증명하면서 모든 것을 비난하리라. 하지만 먼저 훌륭한 압운 지침서를 손에 넣어야 한다. 발음이 같은 말들을 낚는 공포에서 나를 구해줄 안내서 말이다. 더불어 나는 영감의 자료가 고갈되지 않도록 가난한 언론인과 작가로 구성된 수행원들을 갖출 필요가 있다. 영국의 시인 초서의 시구를 모방한 시와 셰익스피어의 감성으로 만들어진 희곡으로 세상을 휩쓸기 위해서 말이다. 그렇게 해서 나는 지친 내 영혼을 쉬게 하고 모든 곤줄박이들과 나무비둘기들과 늙은 올빼미들이 지절거리고 구구대고 빽빽거리게 만들 것이다. 무엇보다도 사랑의 달콤한 감정에 흔들리지 않는 자아를 증명해야 한다. 나는 내 노래에 녹아버린 아가씨의 마음을 가엾게 여기라는 공격과 부탁을 받겠지만 다 소용없다. 내 원고는 금값으로 팔릴 것이고, 내 책은 해외로 알려질 것이며, 어디서나 부와 명예가 나를 좇아다닐 것이다. 한마디로 나는 눈 씻고도 찾아볼 수 없는 특별한 새가 될 것이다. 나는 천 명의 경쟁자에게는 끔찍한 미움을 받겠지만, 진심으로 환영 받고 사랑 받고 존경 받는, 괴짜이면서도 탁월한 문장가가 될 것이다.

7

내 첫 작품은 6주 후에 세상에 소개되었다. 그 작품은 내가 스스로 약속했던 48편짜리 장편시였다. 내 작품은 몇 가지 잘못된 점들이 있어서 썩 좋지는 않았다. 머리에서는 엄청난 영감이 쏟아져 나오는데 내 펜이 영감을 따라잡지 못한 때문이었다. 하지만 나는 신속한 사고와 행동에 익숙한 현대 대중들이 비난을 막아주리라고 현명하게 결론 내렸다. 내 순박한 노력이 성공한 것은 아주 당연한 일이자 유례없는 일이었다. 그 시는 고귀한 나를 주제로 삼았다. 나는 일반적인 관행에 맞추어 나의 고통과 모험을 이야기함으로써 독자들로 하여금 집안에서 벌어지는 온갖 자질구레한 일에 짜릿한 관심을 갖도록 유도했다. 나는 내 어머니의 둥지에 대한 묘사로 14편의 시를 썼다. 시 속의 지푸라기와 풀과 나뭇잎 숫자는 한결같이 이상화하여 시적 영감의 농담과 반영을 통해 아주 생생하고 자세하게 그려졌다. 나는 둥지의 안쪽과 바깥쪽, 바닥과 가장자리, 우아한 곡선과 경사진 면과 각을 나열했다. 그리고 우리 집에 맛있는 요리를 제공해준 파리와 떡갈잎풍뎅이와 땅벌레의 유해들을 글로 나타내어 독자들을 중요한 주제로 서서히 끌어들였다. 나는 그렇게 써나가다가, 마침내 대단원에서야 참된 시적 기교를 통해 삶의 극적인 사건들을 보여주었다.

유럽은 뜻하지 않은 내 책의 출현으로 들썩거렸고 흥미진진한 폭로에 완전히 마음을 빼앗겼다. 당연하지 않은가? 나는 나라는 존재가 있다는 사실을 밝혔을 뿐 아니라, 여러 해 동안 잠자리를 어지럽혀온 꿈들을 그렸다. 나는 심지어 알을 깨고 나오기 전에 지은 송시도 소개했다. 물론 모두가 관심을 갖는 인류의 미래라는 주제도 그냥 넘어가지 않았다. 나는 한동안 관심을 가진 이 문제를 다루어 단숨에 대략적인 이야기를 씀으로써 모두를 만족시켰다.

날마다 축하편지와 익명의 연애편지가 날아들었고, 내 집 앞에는 인터뷰를 바라는 신문기자와 서방의 여행객이 몰려들었다. 나는 개인적인 교제는 단호히 거절했다. 그러나 내 친척이라고 떠들고 다니는, 아프리카의 세네갈과 중국에서 온 지빠귀들만은 예외적으로 만나야 했다.

그 지빠귀들은 나를 숨막히게 껴안으며 말했다.

"아, 선생님. 선생님은 참으로 고귀한 새입니다. 선생님의 불멸의 시구에는 무명의 천재가 겪는 깊은 고통이 너무나 존경스럽게 그려져 있습니다! 우리 지빠귀가 이미 남들한테 욕을 먹고 있지 않다면 선생님의 시가 읽힌 뒤에 그렇게 된 것일 겁니다. 저희는 사회의 통념으로 인한 선생님의 슬픔과 숭고한 경멸에 얼마나 깊이 공감했는지 모릅니다! 선생님, 우리는 경험을 통해 선생님이 노래하는 모든 고민에 익숙해졌습니다. 여기 시 두 편을 존경의 표시로 드리니, 제발 받아주십시오."

중국 지빠귀가 덧붙여 말했다.

"또 제 아내가 선생님 서시에 곡을 붙인 노래도 여기 있습니다. 아내는 시에서 풍기는 영감을 훌륭하게 이해한 모양이에요."

내가 대답했다.

"여러분들은 참으로 자랑스런 감성을 부여받은 재능 있는 분들 같은데, 왜 그렇게 우울한 얼굴을 하고 계시는지요?"

"아, 선생님, 제 생김새를 한번 보세요. 사실 제 깃털은 보기 좋지요. 오리의 자랑거리인 선녹색을 띠고 있으니까요. 하지만 저는 부리가 너무 짧고 발톱도 너무 길어요. 게다가 이렇게 이상한 꽁지가 달린 새가 어디 있겠습니까? 저는 꼬리밖에 안 보입니다. 이 정도면 우울할 만하지 않아요?"

중국새 존이 말했다.

"선생님, 저는 더 불행합니다. 저 친구는 꽁지로 거리를 쓸고 다니지만, 저는 꽁지가 다 빠져버렸다고 남들한테 손가락질을 받거든요."

내가 말했다.

"여러분, 나는 진심으로 두 분을 동정합니다. 무엇이나 너무 많이, 혹은 너무 적게 가지고 있으면 고통이 따르는 법이죠. 하지만 나는 두 분과 같은 동물이 많은 표본으로 박제되어 우리 박물관에 몇 년씩 평화롭게 보존되어 있다는 사실을 말씀드리고 싶군요. 나는 두 분의 불행을 합친 것보다 더한 불행을 맛보았습니다. 나는 아는 것도 많고 천재이지만 불행히도 하늘 아래 하나뿐인 동물이지요. 혼자 살겠다고 작정하고서도 봄이 오면 마음이 뒤숭숭했지요. 그러다가 예상 밖의 반가운 사건이 내 미래를 결정해버렸습니다. 나는 런던에 사는 젊은 흰지빠귀한테서 편지를 받았습니다.

> 당신의 시를 읽었습니다. 저는 그 시를 읽고 나서 제 운명을 당신께 맡기고 당신을 도와야겠다는 생각이 들었습니다. 하느님은 당신을 위해 저를, 저를 위해 당신을 만드셨습니다. 저는 당신과 같은 처지입니다. 저도 흰지빠귀랍니다.

내가 얼마나 놀라고 기뻤겠습니까? 흰지빠귀라니! 어디 있을 법이나 한 일인가요? 나는 그 기쁜 편지에 서둘러 답장을 썼습니다. 영국 신문인 『타임스』의 두번째 난에 있는 사랑의 전갈에 간결하면서도 헤아릴 수 없이 깊은 감정을 담았지요. 나는 얼굴도 모르는 그녀에게 사랑에 빠진 젊은 연인들의 피신처인 파리로 곧장 와달라고 간청했습니다. 내가 답장을 한 뒤, 바라던 일이 이루어졌습니다. 그

아가씨가 당장 파리로 날아왔거든요. 아니, 그 아가씨한테서 '괜히 자세한 이야기를 하여 부모님을 괴롭히지 않겠다'는 두번째 편지가 온 지 얼마 되지 않아서요. 그 아가씨 부모님께는 아무 말씀도 드리지 않는 편이 나았습니다. 혹시 아가씨 부모님께서 까마귀를 보내어 내가 어떤 녀석인지 조사해야 한다고 생각하셨을지도 모르니까요.

드디어 아가씨가 왔습니다. 아, 그 기쁨이란! 아가씨는 누구보다도 사랑스러운 지빠귀였습니다. 그렇게 아리따운 피조물이 나를 위해 태어나고 자랐다니, 어디 있을 법이나 한 일입니까? 나는 아버지의 저주와 그간의 고생까지도 기쁘게 받아들였습니다. 조물주께서 나를 위로해줄 뜻밖의 피조물을 이 세상에 보내셨으니까요.

'지금까지 나는 영원히 혼자 살 운명이라고 생각했습니다. 하지만 사랑스런 나의 신부를 보니, 내 안에서 고귀한 아버지의 자질이 완전히 성숙했음을 느낍니다. 아름다운 아가씨, 내 발톱을 받아주세요. 우리 앵글로색슨식으로 검소하게 결혼식을 올리고 스위스로 떠납시다.'

내 사랑이 내 말을 듣고 말했습니다.

'싫어요, 결혼식은 아주 화려해야 해요. 집안 좋은 지빠귀들을 모두 부르세요. 우리 같은 위치에 있는 새들은 격식을 차려야 해요. 떠돌이 고양이처럼 결혼해서는 안 돼요. 여기, 제가 돈을 준비해 왔어요. 당신은 초대장을 보내세요. 만찬을 주문하는 데도 돈 아끼지 말고요. 나는 프랑스 혈통이라서 과시하길 좋아해요.'

내가 내 미녀의 뜻이라면 무엇이든 들어주는 바람에 우리의 결혼식은 유난히 화려했습니다. 만찬을 준비하느라 파리 천 마리가 도살되었고, 파티버스의 대주교인 늙은 가마우지 신부가 우리를 축복해 주었지요. 그 행복한 날의 잔치는 멋진 무도회로 끝났습니다.

나는 하루하루 아내를 알아갈수록 아내가 더욱더 사랑스러웠습니다. 내 아내는 지적인 우아함과 육체적인 우아함을 겸비한 고상한 동물이었습니다. 다만 아내는 남들의 입길에 오르내렸습니다. 나는 그런 뒷이야기를 영국 안개의 영향쯤으로 돌리고, 우리의 화창한 기후가 곧 이 작은 구름을 흩어놓으리라 확신했습니다. 아내를 둘러싼 수수께끼가 몇 가지 있기는 했죠. 그 때문에 나는 불길한 예감에 시달렸고요. 아내는 방문을 걸어 잠그고 몇 시간이나 하녀들과 방 안에 틀어박혀서 화장을 하고 있다고 말하곤 했습니다. 남편들은 대개 그런 행동을 참지 못하지요. 나는 수십 번씩 아내의 방문을 두드렸지만, 아무 소용 없었습니다. 어느 날인가는 내가 하도 난폭하게 구니까 아내가 할 수 없이 문을 열어주더군요. 그리곤 여느 때와 다름없이 나를 대했습니다. 방에 들어서자마자 맨 먼저 눈에 띈 것은, 밀가루와 표백분으로 만든 풀 같은 것이 들어 있는 커다란 단지였죠. 나는 아내에게 그 물건을 어디에 쓰느냐고 물었습니다. 아내는 동상약이라고 하더군요. 대답이 미심쩍기는 했지만, 그렇게 매력적인 존재가 하는 말을 어떻게 믿지 않을 수 있겠습니까?

최근까지도 나는 아내가 문학을 공부해왔다는 사실을 몰랐습니다. 나는 내 아내가 유명한 월터 스콧의 문체를 이어받은 로맨스 작가라는 사실을 알고서 말할 수 없이 기뻤습니다. 나는 세상에서 제일 아름다울 뿐 아니라 진짜로 재능 있는 동료 작가의 남편이었습니다. 우리는 그때부터 줄곧 함께 일했습니다. 내가 시를 쓰는 동안, 아내는 많은 종이를 글로 채웠습니다. 아내는 글을 쓰면서도 내 낭송에 귀를 기울이는 천부적인 재능을 과시했죠. 아내는 내 재능과 엇비슷한 솜씨로 소설을 썼는데, 늘 진기한 극적 가치가 있는 주제를 택했습니다. 살인범에 대한 이야기와 메룰라 벌거리의 주장을 옹

ANDREW. BEST. LELOIR.

호했다는 이유로 정부에 독화살을 쏜 노상강도 따위에 대한 이야기였죠. 한마디로 아내는 힘들게 쓰지 않았고 굳이 겸손을 떠는 속임수도 쓰지 않았습니다. 아내는 글을 쓰다가 고칠 필요도 없었고 작업에 들어가기 전에 계획을 세울 필요도 없었습니다.

어느 날 아내가 유달리 열심히 일하다가 비지땀을 마구 흘렸습니다. 그때였습니다. 나는 아내의 등에 까만 얼룩이 있는 것을 보고 깜짝 놀랐습니다.

'아니, 당신! 그게 뭐야? 흑사병에 걸린 거야? 어디 아파?'

처음에는 아내도 너무 놀라서 말문이 막힌 것 같았지만, 곧 노련한 세상살이의 재치로 평소처럼 냉정해졌습니다. 아내는 그것이 잉크 자국이며 자기는 영감이 떠오르는 순간 몸에 잉크를 잘 묻힌다고 대답했습니다. 나는 속으로 몹시 고민했습니다. 혹시라도 아내가 흰색을 잃어버리지 않았나 싶어서 며칠 밤을 뜬눈으로 보냈습니다. 그러던 어느 순간, 풀 항아리가 환영처럼 눈앞에 떠올랐습니다. 아, 세상에, 이럴 수가! 도대체 내가 뭘 의심하는 거지? 하늘에서 내려온 이 피조물이 결국 예술품의 하나인 그림에 불과하단 말인가? 아내는 나를 속이기 위해 자기를 꾸민 걸까? 나는 밀가루와 표백분 덩어리의 구애에 넘어갔단 말인가? 나는 결국 의심을 떨쳐버리지 못하고, 기압계를 통해 비가 올 기미를 살피며 허깨비를 때려눕힐 계획을 세웠습니다. 나는 비가 올 것 같은 어느 일요일에 아내를 시골로 데려가 갑작스런 비에 씻겨보려 했지만, 그때는 칠월 중순이라 짜증스럽게도 날씨가 계속 맑았습니다. 나는 참된 행복을 맛보고 오랫동안 글을 쓰는 버릇이 몸에 배어서 감성이 아주 풍부해져 있었습니다. 이따금 작업중에 풍부한 감성이 내 영감보다 강해지곤 하면, 나는 시를 떠올리다가 그만 눈물을 흘리곤 했습니다. 아내는 이런 드문 경우를 좋아해서 나의 남성적인 나약함을 달래려고 애썼습니다.

어느 날 밤, 나는 부알로(프랑스의 시인)의 가르침대로 글을 써 내려가다가 마음의 문을 열고 말했습니다.

'오, 그대, 나의 여왕이여! 그대, 하나뿐인 진정한 나의 여인이여! 그대 없는 나의 삶은 한낱 꿈일 뿐이오! 그대의 모습, 그대의 미소가 내 세상을 빛으로 가득 채우고 있소. 내가 가장 사랑하는 그대여! 그대는 내 사랑의 깊이와 너비와 무게를 알고 있소? 그대가 내게 오기 전까지 나는 쫓겨난 고아의 운명이었으나, 지금의 나는 왕이나 다름없소. 가난한 내 마음속에 그대의 모습은 영원히 간직될 것이오. 내 꿈과 열망은 모두 그대를 향한 것이오.'

나는 이렇게 외치면서 아내 앞에서 눈물을 흘렸습니다. 내 눈물이 아내의 등에 한 방울 한 방울 떨어질 때마다 아내의 살빛은 눈에 띄게 달라졌습니다. 깃털은 차츰 까만색도 아닌 빨간색으로 변했습니다. 아내는 또 다른 역을 제대로 수행하기 위해 빨간 물을 들인 것이 분명했습니다. 나는 곧 아내가 밀가루를 바르지 않은 과거의 존재, 즉 보통 지빠귀에 지나지 않는다는 사실을 알았습니다. 그때의 치욕을 어찌 말로 다할 수 있겠습니까? 나는 용기를 내어 밝은 세상을 떠나고자 결심했습니다. 나의 모든 일을 포기하고 사막으로 달아나될 수 있으면 살아 있는 모두의 눈을 피하고자 한 것입니다.

나는 미어지는 가슴을 안고 멀리 날아갔습니다. 나는 새들의 천사인 바람의 날개에 실려 모르트퐁텐의 한 나뭇가지에 내려앉았지요. 밤이었습니다. 새들은 벌써 잠들었지만 나이팅게일은 여전히 노래하고 있었습니다. 오직 어둠 속에서만 나이팅게일의 가슴은 훌륭한 신을 찬미하는 노래로 그득했습니다. 나이팅게일의 가슴은 환희로

벅차올랐습니다. 신성한 주제와 인간의 귀를 위해 노래하는 대다수의 재능 있는 시인들은 결코 느낄 수 없는 환희였습니다. 나는 나이팅게일에게 말을 걸고 싶은 유혹을 뿌리칠 수 없었습니다.

'행복한 나이팅게일, 당신은 마음속에 기쁨이 넘쳐서 노래하지요. 당신은 정말 훌륭합니다. 당신에게는 당신의 노래를 들으며 이끼를 베고 잠드는 아내와 자식들이 있겠지요. 당신을 북돋아주는 보름달과 풍족한 양식도 있고요. 더구나 당신을 칭찬하거나 비판하는 잡지도 없잖습니까. 뤼비니와 로시니는 당신에 비하면 아무것도 아닙니다. 당신을 굳이 비교하자면 하나뿐인 신과 같다고 할 수 있겠습니다. 나이팅게일이여, 당신이 참된 숲의 행복을 구하는 동안, 나는 공허하고 헛된 명성을 좇느라 허송세월을 보냈습니다. 당신의 비결을 배울 수 있을까요?'

나이팅게일이 대답하더군요.

'그럼요. 하지만 당신의 상상하곤 다릅니다. 아내는 나를 귀찮게 하지요. 나는 아내를 사랑하지 않아요! 나는 장미한테 푹 빠져 있답니다. 사디(페르시아의 시인)가 그 장미에 대해 말한 적이 있지요. 나는 장미가 잠이 들어 내 찬사를 듣지 못하는 밤에 하염없는 사랑의 노래를 보냅니다. 밤이면 굳게 닫혀 있는 장미의 꽃잎. 장미는 늙은 풍뎅이를 재우지요. 어슴푸레한 새벽빛이 서럽게 숲을 덮으면, 나는 눈을 감고 잠이 들겠지요. 아마도 장미는 가슴을 열 테고, 벌은 사랑하는 이의 입술에서 우아한 꽃가루를 듬뿍 받겠지요.'"

이 글은 인간들이 어리석다고 함부로 말하는 동물들이 사실은 인간보다 뛰어나다는 것을 보여주려고 쓴 글이다. 이 글을 쓴 저명한 동물은 익명으로 남기를 바란다. 그러나 그가 안나 그레나리우스 양의 사랑을 받았으며, 그레나리우스 양이 존경하는 이성적인 동물 학파에 속해 있다고 말할 수는 있겠다.

두 곤충의 사랑

1

어느 날 저녁, 그레나리우스 교수는 라임나무 밑에 앉아 이렇게 중얼거렸다.

"자피도의 행동 양식은 신기하기 짝이 없어. 사실 프랑스가 자피도의 본을 따르기만 한다면 인류의 진보를 위해 법전이나 명령, 설교, 친목회가 따로 필요 없을 텐데 말이야. 인간들이 자랑스러워하는 이성이라는 속성이 모든 사회악의 주된 원인이라는 점은 너무 빤한 사실이잖아."

가난한 한 학생을 마음을 다해 사랑하는 안나 그레나리우스는 피부가 워낙 깨끗하고 고와서 얼굴에 늘 짙은 홍조를 띠고 있었다. 안나는 스코틀랜드 소설에 나오는 전형적인 여주인공의 모습이었다. 한없이 깊고 푸른 눈이 '총명함'을 오롯이 드러내고 있었던 것이다. 안나는 아버지 그레나리우스 교수의 진지하고 꾸밈 없는 얼굴을 보면서, 아버지가 학문하는 몽상가의 입에서 흔히 흘러나오는 터무니없는 이야기를 하고 있다고 생각했다. 안나는 아버지가 인간 이성의 악행에 대해 마저 몽상하도록 내버려두고, 밤에는 닫혀 있는 식물원에서 가장 마음에 드는 장소로 걸음을 옮겼다. 7월 어느 날, 8시 반이었다.

안나는 온실 바깥에 앉아서 생각했다.

'아버지는 자피도에 대해 뭘 말씀하시려는 걸까? 아버지 머릿속엔 자피도 생각밖에 없어.'

아름다운 안나는 생각에 잠겨 그 자리에 못 박힌 듯 앉아 있었다. 아버지는 아버지대로 생각에 잠겨 안나가 없는 줄도 몰랐다. 안나는 천부적인 감수성을 타고났다. 만약 안나가 4백 년 전에 태어났더라면, 그 감수성은 아무 소용도 없었을 것이다. 그러나 안나는 다행히도 더 문명화한 시대에 태어났다.

2

자피도 왕자가 파리에서 가장 특별하다고 느낀 것은 베르사유에 있는 제노바 제품과 같은 바로 자기 자신이었다. 자피도 왕자는 몸집은 작아도 놀랄 만큼 고전적인 아름다움을 지니고 있었다. 자피도의 다리는 볼품없는 안짱다리쯤으로 보일지도 모른다. 하지만 보석이 박힌 긴 가죽 구두를 신고 반질거리는 가죽 위에 가지런히 발을 모으고 있었다. 자피도 왕자는 자기 나라의 관습대로 망토를 걸치고 있었는데, 그것은 샤를 10세의 성직자들이 호사스럽게 입었던 망토를 무색하게 할 만한 것이었다. 망토는 하늘색 바탕에 다이아몬드 아베레스크로 덮여 있고, 트렁크의 두 뚜껑처럼 정확히 두 쪽으로 갈라져 있었다. 두 부분은 금고리로 고정되어 연지벌레 왕국의 왕자인 자피도의 권위를 나타내기 위해 죽 늘어져 있었다. 마치 성직자가 의식을 주관할 때 입는 예복처럼. 왕자는 아름다운 사파이어 목걸이를 걸고 있었고, 유럽 군주들의 축제 모자에 달린 어떤 깃털보다도 아름다운 장식 깃털 두 개를 꽂고 있었다.

안나는 자피도 왕자가 매력적이라고 생각했지만, 자피도 왕자의 팔은 포옹하기에는 너무 짧고 가늘었다. 그러나 이런 사소한 결점은 왕족의 값진 카네이션 때문에 제대로 보이지 않았다. 안나는 아버지께서 말씀하시고자 했던 것이 무엇인지는 알고 있었다. 충만하면서도 공허하고, 터무니없는 것 같으면서도 분별 있고, 뭔가에 몰두해 있으면서도 대단히 경계하는, 그러나 늘 환상적인 도시인 이 끔찍한 파리에서 그냥 스쳐 지나가는 신비로운 것을 증거로 하시려던 말씀을.

3

유리 궁전의 3천 개나 되는 창문이 밝은 달빛을 받고 있어서, 궁전 전체가 간혹 여행객들의 넋을 빼앗는 달빛 불길로 하얗게 빛나는 것 같았다. 선인장은 바닐라 향기 같은 이상한 향을 듬뿍 뿜어내고 있었다. 볼카네리아는 자신의 덤불에서 포도주 열기를, 재스민은 시적인 향기를 내뿜었으며, 목련은 아예 대기를 취하게 했다. 한편 흰 독말풀의 향은 페르시아 왕의 화려한 행렬을 따라갔고, 강력한 중국 백합은 활짝 피어 있는 모든 꽃의 향기를 동화시킬 만큼 짙은 향을 내뿜고 있었다.

향기를 실은 산들바람은 밤의 요정들이 꾸며놓은 훌륭한 광경을 즐기려고 가만히 서 있었다. 이내 작은 바나나 수풀로 그늘진 마법의 장소에 요정들이 나타났다. 넓게 퍼진 바나나 잎은 요정들의 빛을 막아주는 차양 구실을 했다. 주위에 부드러운 선율이 흐르면서 요정들에게 밤의 잔치를 살며시 일깨워주고 있었다. 갑자기 무대 불빛이 녹색 선인장 위를 비추어, 요정의 여왕과 호화로운 시녀, 마법에 걸린 자피도 왕자의 쾌활한 모습을 환히 보여주었다. 여왕은 아름다운 자태를 그대로 드러내기 위해 하늘거리는 옷을 입고 있었다. 귀뚜라미 유령들이 고상한 은둔처에서 사랑 노래를 부르는 동안, 날개 달린 음악가들이 왕자를 극찬하는 노래를 했다. 왕자는 이 마법 악단의 노래에 홀려 꼼짝 않고 서 있었다. 열정적인 여왕의 눈길이, 아름다운 안나의 모습을 마음에 간직하고 있는 자피도 왕자의 진실한 마음을 어지럽게 뒤흔들었다.

음악이 멈추자, 초자연적인 아름다움으로 빛나는 여왕이 낭랑한 목소리로 소리쳤다.

"자피도! 자피도! 그대에게 마음을 빼앗긴 요정 여왕의 경의를 받아주오."

그 순간은 마법에 걸려 있는 상황이었다. 향기로운 산들바람이 왕자의 달아오른 뺨을 어루만지며 사랑을 속삭였다. 자피도는 우물쭈물 망설이고 있었다.

그러나 그것은 한순간이었고, 왕자는 자신의 가슴에 하잘것없는 열정의 불을 댕기는 묘한 영향에서 깨어나 이렇게 대답했다.

"여왕이여, 당신은 초자연적인 빛으로 참된 마음을 유혹하고 교활한 방법으로 내 갑옷의 약한 부분을 찾으려 하는군요. 하지만 아리따운 안나를 사랑하는 내 마음을 그따위 사악한 기교로는 꺾을 수 없습니다."

BREVIERE. et NOVION

왕자의 입에서 이 말이 떨어지자마자 신비로운 광경이 왕자의 눈앞에서 점차 사라지더니, 소름 끼치는 녹색 빛이 꿈틀거리는 단세포 생물과 간단한 형태의 온갖 생물들이 살고 있는 질퍽질퍽한 늪을 비추었다. 따뜻하던 공기는 이내 차가워졌고, 향기롭던 냄새는 몸이 썩어가는 역겨운 냄새로 바뀌었다. 번갯불과 천둥 소리가 괴물이 다가오는 것을 알려주고 있었다. 괴물은 끝도 없는 굴처럼 깊고 시커먼 입을 쫙 벌리고, 뿔을 곤두세우고, 무시무시한 꼬리로 늪을 쓸면서 다가오고 있었다. 공포를 퍼뜨리며, 지나온 자리마다 죽음을 남겼다.

그것은 콜레라처럼 인간을 잡아먹는 발보스였다. 그러나 왕자는 아름다운 소녀의 도움을 받아 괴물에게서 도망쳤다.

왕자는 소녀에게 소리쳤다.

"내 조국의 딸이여! 나의 은인이여, 잔인한 운명이 우리를 갈라놓는군요. 나는 그대와 결혼할 수 없소."

장면이 바뀌어, 안나는 그레나리우스의 제자인 가엾은 애인의 다락방에 눈에 띄지 않게 옮겨져 있었다.

안나의 애인은 책에 얼굴을 파묻고 있다가 잠깐 고개를 들고 소리쳤다.

"아! 안나가 나를 기다려주기만 한다면, 난 3년 안에 레지옹 도뇌르 훈장을 받을 텐데. 이 곤충학적인 문제를 풀어서 연지벌레 배양균을 알제리로 가져갈 수 있겠지. 어쩌나! 꼭 그렇게 되어야 할 텐데!"

안나가 깨어보니 모두 꿈이었다. 그런데 아버지께서 끊임없이 말씀하시는 자피도 왕자는 누구지? 안나는 아버지께 급히 여쭤보려고 했다. 하지만 신중해야 할 것 같아서 가만히 지켜보다가 아버지께서

아침식사를 끝내고 맑은 정신으로 쉬는 틈을 얻었다. 그레나리우스 교수는 보통 때면 헤아릴 수 없이 깊은 학문을 탐구하느라 얼이 빠져 있기 때문이다.

안나가 식탁 의자에 앉으면서 소리쳤다.

"아버지! 무슨 생각을 하고 계세요?"

교수는 커피에 소금을 막 떠넣으려던 참이었다.

"아, 안나. 나는 단세포 생물, 아니 태어나기 12개월 전의 단순한 생명체의 성격에 대해 생각하고 있었어. 그래서 결론을 말하자면……."

"아버지, 그 우스꽝스러운 생물 하나만 파리의 과학자들에게 소개해도 두 분 다 훈장을 받으실 거예요. 하지만 말씀해주세요, 자피도 왕자가 누구예요?"

교수는 딸이 이미 인형놀이를 그만둔 나이라는 사실을 까먹고, 하나하나 비유하면서 대답했다.

"자피도 왕자는 칵트리아 왕조의 마지막 왕자야. 칵트리아 왕국은 햇살이 따뜻하게 비치는 큰 나라고. 그리고 네가 이해 못 하겠지만, 경도와 위도가 있는 나라지. 그 나라는 중국처럼 인구가 아주 많아. 또 불행한 중국처럼 홍수가 주기적으로 나는데, 찬물이 아니라 더운물 홍수로 고생하는 나라지. 인간이 쏟아붓는 더운물 말이야. 그 홍수로 나라의 인구가 줄었는데, 왕자 혼자서 피해를 복구할 수밖에 없었단다. 그 생각을 하니까 내가 10년 전에 적충류와 관련하여 알아냈던 뭔가가 떠오르는구나. 그것들은……."

안나는 아버지가 또 몽상에 빠져 딴소리를 할까 봐 소리쳤다.

"그래요. 하지만 왕자는요? 왕자는 어떻게 됐어요?"

늙은 교수는 가발을 만지면서 대답했다.

"왕자는 프랑스 정부 덕분에 죽음의 홍수를 피할 수 있었단다. 그리고는 아름다운 고국에서 멀리 떠나와 미래에 대한 아무 고민 없이 자랐지. 왕자는 오리를 발견한 유명한 세크램프 박사라는 내 전임자의 손에 미처 완전하게 발달되지 못한 상태로 넘겨졌어. 자피도는 정부의 요청으로 여기에 왔단다. 자기 아버지의 신하들로 이루어진 수백만의 시체 더미 위에 놓인 채 말이야. 그 신하들은 과라카의 인디언들에 의해 미라로 보존되어 있었지. 그 종족의 미라가 없었으면 루벤스의 요정들이나 미에리의 예쁜 소녀들은 세상에 나오지 못했겠지. 그렇단다, 얘야, 그 종족은 모두 캔버스 위에서 미소 짓거나 웃음 띠는 입술을 만들어내었지. 어느 위대한 화가가 자신의 팔레트에서 인류의 자손을 죽이고는 그 시체를 짓이겨 빼어난 프레스코 화법의 색을 만드는 장난에 대해 너는 어떻게 생각하니? 어떻게 그럴 수가 있지? 세상에!"

교수는 '세상에!'라는 말을 뱉고 나서 버릇처럼 깊은 몽상에 빠져들었다.

그레나리우스의 제자인 쥘 소발이 들어왔다. 여러분은 과학을 신봉하는 겸손한 젊은이이자, 많은 것을 알고 있으며 매력적이기는 하지만 세상에서 가장 야심만만한 사람이 되려는 어리석은 구석이 있으며, 혀뿌리의 설골이나 원시적인 조개류의 껍질에 대한 이론으로 세상을 뒤집어놓으려는 바보를 만난 적이 있는가? 만약 여러분이 이러한 이를 알고 있다면 쥘 소발을 아는 것이다. 쥘 소발은 가난하기 때문에 정직하다. 재산이 생기면 정직은 사라지게 마련이니까. 그는 그레나리우스 교수를 아버지로 받들고, 그레나리우스 교수가 위대한 제프루아 생 일레르의 제자라는 점을 존경한다. 과학에 축복이 깃든다면, 쥘 소발 역시 축복을 받았을 것이다. 교수에게 귀여운

딸 안나가 없었더라도 말이다. 쥘 소발은 유골과 고대의 파편 사이에서 사는 제2의 자피도였다. 자피도의 백성들인 연지벌레가 짓이겨져 가장 아름다운 예술 작품에 삶의 불꽃을 피워주었듯이, 이 젊은 학생은 과학을 통해 선사시대 생물체의 모양과 색깔을 더욱 사실적으로 보여주려고 자신을 죽인 생물이나 다름없었다. 쥘 소발도 자피도처럼 사랑하는 여인이 있었다. 쥘 소발은 제 입으로 '감수성이 풍부한 고등동물의 완벽한 형태'라고 부르는 아름다운 안나를 사랑했다.

쥘 소발은 교수와 마찬가지로 이 빨간 왕자를 어떤 유사한 생물과 맺어주려고 혼신의 힘을 다 기울였다. 예전에 과학자들이 의원들을 찾아가서 열대의 아름다운 식물을 기를 넓은 온실을 세우자고 설득한 적이 있었다. 그 온실의 유리벽에서 저명한 그레나리우스 교수가 살아 있는 연지벌레의 유일한 표본인 자피도를 발견했다. 그레나리우스 교수와 쥘 소발은 자피도 왕자의 기질을 깊이 연구해서, 자피도 왕자가 종족의 자존심과 열정을 부여받았으며 자신과 같은 주홍색 피를 가진 공주가 아니면 누구도 배우자로 택하지 않으려 한다는 사실을 알아냈다.

쥘이 소리쳤다.

"세상에! 교수님, 이제 막 온실에서 오는 길인데, 끝장 났어요! 자피도를 다른 생명체와 결합시킬 수가 없습니다. 자피도는 연지벌레와 비슷한 구균도 거부합니다. 제가 최고로 좋은 현미경 밑에 둘을 놓아두었거든요."

안나가 소리쳤다.

"어머, 어떻게 그런 짓을! 그러니까 자피도는 곤충 세계의 왕자군요. 그래도 그의 이야기는 흥미롭네요. 나는 자피도가 첫사랑에 충실하여 죽으려 한다는 말을 듣고 자피도가 인간이 아니라는 사실을 알 수 있었는데."

그레나리우스가 말했다.

"조용히 해라, 얘야. 나는 죽는다는 문제에서 무엇에 충실하여 죽는 것과 충실하지 않게 죽는 것의 차이를 모르겠구나."

안나가 온화한 교수를 깜짝 놀라게 하는 말투로 쏘아붙였다.

"아버지는 결코 저를 이해하지 못해요. 쥘 씨, 당신의 학식과 매력으로도 왕자의 신조는 꺾지는 못할 거예요. 당신은 자피도 왕자와 같은 사랑은 할 수 없을 거라구요. 과학적이지는 않아도 조금만 상식적으로 생각해보면, 왕자를 죽은 조상들의 시체 틈에 두라는 암시쯤은 받을 수 있죠. 거기에 왕자가 살아 있는 배우자를 남겨두었을 수도 있고, 어쩌면 다른 붉은 왕족의 혈통을 찾을 수 있을지도 모르니까요."

교수와 제자는 이 엄청난 생각에 매우 기뻐하며, 허둥지둥 자피도를 전에 있던 시체 더미에 가져다 두었다.

안나는 단식했다.

"쥘은 나를 사랑하지 않아. 나를 사랑한다면 자기의 사랑을 고백하려고 나를 붙잡고 우물쭈물했겠지. 난 자기를 위해 방법을 가르쳐 준 건데. 그것도 모르고, 그 주홍색 연지벌레 왕조를 알제리에 알리는 문제 때문에 아버지와 함께 가버리다니."

안나는 교수와 쥘을 뒤쫓아 식물원에 있는 커다란 온실로 가서, 아버지가 연지벌레 시체 묶음을 꽃이 피어 있는 첫번째 연지벌레 번식용 선인장 한가운데에 끼워놓는 모습을 지켜보았다.

이 과학 실험을 목격한 어느 샘 많은 영국인이 지나가는 소리로 말했다.

BRUGNOT

"저 늙은 바보가 식물에 종이를 다 끼우네!"

그레나리우스는 쥘과 딸이 사랑이나 과학 이야기를 하도록 내버려두고 몽상에 잠기면서 말했다.

"온실의 온도를 잘 유지해."

안나가 말했다.

"그러니까 쥘 씨, 이제 당신은 저를 사랑하지 않죠?"

쥘이 대답했다.

"아닙니다. 저를 제대로 모르시는 것 같군요. 저는 모든 동물의 감정이나 열정이 일정한 자연법칙을 따르고 있으며 두 생물체는 무엇이든 똑같이 나누어 가져야 한다는 결론에 도달했을 뿐입니다."

"아, 지긋지긋한 과학! 가엾은 머리를 그렇게 부려먹다니. 당신의 감정은 어쩌면 신부의 균등한 혼인 지참금에서 발생한 것일지도 모르겠네요. 당신은 사랑이 무엇인지 배워야 해요. 조심하세요. 안 그러면 과학이 당신의 영혼뿐 아니라 당신의 육체까지도 소유하겠다고 나설걸요. 그렇게 되면 당신은 네부카드네자르(신바빌로니아의 왕) 같은 짐승이 되겠죠. 역사는 네부카드네자르가 수염 한번 깎지 않고 서로 다른 종을 분류하는 동물학에 7년을 바쳤기 때문에 그런 모습이 되었다고 말하죠. 앞으로 6백 년 동안 어떤 동물학자들은 오랑우탄의 진보된 형태라는 소리를 듣게 될지도 몰라요. 스스로 자기 종족을 진화의 예라고 옹호해온 오랑우탄 말이에요."

안나는 쥘이 교수의 부름을 받고 간 사이에 돌아서서 커다란 현미경으로 맨눈으로는 볼 수 없는 생물의 새로운 세계를 보았다. 그녀는 편모가 있는 녹조류 볼복스가 장애물 경주를 하면서 승자의 자리로 향하는 어떤 생물의 몸에 올라타는 것을 보았다. 이 경주는 영국 더비 시의 경마보다 훨씬 좋은 상품이 걸려 있어서 디스토마의 애벌레인 품위 있는 세르카리아들이 대거 참가했다. 승자는 동물 같기도 하고 식물 같기도 한 종벌레 요리를 대접받았다. 보리도, 성 빈센트도, 불멸의 여인 뮐러도 종벌레가 동물이 아닌 식물이라고 주장하지는 못했다. 그들이 좀더 과감했더라면 마부들에게 '멜론'으로 알려져 있는 인간 세계의 야채에서 가치 있는 결론을 얻었을지도 모른다.

안나는 이 작은 세계를 눈여겨보다가 곧 자피도의 운명으로 관심을 돌렸다. 안나는 빛나는 상상력으로 자피도를 아름다운 이야기의 주인공으로 만들었다. 결국 자피도는 자기 종족의 갓난아이를 사랑하게 되었다. 자피도 왕자는 그 아이가 이교도의 신들과 동물학적인 피조물들에게는 일반적인 '재탄생'을 기다리며, 향기로운 정자의 상석에 누워 있는 모습을 지켜보았다. 둘은 곤충 세계의 '폴과 버지니아'였다. 진홍색 옷을 입은 병사들이 정자를 지키고 있었다. 왕자는 자신이 열렬한 구혼자일 뿐만 아니라 지혜로운 장군이라는 사실을 보여주었다. 왕자는 뮤지카파라 불리는 날개 달린 힘센 적으로부터 자신의 영토를 지키기 위하여 수많은 현명한 신하들을 모두 괴물에게 보내어 괴물의 허기를 채워주든가 괴물을 질식시키라고 명령했던 것이다. 왕자는 공적을 세운 이들에게 훈장과 관직을 주기로 했다. 안나는 이러한 값싸면서도 가치 있는 정치적인 수단에 존경을 표했다.

모습을 보이지 않는 독나방들이 회색 장막으로 작은 공주를 감쌌고, 작은 공주는 머리만 내놓고 상석에 누워 날개가 있는 새 삶을 기다리고 있었다. 안나는 환희에 찬 폴의 모습을 목격했다. 사랑하는 버지니아가 마치 비너스가 물결 위로 떠오르듯 홑이불을 걷고 진정한 영국의 이브인 밀턴의 이브처럼 햇살을 받으며 폴을 바라보고 영

국 최고의 감탄사인 "아!"를 외쳤을 때, 폴이 느꼈던 그 환희를! 왕자는 사랑하는 여인에게 노예처럼 공손하게 인생길을 보여주었다. 자기 제국의 언덕과 골짜기를 넘어.

폴이 버지니아에게 필요한 것을 채워주면서 제일 잘 여문 과일들을 가져다주는 동안, 버지니아는 폴의 사랑을 받으며 아름답게 성장해서 폴의 사랑에 포옹으로 답했다. 둘은 마침내 다이아몬드처럼 빛나는 호수에서 물방울만한 큰 배를 탔다. 버지니아는 반짝이는 줄무늬가 있는 아주 값비싼 신부 옷을 입고 있었다. 버지니아의 모습은 빅토르 위고가 찬양한 에스메랄다를 연상시켰다. 하지만 에스메랄다는 한 여자에 불과했고, 버지니아는 육군 대령은 물론이고 왕실의 육군 원수도 사랑하지 않는 천사 같은 존재였다. 버지니아의 모든 애정은 자피도 왕자에게 가 있었다.

안나는 생각했다.

'행복한 한 쌍이구나. 하지만, 슬퍼! 결과가 어떻게 되었지? 둘은 결혼하고, 온갖 집안일을 하고, 엄마의 사랑을 독차지할 행복한 운명을 지닌 아이들을 낳았지. 그런데 믿지 못할 쥘은…….'

안나는 며칠 밤이 지난 뒤에 아버지한테 언짢은 얼굴을 보이며 쥘에게 말했다.

"쥘, 당신은 이제 온실에 별로 관심이 없어요. 연지벌레를 너무 많이 보다 보니 당신의 취향이 바뀌었어요. 당신은 빨간 머리 아가씨와 결혼한다죠? 모양 없이 발만 크고 생각이나 예절 따위는 눈곱만큼도 없는 주근깨투성이와 말이에요. 그 아가씨는 염색한 옷을 입고서 하루에 수십 번씩 당신의 자존심을 긁어댈 테고, 당신은 그녀의 잔소리에 귀가 닳겠죠."

안나가 피아노 뚜껑을 열고 그런 감정을 연주하자, 거미들은 천장

에 있는 거미집에서 생각에 잠기고 꽃들은 피아노 소리를 듣기 위해 창문으로 고개를 들이밀었다.

안나가 말했다.

"이럴 수가! 동물들의 감정이 유리 상자에 자기들을 보관하는 현명한 인간의 감정보다 훨씬 풍부하군요."

쥘은 몹시 슬퍼하며 방에서 나갔다. 재능 있고 멋있고 명석한 이 훌륭한 영혼은 빨강머리 신부가 집으로 가져올 저속한 동전 소리에 벌써부터 고심하고 있었던 것이다.

그레나리우스 교수가 소리쳤다.

"가만있자, 여기 이 종이에 뭐라고 씌어 있지? 안나야, 들어보렴. '영리한 제자 쥘 소발의 도움을 받은 박식한 그레나리우스 교수의 노력 덕분에 제일 큰 온실에 있는 선인장에서 연지벌레 물감 여섯 개가 나왔습니다. 이 배양물은 우리 아프리카의 재산으로 번식할 것이며, 우리는 더 이상 새 세계에 찬사를 보내지 않아도 될 것입니다. 이 거대한 온실에 들인 비용은 옳게 쓰였습니다. 처음에는 반대하는 소리가 빗발쳤지만 말입니다. 이 비싼 건물은 프랑스의 상업과 농업에 여러 가지 값진 도움을 줄 것입니다. 쥘 소발은 레지옹 도뇌르 훈장의 수여자로 지정되었습니다.'"

안나가 말했다.

"쥘이 어떻게 우리한테 이럴 수 있어요? 연지벌레 이야기는 아버지가 시작했는데, 뻔뻔스럽게도 명예는 쥘이 차지했잖아요."

교수가 말했다.

"흥! 그래도 쥘은 내 제자야."

MONITEUR
BERNARD.

네 말대로라면, 밥을 조금만 먹으면 부자들이 살 수 없는 것을 얻겠네. 머지않아 어떤 현명한 고양이가 가난은 모든 악의 치료법이라는 것을 확실히 증명할 테고 말이야. 너는 정말로 부가 행복을 망친다고 생각하니? .

프랑스 고양이의 사랑 모험

첫번째 편지_미네트가 베베에게

언니, 죽은 줄만 알았던 동생이 보낸 이 편지를 보고 언니는 과연 뭐라고 할까? 잊혀져가는 나 때문에 지금까지 슬피 울었을 텐데.

용서해줘, 언니. 언니가 나를 잊을 수 있다고 생각하다니. 아무리 우리가 죽은 이들보다 더 많은 이들이 잊혀진 세상에서 살고 있다고 해도 말이야.

우선 내가 죽지 않았다는 말부터 할게. 언니를 사랑하는 마음도 여전해. 언니를 만날 날만 생각하면 아직도 생기가 돌고. 하지만 언니, 그날은 아주 먼 훗날일지도 몰라.

오늘 밤에는 엄마를 생각했어. 엄마는 늘 다정하게 대해주시고 우리를 예쁘게 꾸며주셨지. 우리의 빛나는 비단옷에 벽난로 불빛이 깜빡이는 모습을 지켜보며 즐거워하셨고, 가정의 평화를 지키고 덕행과 엄숙의 길로 우리를 이끌면서 행복해하셨지. 그래, 단란했던 우리 가정의 행복한 날들과 악의 없는 장난과 사랑의 빛을 받아 신성했던 온갖 것들이 한꺼번에 감동적으로 떠올랐어. 하지만 진실한 마음이라는 밝은 빛이 지나온 날의 어두운 그림자를 만들지 뭐야. 이제 살아 계시지 않을지도 모르는 엄마의 따뜻한 정성을 왜 몰라주었던가 하는 후회의 그림자 말이야. 편지를 쓰라고 부추긴 감정에는 사랑하는 가족들과 헤어진 이유를 고백하고 뉘우치려는 마음도 있어.

그래서 나는 조용히 펜을 들었고, 언니가 이 글을 보게 된 거야. 나는 희미한 등불 아래 고개를 숙이고 편지를 쓰고 있어. 잠드신 마님의 눈에 빛이 비치지 않도록 조심하면서 말이야.

언니, 나는 지금 부유하지만 차라리 가난하더라도 행복했으면 좋겠어! 아, 마님께서 일어나시려고 해. 빨리 작별 인사를 해야겠어. 겨우 편지를 말아서 의자보 밑에 넣을 시간이 되겠다. 동틀 때까지 편지를 거기에 둬야 해. 편지를 다 쓰면 지금 테라스에서 기다리고 있는 하인한테 건네줄 거야. 그 하인이 언니의 답장을 가져다주겠지.

아, 엄마! 엄마! 언니, 엄마 소식 좀 전해줘.

—동생이

추신 : 내 하인을 믿어. 그는 젊지도 않고 잘생기지도 않고 스페인 귀족도 아니고 부유한 앙고라고양이도 아니지만, 헌신적이고 신중한 고양이야.

그 고양이가 언니의 주소를 알아냈어. 그는 나를 사랑하기 때문에 나를 위해서라면 뭐든지 하려고 해. 그래서 내 심부름꾼이 된 거야. 그 고양이는 노예야! 하지만 가엾어하지 마. 그는 사랑의 사슬로 노예가 되었으니까.

마담 로사 미카 앞으로 편지를 써. 여기에서는 그게 내 이름이야.

이제 마님이 정말로 깨시려고 그래. 마님께서 워낙 잠귀가 밝아서, 혹시라도 마님 눈에 띌까 봐 겁나.

다시, 안녕! 갈겨쓴 글씨를 보고 내 손보다는 마음을 느끼겠지.

두번째 편지_베베가 미네트에게

사랑하는 미네트에게

네 편지를 받고 미치는 줄 알았어. 기뻐서 어쩔 줄 모르겠더구나. 다들 정말로 기뻐했어. 죽은 이들이 모두 너처럼 다시 살아난다면 아무리 사랑하는 가족이 죽어도 기꺼이 받아들일 수 있을 텐데.

미네트, 네가 떠난 뒤 다들 얼마나 고통스러워했는지 몰라. 꼭 그렇게 오랫동안 소식도 없이 우리를 떠나 있어야 했니? 네가 떠나고 여기가 어떻게 변했는지 모르지? 우선 엄마는 귀도 멀고 눈도 멀었어. 나이 드신 가엾은 엄마는 불평 한마디 없이 온종일 집에 틀어박혀 있어.

난 엄마한테 네가 아직도 살아 있다고 말하고 싶었는데, 엄마는 못 알아들으셨어. 엄마는 네 편지를 보지도 못하고 읽지도 못하잖아. 엄마는 그 동안 많은 시련 속에서 슬프게 지내셨어. 네가 떠난 뒤에 얼마나 여기저기 찾아 헤매셨는지 몰라. 다 헛일이었지만 말이야. 엄마는 혼자서 속을 썩이다가 차츰 몸이 약해지시더니, 결국 이 지경이 된 거야.

너무 슬퍼하지는 마. 거의가 나이 탓이니까. 게다가 엄마는 밥도 잘 드시고 잠도 잘 주무셔. 찬장에는 늘 먹을 게 있고. 엄마한네 음식이 부족하다면 차라리 내가 굶어죽는 게 나으니까.

젊은 우리 마님은 어머님을 잃으셨단다. 그러니 마님께선 모든 것을 잃은 셈이니까 우리보다 훨씬 불행하신 거야. 다만 변하지 않은 건 마님의 아름다운 얼굴뿐이지.

난 무레이즈의 작은 가게에서는 떠났단다. 1층을 포기하고 바로 다락으로 올라와서 아침부터 밤까지, 때로는 밤부터 그 다음날 아침까지 일해. 하지만 다행히도 난 다리가 튼튼하고 눈이 좋아서 이제는 최고의 사냥꾼이 됐어.

넌 부유하지만 행복을 위해서라면 부를 포기하고 싶다고 했지. 글쎄, 나는 가난을 어떻게 불평해야 할지 잘 모르겠구나. 넌 참 이상한 애야! 번들거리는 식탁에서 금접시에 고급 음식을 놓고 먹으면서 뭐가 아쉽다고 그러니. 네 말대로라면, 밥을 조금만 먹으면 부자들이 살 수 없는 것을 얻겠네. 머지않아 어떤 현명한 고양이가 가난은 모든 악의 치료법이라는 사실을 확실히 증명할 테고 말이야. 너는 정말로 부가 행복을 망친다고 생각하니? 그것이 너의 신조라면, 당장 가난해져 보렴! 망해보라구! 그보다 더 쉬운 일이 어딨겠어? 할 수 있으면 맨이빨로 살아봐라. 이 점에 대해 어떻게 생각하는지 말해 주렴. 부유하다고 불평하지 말고, 불행하다고 불평해. 가난한 우리는 불행이 남의 일이 아니야. 지금 언니로서 꾸짖는 거니까 섭섭해하지 마.

행여 이 언니가 너무 행복해서 너한테 도움이 안 된다고 생각지는 않겠지? 편지 기다리게 하지 마. 나는 네가 혹시 행복을 찾을 수 없는 곳에서 행복을 찾고 있었던 건 아닌지 정말 걱정스럽구나. 물론 나한테 아무것도 숨기지 않겠지? 마음 편히 먹고 향기로운 종이에 슬픔을 적어 보내렴. 안녕, 미네트, 안녕! 이제 글을 맺어야겠어. 엄마 식사 시간인데, 아직 다락에 있는 먹이를 못 잡았어. 다락 일은 잘 안 돼. 쥐들이 영리해서 날마다 약삭빠른 새 기술을 구사하는 것 같아. 오랫동안 그 쥐들을 먹고 살았더니, 쥐들이 이제 슬슬 눈치를 채기 시작했어. 이웃에는 너무 색다르다 보니까 괴팍해진 괴짜 고양이가 있거든. 그녀석은 쥐를 아주 사랑해서, 언젠가 쥐들이 고양이한테 더 이상 굴복하지 않을 때 혁명이 일어날 거라고 허튼 소리를 하지.

내가 지금 평화를 누리고 쥐들의 땅에서 마음껏 사냥하는 건 정당한 일이잖니. 하지만 우리, 정치 얘긴 하지 말자!

잘 있어, 미네트!

너의 심부름꾼이 기다리고 있어. 그 고양이는 네 주소를 가르쳐주지 않더구나. 우리, 곧 만나게 되겠지?

—죽을 때까지 너의 언니인 베베

추신 : 네 심부름꾼은 아주 못생겼더구나. 하지만 그 고양이가 가져온 편지를 보고, 나는 마음에서 우러나오는 키스를 해주었단다. 그 고양이가 마담 로사 미카의 편지를 전하면서 어떻게 인사했는지 봤어야 하는데. 그런 이름을 택하다니, 너 정신 나갔었니? 너처럼 하얀 고양이한테는 미네트라는 이름이 딱 어울리는 이름 아냐? 매력적인 이름이잖니? 얘, 종이가 없어서 이만 줄인다.

쇠찌르레기가 미네트의 편지에 잉크를 엎지르는 바람에 편지 몇 장은 읽을 수 없다. 그러나 그 부분이 없더라도 이야기를 이해하는 데는 별 문제 없다. 보이지 않는 문장은 점선으로 표시했다.

세번째 편지_미네트가 베베에게

……………………………………

우리 마님께서 주셨던 인형 기억나? 그게 곧 싸움의 원인이 되었지. 언니가 얼마나 자주 나를 할퀴었다구. 아, 언니! 그 생각을 하니까 등에서 피가 나는 것 같아. 언니가 나를 거짓말쟁이라고 놀릴 때면, 엄마한테 가서 언니 나쁘다고 얼마나 투덜댔는지 몰라. 그러고도 분이 풀리지 않았어. 그 사소한 불만에서 나의 모든 불행이 시작되었을까? 억울한 일이 자꾸 생기자, 나는 화가 나서 언니한테서 달아나 더 행복한 집을 찾기로 결심했어. 나는 고양이들의 천국인 지붕으로 올라가 머나먼 지평선을 바라보며 지평선 끝까지 가볼 생각을 했어. 너무 어린 아기 고양이에게는 앞으로 닥칠 일이 별로 유혹적이지 않았지. 나는 낯선 땅으로 가면 숱한 위험에 처하리라고 예상했어. 그런데 지금도 기억나……. 나는 허공에서 합창 소리를 들었던 것 같아.

나쁜 친구임이 분명한 어떤 목소리가 속삭였어.

"울지 마, 미네트. 비로소 네가 해방될 날이 온 거야. 이렇게 초라한 곳은 본래 궁전 방을 빛내려고 태어난 아이한테는 어울리지 않아!"

그러자 더 온화하고 낭랑한 내 양심의 목소리가 대꾸했어.

"아아, 날 놀리지 마. 나는 보잘것없는 여자아이일 뿐이야. 궁전은 내가 있을 곳이

아니야!"

첫번째 목소리가 다시 속삭였어.

"세상에서는 아름다운 것이 여왕이야. 넌 빼어나게 아름다워. 그러니 네가 여왕이지 뭐야! 네 털보다 희고 네 눈보다 맑은 것이 어디 있어?"

애절한 목소리가 말했어.

"엄마를 생각해봐. 엄마를 잊을 수 있어? 베베 언니를 잊을 수 있어?"

"베베는 널 종으로 부려먹고, 엄마는 널 사랑하지 않아. 지지리도 복도 없는 아이야. 운명이 너를 길렀어. 운명이 너의 양어머니라구. 너는 운명에게 빚을 졌어. 자, 미네트, 이리 와. 세상이 네 앞에 있잖아. 여기에는 불행과 어둠이 있지만, 저기에는 부와 명예가 있어!"

수호천사가 내게 어둡고 절망적인 미래를 보여주려고 애썼지만 헛수고였어. 화려함에 대한 동경이 내 마음을 사로잡고 운명을 결정해버린 거야!

나는 그 목소리에 점점 빠져들어, 무조건 그의 명령을 따랐지.

나는 기절했었어. 한데 정신이 들었을 때, 마법사가 나타난 줄 알고 얼마나 놀랐는지 몰라. 젊은 고양이 하나가 다정하게 나를 내려다보며 서 있는 거야.

아, 베베 언니, 그이는 참 멋있었어! 그이의 눈은 타오르는 사랑의 불길로 반짝였지. 그이는 언니와 내가 도시의 자욱한 연기에 가린 달빛을 바라보며 노래하던 이상적인 고양이였어.

드디어 그이가 열정적이고 들뜬 목소리로 소리쳤어.

"성스러운 미네트, 당신을 사랑합니다."

나는 그이의 무모함에 꼬리가 죽 늘어나는 것 같았어. 하지만 그이가 이미 내 것인 것 같아서 내 마음은 그이와 하나인 것처럼 부풀어올랐지. 이윽고 그이는 마음을 가라앉혔지만 내 얼굴에서 눈을 떼지 못했어. 그이가 한 번이라도 자기를 쳐다봐 달라고 얼마나 애처롭게 간청했는지 언니가 봤더라면 좋았을걸. 기와에서 떨어지는 끔찍한 죽음에서 나를 구한 그이의 간청을 내가 어떻게 거절할 수 있었겠어?

언니, 그이의 열변을 언니가 들었더라면. 사실 난 의기양양해져서 자만심이 생겼어. 그리고 그이가 나에게 바치겠다고 약속한 모든 장신구로 치장할 내 모습을 생각해보았지. 레이스, 목걸이, 보석, 화려한 담비 모피 토시로 치장한 나를 말이야. 이 마지막 선물이 내 마음을 흔들어놓고 말았어.

난 원래 게을러. 그이는 나에게 부드러운 양탄자와 아름다운 문양을 수놓은 우단 방석과 팔걸이 의자와 소파와 갖가지 멋진 가구들로 들어찬 안락한 생활을 마치 눈에 보이는 듯 생생하게 말해주었어. 자기 마님인 대사의 아내는 내가 언제 찾아가도 반겨줄 것이라고 장담했지. 또 그분의 방을 진품 창고로 만들어버린 온갖 수집품들을 내 맘대로 처분해도 좋다고 했고.

아, 그런 대접을 받는다니, 상상만 해도 즐겁지 뭐야. 나는 하인을 부릴 테고, 고귀한 여주인이 나를 보살펴주겠지.

그이가 말했어.

"우리를 '애완 동물'이라고 하지요."

음, 뭐라고 말하면 좋을까. 우리는 집에서 어떤 위치인 거지? 우리의 주인이 아니면 누가 우리를 보살피며, 우리 자신도 누구를 섬길 수 있겠어? 그이는 나한테 있는 그대로 결점 하나 없이 완벽하다고 말하면서 나를 안심시켰어. 그 목소리가 어찌나 감미롭던지, 아래층에 사는 늙은 여주인마저 기뻐서 소리를 지르더라니까. 내가 외롭다고 했더니, 그이는 영원히 나를 사랑하겠다고 맹세했어. 아! 그가 얼마나 여러 번 다짐을 해대던지. 한없이 행복한 생활을 약속한다고 말이야. 한마디로, 나는 그이의 아내이자 명망 있는 대사댁 고양이가 되었어.

아직 할 말이 너무 많아. 나는 그이를 따라가서 결국 마담 드 브리스케가 된거야.

네번째 편지_또다시 미네트가 베베에게

베베 언니, 나야, 마담 드 브리스케.

언니, 나를 가엾게 여겨줘. 이 이름을 쓰면 내 비참한 이야기가 이 이름 하나로 압축되어 있는 듯한 느낌이야. 그래도 나는 부와 명예와 그이의 사랑이 있어서 행복해하는 나를 상상했어. 우리는 정말 의기양양하게 저택으로 들어갔어. 대사까지도 우리를 반기려고 자기 방 창문을 열어주었거든. 마님은 나더러 이제껏 본 동물 가운데 제일 아름답다고 했어. 그리고는 듣기 좋은 아침의 창고가 바닥나자, 종을 울려서 하인들을 불러 모아 나를 존중하라고 지시하고는 하녀들한테 나를 돌봐주라고 명령했어. 곧 파리에서 가장 유명한 앙고라고양이들이 나를 고양이의 여왕, 사교계의 미인이라고 부르게 되었지. 남편은 내 성공을 자랑스러워했고, 나는 나에게 주어질 행복한 삶을 기대했어.

아, 언니. 이 모든 일을 생각해보면, 어떻게 나한테 아직 심장이 남아 있나 싶을 때가 있어.

행복했던 시간은 보름뿐이었어. 그 뒤에 브리스케가 진정으로 나를 사랑하지 않는다는 사실을 알았지. 그이는 자기의 사랑이 변하지 않았다고 큰소리치기도 했지만, 난 속아 넘어가지 않았어. 하지만 사랑은 불가능한 것을 바라다가 결국 아주 사소한 것에 만족하고 말아. 그이가 더 이상 사랑의 표현을 하지 않아도, 나는 여전히 그를 사랑하고 있었어. 그리고 너무나 진실한 내 사랑이 그이의 가슴을 타오르게 하지 않는다는 사실을 결코 믿지 않으려고 했어.

언니, 잊지 마. 고양이의 사랑처럼 순간적인 것은 없어. 브리스케는 변함 없는 내 사랑에 기뻐하기는커녕 오히려 못 견뎌했어.

브리스케는 화를 내며 소리쳤어.

"이해가 안 돼! 젊었을 때 가장 즐겁고 기분 좋은 유희인 사랑이 나이가 들면 왜 가장 심각하고 불합리하고 귀찮은 일이 되어야 하는 거지?"

난, 난 울부짖었어!

"당신을 사랑했기 때문에 나는 엄마와 언니를 버렸다구요!"

내가 슬퍼해도 그이는 냉정하기만 했어. 그이는 잔인하고 무자비하기까지 했지. 엄마의 무관심에 반항했던 나는 그이의 학대에 고개를 숙이고 언젠가는 좋은 날이 오리라 기대했어. 하지만 시간은 무정한 괴물이라, 우리가 배우지 않아도 좋을 힘겨운 교훈을 많이도 가르쳐주지. 시간은 또 여러 날이 지난 뒤에 가장 깊은 상처를 치료하는 훌륭한 의사이기도 하지. 나는 내 일방적인 사랑의 마지막 불씨가 무참히 짓밟혔음을 알고 마음을 가라앉혔어. 그리고는 브리스케를 용서했지.

브리스케는 세상 누구보다도 자신을 사랑하고, 허영심을 부추기는 것이라면 아주 조그만 것에도 쉽게 으쓱해져. 그이는 사랑이라는 것을 고통스러운 감정 없이 단지 즐기기만 하면 된다는 원칙에 충실한 연애학파의 신봉자였어. 그들의 가슴에는 두 개의 문이 한꺼번에 열리지. 하나는 받아들이는 문이고 하나는 쫓아내는 문이야. 자연스럽게 브리스케는 나를 버리고 다른 얼간이를 찾았어. 운명의 여신은 뛰어난 경쟁자를 마련해두었지. 그녀는 베이징에서 온 중국 고양이였는데, 파리에 온 지 얼마 되지 않았기 때문에 모든 고양이들이 그녀를 두고 법석을 떨어댔어. 이 화려한 연인은 현명하게도 중국 고양이가 파리에서 선풍적인 인기를 얻을 것이라고 예견한 극장 지배인이 들여온 거였어.

브리스케는 이 마지막 정복물의 색다른 점에 이기심이 동했지. 외국 고양이의 늘어진 귀도 한몫했고. 얼마 지나지 않아 그는 나에게 관심이 없어졌다고 말했어.

"나는 당신이 가난할 때 만나서 당신이 부자일 때 떠나오. 당신은 세상 물정을 하나도 모르고 절망에 빠져 있었지만, 지금은 당신도 경험을 통해 타고난 소질을 계발하게 되었소. 다 내 덕분이니, 내게 고마운 마음으로 나를 놓아주시오."

내가 말했지.

"가요, 당신을 사랑하지 않았어야 했는데."

그러고 나서 브리스케는 나를 버렸어.

그이가 떠나고 나니 내 마음도 가벼워지더군. 더는 그이를 사랑하지 않았어. 아, 언니, 깨끗이 잊고 다시 아기 고양이로 돌아갈 수만 있다면 얼마나 좋을까!

나는 브리스케가 사라질 무렵에 세상과 인연을 끊고 집에만 틀어박혀 있었지. 나는 곧 마님의 탁월한 가르침에 눈을 떠서, 여자로 변한 고양이의 우화를 생각보다 쉽게 쓸 수 있다는 사실을 알았어. 그래서 그럭저럭 시간을 보내려고 우리의 눈으로 본 인간의 본성을 열심히 연구하기 시작했지. 나는 '고양이에게 알리는 한 여자의 이야기—사교계의 지지자가 씀'이라는 제목의 간단한 논문 형식으로 내가 연구한 내용을 모두 정리하기로 마음먹었어.

편집자를 찾으면 이 중요한 논문은 곧 빛을 볼 거야. 언니, 여기서 이만 줄여야겠어. 아, 나도 언니처럼 그냥 가난하게 살면서 넘쳐나는 불행의 고통을 몰랐다면 얼마나 좋았을까. 언니, 난 언니와 사랑하는 엄마가 있는 다락으로 돌아가기로 결심했어. 엄마는 시간이 좀 지나면 다시 나를 알아보실 거야. 나를 막지 마. 내 일을 찾아 열심히 일하면서 부유한 생활에서 얻은 허식과 공허감을 깨끗이 잊어버릴 거야. 안녕! 내일 집으로 떠났으면 좋겠어.

다섯번째 편지_베베가 미네트에게

길고 슬픈 너의 편지를 이제 막 다 읽었어. 난 네가 집으로 돌아오는 것을 기꺼이 환영한다는 말밖에 할 수가 없구나. 뿌연 눈물 너머로 너의 편지를 읽었어. 방금 말한 대로 나는 기꺼이 너를 맞아들일 거야. 하지만 너를 위해서는 지금 있는 곳에 머물렀으면 해. 가난해지기 전에 잘 생각해보렴. 지금 네 처지에 대한 감상적인 불행을 빈곤이라는 진정한 비애와 바꾸기 전에 말이야. 거기 그냥 있어. 지체 높은 이의 풍요로운 식탁에서는 궁핍함을 느낄 수 없잖아. 너는 지저분하기 짝이 없는 찌꺼기를 놓고 가난한 친척들끼리 서로 싸우는 꼴을 몰라서 그래. 그 막돼먹은 본능을, 그 넌더리나는 현실을 말이야.

미네트, 내 말 잘 들어. 세상에는 딱 한 가지 어쩔 수 없는 불행이 있는데, 바로 가난하게 태어났다는 사실이야. 우리의 운명이 슬프다는 점을 증명하기 위해 굳이 무슨 말이 필요하겠어? 벽돌공들이 이제 막 다락을 떠났어. 벽돌공들은 다락에 있는 쥐구멍들을 있는 대로 막아서 우리의 행복한 사냥터를 나무와 석회가 드러난 황무지로 바꾸어버렸어. 엄마는 이 사실도 모르고 굶어 죽어가고 있어. 엄마한테 드릴 게 없어. 나도 며칠 동안 아무것도 못 먹었어.

—베베가

추신 : 조금 전에 이웃 구역에서 사냥하도록 해달라고 사정하다가 그들의 지붕과 홈통에서 쫓겨났어. 네 슬픔을 그대로 간직해. 넌 가엾은 언니나 엄마의 슬픈 운명과 너의 슬픔에 눈물 흘릴 여유가 있잖아.

파리에서 굶어 죽은 이는 없다고 하니, 언젠가 우리도 만나게 되겠지!

여섯번째 편지_베베가 미네트에게

우린 살았어! 인정 많은 한 고양이가 방금 구호품을 주고 갔어. 아, 미네트, 다시 살 수 있게 되어서 정말 기뻐!

—베베가

일곱번째 편지__또다시 베베가 미네트에게

미네트, 답장이 없구나. 무슨 일 있어? 내가 사과해야 되니? 굉장한 소식이 있어. 나 결혼할 거야. 우리를 구해준 고양이의 청혼을 받아들였거든. 그는 나이도 많고 뚱뚱하지만 아주 착해. 너도 축하해주리라 믿어. 그의 이름은 '방울처럼 생긴 장식술'이라는 뜻의 '퐁퐁'이야. 그에게 잘 어울리는 멋진 이름이지. 그는 살진 고양이라서 이름이 더욱 잘 어울린단다. 있잖아, 난 이제까지 살면서 배운 대로 이 결합을 완전히 현실적으로 생각하게 되었어. 곧 편지해, 이 게으름뱅이야!

—베베가

여덟번째 편지(연필로 씀)__미네트가 베베에게

베베 언니, 언니한테 편지를 쓰는 동안 하녀는 마포 자루를 만들고 있어. 마님께서 나를 돌봐주라고 하셨던 하녀야. 자루가 다 만들어지면, 나를 그 자루에 집어넣고 묶을 거야. 그리고 하인이 자루를 끌고 가서 강물에 던질 테지.

이것이 바로 내 운명이야.

언니, 왜 그런지 알아? 내가 아프기 때문이야. 지나치게 예민한 마님께선 내가 아파서 죽는 걸 보게 될까 봐 두려워하셔.

마님께서 그러셨어.

"가엾은 로사 미카. 얼마나 변해버렸는지!"

그리고는 슬픈 목소리로 결정적인 명령을 내리신 거야.

"로사 미카가 완전히 물에 빠져 죽었는지 확인해. 고통스럽지 않게."

아, 언니, 이제는 뭐라고 할 거야? 아직도 내 불행이 부러워? 나는 아파서 글을 쓸 수가 없었어. 안녕.

언니, 이제 몇 분 있으면 모든 게 끝나.

—미네트가

여러분은 베베의 결혼 사실을 알면서도 다시금 베베의 이야기를 듣고 싶은가?

베베는 어머니의 죽음으로 상처 입은 것을 빼고는 결국 행복하게 사는 운명을 타고났다. 베베의 어머니는 딸에게 은총이 내리길 빌면서 딸의 팔에 안겨 숨을 거두었다.

폼폰은 헌신적인 남편이자 아버지임이 드러났다. 베베가 곧 어린 폼폰들과 미네트들로 이루어진 많은 아이들의 어머니가 되었던 것이다.

맺음말_편집장의 글

우리는 가엾은 미네트가 죽지 않았다고 말하게 되어 기쁘다. 방금 미네트가 벼랑 끝의 슬픈 종말로부터 기적적으로 탈출했다는 전보를 받았다.

미네트의 마님과 하녀는 운명의 자루를 다 만들고 나서 갑자기 죽어버렸다. 만약 그들의 죽음이 이 비현실적인 이야기의 급박한 상황에서 일어난 것이 아니었다면 가장 이해할 수 없는 사건이 되었을

것이다. 미네트는 건강을 되찾고 자기 언니한테 돌아갔다. 그리고 지나치게 부유하지도 않고 지나치게 가난하지도 않게 언니와 몇 년 동안 오순도순 행복하게 살았다. 어느 날 미네트는 브리스케의 소식을 듣고 한동안 불행해했다. 브리스케는 밤마다 세레나데를 부르고 다니는 자포자기한 패거리들과 어울리다가 끝내 지붕에서 떨어져 정열적인 밤일과 한살이를 마감했다. 베베는 외로운 과부 미네트를 보고 가엾게 생각하면서 미네트더러 폼폰의 친구와 결혼하라고 설득하려 했다. 그러나 베베의 노력은 모두 허사였다.

미네트는 조금도 흔들리지 않고 이렇게 말했다.

"사랑은 한 번뿐이야. 내 목숨이라도 바칠 수 있는 이들은 있지만, 결코 함께 살진 않을 거야. 게다가 나는 결심했어. 죽을 때까지 과부로 살겠다고 말이야."

이 이상한 공상물을 쓴 작가는 일찍이 고아원에 버려졌어요. 그의 부모는 어느 날 아침 그가 채 자라지 않은 깃털에 어린 부리를 묻고 잠든 사이에 한마디 말도 없이 떠나버렸죠.

제7천국

1

나는 죽었다.

흔히 살아야 할지 죽어야 할지 잘 모를 때 죽음이 닥치듯이 나는 죽었다. 언제 죽었는지, 어떻게 죽었는지도 모르고 죽었다. 나는 참으로 고통 없이 편하게, 신비롭게 죽은 것이다.

생명이 너무 쉽게 몸을 떠나고 별 고통 없이 육체를 버리는 바람에, 내 몸은 처음에는 뭐가 바뀌었는지 알지 못했다.

잠깐 사이에 나는 살아 있는 산비둘기에서 죽은 시체로 변했다. 내가 죽기 전에 달이 구름 한 점 없는 하늘에서 밝게 빛나고 있지 않았더라면, 나는 아무것도 기억하지 못했을 것이다. 놀란 내 영혼이 지상에서의 임무를 다했다는 사실을 깨달았을 때, 달은 여전히 빛나고 있었고 하늘에는 구름 한 점 없었다. 아마도 내 죽음은 달빛을 없애거나 하늘을 비탄에 잠기게 하기는커녕 눈에 띄는 일도 아니었던 것 같다. 나 같은 동물이 살아 있든 죽든 풍요로운 자연에게 뭐 그리 대수겠는가? 하지만 어쨌든 참새가 하늘에 계신 아버지 없이 땅에 떨어지지 않는다는 점은 확실하다.

2

나는 내 영혼이 자유롭다는 사실을 알고 기뻐했으리라 확신한다. 내 영혼은 자신의 고귀한 열망을 좇아오지 못하는, 너무나 무력한 내 육체를 진정으로 사랑할 수가 없었기 때문이다. 사실 둘이 결합해 있을 당시에 내 가엾은 육체가 많은 순간 혼자 버려져 스스로를 돌보는 동안, 내 영혼은 어딘가 독특한 신화의 세계를 느긋하게 꿈꾸곤 했다. 꿈을 꾸는 동안에 영혼이 자신만의 천상의 영토를 거닐 때, 육체는 홀로 남아 꾸벅꾸벅 졸고 있을 수 있지 않은가? 먼저 영혼은 땅에서 졸고 있는 딱딱한 거처에서 조심스럽게 전선을 끌어와 곧장 우주를 가로질러 낯선 별, 낯선 영혼의 살아 있는 빛과 연락을 취한다.

3

그러나 영혼은 죽은 육체를 보면서 애도했다. 너무나 익숙한 육체의 강한 면과 약한 면, 아름다운 면과 추한 면이 썩어서 분해되기 시작했고, 머지않아 그것들은 땅이 준 물질들을 다시 땅과 하늘로 돌려줄 것이다.

영혼이 소리쳤다.

“왜 나는 경고 한번 없이 이렇게 풀려났나? 빛은 밝은 눈을 남겨두고 갔지만, 날개는 내 마음대로 움직이지 않을 것이다. 이 이별을 견딜 수가 없구나! 깨어나라, 말 없는 형체여! 깨어나라! 사랑스런 눈길로 밝은 경치를 보아라! 일어나서 우리의 결합은 꿈이 아니었다고 말해다오! 아, 슬프다! 이제 영원히 이별이구나."

4

영혼의 호소는 처음으로 아무 대답도 듣지 못했다. 왜 언젠가는 죽는 것을 사랑하는가? 우리는 영원을 꿈꿀 수 없으니 헤어져야겠구나!

오직 인간들 사이에서만 사후에 영혼과 육체가 다시 결합하는 날이 오면 영혼이 과거의 시체를 알아보고 소생시킨다는 기록이 있다고 한다. 나는 비록 인간은 아니지만 비둘기가 죽음에서 다시 깨어날 것을 꿈꾸고 있다.

5

떨어지는 나뭇잎과 멀리서 다가오는 육식조 소리만이 밤의 침묵을 깨뜨렸다. 나뭇잎 역시 언젠가는 죽는 것이다. 한때 내 가엾은 몸을 보호해주었던 부드러운 꽃잎과 푸른 잎사귀들이 이제 내 몸 쪽으로 허리를 숙이고 사악한 독수리한테서 아름다운 내 몸을 감추어주었다.

아! 무시무시한 소리는 점점 가까워지고, 파멸의 새는 평화로운

시신 위에 어두운 그늘을 드리웠다.

6

공중에서 낭랑한 목소리가 나를 부르더니 따라오라고 했다. 나는 곧 내 영혼의 길잡이와 함께 위로 떠올랐다. 길잡이는 보이지 않는 날개에 나를 실어 땅에서 멀리 벗어난 곳으로 데려가는 것 같았다.

7

순식간에 과거는 미래와 단절되었고, 옛 기억은 모두 사라졌다. 나는 맹목적으로 새로운 상황을 받아들이면서 힘들이지 않고 공간을 가로질렀다. 마치 지상에서 사랑하고 사색하면서 왜 자신이 사랑하고 사색하는지, 왜 그렇게 사랑과 사색이 지상 생활에서 중요한 자리를 차지하는지 모르는 것처럼 말이다.

8

나는 세상에서 너무 멀리 떨어져 나와서, 세상이 드넓은 대양에 있는 밝은 점 정도로밖에 보이지 않았다.

나는 문득 내가 잃어버린, 내가 떠나온 육체를 떠올리고는 크게 소리쳤다.

"미래의 기쁨이 슬픔을 씻어낼까, 아니면 슬픔 역시 영원할까?"

9

천상에는 지상에 있는 소중한 것을 연결시켜줄 고리가 없는가? 죽음을 피할 수 없는 것들 사이에 있었던 내 삶은 꿈이었나? 나는 계속해서 둥둥 떠올라 무수한 별들이 있는 곳으로 나아갔다. 그곳에서 나는 별을 하나 둘씩 지나쳤다.

"밝은 별들이여, 나는 어디로 가고 있는가?"

하지만 별들은 대답하지 않고 묵묵히 늘어서서 내가 가는 길을 비추어주었다.

10

나는 빛의 세계에서 떠다니고 있었다. 우주는 다이아몬드가 촘촘히 박힌 푸른 장막처럼 내 앞에 펼쳐져 있었다. 그러나 곧 별빛은 더 큰 광채로 빛을 잃었다. 나는 너무나 놀라서 그 자리에 멈추었다.

지상에서는 들을 수 없는 감미로운 목소리가 속삭였다.

"저를 따라오세요. 우리는 행복이 가득한 곳으로 갈 거예요. 여기는 천국의 문입니다. 두려워하거나 의심하지 말고 저를 따라오세요. 의심은 악에서 비롯된 것이고, 믿음은 천국의 표상입니다."

11

그 목소리의 주인공은 순결한 불멸의 존재였다. 바로 속세의 비참함을 보고도 더럽혀지지 않고 죽어서도 한창때처럼 아름다움을 지니고 있으며 눈처럼 하얀 비둘기의 영혼이었다. 비둘기는 자유로워진 영혼을 맞이하여 새 세상으로 인도하는 일을 맡고 있었다.

12

나는 그때 육체 없는 뭇 영혼들이 나처럼 안식처를 향해 떠가는 것을 보았다. 그 전까지는 제대로 볼 수 없었기 때문에 미처 그 사실을 깨닫지 못했다. 내가 그 무리 안에 있다는 사실을 알고 맨 처음 느낀 감정은, 나를 자꾸 떠미는 막연한 기대감이 섞인 두려움이었다.

나는 길잡이에게 물었다.

"영혼이여! 산비둘기의 천국은 여기서 먼가요?"

길잡이가 나의 성급함에 미소를 보내며 대답했다.

"자, 저기 홀로 있는 별을 보세요. 저기가 제7천국(옛날에는 하늘이 7층으로 이루어져 있고 맨 위층에 신과 천사가 산다고 했다)입니다. 우리가 오기를 기다리고 있지요."

도대체 누가 거기서 나를 기다린단 말인가? 그가 아직 살아 있을까?

13

우리는 수많은 세계와 별을 지나 태양도 빛을 잃을 만큼 눈부시게 빛나는 문 앞에 내려섰다. 현관 위에 불로 된 글씨가 있었다.

"여기는 영원한 사랑이 있는 곳입니다."

그리고 그 밑에 이렇게 씌어 있었다.

"여기서는 영원히 자라는 사랑말고는 아무것도 변치 않습니다."

문이 활짝 열렸다. 하지만 눈앞에 나타난 광경에 나는 아무 말도 할 수 없었다. 그 영광스러운 빛을 어찌 말로 표현할 수 있으랴. 그 빛은 눈을 아프게 하거나 피곤하게 하지도 않으면서 모든 것들을 너무나 또렷이 보여주어 티끌까지도 알아보게 하는 빛이었다.

14

길잡이가 말했다.

"당신의 새 집에 다 왔으니, 이제 저는 떠나겠어요."

그 말이 아직 귓전에 맴돌고 있을 때, 나는 하늘에서 진주빛 구름 한 점을 보았다. 그것은 나를 향해 날갯짓해오는 나의 사랑, 산비둘기였다.

내가 소리쳤다.

"아! 내 여인의 순수한 영혼이여, 내가 정녕 그대를 보고 있는 것인가?"

내 연인의 영혼이 다가왔고, 우리의 가슴은 신성한 기쁨으로 충만했다. 그녀는 여전히 나를 알아보고 나를 사랑하고 있었다.

내 사랑은 하나도 변하지 않았다. 오히려 더 밝고, 더 희고, 더 아름다워졌다. 내 눈에는 그녀가 마치 위대한 그림 속의 미인처럼 다가왔다.

"아! 내가 사랑하는 오랫동안 잃어버린 나의 연인이여, 참으로 기쁜 만남이오. 그대가 죽었다는 말에 고통이 나를 휩쓸어서 곧 그대를 따라오게 된 거요. 고통스러워서 살 수가 없었소."

누가 감히 행복을 믿지 않는가? 아, 설마! 이것이 꿈은 아니겠지?

15

아! 슬프게도 그것은 꿈이었다.

왜, 왜 꿈에서 깨어났을까? 내가 우주를 날고 순수한 기쁨에 가득 찼던 꿈은 너무나 짧아서, 깨어나 보니 지상에는 바뀐 것이 하나도 없었다. 달은 그대로 맑은 하늘에 떠 있었다. 내 둥지 근방의 하늘에서 맴도는 육식조말고는 어떤 것도 현실이 아니었다.

이 이상한 원고를 남긴 작가의 삶에 대한 기록

우리는 위 원고의 작가에 대한 이해를 돕기 위해 정신병원 관리자가 가져온, 전기에 가까운 다음 글을 소개하는 일이 우리의 임무라고 생각한다.

"이 이상한 공상물을 쓴 작가는 일찍이 고아원에 버려졌어요. 그의 부모는 어느 날 아침 그가 채 자라지 않은 깃털에 어린 부리를 묻

고 잠든 사이에 한마디 말도 없이 이사 가는 곳의 주소도 남기지 않고 그를 버리고 떠났죠. 하지만 그 선량한 새들은 다정하고 소박한 습성 때문에 우리 젊은 주인공의 유일한 유산인 의심스러운 명성 하나는 남기고 떠났습니다. 인정 많은 후원자들은 모임을 갖고, 부모가 요절을 했거나 죽음이나 다름없는 사정 때문에 아이를 버렸다는 결론을 내렸죠. 거기 있던 늙은 까치 두세 마리는 서로 머리를 맞대고 수군거렸답니다. 파리의 비둘기들은 겉보기만큼 선량하지 않아서, 자신들의 생활에 거치적거리는 새끼를 일부러 버렸다고 말이에요.

어쨌든 그 부모는 다시는 얼굴을 보이지 않았고, 소식도 들을 수 없었죠. 어린것은 가난하지만 성실하고 검소한 후원자들의 도움에 힘입어 놀랍게도 그럭저럭 살아가고 있었습니다. 어느 날, 그 어린것은 버려진 집을 떠나 자기 날개에 의지할 수 있게 되자마자 부모를 찾아나섰지만 돌아온 것은 실망뿐이었어요. 어디에서도 잃어버린 부모를 찾을 수 없었거든요.

하지만 그는 날마다 부질없는 노력을 하면서 이렇게 말했어요.

'찾다가 죽는 한이 있어도 부모님을 찾아다니겠어요.'

그렇게 찾아다니던 중에 그는 어여쁜 숲비둘기와 사랑에 빠졌답니다. 숲비둘기는 단박에 그의 마음을 빼앗았죠. 그는 처음에는 그녀의 꾸밈없는 아름다움에 끌렸고 나중에는 그녀의 마음에 정복당했습니다. 하지만 그는 성실한 새여서, 가슴속에 싹트는 이 새로운 감정도 부모를 찾아야 한다는 의무감을 지워버리지는 못했습니다. 오히려 사랑이라는 감정이 그를 한층 더 채찍질했죠. 그는 날개를 펴고 날아올랐습니다.

그리곤 혼잣말을 했죠.

'나는 돌아올 거야. 내 사랑은 나를 기다려줄 테지.'

이렇게 해서 그는 길을 떠났고, 그녀는 기다리고 기다리다 지쳐서 결국 다른 새와 결혼하고 말았습니다.

그 비둘기는 성과 없는 숱한 날들을 보내고 사랑을 찾아 돌아왔지만, 그녀는 이미 그 비둘기의 경쟁자였던 비둘기와 가족들에게 둘러싸여 있었죠. 그는 엄청난 충격을 받고 괴로워하다가 결국 미쳐버리고 말았습니다.

그의 경쟁자가 그에 대한 믿음을 저버리게 할 이상한 소문을 속삭이며 그의 애인인 숲비둘기의 귀에 독을 바르지 않았다면, 숲비둘기는 그가 돌아오기를 기다렸을지도 모릅니다. 숲비둘기는 첫사랑이 돌아오자 양심의 가책과 고통에 사로잡혔습니다. 하지만 그녀가 어떻게 할 수 있었겠어요? 그녀는 아픔을 가슴 깊이 묻어두고 분별 있는 숲비둘기로서 어린 자식들을 더욱 애틋하게 보살펴주었죠. 물론 남편 뒷바라지도 잘해주었고요. 아무도 그녀의 비밀을 몰랐습니다.

그녀의 가장 가까운 친구들조차 그녀의 아늑한 집을 보고는 '그앤 정말 행복한가 봐!'라고 했으니까요. 행복이 무엇인지 모르는 많은 이들이 똑같은 말을 했죠.

가엾은 산비둘기는 완전히 넋이 나가서 날마다 산꼭대기에 올라가 꿈을 꾸며 시간을 보냈습니다. 삭막한 현실에서 이루지 못한 것을 세상에서 제일 현명한 이들조차 이따금 머물고 싶어하는 꿈나라에서 찾았을지도 모르죠. 하지만, 아아! 현자들도 꿈에서 깨어 냉혹한 삶의 현실을 떠올려야 하는 법입니다.

그가 죽은 뒤 나뭇잎 더미 밑에서 '미친 새의 전기, 행복은 꿈이다'라는 제목의 원고가 발견되었습니다. 그 원고는 사실 생각나는 대로 써 내려간, 산문시였습니다."

몇몇 날개 달린 재치꾼들은 가엾은 산비둘기와 그의 불행한 삶과 작품을 보고 웃을지도 모르겠다. 우리는 그런 경박한 비평가들을 두고 이렇게 말할 수 있겠다. 사랑은 있지만 마음 약한 숲비둘기의 다정한 속성이 그들에게는 하나도 없다고.

추신 : 우리는 이 이야기에서 애매한 부분을 싫어하는 이들을 고려하여, 새끼들을 기르고 있던 숲비둘기가 자신의 첫사랑이 죽었다는 이야기를 듣고 가슴이 무너져 숨졌다는 사실을 덧붙인다.

현실적인 참새들과 일반적으로 깃털 달린 종족들은 그 연인들이 결혼해서 행복하게 살았다는 이야기가 더 낫지 않았을까 생각할지도 모른다. 이 점에 대하여 우리는 충실한 이야기꾼으로서 '진실은 소설보다 기묘하다'라는 말밖에 할 수 없다.

집집마다 1층에는 이 의사, 다락에는 저 의사가 있다면 어떻게 되겠습니까? 부적합한 이들이 의술을 배우지 못하도록 의사가 되는 데 드는 고통과 비용을 갑절로 늘여야 합니다.

의사 동물들

존경할 만한 까마귀가 우리 동료 중 하나가 곧 죽을 것이라고 했다. 까마귀는 그 사실을 예언할 수 있다고 우쭐해했다. 까마귀의 예언은 적중했다. 그때 불쌍한 환자가 들어왔기 때문이다. 그 환자는 개였다. 우리는 과거형으로 그가 개였다고 말한다. 왜냐하면 아, 오랫동안 고통받았던 그 개는 이제 해골에 지나지 않기 때문이다. 우리는 그 개에게 기분이 어떠냐고 다정하게 물었다.

개가 대답했다.

"우우, 고통스러울 뿐이에요. 그들이 나를, 아니 내 병을 치료해보고 그 결과를 지켜보았어요. 아, 형제들이여, 당신들이 한 게 뭐죠? 세상은 지금 어떻게 돌아가고 있는 거예요? 당신들은 동물들에게 글을 쓰라고 부추겼지만, 그것은 지나친 요구였어요. 우리 불쌍한 짐승들은 대부분 생각하기를 강요당해왔죠. 그뿐 아니라 어떤 동물들은 시와 그림을 꿈꾸고 과학을 생각하라고 강요당하기까지 했어요. 그 얼간이들은 그런 무모한 과정을 통해 우리 자신과 우리의 숭고한 본능을 극복할 수 있다는 점을 증명하려고 했어요. 나이팅게일은 자신들이 육식조라고 생각하죠. 당나귀는 자기가 노래의 거장이라고 생각하고, 고양이는 자신들이 가장 아름답고 달콤한 음악을 연주한다고 생각하죠. 친구여, 문명화라는 것이 결국 혼란을 초래하고 있습니다. 그것도 끔찍한 혼란을! 하지만 요즘 유행하는 생각은 훨씬 더 끔찍하죠. 우리 형제들은 죽음이 두려워 내과와 외과 강좌를 설립하기로 결심했습니다. 벌써 일을 벌여놨죠. 나를 보세요. 나는 그놈의 실험 결과로 뼈와 가죽밖에 남지 않았어요! 세상에, 뼈와 가죽뿐이라니! 난 이미 목발과 관까지 주문해놨죠. 아, 어지러워!"

여우가 말했다.

"술 드시겠습니까?"

개가 대답했다.

"이런 고마울 데가."

그 개도 한창때는 아주 쾌활한 개였다.

여우는 펜과 잉크를 준비해 가지고 와서 개더러 자손들을 위하여 지금까지 겪었던 일을 적으라고 했다. 순종은 개의 본성이다. 그렇지만 그 개는 여우에게 자기 이야기를 받아써달라고 부탁했다.

개가 이야기를 시작했다.

"솔직히 나는 뭘 숨기고 싶은 마음은 눈곱만큼도 없어요. 한동안 우리 사이에서 의사로 불려온 작자들이 있어요. 한마디로 흉악하기 짝이 없는 작자들이죠. 의사들은 환자들이 손아귀에 들어오기가 무섭게 피를 뽑고, 소독하고, 식이요법이랍시고 고양이한테도 모자랄 음식을 주어 환자들을 괴롭힌답니다. 나는 치료의 마지막 단계라는 이 식이요법이 결코 바람직하지 않다고 봅니다. 의사들은 병이 먹을 것을 갈망하고 있다고 착각하면서 체계적인 단식으로 병을 굶겨 죽여야겠다고 생각하지요. 하지만 그렇게 해서 굶어 죽는 것은 흔히 병이 아니라 동물이에요. 병은 살아서 다른 동물들한테 옮아가고요.

나는 이 일을 조사해서 진상을 밝히자고 위원회에 제안했습니다. 당신들은 어떤 바보가, 아, 죄송합니다, 제 말은 어떤 동물이 실험대상으로 선택될지 짐작할 수 없을 겁니다. 예를 들면 좋은 시력을 연구하려고 홍방울새를 쓰고, 어둠 속에서도 잘 보는 능력을 연구하려고 두더지를 이용하듯이 말입니다. 위원회는 가난한 이들이 뭔가 이유가 있으니까 불평한다고 여기고 조사에 착수했어요. 그리고는 누구나 죄인일 수 있다고 보고 심문했죠. 무슨 일이 있었는지는 모르겠지만, 얼마 안 가서 문명화한 위원들 대다수가 아무것도 밝혀내지 못하고서도 그 사건을 해결했다고 결론짓더군요. 편집자는 위원들과 마찬가지로 돈을 두둑이 받고 작품을 만들어냈죠. 그게 끝이었죠. 나는 짖고 으르렁대면서 반대했습니다. 내 친구들도 대부분 나에게 동조했기 때문에, 문제는 점점 시끄러워졌지요."

여우가 말했다.

"그 이야기는 넘어갑시다. 그냥 넘어가자구요. 모든 일에는 결말이 있게 마련이죠. 신중하고 관대해지려다간 이 문제를 제대로 얘기할 수 없습니다."

메도는 다소 풀이 죽어서 대답했다. (메도는 주인공의 이름이다.)

"간단히 말해서, 우리는 의사인 아스클레피오스의 수탉과 히포크라테스의 뱀의 지도 아래 비밀리에 내과와 외과 학부를 만들기로 했어요. 어느 동물이나 자신의 살과 장기의 일부분이 약으로 쓰였기 때문에 과학 발명품에 대한 소유권을 주장했습니다. 그 동물들은 한결같이 인간 의사들에 의해 만병통치약으로 이용당했다고 주장했어요. 그 두 발 달린 의사들이 무기력증에는 거북 수프를, 더러운 피에는 독사 젤리를 처방했다는 사실이 믿어지나요?"

"메도 선생, 당신은 현명한 분이로군요. 우리가 우리 잡지에 과학

아카데미를 싣는다면 당신도 거기에 끼일 수 있을 거요."

"아카데미에요, 선생님?"

"아니, 우리 잡지에요. 당신이 그렇게 대단한 존재인 줄 아시오? 얘기나 계속해 봐요."

"선생님, 선생님은 제가 과학이 아니라 식이요법에 반대했다는 점을 잊지 않으셨지요?"

여우가 물었다.

"긴 이야기인가요?"

"그냥 끝내야겠네요. 제가 양심적으로 말할 수 있는 건 그게 전부예요."

"당신은 정직하군요. 하지만 요즘 세상엔 정직도 쓸모없는 미덕이죠."

메도가 말을 이었다.

"동물들이 인간들의 처방전에만 관심을 갖는다면 병을 키워서 죽음만 재촉하게 될 거예요. 어떤 인간이 말하길, 가장 탁월한 철학은 상식의 시험을 이겨낸다더군요. 나는 진정한 의술이란 본능으로 돌아와 본능에 의지하는 것이라고 생각해요. 단순하지만 심오한 말이죠? 그 말을 곰곰이 생각해보세요. 비록 이 말이 세간의 경멸을 받게 될지라도 말이에요."

여우가 말했다.

"정말 터무니없는 말이군요. 과학의 기초를 세우겠다면서 상식에서 출발하다니요. 상식은 과학에 걸림돌만 되는 통속적이고 원시적인 재주일 뿐이오."

곰이 구독료를 내러 왔다가 이렇게 중얼거렸다.

"그건 틀림없는 사실이지."

메도는 귀를 긁적이더니, 침울한 어조로 말을 이었다.

"다들 내 의견을 비난했어요. 나는 욕먹고, 두들겨 맞고, 선동자 취급까지 받았죠. 나는 결백을 증명하기 위해 허공으로 앞발을 치켜들려다가 그만 앞발 하나가 부러져버렸어요. 내 동료들은 그런 상황에서 본능과 상식이 어떤 처방을 내려주느냐고 빈정댔지요. 혹시 적

용시킬 만한 처방이 있느냐면서요."

여우가 말했다.

"당연하지요!"

"난 지푸라기가 깔린 침대에 뉘어졌어요. 곧 그 방으로 거머리와 두루미와 변형동물과 스페인 파리와 권위 있는 아이들러가 몰려왔어요. 아이들러는 오자마자 자리에 앉더군요. 변형동물은 퉁명스럽고 쌀쌀맞았는데, 옷차림엔 꽤 신경을 썼더라구요. 그가 개회를 선언했어요. 그 회의는 순수하게 과학적인 방법으로 나를 치료하기 위해 열린 것이었죠. 나는 이제 죽었구나 싶었어요.

그때 나를 간호하던 암퇘지가 나를 다독거리면서 그러더군요.

'두려워하지 마세요. 착한 이들은 죽고 악한 자들만 살아 남는 법이니까요.'

내가 말했지요.

'이봐요, 아가씨. 아가씨는 내 귀에 독이나 넣으려고 여기 온 게 아니지 않습니까.'

그러고 나서 나는 초라한 침대로 돌아누웠어요.

그때 거머리가 나더러 정신착란이라고 단언하더군요. 그리고는 내 목구멍의 혈관을 통해서 병을 빨아내겠다는 생각을 은근히 내비쳤죠. 하지만 다행히도 스페인 파리가 내가 목이 말라서 혀를 내밀고 있는 것을 보았어요. 그래서 유도자극제라고 부르는 약을 쓰자고 했습니다. 유도자극제를 투약하면 병과 치료제가 고통스럽게 싸우게 되지요.

두루미가 파리에게 말했습니다.

'선생, 선생의 치료법도 그렇고 선생의 의견에는 최소한의 무게도 없소. 당신들 6천4백 마리의 몸무게가 고작 2백26그램밖에 안 나가

잖소. 2백26그램이라는 걸 생각해보시오.'
변형동물이 물었어요.
'아이들러 씨 생각은 어떻습니까?'
'난 삶과 죽음의 신비에 관하여 명상하는 여유 있는 과학을 신봉합니다. 우리는 함께 의논하고 환자의 상태를 꼼꼼하게 따져본 뒤에야 이 중요한 증상에 대해 올바른 진단을 기대할 수 있을 겁니다. 나는 진찰 전문의로서…….'
첫번째 연설자가 진지하게 말을 이었습니다.
'내가 보기에, 이 환자는 발과 머리와 가슴과 신체 모든 부위가 비정상적으로 축축하다는 점이 가장 심각한 증상입니다.'
바다표범이 어깨를 으쓱했어요.
'비든 이슬이든 달구어진 대기의 수증기 포화 상태이든 간에, 나는 습기가 제일 위험하다고 생각합니다. 우산이나 방수포를 씌우면 습기를 막을 수 있을지도 모르죠. 하지만 이 환자는 이미 그 단계를 넘어섰기 때문에 더 세심한 처방이 필요합니다. 나 같은 경우에는 각별히 조심해야 할 입장이에요. 그래서 마차 없이는 절대로 여행하지 않죠. 양탄자가 깔리지 않은 차가운 보도 위를 걷는 것은 죽음을 자초하는 일이거든요. 내 일은 다 끝났습니다. 나는 일을 끝내면 으레 누가 나한테 돈을 지불할 것인지 묻죠.'
밖에서 누군가가 소리쳤습니다.
'우리도 돈을 받아야죠.'
'당신들은 누구요?'
'우리는 동물 의사들이오. 우리만이 치료를 제대로 할 수 있소. 문을 열어요. 안 그러면 문을 부수고 들어가겠소. 우리가 질병의 급소를 잘라내듯이 말이오.'

문이 열리자 톱상어가 수행원들을 이끌고 들어왔어요. 수술자는 내 맥박을 재며 이빨을 드러내더군요. 이내 의사들이 침대를 둘러쌌어요. 그런 상황에서는 기절하는 것이 당연하죠. 난 기절하려고 애썼어요. 하지만 이따금 극과 극이 통하듯, 기절과 정신착란은 풀잎 한 장 차이라 나는 돌아버리고 말았어요. 눈앞에 해부실에서 실습하는 음산한 광경들이 지나가더군요. 승강장의 마차나 경비원처럼, 내 이름은 메도가 아니라 33번이 되었죠. 나는 이제 유일한 환자가 아니라 긴 병실의 침대 위에 누워 있는 수많은 환자 중 하나였습니다. 내 옆에 있던 32번은 이미 죽었더군요. 더 정확히 말하면 그의 시체는 병실 끝에 있는 식당 같은 곳으로 옮겨진 거죠. 그 식당 안에는 온통 해골과 뼈밖에 없었어요. 살은 대체 어떻게 되었을까요?"

"메도 선생, 그 뼈들은 분명히 화석이었소. 당신은 선량한 시민들을 비방하고 있는 거요. 하지만 당신은 자유민이니, 계속 이야기해 보시오."

"나는 그런 잔인하고 불경스럽고 천벌을 받을 행위를 규탄하고 싶었어요. 하지만 상어가 내 귀를 피가 날 정도로 물어뜯더니, 침착하고 결연하고 즐거운 척하는 게 좋을 거라고 충고했어요.

상어가 말했어요.

'수술의 비밀을 알려고 고민하지 마시오.'

내가 대답했어요.

'벌써 고민한 걸요.'

'조용히 해요! 나는 이제 당신의 증상을 이 학생들에게 설명할 참이오. 이들은 당신이 다시 기운차게 돌아다니는 것을 보고 싶어 안달이 났소. 그들은 예후학과 진단학과 징후학과 식이요법학과, 그리고, 화폐학을 자세히 배워야 하오. 그 중 어느 하나도 간과해서는 안 되니까. 당신이 당장 낫지 않더라도, 우리는 다른 의사들의 선례를 좇느라 귀중한 시간을 허비하지 않을 거요. 우리는 그 의사들하고 수축과 이완과 체액과 점막과 털구멍에 관해 생각이 다릅니다. 동물의 생명을 위협하는 6만 6천6백66가지 열병에 이름을 붙이지 않으려고 말이오. 우리는 '상처를 치료하는 것은 나지만, 낫게 하는 건

신이오'라고 말한 아리스토텔레스와 플리니와 앙브로즈 파레와 같은 시시한 이상주의자들의 말에 얽매이지 않을 거요. 낫고 안 낫고는 우리가 상관할 바가 아니니까. 알렉산더는 우리의 보호자이자 영웅이오. 우리의 기술은 세포 조직을 팽팽하게 하거나 느슨하게 하는 것이지. 아니, 알렉산더는 우리보다 훨씬 현명했소! 알렉산더는 세포 조직을 아예 잘라버렸으니까 말이오.'

듣고 있던 독수리와 쥐와 까마귀가 소리쳤어요.

'알렉산더 만세!'

상어가 말했지요.

'내 말을 제대로 이해했군. 나는 이제 내 동료인 톱상어 선생에게 의견을 묻고 싶소. 나는 톱상어 선생의 학설이 최고라고 생각하오. 물론 적용은 내 나름대로 하지만. 그리고 학생들, 이제 근육을 절개하고 뼈를 톱으로 자른 다음 본격적으로 환자를 치료하겠소.'

나는, 이제 죽일 작정이구나, 하고 생각했지요. 하긴 해부되느니 죽는 게 백배 낫지."

여우가 말했다.

"그래서 죽은 척했나요?"

"바로 그거예요. 그리고 어떤 착한 녀석이 내가 곧 죽을 것 같으니 수술하는 것은 현명하지 못하다고 말하더군요. 간혹 아주 하찮은 일 때문에 큰일을 미루는 경우가 있죠."

여우가 빈정대는 투로 말했다.

"그렇죠. 잘된 것 같군요."

"상어는 수술을 가로막았던 학생이 아니라 그 옆에 있는 학생을 덮쳤지요. 그 학생이 자기 보금자리에 줄을 치려고 병원 붕대를 훔쳐갔다고 비난하면서 말이에요.

그 자리에는 커다란 독수리 하나가 있었어요. 지방 학생이었는데, 큰 망토와 뒤통수에 쓴 모자 때문에 눈에 잘 띄는 학생이었지요. 그 학생은 의사란 자유로운 직업이라면서 교수가 학생의 사적인 일에 끼어들 권리가 없다고 했어요.

이런 식으로, 없어진 붕대 문제는 그럭저럭 넘어가고 교수가 이야기했어요.

'학생 여러분, 오늘 수술은 연기하겠소. 대신 과학을 위하여 도덕이라는 주제에 대해 몇 마디 하고 싶군요.'"

여우가 말했다.

"당신은 그 말을 듣고 기분이 좋았겠군요."

"아마 그랬을 거예요. 어쨌든, 곧 말씀드릴 짧은 설교는 나에겐 별다른 감흥을 주지 못했어요.

'학생 여러분, 진정한 과학도는 어느 정도 신과 비슷한 본성을 가지고 있습니다. 우리의 직업은 성스러운 것입니다. 고대에는 오직 성직자들만 의술을 행할 수 있지 않았습니까. 따라서 의술에는 재능 이상의 것이 필요합니다. 의술은 바로 도덕성을 필요로 하지요.'

같은 또래의 학생들 여럿이서 감탄했어요.

'와! 와!'

'의술은 다시 성직이 될 것입니다. 아니면 사회를 위해 일할 수도 있습니다. 그러니까 의사들은 공중 보건을 관장하게 되는 거죠. 질병이 적어질수록 의술은 더 영예로워지고 더 큰 보답을 받겠지요. 하지만 이런 바람직한 결과에 이르기 위해서는, 의사의 자격 조건을 높여 아무나 감히 의사가 되겠다는 생각을 못 하게 해야 합니다. 그렇지 않으면 집집마다 주치의가 있게 될 것입니다. 집집마다 1층에는 이 의사, 다락에는 저 의사가 있다면 어떻게 되겠습니까? 의술을 배우는 데는 돈도 많이 들고 고통도 따릅니다. 능력이나 도덕적인 면에서 의사가 되기에 부적합한 이들이 의술을 배우지 못하도록 의사가 되는 데 드는 고통과 비용을 갑절로 늘려야 합니다.'

독수리가 말했어요.

'하지만 교수님, 그 말은 이치에 맞지 않습니다. 교수님은 지금 교수님의 편한 자리를 야금야금 뺏으려고 위협하는 젊은 세대의 능력을 두려워하는 겁니다. 교수님 이야기는 틀렸다구요!'

다른 학생이 비참하고 궁핍한 생활을 비방하는 말에 반대했어요. 비참함과 궁핍함은 천재를 키우고 정화시킴으로써 세상에 이바지할 수 있는 진실한 속성이라는 거죠.

교수가 말했어요.

'그렇습니다. 인생은 힘들고 괴로운 투쟁이지만, 신은 여전히 전지전능하시다는 사실을 나도 잘 알고 있습니다. 눈이 그 차디찬 망토로 풀잎과 땅 밑에 있는 모든 씨앗들을 덮어도, 봄이면 꽃이 피고 가을이면 다시 과일과 곡식이 창고에 가득하리라는 사실도 믿어 의심치 않았습니다. 나는 배고픔은 알았지만 절망은 몰랐던 겁니다. 병을 고치는데 우리와 어깨를 겨누기 위하여 수많은 이들이 몰려온들 무슨 상관입니까? 세상을 더욱 기쁜 곳으로 만들려고 성실하게 애쓰는 이라면 누구에게든 기회가 있습니다.'

까마귀가 외쳤어요.

'기쁨이여, 영원하라! 다락방이 학생들의 궁전이듯 비참함은 오두막의 시입니다. 하루하루 삶이 힘겨워질수록 내일 우리는 하늘에 한 층씩 더 높이 올라갈 겁니다. 세상의 지붕으로 올라가는 거죠. 자, 여러분들, 이건 간단하지만 진실이 담겨 있는 말입니다. 파리의 집들은 그런 식으로 바라보아야 합니다. 우리가 사는 높은 다락에는 상상력이 있죠. 그래서 이 큰 도시에 사는 지식인들은 너무 감상적인 데가 있어요. 1층으로 내려가서 야망과 부에 대해 곰곰이 생각하기를 기다리는 이가 있는가 하면, 생각하는 이가 있고, 꿈꾸는 이가 있고, 사랑하는 이가 있죠. 교수님은 이런 상황에서도 자신이 살아있는 성공 사례라고 말씀하실지도 모르죠. 아주 보잘것없는 공적으로도 종종 대단한 부와 명성을 얻을 수 있다는 사실을 입증하는 살아 있는 존재라고 말이에요.'

상어가 대답했다.

'아! 여러분은 실패를 수천 번 거듭하고 나서야 자신의 직업에서 성공을 거둘 수 있다는 사실을 잊고 있습니다. 자질이 훌륭한 자만이 성공해서 출세할 수 있습니다. 하지만 그동안 나머지 수천 명은 비참하고 어두운 나락으로 떨어지고 말죠. 태양은 우리의 성공에 미소 짓고 다정한 땅은 우리의 실패를 덮어준다는 말이 있습니다. 하지만 사실 태양은 은혜를 모르는 회복기 환자들에게 미소 짓고, 땅은 우리가 애써 수술한 환자를 이내 묻어버리지요!'

토론 내용이 너무 학문적으로 되자, 나는 침대 밑에 살그머니 숨었어요. 하지만 그들이 다시 내 증상을 두고 토론할세라, 나는 한창 열띤 토론을 벌이고 있는 그들 곁에서 떠나 이곳으로 왔지요."

이 불쌍한 불구자는 이야기를 마치고는, 자신의 중대한 폭로가 어떤 결과를 가져올지 전혀 개의치 않고 작별 인사를 하고 사라졌다.

우리는 비밀을 간직한 메도의 행방을 아는 이에게 부탁한다. 우리는 곤란에 빠진 동료 동물들을 도와줄 수 없으므로, 그들이 아예 우리 눈앞에 나타나지 말든지 우리의 이웃집에 신세지기 바란다. 우리 이웃은 한가하고 돈도 많을 테니 말이다.

우리는 단순한 소리와 표정으로 느낌이나 뜻을 나타내죠. 하지만 인간은 유례없이 끔찍한 형벌을 받아서 자연이 준 단순한 소리 대신에 끊임없이 불평만 늘어놓게 되었죠. 인간들은 여러 가지 소리를 만들어서 자기네가 원하지 않는 것, 가질 수 없는 것들을 나타내죠.

기린의 연애편지

개미와 기린과, 어쩌면 인간도 보호해주시는 신을 찬미하라! 당신과 나는 머지않아 만나게 되겠지요. 우리, 다시는 헤어지지 말아요.

나는 지금 이 나라에서 기후를 조장하는 학자들 이야기를 하려고 해요. 학자들은 대개 나쁜 기후를 조장하지요. 그들은 나름대로 지혜를 짜내어 기린들은 혼자 있는 것이 바람직하지 않다고 정했어요. 기린 한 마리만 연구해서는 기린의 사회적 관습을 제대로 알아낼 수 없기 때문이라나요. 대체 어찌 된 일인지 영문을 모르겠어요. 하지만 지금 내가 아는 대로 당신께 이야기해드릴게요.

나는 누구라도 적응하기 힘든 나라로 오게 됐어요. 이 나라는 해가 창백하고 달도 어슴푸레하답니다. 바람은 축축하고, 먼지는 더럽고, 공기는 얼음처럼 차구요. 여기서는 1년 3백65일 중에서 자그마치 3백40일 동안이나 비가 내려요. 비가 오면 물이 불어나 길이 물바다가 되어버리기 때문에 우리 같은 기린이 우아하게 걸어다니기는 힘들죠. 겨울이 오면 비가 하얘지고 눈부신 양탄자가 온 세상을 덮어버려요. 눈이 아프도록 눈부시고 가슴 시리도록 새하얀 양탄자가 깔리게 되는 거예요. 또 물이 얼면 새와 짐승들이 목을 축일 수 없어 개울 둑에서 비참하게 죽어가구요.

이 나라를 통치하는 동물들은 신이 창조한 어떤 동물보다도 못생겼어요. 머리는 우리의 머리처럼 우아하게 생긴 게 아니라 멜론처럼 둥그스름해요. 게다가 돼지털처럼 뻣뻣하고 까만 털이 나 있는데다 단정한 모습하곤 영 거리가 멀답니다. 목은 어깨 사이에 파묻히다시피 해서 짜리몽땅해지는 부분이 목이구나 짐작할 뿐이에요. 이 동물은 살도 누르퉁퉁해요. 이 동물이 어리석게도 뒷다리로 걸으면서 몸의 균형을 잡으려고 앞다리를 허우적거리는 꼴이란 그야말로 가관이죠. 이보다 더 천하고 우스운 몰골도 없을 거예요. 나는 이 가엾은 동물이 자신의 흉한 모습 때문에 괴로워한다고 생각해요. 이 동물은 될 수 있으면 자기 모습을 감추려고 하거든요. 그래서 식물 껍질과 동물 가죽으로 된 옷을 걸치고 다니죠. 그래봤자 흉한 모습이 더 나아 보이지도 않던데. 되레 옷을 걸치면 헝겊이나 가죽 조각을 더덕더덕 붙여놓은 것처럼 흉물스럽게 보인다니까요. 이 추악한 동물은 인간이라고 알려져 있답니다. 아마 인간을 한 번 보고 나면 신께 고마워할 거예요. 우리는 신께서 아름다운 옷을 입고 태어나게 해준 덕분에 그들처럼 파리 재단사의 손아귀에 맡겨지지 않아 얼마나 다행인지 모르겠어요.

우리는 단순한 소리와 표정으로 느낌이나 뜻을 나타내죠. 인간도 이전에는 우리하고 똑같은 특권을 누렸던 것 같아요. 하지만 이제 그들은 돌이킬 수 없는 본능에 휩쓸려버렸어요. 바꿔 말하면, 현인들의 말대로 인간은 유례없이 끔찍한 형벌을 받아서 자연이 준 단순한 소리 대신에 끊임없이 불평만 늘어놓게 되었다는 거죠. 인간들은 여러 가지 소리를 만들어서 자기네가 원하지 않는 것, 가질 수 없는 것들을 나타내죠. 그리고는 자기네가 도덕적으로나 물질적으로 바라는 것을 무한정 얻을 수 없다는 사실을 불평하면서 인생의 절반을 보내지요. 그 소리들은 가끔 소망도 표현하지만, 흔히는 사상이라는 것을 표현한답니다. 사상은 그 자체로는 아무것도 아니에요. 그런데도 인간들은 '대화'라는 행위 속에서 사상을 빌미로 서로에게 무례하고 퉁명스럽고 적대적으로 대하거든요. 두 인간이 몇 시간 동안 대화를 나누고 헤어졌다 칩시다. 그러면 우리는 한 인간이 다른 인간의 말을 완전히 무시하면서 전보다 그 인간을 훨씬 철저하게 증오한다는 사실을 금방 눈치챌 수 있을 거예요. 아울러 인간은 본질적으로 잔인하며 피와 살을 먹고 산다는 사실도 짚고 넘어가야겠어요. 하지만 겁내지 않아도 돼요. 천성이 비겁한 탓인지, 아니면 은혜라고는 눈곱만치도 모르고 잔인한 탓인지, 인간은 겁주기 쉽고 죽이기 쉬운, 힘없고 겁 많은 짐승들만 먹어치우거든요. 그 겁쟁이 동물들은 제 털을 바쳐 인간에게 옷을 마련해주기도 하고, 뼛골 빠지게 일해서 인간들을 부유하게 해주기도 한답니다. 게다가 인간들은 으레 자기네 나라에서 이 희생물들을 기르죠. 하지만 낯선 나라에서 온 동물에게는 종교적인 경의를 품고 극진하게 보살피며 존경한답니다. 가젤을 위해 공원을 만들고, 사자에게는 멋진 굴을 파주고, 하마에게는 연못을 파주었죠. 나한테는 영양 많은 잎이 달린 나무들을 줄줄이 심어주었어요. 나는 풀과 고운 모래가 깔려 있는 조그만 사막에서 살고 있어요. 이 작은 사막은 온도도 늘 일정하게 유지되죠. 인간이 다른 불쌍한 인간들에게 그만한 관심을 기울인다면 그들은 얼마나 기뻐할까요? 인간은 서로 얼마간 떨어져서는 다른 인간들을 사랑하다가도, 이따금 광란에 휩쓸려 곳곳에서 제 동족을 살육하기도 한답니다.

이 대량학살은 얼핏 들으면 대단한 것 같지만 실은 별 볼 일 없는 말이나 그놈의 사상 때문에 일어난다더군요. 원래 인간은 해코지할 줄도 모르고 딱히 몸을 보호할 만한 무기도 없는 동물이었죠. 하지만 이제 그들은 놀랄 만큼 파괴적인 무기를 발명했어요. 인간은 발표된 사상에 동의할 수 없으면 무기를 꺼내요. 그리고 생명과 재산을 가장 많이 파괴한 쪽이 언제나 옳다고 인정되죠. 인간들 말로는 정의란 절대적인 권력이 망하고 난 폐허 위에 세워진답니다. 그러다 결국 어떤 막강한 권력이 옳은 것을 그릇된 것이라고 증명하여 정의를 밑으로 끌어내리지요. 그러니까 정의는 정부의 작은 입김에도 이리저리 움직이는 풍향계랍니다.

인간들 중에는 별난 인간들도 있게 마련이죠. 그 중 하나가 학자라는 인간들이에요. 학자들은 애벌레였을 때 책에서 자란답니다. 하지만 애벌레들은 대개 인쇄된 이파리 속에서 그냥 번데기 상태로 죽어버리죠. 번데기 신세에서 벗어나지 못하고 말이에요. 하지만 이 책벌레는 오랜 세월이 지나면 어엿하게 자라서 학문의 빛 속으로 날아오른답니다.

학자는 사상보다는 사상을 표현할 말에 더 깊은 관심을 기울이는 게 의무래요. 가장 상식적인 것을 나타내기 위해 아무도 이해할 수 없는 말을 만들어내는 것은 물론이고요. 학자들은 되도록 남들이 쓰지 않는 단어로 얘기하려고 애쓰죠. 물론 전혀 쓰지 않는 단어라면 더욱 좋고요.

무엇보다도 흥미로운 인간은 여자예요. 여자는 애처롭고 다정하고 우아하고 겁 많고 섬세한 동물이지만 남자의 노예가 되어버렸지요. 언제 어디서였는지는 모르겠지만, 남자는 힘이나 잔꾀를 써서 여자가 말처럼 복종하도록 훈련시켰다는 거예요. 여자는 더할 나위 없이 우아하게 생겼지만 남자는 여자의 외모를 되레 망쳐놓을 따름이죠. 여자는 남자가 없으면 훨씬 완벽해 보이거든요. 여자의 감정은 오직 사랑뿐이에요. 여자는 어렸을 때부터 누군가 또는 무엇인가를 사랑하고 싶은 욕구를 느끼고, 그 욕구는 평생을 따라다니죠. 여자는 마음속으로 인생을 행복하게 함께 보낼 이상적인 남자를 그리면서 청춘을 보낸답니다. 그리고는 얼마 후 마침내 꿈속에 그리던 남자를 만났다고 생각하고 결혼하죠. 그러나! 환상은 이내 스러져버리고, 여자는 젊은 날 자신이 꿈꾸던 상대는 훨씬 지위가 높은 남자라는 사실을 깨닫게 된답니다.

내가 이 나라와 이 나라의 동물들에 대해서 조목조목 얘기해서 놀랐을 거예요. 그래도 나는 아직 이 나라 동물들이 삶을 꾸려가는 방법에 대해선 아무 말도 안했어요. 프랑스에서는 순수하고 소박한 정치학이 뻔질나게 입에 오르내리지만 과연 이것을 제대로 알고 있는 이가 얼마나 될까 싶어요.

아마 당신이 누군가에게 정치에 관한 이야기를 듣는다면 아리송하다고 느낄 거예요. 두 사람 말을 들으면 그들도 헷갈리고 있구나 싶을 거예요. 세 사람이 얘기할 때는 난장판이 벌어지죠. 이야기하는 사람이 네댓으로 늘어나면, 이러다 서로 목 졸라 죽이지 않을까 싶을걸요. 모든 계층이 나에게 호감을 느끼는 걸로 미루어 보아, 나는 저들이 나를 침착한 중앙 지도자감이라고 보고 왕으로 뽑을 것 같다는 생각을 했죠. 프랑스인들은 왕이 갖추어야 할 지적 · 도덕적 자질에 대해 의견이 분분하니, 내가 왕이 될 가능성도 꽤 큰 것 같아요. 어쩌면 바람직하게도 프랑스인들은 키 큰 순서대로 군주를 뽑자고 할지도 몰라요. 이 방식이 채택되면, 파벌 싸움도 없어지고 모든 문제가 키재기를 통해서 해결되겠죠.

지난주에 나는 내 우리 근처의 강변 쪽에서 열린 의원 모임에 참석하기로 했어요. 그래서 의원들이 떠들썩하게 모여 있는 궁전 같은 곳에 도착했죠.

의원들은 유달리 못생겼다는 점 외에는 다른 인간들과 마찬가지였어요. 진지하게 사고하는 버릇과 일밖에 모르는 태도 때문에 더 흉한 몰골이 됐다더군요. 나는 의원들이 잠시도 한자리에 가만있지 못하는 걸 보고 적이 놀랐어요. 뜻밖에도 소란스러운 회의를 보게 된 거죠. 수백 명의 의원들은 이리저리 뛰어다니며 난리도 아니지 뭐예요. 서로 상대방의 이름을 소리쳐 부르며 위협적인 몸짓을 취하는가 하면, 무시무시하게 얼굴을 찡그리며 이빨을 드러내는 거예요. 서로 제 동료들보다 높아지고 싶었는지, 옆에 있는 동료의 머리와 어깨로 올라가서 소원을 푸는 의원들도 많았답니다.

나는 난장판이 된 의회를 보면서 얼마나 재미나던지요. 하지만 안타깝게도 나의 큰 키 때문에 뭐라고들 말하는지 한마디도 못 알아들었지 뭐예요. 고함 소리, 이빨 가는 소리, 꼬리 치는 소리, 휘파람 소리, 으르렁대는 소리에 귀만 먹먹하고, 어찌나 넌더리가 나던지 그냥 돌아오고 말았어요. 토론중인 문제는 생각도 못 해보고 말이에요.

그 난리통에서도 어떤 안건이 통과되었나 봐요. 다음 날 정부 기관지에 아주 그럴싸한 담화문이 발표된다고들 하더군요. 회의란 정도의 차이는 있지만 다 그게 그거라나요? 그래서 나는 그 뒤로는 회의를 보러 가지 않았지요.

(기린은 분명히 잘못 알았다. 만약 기린이 알고도 그랬다면 용서받지 못했을 것이다. 기린은 식물원에 갇혀 있었기 때문에 의사당에 가볼 수 없었지만 본인은 의사당을 묘사하고 있다고 착각했던 것이다. 기린이 가본 곳은 사실 원숭이의 궁선이었다. _편집자 주)

자, 펜을 놓기 전에 지금 파리에서 어떤 말이 쓰이는지 알려드릴

ANDREW. BEST. LELOIR.

게요. 다음에 나오는 이야기를 읽으면 알 수 있을 거예요. 이 이야기는 텁수염이 난 들소 청년과 초롱초롱한 눈빛의 가젤 아가씨가 방금 나누었던 대화예요. 청년은 아가씨에게 자신이 오랫동안 떠나 있었던 이유를 변명하는 중이었죠.

"아름다운 이졸린, 나는 그동안 숭고한 사상에 빠져 있었습니다. 당신의 여성적 심성은 고상한 직관으로 이 숭고한 생각을 짐작하고 있었겠죠. 나는 능력을 인정받아 완전한 명인이라는 최고의 위치에 서게 되었고, 철학적이고 박애적이고 인도주의적인 명상에 오랫동안 몰두해 있었습니다. 그러면서 나는 모든 민족을 교화하고, 모든 학회를 조화롭게 하고, 모든 인재를 활용하고, 모든 학문을 발전시킬 정치적 순환 구조를 계획하고 있었습니다. 하지만 나는 당신의 정열적인 매력에 끌리지 않을 수 없었습니다. 나는……."

이졸린이 진지하게 말문을 막았어요.

"됐어요. 내가 그런 고귀한 열망을 이해 못한다고 생각하진 마세요. 내가 상스러운 작자의 꾐에 넘어갈까 봐 의심하지 마시구요. 아디마르, 나는 당신의 운명이 자랑스러워요. 나는 우리를 하나로 묶어주는 감정 속에서 우리가 서로에게 끌리는 선택된 이성들이란 걸 느껴요. 물론 본능 때문에 서로에게 특별히 끌리는 상태와 그저 마음이 통하는 상태를 혼동해왔지만요. 그러니까 더 명확히 말하자면, 서로에게 끌린다는 것은 고립된 개인의 특이성이 하나가 되기를 바라는 것이죠."

그러고 나서 둘은 낮은 목소리로 이야기를 주고받았어요. 그 대화가 더 알아듣기 쉽게 변했는지도 모르죠. 둘이 헤어질 때 보니, 젊은 철학자의 얼굴이 기쁨으로 환했거든요.

BERNARD--POLLET.

잘난 척하지 마시게, 신사 양반. 지금 그대는 제 몸에서 비단실을 뽑아내어 세상에서 제일 훌륭한 집을 짓는 거미보다 솜씨 좋고 능력 있고 참을성 있다고 생각하는가?

까마귀의 불평

인간이 하등동물보다 더 열등하다는 사실은 의심할 여지가 없다. 적어도 나는 그렇게 생각한다. 그리고 나는 악의 없이 사실 그대로 이야기한다는 점을 밝혀두고자 한다. 나는 인간이 해를 끼치지 못하는 몇 안 되는 동물 중 하나이다. 다행히도 내 살이 너무나 질겨서 빈민에게 배급할 죽을 끓이기에도 마땅치 않기 때문에 인간들은 나를 안중에도 두지 않는다. 나는 까마귀인 까닭에 높은 곳에서 고상하게 온 세상의 족속들을 내려다본다.

인간은 자신의 열악한 처지를 인식하고 있고, 머리는 잘 돌아가는데 군더더기 많은 몸이 그만큼 따라주지 못하는 경우가 다반사라는 사실을 충분히 알고 있다. 서투른 건축가들이란 곧 아무리 솜씨 좋은 일꾼이라도 지을 수 없는 건물을 설계하는 사람들이다. 가련한지고! 과연 인간들 가운데 자기네가 열등할지도 모른다고 생각할 자가 있을까? 설령 그렇게 생각하는 자가 있다손 치더라도, 인간들이 끊임없이 불평해대고 불화를 일으키고 논쟁을 벌이는 것은 또 뭐라고 설명할 수 있을까?

콧수염이나 기르는 인간의 이야기를 조롱 삼아 써보자. 우리 동물들이 너희 인간들처럼 사악함과 격정과 포부를 가지고 있지 않는 한, 너희는 우리를 우습게 여길 수 없을 것이다. 너희는 세상에 떠돌아다니는 가여운 동물들을 손아귀에 쥐고 흔들었다. 우리 동물들 없이는 하루도 살아갈 수 없는 주제에 말이다. 비는 때때로 너희의 목숨을 앗아가고 시원한 바람은 너희의 연약한 분홍 살갗에 파고들어 심장까지 얼어붙게 하기에, 너희는 옷을 만들어주는 양털 없이, 외투 안감이나 우산에 쓰이는 누에의 비단 없이는 단 하루도 살아갈 수 없을 것이다. 너희 인간들은 뻣뻣한 몸으로 질척거리는 도시의 거리를 엉금엉금 기다시피 걷는 것보다 나처럼 까마귀가 되어 하늘을 가르며 날아다니고 싶을 게 틀림없다. 나는 말을 타고 있는 인간을 제일 혐오한다. 너희는 짐승한테서 위엄을 빌리고도 자랑스럽게 여긴다. 말을 탄 사람은 자기가 위엄이 있어서 당당하게 보이는 줄 안다. 게다가 가당찮게도 자기를 태우고 있는 동물보다 자신이 더 우월하다고 믿지만, 진짜 위엄 있는 자는 말이다. 너희 인간들은 소나 코끼리보다 더 약하지 않은가? 아주 작은 곤충도 너희는 짐이 되지 않는가? 너희는 파리가 코를 간질여 짜증나게 하면 이 철없는 곤충을 놓아주기는커녕 죽여버리고 만다.

너희 인간들은 모기 한 마리에 물려도 얼굴이 붓고 일그러져 조물주께서 만들어주신 모습을 엉망으로 만들어버린다. 그리고 너희보다 백배는 작은 뱀한테 물리기만 해도 목숨을 잃는다. 어디 그뿐인가. 너희는 벼룩 때문에 잠이 깨면 눈에 불을 켜고 벼룩을 잡으러 다니다 날을 꼬박 새운 적이 없다고는 못 할 것이다. 하지만 그 조그만 침입자는 결국 너희의 손아귀에서 빠져나가고 만다. 너희 인간들은 왜 우리에 갇힌 사자 앞에서도 얼굴이 하얗게 질리는가? 아하, 쯧쯧! 사자가 살짝 껴안기만 해도 네 물러터진 몸의 뼈들은 우두둑 부

EDITORIAL
BUREAU.
PROCLAMATION.
Réclamations
Nous
Messieurs
Hetzel

러질 테니 그럴 만도 하지.

"아니, 이건 너무한데! 우리가 육체적으로 약하다는 건 인정해. 하지만 우리가 왕자가 된 건 현명한 머리 덕분이니까, 약한 육체쯤은 대수롭지 않다구. 그런 이유에서 우리는, 까마귀 선생, 당신의 말을 안 들은 걸로 하겠소."

잘난 척하지 마시게, 신사 양반. 지금 그대는 제 몸에서 비단실을 뽑아내어 세상에서 제일 훌륭한 집을 짓는 거미보다 솜씨 좋고 능력 있고 참을성 있다고 생각하는가? 거기에 비하면 인간들은 다 자란 목화가 코앞에 있어도 엉성한 천 쪼가리 하나 만들 수 없다. 누가 거미처럼 먹이를 제 집 문 앞으로 꼬드겨 교묘하게 잡을 수 있는가? 누가 능수능란하게 위험에서 빠져나갈 수 있는가? 너희 인간들은 여우보다 교활하고 뱀보다 더 음흉할 수 있는가? 너희는 스스로 심성이 훌륭하다고 자랑한다. 하지만 너희가 다정함이나 참된 헌신성의 본보기를 찾는다면, 그 귀감은 바로 우리 동물들 사이에 있다. 펠리컨처럼 매일같이 옆구리가 찔리거나, 캥거루처럼 늘상 새끼들을 품고 다니는 인간의 어미가 어디 있는가? 너희 인간들의 부성애와 새끼에 대한 희생을 얘기하고 싶으면 어디 맘껏 해보라. 너희 인간들은 허영심을 만족시킬 온갖 이야기를 늘어놓을 게 뻔하다. 너희는 겸손한 척하면서도 세상이 너희의 선행을 떠벌리고 다니도록 출판하고 싶어한다. 그러나 너희는 제일 미천한 새조차 비록 눈에 띄지는 않아도 끊임없이 새끼에게 헌신하는 모습을 보면서 부끄러워해야 할 것이다. 바깥일을 제대로 해내면서 새끼들의 먹이를 마련하고 그 어린것들을 달래서 재우는 인간의 아비가 있으면 어디 한번 나와 보라.

우리 새와 짐승은 너희 인간들이 너무나 힘겨워하는 일을 아무렇

지도 않게 해낸다. 우리 동물들에게는 우리에게 주어진 본분을 다할 방법을 가르치는 교회나 학교도 필요 없다. 우리는 태어날 때부터 본능의 가르침을 받기 때문에 본능의 아주 희미한 속삭임에도 순종한다. 우리에겐 음악이나 미술이나 과학을 가르치는 학교가 없다. 하지만 나이팅게일은 진실하고 아름답게 노래하고, 벌은 비할 데 없이 우아하고 정교하게 집을 짓는다.

BREVIERE

너희 인간들도 우리와 마찬가지로 가정을 이루고 산다. 그러나 인간의 가족이 불쌍한 마못처럼 어두운 방 안에 갇혀 온 겨울을 나야 한다면 어떻게 될까? 아마도 서로 짜증이 나서 티격태격하다가 식구마다 뼈마디가 성하지 않게 될까 걱정스럽다.

너희 인간들은 공작새와 마찬가지로 거만하기 짝이 없다. 그러나 공작은 도도한 태도로 먹고살지만 너희는 흔히 자만심 때문에 죽는다. 너희는 자만심에 빠져 헤어나질 못하기 때문이다.

인간의 용기는 어떠한가? 한마디로 같잖다. 나는 천성이 착하므로 거지 노릇에 대해서 이야기하는 정도로 그치겠다.

우리 동물 왕국은 구걸을 모른다. 우리는 거지 노릇으로라도 목숨을 부지하려고 갖가지 불행을 겪은 시늉을 하느니 차라리 굶어죽을 것이다. 우리는 주어진 본분을 다하고 제힘으로 먹고살 수 없을 때가 되면 아무 미련 없이 죽음을 택한다. 하지만 인간들은 다르다. 인간들은 생의 모든 기쁨과 영광이 사라지고 나서도 근근이 목숨을 붙들고 천벌을 받은 양 살아갈 운명이다. 지금까지 나는 수수께끼 같은 광범위한 문제에 대해 간략히 얘기했다. 나는 신중한 까마귀이기에 여기서 글을 마치려고 한다. 이젠 날개를 접고 잠을 청해야 한다. 이제 대지에는 밤이 내리고, 내 깃촉펜에는 잉크가 떨어진 것이다. 사랑 가득한 황혼녘이 지나고, 나이팅게일이 류트를 연주하고 있다. 잘들 있게, 인간들이여.

여행은 왜 하는가?

어디든 여행을 떠날 수는 있지만

어디에서도 완벽한 것을 찾을 수 없기에

여행을 멈출 수 없는 것이다.

늙은 띠까마귀의 추억

…… 여행은 왜 하는가? 휴식이야말로 세상에서 가장 큰 축복이 아닌가? 뭔가를 만나려고 혹은 회피하려고 자기 길을 벗어나는 것이 결국엔 가치 있는 일일까? 솔직히 말해서 여행을 통해 얻는 것이 과연 있는가?

어떤 이들은 무덤에 묻힐 때까지 행복을 찾아 헤맨다. 다른 이들은 아무도 피하지 않는 불행에서 도망친다. 제비들은 항상 해를 좇아 햇살 속을 날아다니는 반면, 마못들은 봄이 오면 자연이 포이보스의 분부대로 잠에서 깨어날 것을 믿으며 겨울의 영광을 외면하고 휴식을 취한다. 미지의 위험을 만나고자 집을 나서는 동물들은 많지만 돌아오는 이는 거의 없다. 세상은 무진장 넓고 바다는 만족할 줄 모르면서 "내놔! 내놔!" 하고 끊임없이 외치기 때문이다. 길 떠나는 이들보다 더 많은 이들이 잠을 자지만 깨어나는 이는 드물다. 잠든 이들은 조용히 다가오는 죽음에 가까이 있기 때문이다. 나비는 날개가 있어서 여행을 한다. 달팽이는 한자리에 머물러 있지 않고 집을 짊어지고 돌아다닌다. 알려지지 않은 것은 그만큼 더 매혹적이다. 배고픔은 달팽이에게 상처를 주고, 사랑은 나비를 유혹한다. 어떤 행복한 지역의 달팽이들은 먹을 것이 풍족하고, 어떤 행복한 지역의 나비들은 정이 많기 때문이다. 정처 없이 홀로 여행하는 이는 삶을 만끽해야 한다. 우리 안에서 맴도는 다람쥐를 보고 우리는 "정신없이 움직이는 게 진보는 아니다"라고 할지도 모른다. 불행하게도 많은 이들이 다람쥐처럼 돌아다니지만 진보를 이루는 자는 거의 없다. 그래서 지혜로운 자는 적극적으로 행복을 찾아다니기보다는 비참하더라도 평화롭게 살기를 바란다고 한다. 골치 아프게 미지의 세계를 꿈꾸는 대신, 태어난 곳에서 만족스럽게 살다가 행복하지는 않더라도 평온하게 죽겠다는 것이다. 하지만 그러한 지혜는 차가운 가슴과 나약하고 무기력한 날개에서 나온 것인지도 모른다.

여행은 왜 하는가? 이 질문에 대해 여류작가 조르주 상드가 '지상에서는 아무도 행복하지 않기 때문'이라고 아주 적절하게 대답했다. 어디든 여행을 떠날 수는 있지만 어디에서도 완벽한 것을 찾을 수 없기에 여행을 멈출 수 없는 것이다. 나는 옮겨다니는 게 좋아서 여행한 것은 아니다. 오히려 나는 내 둥지에서 지내며 풀밭을 산책하는 것이 더 좋다.

나는 마음 내키는 대로 행동하기에 앞서 이따금 이웃에 사는 친구에게 조언을 구하곤 한다.

그 친구가 하루는 이렇게 말했다.

"이야기 처음부터 그렇게 사색과 의문을 주저리주저리 늘어놓아서 좋을 게 뭐가 있어? 독자들은 네가 철학적인 이야기만 읊조린다고 지겨워하는 게 아니야. 너는 독자들이 보기에 유식한 척하는 까마귀일 거라구. 네가 살아온 지난 백 년 동안 보고 느꼈던 것들을 죄다 알려줄 작정이야? 나이를 먹을 만큼 먹고서도 여행이라는 어리석은 짓을 구구절절 기록할 셈이냐구? 내 말 잘 들어. 진짜 대담하고 모험심 강한 존재이자 여행하는 천재라는 소릴 듣고 싶으면 여행기를 쓰라구. 콜럼버스의 시대는 이미 지나갔고, 이젠 새로운 대륙을 발견할 필요가 없어. 이제 적은 비용에 위험을 감수하지 않고도 너나없이 여행가로 나설 거야. 글 쓸 생각이 있으면 네 고향과 이웃들이 살아가는 모습과 너 자신에 대해 다시 한 번 생각해 봐. 바로 그런 것들을 써보라구. 뭐, 네가 정말 괜찮은 글을 쓰기만 하면 어떻게 쓰든 무슨 상관이야? 지금은 이야기를 써야 할 때야. 요즘 시대의 이름난 여행가들을 본받으라구. 세상에는 제 아비의 둥지에서 지푸라기나 솜털에 앉아 막연한 생각을 척척 써내는 작자들이 얼마나 많니? 너도 그들처럼 자신과 친구들과 하인들에 대해 아는 대로 쭉 써보란 말이야. 네 식사시간이며 식성에 관한 것들도 모두 말이야. 너한테 있는 접시와 없는 접시에 대해서도 시시콜콜 설명하고, 물에 적시지 않으려고 조심하는 온갖 새들의 깃털도 서로 비교해서 써봐. 옷차림과 예절에 대해서도 써보고. 옛이야기가 떠오르면 네 마음대로 윤색해서 새로운 이야기인 양 내놓는 거야. 그때마다 넌 크게 성공할 거야. 어쩌면 종종 큰 실수를 저지를 수도 있겠지. 하지만 실수하면 어때? 그 실수들은 네가 죽은 뒤에도 발견되지 않을 텐데. 또 그때쯤이면 네 추종자들이 그 책을 재미있게 읽고 네 명성을 지켜줄 거야."

나는 이 말에 솔깃했다. 친구의 조언은 생각하기에 따라 좋을 수도 나쁠 수도 있지만, 어쨌든 혹하기는 쉬웠다.

하지만 나는 양심상 그런 유혹에 질 수 없어서 이렇게 대답했다.

"세상일이 뜻대로 되는 건 아니지만, 그래도 나는 고결한 띠까마귀로서 항상 최선을 다해 살아갈 거야. 그 말이 충고였다면, 아주 귀중한 거니까 너 혼자 간직하는 게 좋을 것 같아."

친구는 정중하게 인사하며 말했다.

"그렇게 할게."

나도 잘 가라고 인사하고 나서 다시 펜을 들었다. 나는 늙은 띠까마귀이다. 늙었다고 해서 나이를 숨길 생각은 없다. 나도 한때는 저쪽에 있는 찌르레기처럼 젊었다. 그러나 나는 그렇게 경솔하지 않았고 웃어른을 공경하는 젊은이였다. 발자국들이 기운 없이 서성이는 고요한 무덤가를 한 번만 더 생각해본다면, 젊은이들은 아무리 나이 들어 약점이 많이 생긴 노인일지라도 더욱 공경하고 따뜻하게 대해줄 것이다.

기억을 더듬어보니 나도 젊었을 때 결혼했던 것 같다. 그래, 50여 년 전 한창 젊었을 때 나도 결혼을 했다. 하지만 사랑하는 남편을 잃고 나자 하루 만에 늙어버린 것 같았다. 이렇게 나이가 들어서도 남편이 숨지던 날이 생생하게 떠오르다니, 참 신기하다. 그날, 날씨는 얼마나 을씨년스러웠던지. 바람이 오래된 탑의 갈라진 틈새로 몰아치며 처량하게 흐느끼고 있었고, 시커먼 하늘에서 '우르릉 쾅쾅!' 천둥이 치더니 싸늘한 대성당이 바닥부터 흔들렸다. 성당의 회색 돌들마저 두려운 듯 덜덜 떨었다. 차가운 비가 억수같이 내리면서 우리 둥지를 위협했다. 그런 비는 난생 처음이었다. 하지만 다행히도 우리 둥지는 스트라스부르 성당 계단 아래에 있어서 비를 피할 수 있었다.

"난 이제 가오!"

가냘프지만 단호한 목소리, 바로 가엾은 내 남편의 목소리였다. 남편은 마음의 준비를 하고는 눈을 감았다. 매사에 딱 부러진 새였던 것이다.

"어린것들을 부탁하오."

이것이 남편의 마지막 말이었다. 나는 나름대로 새끼들을 극진히 보살폈다. 하지만 새끼들은 모두 일 주일 만에 죽어버렸다.

나는 죽을 수도 없었다. 남편을 잃긴 했지만, 어느새 위로 같은 감정이 슬그머니 찾아와서 죽는 것을 정당화할 수 없게 되었던 것이다.

남편을 간호하던 늙은 황새가 말했다.

"여행을 가시구려. 떠날 때는 세상 무엇으로도 슬픔을 달랠 수 없을 것 같지만, 돌아올 즈음이면 슬픔이 사라지진 않더라도 마음은 안정될 테니까. 길을 가다 보면 슬픔도 제풀에 지쳐 떨어져 나간답니다."

다들 황새를 아주 지혜로운 동물로 여겼지만, 황새는 세상살이에 찌들어 무정해졌다. 나는 슬픔을 참느니 차라리 새끼들을 죽이고 말리라! 아! 내 새끼들은 어디에 있는가? 이웃에 사는 다정한 까마귀 여럿이서 옛집을 떠나라고 부추기며 황새 편을 들었다. 그래서 나는 남편과 자식들이 언젠가 다시 나타나리라 굳게 믿으면서도 옛집을 떠나고 말았다.

여행에 대한 이야기라! 글쎄, 나는 지난 50여 년 동안 쉴 새 없이 여행했지만 늙은 황새의 말이 맞다고 깨닫는 데는 50년의 15분의 1도 걸리지 않았다.

내가 진지하게 여행에 나서는 순간, 어느 고명한 윤리학자가 '누구나 자기의 여행담을 얘기하기 위하여 여행한다'라고 했던 말이 떠올랐다. 나는 이 금언을 따르기로 하고 공책을 챙겨 세상의 탐험길에 올랐다. 나는 틈이 날 때마다 내 모험을 기록했고, 운 좋게도 내 이야기를 듣는 새들이 있었다. 하지만 그들은 남들이 좋아하지 않을지도 모르는 이야기는 칭찬하기 꺼려했다. 마침내 사교계에서 잘 알려진 어떤 새가(사실, 그는 내 친구도 아니었다) 내 여행담이 대단히 재미있다고 장담하고 나서며 나를 후원해주었다. 이런 평가를 받았다고 해서 내 여행담이 더 나아진 것은 아니지만, 일단 인정받게 되었으므로 나는 출세한 셈이다. 얼마 안 가서 내 이야기는 부리에서 부리로 전해졌다. 어디서나 내 이야기를 들을 수 있었다. 딱히 칭찬받을 만한 점이 없더라도 칭찬받는 것은 기분 좋은 법이다. 그러므로 나는 계속 이야기하겠다.

고성(古城)

옛날에 어떤 고성이 있었다. 자, 나는 훌륭하고 고전적인 수법을 본떠서 이야기를 시작하겠다. 아무래도 고전적인 수법으로 시작하는 것이 멋지기 때문이다. 그러면 이렇게 시작될 것이다.

옛날에 어떤 고성이 있었다. ××라는 성이. 어디에 있는 어떤 성이었는지는 아무래도 상관없다.

프랑스가 난공불락의 성들을 자랑하던 무렵, 용감한 기사들이 아름다운 아가씨들을 사랑하는 바람에 곧잘 격렬한 싸움이 벌어지곤 했다. 그때마다 이 성은 수도 없이 빼앗겼다 탈환되면서 맹렬한 공격에 맞서곤 했다. 그 수난의 시기 동안 이 성은 조금씩 파괴되어 원래의 건물은 거의 자취를 감추었다.

그 성은 많은 고성들이 파괴되었던 1793년 혁명기에 점령되어 약탈당했다. 그러던 중 1815년 혁명이 물러간 뒤 복구될 참에 1830년 다시 혁명을 맞아 그 성의 운명은 눈에 띄게 유망해지고 있었다. 1830년 혁명은 이 책의 앞에 나오는 산토끼 이야기에서 훌륭하게 묘사되어 있다.

고성은 이제 그 옛날 귀족적 명성도 잃고 고고한 지위도 빼앗겼다. 고성의 위세가 땅에 떨어지자, 성은 급기야 돈만 많을 뿐 사물의 고고학적 가치라곤 쥐뿔도 모르는 은행가의 손에 넘어갔다. 결국 그 은행가는 자기의 새로운 소유물에 부와 야망을 쏟아붓기로 결심하고 그 성에 결정적인 타격을 입히고 말았다.

석공들이 여기저기서 일하고 있었다. 그들은 울퉁불퉁하고 오래된 바윗덩어리를 우아하고 세련되게 만들겠다는 듯이, 성의 구멍난 부분을 메우고 벽에 회반죽을 칠하고 있었다. 고성에 남아 있는 옛 건물들과 조화를 이루도록 테라스가 지어졌고(이런 게 복구라니!) 예배당은 당구장이 되었다. 새 주인은 낡은 성을 완전히 다시 짓고 나서 흡족해했다. 그 성에서는 어떤 건축 양식이든 조금씩은 다 볼 수 있었다. 그 으리으리한 건축물에는 하늘 아래서 볼 수 있는 건축 양식이 모두 동원되었던 것이다. 그래서 그 성은 온갖 건축 양식이 잡다하게 뒤섞이는 바람에 곤히 자고 있던 옛 비잔틴 건축가들의 유골이 벌떡 일어날 만큼 꼴사나웠다. 그런데도 이 순금의 왕의 신하들은 복원된 성에 엄청난 찬사를 보냈다.

다행히도 주인이 그냥 지나쳤던 몇몇 부분들은 오히려 구원받은 셈이었다.

이렇게 해서 가엾은 고성은 페인트와 회반죽을 덧칠해서 새로워졌다. 하지만 그것은 어릿광대의 가면이 본얼굴보다 못한 것처럼 성의 원래 모습에 한참 못 미쳤다.

앞서 말했듯이 나는 알사스 지방의 명물인 스트라스부르 대성당의 널찍한 현관에 있는 고전적인 석상 아래에서 태어났다. 나처럼 그런 요람에서 태어나 고색창연한 문화와 그 문화유산을 존경하면서 자란 이가 있다면, 당연히 그는 고대인의 훌륭한 작품을 파괴하는 자들이 벌을 받지 않는 것에 항의할 것이다.

다시 지어진 부분, 그러니까 테라스에는 헛간 올빼미와 다른 올빼미들이 세 들어 살았다. 올빼미들은 자신들이 나라에서 제일가는 귀족들이며 공작과 공작부인인 양 점잔 빼는 우스꽝스러운 새들이다.

어느 날 밤이었다. 나는 하루 종일 날아서 성에 도착했기 때문에 지칠 대로 지쳤고, 세상도 나 자신도 다 거추장스러웠다. 나는 권태에 찌들었다. 게다가 어른도 종족도 몰라보고 아무것도 신성하게 여기지 않는 서툰 사냥꾼들이 자주 나를 괴롭혔다.

나는 우연히 테라스 난간에 내려앉았다. 자정을 알리는 종소리가 차가운 공기 속에 울려퍼질 때, 난간 복판에 시들어가는 삼나무 몇 그루가 물결치고 있었다. 꾸며낸 이야기에서는 자정을 알리는 종이 울리면 반드시 무슨 사건이 일어나지만, 이 글은 실제로 있었던 일이므로 사건이 일어난 대로 쓸 것이다. 종은 쳤지만 별일 없었다. 나는 아침에 가뿐하게 일어나려면 이제 자야 한다는 생각이 들었다. 그래서 나는 자리를 잡고 앉았다.

공작과 공작 부인

내가 막 잠들려는데 창백한 달빛 속에서 웬 올빼미의 모습이 보였다. 그는 한쪽 날개로 눈에 띄게 아름다운 올빼미를 감싸고 다른 쪽 날개로는 오페라의 남자 주인공이 토가를 두르듯이 자신을 감싸고 있었다. 나는 그들이 달과 날씨 따위에 대해 이야기를 나누는 소리를 들었다. 좀더 정확히 말하자면 어설픈 곡조에 감상을 실어 노래하는 소리였다.

"가엾은 창백한 달이여! 연인들의 말대로라면, 달빛은 연인들을 위해 만들어진 것이라네!"

나는 무턱대고 찾아가 손님으로 대접해날라고 우겨댄 적이 없었다. 그래서 나는 지나가는 박쥐에게 속삭였다.

"여보시오, 당신 주인한테 백 살이 넘은 띠까마귀가 하룻밤 묵어 갈 곳을 찾는다고 좀 전해주겠소?"

박쥐가 대답했다.

"누구한테 하는 얘기예요? 나는 유모도 하녀도 아니에요. 공작 부인을 모시고 있는 몸이라구요. 게다가 영광스럽게도 공작 부인의 일급 하녀란 말이에요. 한데 당신은 누구시죠? 백 살이나 먹은 띠까마귀 할머니, 어디서 오셨어요? 할머니를 어떻게 불러드려야 되죠? 작위가 뭐예요?"

"나는 나이가 많고 쉬어갈 곳이 필요하다는 게 내 작위라면 작위요."

멍청한 하녀가 떠나면서 말했다.

"바보 같은 할망구 같으니! 귀족들은 절대로 지치지 않아요. 지친 걸 보니, 당신은 신분이 높은 양반이 아니구려. 평민들이나 지치니까!"

곧 나는 좀전의 하녀보다 갑절은 덜 건방진 삼급 하녀를 만났다. 삼급 하녀가 말했다.

"일급 하녀가 지금 막 할머니 때문에 꾸중을 들었어요. 공작 마님께선 주인님과 밤의 이중창을 부르고 계시다가 이렇게 말씀하셨죠. '괘씸한 것 같으니라구! 보거라, 가난뱅이들이 날 찾으면 없다고 해라.' 공작 마님께선 지체 높은 분들만 반기시는데, 할머니는 작위가 없는 것 같군요."

"무슨 소리야? 내가 올빼미 주제에 어울리지도 않게 점잔을 빼고 있는 너희 공작과 공작 마누라를 못 알아볼 것 같으냐?"

수다스러운 그 박쥐가 말했다.

"쉿! 목소리를 낮추세요. 내가 이런 말 들은 걸 알면, 주인 어른들은 나를 끌고 가서 잡아먹고 말 거예요. 마님과 주인님은 비천한 출신에서 벗어나 고귀한 신분이 되기를 줄곧 꿈꿔왔어요. 그래서 이처럼 귀족들의 케케묵은 유물들 속에 살면서 진짜 귀족이 될 날만 고대하는 거예요. 쳇! 수사 옷을 입었다고 다 수사가 아니듯이, 성에 산다고 다 왕자가 되는 건 아니죠. 할머니, 저기, 오른쪽으로 날아가세요. 성의 폐허 안에 더 좋은 삼자리가 있을 거예요."

"나를 거기로 데려다주겠어? 이 회반죽과 페인트와 위조품과 가짜들만 가득한 구역질나는 쓰레기들을 보지 않도록 말이야. 자, 나를 위대한 과거의 유물로 데려다주게. 고마워, 아가씨. 한데 아가씨의 안주인은 교양 없이 굴 때가 오히려 자연스럽구먼."

고성은 옛 모습이 거의 남아 있지 않았다. 하지만 나 같으면 고성의 담장 하나를 위해 복원된 성 50개라도 주었을 것이다.

과거의 위대함을 이렇게 생생하게 보여주는 폐허보다 더 감동적인 것이 또 있을까?

우리가 어찌 옛것과 새것 사이에서 망설일 수 있단 말인가? 위대한 현재란 더 위대한 과거의 모방일 따름일지니.

늙은 매

이 유서 깊은 담장은 담장만큼이나 오래된 안마당을 에워싸고 있었고, 담장 한쪽에는 덩굴풀의 파릇한 어린 줄기가 올라오고 있었다. 백합과 야생 튤립이 담쟁이덩굴에 살짝 덮인 무너져가는 돌층계 틈에서 자라고 있는가 하면, 향긋한 계란풀과 온갖 잡초가 이끼와 잔디와 찔레덤불과 쐐기풀과 함께 서로 자리를 차지하려고 다투고 있었다.

어디 그뿐인가. 파슬리와 회향풀과 양귀비가 바람에 깎인 돌 부스러기 사이에서 자라고 있었고, 화사한 꽃들이 타오르는 불꽃처럼 피어 있었다. 더 이상 인간의 손을 타지 않은 땅에서는 자연이 서서히 인간의 흔적을 지우고 본래의 모습을 되찾아가고 있었다.

안마당은 혁명 때문에 몰락한 늙은 매의 소유였다. 그 매는 워낙 손님을 접대하기 좋아해서 들어오는 돈은 모조리 손님맞이에 썼다.

그래서 안마당은 주변머리 없는 시궁쥐, 뒤쥐, 굴 파는 두더지, 귀뚜라미와 음악가같이 털이나 날개가 있는 온갖 동물이 자주 드나들었다. 그 동물들 중 몇몇은 아예 담장 안에 자리잡고 살아갈 터전까지 마련해두었다.

그러나 고귀한 매의 기사도와 환대는 온데간데없이 사라져버렸고, 새들이 경멸하는 사냥꾼들이나 와서 한때 매가 즐기곤 했던 진짜 사냥을 흉내내었다. 어느덧 사냥꾼들은 잘난 척하며 총을 탕탕 쏘아댔지만, 실은 근처 시장에서 몰래 사냥감을 사다가 자루를 채웠다.

나는 폐허에 머무는 동안 카멜레온의 버릇을 세심히 살펴볼 기회가 있었다. 카멜레온의 성격은 무척 흥미로웠다. 그래서 나는 이 독특한 파충류에 대해 관찰한 내용을 서둘러 책으로 냈다.

무엇이 카멜레온의 마음을 움직이는가

1 오래된 성벽의 가장 아름다운 곳에서 세상에서 제일 잘생기고 빼어나고 상냥한 동물 가운데 하나인 카멜레온이 살았다. 그는 몸이 홀쭉하고 꼬리가 가늘고 발톱이 멋지게 휘었으며, 진주빛 이빨과 기민하고 총명한 눈을 가지고 있었다. 카멜레온이 몸빛을 바꿀 때마다 얼마나 멋져 보였는지 모른다. 정말로 이 매력적인 동물은 어느 모로 보나 우아하고 매혹적이었다.

그 카멜레온이 수없이 고상한 모양으로 몸을 비틀며 성벽을 올라가거나 꽃이 피어 있는 풀밭을 달리는 모습은 아무리 보아도 질리지 않았다. 게다가 이 도마뱀의 왕은 누구보다도 소박하고 꾸밈없었다. 그는 세상을 전혀 몰랐다. 그에게도 딱 한 번, 사회로, 뱀이나 인간의 세계보다 백배는 덜 타락한 도마뱀의 작은 세계로 나가볼 기회가 있긴 있었다. 하지만 그는 집을 떠나자 하루가 백 년처럼 지루하게 느껴졌기 때문에 다시는 그 사회로 돌아가지 않기로 했다.

그는 세상을 접하고 나서도 티 하나 묻지 않았다.
벌판에서 자유롭게 살면서 몸에 밴 그의 천성적인 솔직함이 고스란히 간직되었던 것이다. 그 벌판에서는 봉오리진 꽃들이 한낮에 햇살의 눈길을 끌려고 활짝 피어 있었다.

2 특이하게도 볏이 있는 어떤 어치가 카멜레온에게 "너희 조상은 몸길이가 10미터나 되는 나일 강의 이름난 악어가 틀림없다"고 말했다

카멜레온은 자신이 무척 조그맣다는 사실을 깨달았다. 하지만 자기 조상 중에서 제일 큰 악어라도 자기를 더 크게 만들어줄 수는 없다고 확신하고 다시는 자기 혈통에 대해서 고민하지 않았다. 어쨌든 자기는 세상에 태어났고 거기에 감사하는 것으로 충분했다. 그에게는 귀족적인 나약함이나 세속적인 부도덕함이 없었다. 그는 특이하게도 사랑이라는 감정에는 전혀 관심이 없었다. 아주 매력적인 암도마뱀들도 이 사실을 알고서 다른 이들에게 마음과 애정을 주었다.

3 사실 친구들은 모르지만 카멜레온은 이미 마음을 빼앗겼다. 카멜레온 자신도 모르게 사랑은 살며시 다가왔다. 이런 식으로 정열은 한 가슴을 포로로 만드는 법이다. 사랑이 그를 온통 사로잡아, 카멜레온은 도저히 사랑하지 않을 수 없었다. 이렇게 다들 현명하고 슬기롭게 사랑을 받아들이는 것이다.

그는 해를 사랑했다. 해가 뜨면, 그는 해 안에 있었고 다른 어떤 것도 생각할 수 없었다. 그는 어렴풋한 잠결에도 한낮의 달콤한 꿈을 생생히 느꼈다.

4 우리의 주인공은 도마뱀의 사랑을 알 수 없는 감정이라 여겼다. 하지만 카멜레온이 햇살을 쬐고 있는 돌 밑에는 두 눈을 빛내며 그의 모든 표정과 동작을 지켜보고 좋아하며 오직 그만을 향해 가슴을 두근거리는 누군가가 있었다. 이 낭만적인 숭배자는 차라리 돌에게 사랑을 퍼붓는 것이 나을지도 모른다고 낙담했다. 그 카멜레온은 자신의 사랑을 알지 못할 것이고 자신의 정열 또한 보답받지 못할 거라고 여겼던 것이다. 그녀는 암담한 의구심을 떨쳐버릴 수 없었다. 그러다 마침내는 슬픔을 끝내기 위해 죽음을 생각했다.

궁여지책으로 그녀는 살아서 고통스러워하는 것이 좋을지, 아니면 죽어서 꿈과 미망을 끝장내는 게 좋을지 늙은 시궁쥐에게 물어보았다.

시궁쥐가 대답했다.

"죽어야 하고말고. 네 꿈을 이룰 수 없다면 말이야."

그녀가 소리쳤다.

"그래, 죽을 테야! 하지만 그는 내가 왜 죽는지 알아야 해. 그도 모든 것을 알아야 한다구!"

이 작은 도마뱀은 이제껏 감히 사랑하는 이의 얼굴도 마주 보지 못했지만, 이렇게 고귀한 결단에 힘입어 카멜레온 앞에 나섰다. 그러나 그녀가 다가서자 우리의 주인공은 조금씩 물러섰다. 그는 원래 암컷 앞에서 쑥스러워했던 것이다.

작은 도마뱀이 절망감에 빠진 목소리로 말했다.

"그냥 있어요. 나는 당신을 사랑해요. 하지만 당신은 내가 있는지조차 몰라요. 그러니 난 죽어야 해요."

카멜레온이 다정하게 말했다.

"아가씨, 죽지 마세요. 죽는 건 절대로 옳지 않아요. 나를 사랑한다니, 무슨 말이에요? 나는 당신을 처음 보는데요. 당신은 그 예쁜 입술로 농담도 잘하시는군요."

카멜레온은 착했기 때문에 자기의 냉담한 의심이 그녀의 예민한 성격에 상처를 주었다는 것을 이내 눈치챘다. 그리고 해보다 밝고 따뜻한 빛이 그녀의 눈에서 반짝이는 순간, 그 빛은 단숨에 카멜레온의 마음을 사로잡아버렸다. 그는 송두리째 마음을 빼앗겼다. 그래서 그는 청혼을 했고 그녀와 결혼했다.

총각에게는 그런 일이 아주 흔하다. 그것은 우리네 생처럼 사랑에서도 '낙타의 등을 부러뜨린 마지막 지푸라기(누적되어 끝내 파국을 가져오는 사소한 일)'였다.

테라스 주인의 이야기_앞에서 이어짐

공작 부인은 날 때부터 통통하고 튼튼했다. 시골뜨기와 같은 먹성으로 먹어대는 야만스러운 식욕을 타고난지라 먹는 데서 즐거움을 찾았다. 그러나 그녀는 남들 앞에서는 그런 식성을 억누르고 혼자 있을 때만 몰래 먹어댔다. 그녀는 지체 높은 신분이라는 티를 내려고 예민하고 섬세한 척했다. 그녀는 잎이 지는 것에도, 새나 곤충이 날아가는 것에도, 우람한 자기 그림자에도 화들짝 놀랐다.

공작 부인은 공작의 귀에 대고 목청껏 소리 지르고 싶은 욕구를 참고 남들 앞에서는 애처롭고 가냘프게만 말했다. 해를 극빈자의 신이라고 하면서 혐오하는 이 천상의 올빼미에게는 가장 맑은 공기조차 너무 답답할 정도였다. 그녀의 남편은 하찮은 올빼미인 아내의 몸가짐과 품위와 사교적 세련미에 깜짝 놀라서 아내 못잖으려고 갖은 수를 다 써보았다. 아하, 안타까운지고! 그는 자기의 높은 신분에 어울릴 만큼 품위 있게 행동할 수 없었던 것이다. 어찌나 품위가 없었던지, 그의 정숙한 아내는 끔찍할 만큼 천한 남자와 결혼한 자기의 운명을 한탄했다.

그러던 공작 부인이 솔개와 눈이 맞아 달아났지만, 아무도 공작을 불쌍히 여기지 않았다. 자만심이 가져다준 몰락은 연민을 얻을 수 없기 때문이다.

공작 부인은 달밤의 이중창을 불렀던 테라스에 향수를 뿌린 메모를 남기고 결별을 선언했다. 그 내용은 다음과 같다.

공작에게.

오해받는 것도 내 운명의 일부입니다. 따라서 나는 내가 왜 떠나는지 설명하지 않겠습니다.

__테라스의 공작 부인

공작은 한동안 얼어붙은 듯 가만히 서 있었다. 그리고는 절망에 사로잡혀 어두운 연못가로 뛰어가 물에 빠져 죽을 용기가 있는지 확인해보았다. 먼저 그는 조심스럽게 부리를 못 속에 담그고 수온을 가늠해보았다. 그때 구름 뒤에서 달이 나타나 물에 비친 그의 모습을 보여주었다. 그는 깃털이 마구 헝클어진 자신의 끔찍한 모습을 보았다. 공작은 매무새를 가다듬으면서 달콤한 위안을 느꼈다. 문득 자신이 높은 지위에 걸맞은 옷차림으로 죽었다는 사실을 아내가 안다면 뉘우칠지도 모른다는 생각이 머리를 스치고 지나갔다.

공작은 기운을 내서 못으로 뛰어들려다 불행하게도 못을 내려다보고 말았다. 그 순간 불현듯 뛰어들기 전에 두 번은 생각해서 충분히 죽어야 할 이유가 있다고 납득해야 한다는 생각이 들었다. 그는 뒤로 몇 발짝 물러서서 아내의 편지를 백한번째 읽어보았다. 그가 소리쳤다.

“난 참 바보구나! 어쩌면 아내는 나쁜 동기로 집을 나간 게 아닐 거야. 누가 알아? 아내는 그냥 일 주일간 휴양차 시골에 간 건지도 몰라. 그러니 곧 돌아올 거야.”

그는 과거와 현재와 미래와 그 밖의 많은 것을 알기로 유명한 잉어에게 상의하기로 했다. 세상의 비참함은 이런 마법사들에겐 돈벌이가 된다. 그는 강가로 가서 소리쳤다.

“미래의 일을 알아맞히기로 유명한 물고기 할멈이여, 나에게 말해주시오.”

그러자 잉어가 천천히 물 위로 떠올라 몸을 반쯤 내밀었다. 그리

고는 물고기의 정령들을 불러들여 원을 만들게 했다. 물 위에서는 날개 달린 곤충들이 물 속에 사는 마녀의 비늘에서 반사된 붉은 빛을 발하면서 공중에서 원을 이루었다. 짙은 구름이 몰려오자 그 빛은 더욱 붉어지고 음산한 분위기가 감돌았다. 심오한 정적이 흐르고, 강가에 있는 모든 것들이 숨을 죽였다. 올빼미는 자기 심장이 뛰는 소리 외에는 아무 소리도 들을 수 없었다. 마법사는 원 한가운데에 자리를 잡고는 정령들에게 미친 듯이 춤을 추며 자기 주위를 돌도록 했다.

물고기의 정령들이 세 바퀴를 돌고 난 뒤, 잉어는 물 속으로 뛰어들더니 이런 대답을 가지고 왔다.

"너의 사랑하는 아내는 죽지 않았다!"

그것은 그녀가 활처럼 몸을 구부려 자기 꼬리에 입을 맞추고 공중으로 날아올라 사라졌다는 말이었다.

물고기의 정령들이 입을 모아 말했다.

"아내는 죽지 않았다. 올빼미야, 그것은 네가 죽어야 한다는 뜻이다!"

올빼미가 따라 말했다.

"죽지 않았다구?"

"그녀는 틀림없이 죽지 않았다!"

"자, 걱정 마. 나처럼 가치 있는 생명을 희생시킨다고 문제가 해결되는 건 아니야."

그는 잉어와 잉어의 제사장들을 물 속으로 돌려보냈다.

나는 이 사건이 있은 지 얼마 지나지 않아, 재산은 많지만 나약한 이 올빼미가 독개구리를 먹고 자살했다는 소식을 들었다. 이렇게 해서 올빼미는 사랑 때문에 죽었던 것이다.

내 이야기는 여기서 끝난다. 나는 마지막 깃촉펜을 뽑아서 이 글을 썼다. 이제 그 깃촉펜도 뭉툭하게 닳아버렸다. 나이를 먹어서인지 글을 쓰는 작업이 너무 버겁다는 느낌이 든다. 그러니 이제 주치의를 만나야겠다.

이 장에서는 동물의 세계에서도 인간들처럼 처음 혁명은 다음 혁명을 부르며 그 혁명들은 엇비슷하게도 대중들에게 그럴듯한 약속만 해놓고 지키지 못한다는 사실을 보여줄 것이다.

마지막 장

동물들은 또다시 모여 전보다 더 아우성쳤다. 그들은 하나같이 개혁을 요구하며 떠들어대고 있었다.

여우가 군중들을 향해 소리쳤다.

"불만이 뭡니까?"

군중들이 대답했다.

"뭐가 불만인 줄 알면 불평을 안 하지."

한 목소리가 말했다.

"우리도 모르오. 하지만 조사해보면 알아낼 수 있을 거요."

여우가 소리쳤다.

"그럼 어떻게든 불만을 알아내시오!"

그 목소리가 외쳤다.

"그러는 당신은 이야기를 불공평하게 편집한 주제에 잘한 게 뭐가 있소? 어떤 것은 아주 중요하게, 어떤 것은 아주 하찮게 편집했으니 말이야. 자, 투쟁합시다. 혁명으로 왕국을 정화시킵시다."

연설자가 맞받았다.

“여러분, 모두 아주 옳은 말입니다. 하지만 무계획적인 혁명을 부르짖는 것보다는 이성적으로 행동하는 게 훨씬 낫습니다. 여러분들은 경험을 통해 알고 있을 겁니다.”

족제비가 공범인 여우를 거들러 와서 말했다.

“여러분, 횡행하는 속임수에 속지 마십시오. 우리는 잘해가고 있습니다. 우리, 다시 시작합시다.”

입내새가 외쳤다.

“나도 그런 말은 할 수 있었을 거야. 잉크, 잉크, 또 잉크. 잉크는 올바른 행동이 더 이상 쓸모없다고 판명되면 수많은 죄악을 덮어버리고 말지.”

옆에 있던 모든 이들이 소리쳤다.

“만세! 편집자를 몰아내자!”

방 안에 하나밖에 없던 잉크병이 박살났다.

족제비가 여우에게 말했다.

“여기 있어봤자 좋을 게 없어. 대중은 언제나 자신의 대변자에게 돌을 던진다구. 그러니까 어서 자리를 피하자!”

책은 이제 완성되었고, 동물들은 뿔뿔이 흩어졌다. 경비원이 문을 잠그려고 나타났기 때문이다.

나무비둘기들은 구름을 향해 날아갔고, 곰들은 새끼들을 데리고 떠났다. 비둘기들은 하늘로 날아올랐다. 거북, 딱정벌레, 박쥐, 새우, 원숭이가 퇴짜 맞은 원고로 모닥불을 피우고 주위를 돌며 춤을 추었다.

| 그랑빌의 작품세계 |

그랑빌의 우화 『동물들의 공생활과 사생활』은 1842년 프랑스에서 처음으로 출판되었다. 이 독특한 작품의 작가 그랑빌은 19세기 그래픽아트에서 매우 특별한 위치를 차지하고 있다. 또한 그랑빌은 후기 르네상스 유럽 예술의 한계를 초월한 전통적인 유파를 형성했다. 동물의 세계를 의인화시켜 거기서 인간의 행동과 비슷한 점을 찾고자 하는 본능은 거의 보편적인 듯하다. 신왕조 시기의 고대 이집트 오스트라카에 풍자적인 동물 소묘가 있고, 12세기 일본의 족자에도 이와 유사한 동물 풍자화가 나온다. 아프리카, 아즈테크와 잉카의 그림에도 이러한 풍자화가 많다. 하지만 이런 동물화들은 해학적이라기보다는 주술적인 필요에 따라 그려진 것들로, 거기에 표현된 동물들은 반드시 섬겨야 할 강력한 신을 나타내고 있다.

유럽에서는 전통적으로 판타지 표현 양식에서 그림이나 조각 같은 '근엄한' 표현 매체보다 판화가 훨씬 더 애용되어 왔다는 점을 기억해야 한다. 이런 판타지 작품에서 동물의 세계는 종종 큰 역할을 담당했다. 판화 분야에서는 그랑빌 이전에도 많은 화가들이 있었다. 그들 중에는 피터 브뢰겔과 금 세공사이자 조각사인 크리스토퍼 잼니처 같은 장신구 도안가들도 있었다. 흔히 '어리큘러(auricular)' 스타일이라 불리는, 환상의 동물을 이용한 잼니처의 문자 도안은 그랑빌이 그린 곤충들과 놀랄 만큼 흡사하다. 반대로 그랑빌은 테니엘의

『이상한 나라의 앨리스』 삽화에 영향을 미쳤으며, 테니엘과 동시대 사람인 에드워드 리어에게도 영향을 끼쳤다. 현대에 와서는 알란 올드리지가 그린 윌리엄 플로머의 『너클 볼과 메뚜기의 축제』 삽화가 그랑빌풍의 전통을 이어받은 것 같다.

브뢰겔과 그랑빌은 작품 속에 사회적 · 도덕적 논평을 담았다는 점에서 서로 공통점이 있다. 브뢰겔이 눈으로 관찰한 현실을 변형시킨 것은 종종 자기 시대의 이야깃거리를 시각적 언어로 변화시킨 것으로 드러난다. 비슷하게도 그랑빌의 몇몇 그림은 효과를 살리기 위해 '공작처럼 뽐내는', '도마뱀같이 빈둥거리는'과 같은 흔해 빠진 비유를 천진하지만 더없이 정확하게 해석하고자 한 것 같다.

이 책을 읽는 사람은 누구나 그랑빌이 온혈 척추동물보다는 곤충과 파충류의 세계에 훨씬 친숙하다는 사실을 알게 될 것이다. 영국의 비아트릭스 포터가 그린 아늑한 농가 마당에 사는 동물들은 그에게 어울리지 않는다. 그랑빌은 이상한 모양의 나방과 개미와 딱정벌레를 더 좋아한다. 그는 16, 17세기 장식 도안가들처럼 친숙한 것보다는 멀고 낯설고 기묘한 것에 관심을 기울였다. 그랑빌의 목적은 사람들의 마음을 끄는 것이 아니라, 그들을 놀라게 하고 그들에게 충격을 주는 것이었다. 이상하게도 이런 종류의 놀라움은 고유한 법칙을 따른다. 예술가가 충분히 효과를 발휘하려면 적어도 관객들이 이미 알고 있는 영역에 기반을 두어야 한다. 16, 17세기 예술가들은 이런저런 관례를 내세워 관찰된 현실의 법칙들을 폐기했다. 그러나 그 관례는 자연주의의 발전으로 무너지고 말았기 때문에 그랑빌이 활동하던 때에는 더 이상 쓰이지 않았다. 그랑빌은 약삭빠르면서도 아주 논리적인 방법으로 그러한 어려움을 모면했다. 이 책 379쪽, 384쪽에 나오는 매우 놀라운 그림 두 점은 고배율 현미경 렌즈를 통해 볼 수 있는 것들을 그린 것이다. 19세기에 그랑빌과 같은 방법을 사용했던 예술가는 위대한 상징주의자 오딜롱 르동뿐이다.

이러한 이야기는 비단 그랑빌이 살았던 시대뿐 아니라 우리 시대의 예술에서 그랑빌이 차지하는 위치를 파악하는 데 도움이 된다. 그랑빌은 상징주의뿐 아니라 초현실주의에서도 대단히 중요한 선구자이다. 19세기 삽화 전문가인 막스 에른스트가 그랑빌의 가장 열렬한 숭배자 가운데 하나였다는 사실은 결코 우연이 아니다.

그랑빌의 원래 이름은 '장 이냐스 이지도르 제라르'이다. 그는 1803년, 낭시 출신의 평범한 무명 화가의 아들로 태어났는데, 그의 아버지는 초상화 초벌 그림과 미세화를 그리는 사람이었다. 그랑빌은 일찍부터 그림 그리는 법을 배웠던 것 같다. 그랑빌은 열 살 때 이미 아버지의 일을 대신하거나 스케치를 그렸는데, 그의 아버지는 그랑빌의 그림을 자기 것으로 속여 팔았다고 한다. 어린 시절에 대한 그랑빌의 감정은 자신의 본명을 완전히 바꿔버린 데서 엿볼 수 있다.

그랑빌은 공화주의 이념에 푹 빠져, 과격한 정치 풍자 만화가로 출발했다. 그는 부르봉 왕가의 마지막 왕 샤를 10세를 퇴위시킨 1830년 혁명 당시 바리케이드 위에서 싸웠다. 그때부터 5년 동안 그랑빌의 시사만화는 그 당시 제일 유명한 풍자 언론지였던 『르 샤리바리』와 『르 카리카튀르』에 실렸다. 그랑빌의 가장 유명한 작품은 소름끼치는 「바르샤바의 치안통치」인데, 폴란드 독립운동을 짓밟는 전제군주의 억압에 대한 항의를 그리고 있다. 그랑빌은 1835년에 자신이 몸담고 있던 언론지가 루이 필립 정부에 의해 폐간되자 다른 생계 수단을 찾아야 했다. 이 때문에 그랑빌은 책 삽화가가 되었는데, 사실상 그의 명성은 이 분야에서 얻은 것이었다.

그랑빌이 손수 고르거나 맡았던 책을 보면 그랑빌의 재능을 잘 알 수 있다. 그랑빌은 라퐁텐과 라브뤼예르 작품의 삽화를 그렸고, 『걸리버 여행기』와 『로빈슨 크루소』의 프랑스 판을 도안했다. 경력이 쌓여가면서 그랑빌은 특별히 자기 목적에 맞게 제작된 책들을 점점 더 많이 이용하게 되었다. 이런 사실로 미루어 보아, 그랑빌에게 대중적인 성공을 가져다준 것은 주로 그의 상상력이라는 점을 분명히 알 수 있다.

그랑빌의 경력은 1833년부터 첫 아내인 마르그리트의 성격에 영향을 받아 굴절되었다. 그랑빌의 부인은 잔소리가 심한 여자로서 남편의 재능을 상업적인 성공에만 쏟아붓게 하려고 했다. 그랑빌 부인은 그랑빌에게 곧잘 모욕을 주곤 했다. 부인은 자기 마음에 안 드는 그랑빌의 그림은(사실 대부분이 부인의 마음에 들지 않았다) 머리를 마는 데 쓰려고 빼앗아갔다. 오늘날 그랑빌의 원작이 이렇게 드문 것은 그 때문이기도 하다. 그랑빌은 "나의 부인은 여왕보다도 더 좋은 종이로 머리를 마는구나" 하고 한탄하곤 했다. 그러면서도 그는 부인의 행동에 점점 길들여져서, 부인이 깜빡 잊고 자기 작품을 훑어보지 않으면 비판해달라고 애걸하기까지 했다.

1842년에 마르그리트가 죽은 뒤로, 그랑빌의 작품은 훨씬 자유로워진 것 같았다. 그랑빌은 마르그리트가 죽고 나서 재혼했지만 그리 오래 살지는 못했다. 가뜩이나 약골이었던 그랑빌은 자식들의 잇단 죽음으로 눈에 띄게 쇠약해져서 결국 1847년에 숨을 거두고 말았다. 그랑빌이 손수 그린 작품들은 첫 부인이 없애기 시작하여 나중에는 변호사였던 아들이 거의 다 없애버렸다. 아들은 아버지를 존경했지만 아버지의 공상적인 그림은 싫어하여, 자신이 죽은 뒤 그 작품들을 없애버리라고 했던 것이다. 그래서 지금까지 남아 있는 그랑빌의 작품이라고는 책에 인쇄된 것들뿐이다. 하지만 그랑빌은 이따금 조판의 질이 좋지 않다고 대단히 불만스러워했다고 한다.

이런 불리한 여건에도 불구하고 그랑빌은 자기 시대의 가장 탁월한 여러 사람들을 매혹시켰다. 보들레르는 그랑빌의 상상력에 찬사를 보내며 그랑빌을 두고 '창조물을 재창조하는 데 일생을 보냈다'고 칭송했다. 상징주의의 대표적인 시인이었던 말라르메도 그랑빌을 찬양해 마지않았다. 그러나 그랑빌은 절망감에 빠져 죽어간 것 같다. 그는 손수 다음과 같은 묘비명을 썼다.

> 여기 그랑빌이 묻혀 있다. 그는 만물에 생명을 주었고, 온갖 정성을 기울여 모든 것을 움직이고 말하게 만들었다. 단 하나, 그가 알지 못했던 것은 어떻게 살아야 하는가였다.

그랑빌은 프랑스에서 사실 몇 안 되는 '공상 예술가'로 평가되어왔으므로 그 자신이 상상력의 작용을 어떻게 생각했는지 의문을 가져볼 만하다. 그랑빌에게 예술적 창조란 일종의 꿈꾸기였다. 이런 점에서 그랑빌은 나중에 그의 제자임을 자처한 초현실주의자들의 생각과 일치한다. 그러나 그랑빌의 꿈꾸기는 좁은 의미의 꿈꾸기이다.

> (그랑빌이 말하기를) 내 생각에는 깨어 있는 상태에서는 누구나 듣지도 보지도 못한 대상을 꿈꿀 수 없다. 맥박의 강약에 따라 달라지는 낯설고 어울리지 않는 꿈의 집합체를 창조하는 것은, 종종 아주 먼 시간적 거리를 둔 생각 속에 나타나는 다양한 대상들의 혼합물이다.

이 말은 표면적으로는 19세기 합리론자들 사이에서 널리 퍼졌던, 심리 작용에 대한 기계론적인 관점을 받아들이고 있다. 그렇지만 그랑빌은 만년에 훌륭한 공화주의자라면 당연히 그러했듯이, 합리주의 진영에 확고히 속해 있지는 않았다. 『또 하나의 세계』를 보면 신비주의에 대한 관심이 막연한 암시에 그치고 있지 않은 것이다.

급진적이다 못해 자유주의적인 정치적 견해에 신비주의에 대한 관심을 결합시키려는 경향은, 그랑빌을 계승하고 그랑빌적 미학을 어느 정도 이어받은 상징주의 예술가들에게서 전형적으로 나타난다. 가령 벨기에에서는 선도적인 상징주의자들이 사회주의자인 경우가 보통이다. 그러나 프랑스의 상징주의 운동은 보수주의 및 가톨릭 신앙과 굳건히 손을 잡고 있다. 이러한 입장은 1892년 최초의 '로즈 에 크루아 살롱'에서 발표된 규약에 의하여 충분히 드러났다. 그랑빌은 종교를 뚜렷이 지향하지 않았으며, 그의 신비주의는 모호한 우주론적 이상주의의 산물이었다. 이러한 이상주의는 윌리엄 모리스가 이끈 영국의 라파엘 전파(1848년 사실적 화법을 주장한 영국 화가 D. G. 로세티, 윌리엄 모리스 등이 결성한 예술운동의 한 유파. 라파엘로 이전의 청신하고 소박한 화풍을 이상으로 삼았다)의 발전에서 보여지듯이, 실제로 사회주의를 더욱 풍부하게 발전시킨 기반이었다. 그랑빌은 19세기 중반 공리주의의 엄격한 원칙에 반대했다. 『또 하나의 세계』에 나타난 기계론적 판타지는 인간을 기계로 취급하는 데 대한 항의이다. 곧 인간이란 존재는 이미 모든 면이 밝혀져 있고, 초월에 대한 인간의 열망이란 단지 논리적 과정이 제대로 작동하지 못한 것에 지나지 않는다는 관점에 대하여 반기를 든 것이다.

그랑빌은 『동물들의 공생활과 사생활』에서 사회와 사회가 개인에게 미치는 영향을 비판하는 데에 있어 더욱 전통적인 방법을 발견했다. 그랑빌은 숙련된 풍자 화가로서의 재능을 십분 발휘하여 매혹적인 그림이 삽입된 동물 우화를 창작했고 이를 통해 인간과 동물의 성격을 결합시켰던 것이다.

당시의 독자들은 동물 우화 수법에 익숙해서 그랑빌의 작품을 무리 없이 받아들일 수 있었다. 동물 우화는 가장 오래 된 이야기 형식 가운데 하나로서, 역사적으로 이솝을 지나 안개에 묻힌 선사시대까지 거슬러 올라간다. 현대에도 우화 형식으로 쓴 작품들이 있다. 조지 오웰의 『동물농장』이나 리처드 애덤스의 『워터십 다운』이 그런 작품들이다. 그러나 19세기 프랑스 독자들이 그랑빌이 창조한 과도한 반자연주의적 이미지들을 받아들이게 된 데는 뛰어난 시사풍자 만화가라는 그의 이력이 대단히 강력한 힘을 발휘했다. 자연주의가 가장 집요하게 요구되었을 때조차 풍자 만화에는 특별한 자유가 허용되었다. '고급 예술'에서는 허용되지 않는 것도 소재가 어느 정도 해학적이거나 풍자적이기만 하면 전폭적으로 받아들여졌던 것이다. 테니엘을 제외한 19세기 중반의 뛰어난 공상 삽화가들 대부분이 정치풍자 만화에 기반을 두고 있는 것은 결코 우연이 아니다.

그러나 그랑빌에게서 주목할 만한 점은 인간의 성격과 결합에 오히려 부차적인 관심을 기울였다는 사실이다. 앞에서 나는 그랑빌이 새나 짐승보다는 곤충과 파충류에 더 호감을 가진 것 같다고 말했다. 그랑빌은 동물 세계가 현저하게 비인간적일수록 자신의 상상력의 소재로는 더욱 적합하다는 사실을 알았던 것이다. 그랑빌의 상상력은 실로 냉철한 재능이었다.

그랑빌이 곤충이나 파충류를 그토록 중시했던 한 가지 이유는 그의 작업 환경에서 찾아볼 수 있다. 그랑빌은 비아트릭스 포터처럼 시골에서 살지 않았다. 그랑빌은 파리에서 살았으므로 고양이나 개

같은 애완동물말고는 아주 하찮은 생물들밖에 접할 수 없었을 것이다. 가령 등잔 주위로 날아드는 나방, 창틀을 기어다니는 딱정벌레, 화실 안의 사육장에 있는 개구리 따위였으리라. (우리는 우연한 기회에 그랑빌이 제도 책상 옆에 사육장을 두었다는 사실을 알게 되었다.) 그러므로 사자와 코끼리를 그리기 위해서는 파리 식물원에 가야 했을 것이다. 아마도 그런 이유 때문인지 그랑빌은 사자나 코끼리를 더욱 겸손하게 그린 점이 엿보인다.

그랑빌은 생물학이 크게 진전되기 시작한 시대에 살았는데, 처음에는 인간이나 고등 척추동물이 아니라 실험과 연구에 좀더 편리한 생물을 대상으로 연구 작업이 진행되었다. 훗날 그가 곤충과 파충류를 공상화시켰다곤 해도 과학적인 눈으로 관찰했다는 점은 전혀 과장된 이야기가 아니다. 그랑빌은 언제나 곤충을 아름답게 그렸다.

그랑빌은 무수한 작은 존재들이 자기 일을 하느라 북적거리는 곤충의 세계를 집단 활동의 장소로 표현하려고 애쓰기도 했다. 그러나 「누에를 위한 추도사」에서 볼 수 있듯이, 그러한 표현 작업에서도 감상으로 흐를 수 있는 내용에서조차 감상적인 흔적은 조금도 찾아볼 수 없다.

사실 그랑빌의 몇몇 작품에서는 과학의 진보로 인해 끝없이 증가하는 소외감이 언뜻 느껴진다. 과학이 새롭게 밝혀낸 어떤 사실들은 인간이 그것을 더 자세히 바라보기 시작함에 따라 묘하게 인간성을 위협하는 성질을 내포하고 있음이 드러났다. 곤충을 연구하는 인간의 사고체계 자체는 기계론적이라고 할지라도, 곤충의 행동 역시 기계적이고 냉혹한 규칙에 의해 지배된다는 것은 그 시대의 감수성에 충격으로 다가왔다. 그랑빌이 죽은 지 약 10년 후에 책을 내기 시작한 파브르는, 자신이 연구하는 어떤 곤충들은 인간처럼 자유로운 지성이 있다는 사실을 증명하는 데 거의 평생을 바쳤다. 자유로운 지성이 없고서야 어떻게 말벌이 땅벌레를 마비시키는 방법을 알아내어 땅벌레의 몸속에 알을 낳는단 말인가?

그랑빌의 곤충 그림에 담긴 열정적인 에너지는 감정상의 밀실공포증을 표현하고 있다. 이것은 인간 사회는 물론 자연계까지 모든 것을 경직된 기계적인 공식으로 한정시킨 그 시대의 지적 풍토가 만들어낸 산물이다. 우리는 여기서 19세기의 고지식한 합리주의에 반대한 최초의 움직임을 볼 수 있는데, 이 움직임은 이후에 현대 비합리주의 운동에서 전면적으로 모습을 드러낸다.

따라서 그랑빌의 재능도 재능이지만, 중요한 사실은 그가 예술사의 발전 과정에서 한 부분을 차지했다는 점이다. 그랑빌과 초현실주의자들의 연관성은 위대한 동시대 예술가 쿠르베보다 그가 오늘날의 예술과 더 밀접한 연관이 있음을 간접적으로 말해준다. 초현실주의자들은 그랑빌이 작품 속에서 자신이 만들어낸 요소들을 생각지도 못한 방식으로 결합시킨 것을 보고 즐거워했다. 초현실주의자들은 이미지의 타당성보다는 이미지 자체에 흥미를 가졌다. 그들은 표면적으로 자신들을 고무시켰던 본문보다 그랑빌의 삽화가 실제로는 더 강력하다는 점을 본능적으로 알고 있었다. 그랑빌이 다소 평범한 소재들을 가지고 창조해낸 기발한 광경은 이제 그에 걸맞은 또 다른 다양한 본문을 요구하는 것 같다.

그랑빌의 그림에서 매혹적인 점은 그랑빌 자신이 상상했던 것보다 훨씬 탁월한 창조적 재능이 그림 속에 구현되었다는 사실이다. 우리가 보았던 대로 그랑빌은 상상력을 통해 떠오른 것이 일상생활의 경험에 단단히 뿌리박고 있다고 확신했다. 그러나 그것이 자신의 숨겨진 정신적 작용에 똑같은 빛을 던진다는 사실은 끝내 알지 못했다. 이런 점에서 그랑빌은 현대적이지 않으며 프로이트 이전인 19세기의 전형적인 순수함을 지니고 있다. 이러한 순수함은 오늘날 우리를 매혹시킨다. 예술가는 그러한 순수함이 있어야 자신을 의식하지 않고 솔직하게 표현할 수 있기 때문이다. 아마도 오늘날에는 그러한 솔직함을 성취하기가 훨씬 더 어려울 것이다.

그랑빌의 작품은 무척이나 천진난만하기에 그랑빌을 숭배하고 흉내낸 초현실주의자들의 작품보다 실제로 더 뛰어난 면이 있다. 그랑빌의 작품에는 초현실주의자들의 작품에서 때때로 결여되어 있는 상상력의 응집, 곧 내적 필연성이 자리잡고 있다. 그랑빌의 작품은 비인간적이고 유머가 없는 합리주의에 대한 반항을 넘어서서 그보다 훨씬 큰 성과를 거두었다. 그랑빌은 거부할 수 없는 과학의 발전 덕분에 세상이 점점 더 비인간적으로 바뀌고 인간 없이 더욱더 잘 지낼 수 있게 변해간다는 사실을 알았다. 인간은 자신이 통제할 수 없는 과정을 지켜보기만 하는, 그저 하찮은 존재로 밀려날 수밖에 없는 것이다. 그랑빌은 인간이 더 이상 우주의 중심이 아니라는 사실을 처음으로 인정한 유럽 예술가 중 한 사람이다. 다만 그랑빌은 그와 같은 발견을 전달하는 과정에서 너무 가벼운 방식을 택했기 때문에 그에 합당한 명성을 얻지 못했던 것이다.

__에드워드 루시 스미스(미술사가)

옮긴이 햇살과나무꾼

동화를 사랑하는 사람들이 모여 만든 곳으로 세계 곳곳에
묻혀 있는 좋은 작품들을 찾아 우리말로 소개하고 있다.

그랑빌 우화

2005년 2월 15일 초판 1쇄 펴냄
2010년 7월 26일 초판 3쇄 펴냄

지은이 | 그랑빌
옮긴이 | 햇살과나무꾼
펴낸이 | 김영현
주간 | 손택수
편집 | 김혜선, 이상현, 진원지
디자인 | 이선화
관리 · 영업 | 김태일, 이용희

펴낸곳 | (주)실천문학
등록 10-1221호(1995.10.26.)
주소 | (121-820) 서울시 마포구 망원1동 377-1 로얄프라자 601호
전화 | 322-2161~3(영업), 322-2164~5(편집)
팩스 | 322-2166, 홈페이지 | www.silcheon.com

ISBN 978-89-392-0500-0 03840

* 이 책은 1995년 출간되었던 『인터넷에 들어간 대머리 원숭이』의 개정판입니다.